当代名家

凸凹作品自选集

散文卷·救赎

凸凹 著

中国书籍出版社
China Book Press

图书在版编目（CIP）数据

救赎 / 凸凹著. -- 北京：中国书籍出版社，2021.1
（凸凹作品自选集. 散文卷）
ISBN 978-7-5068-8263-7

Ⅰ.①救… Ⅱ.①凸… Ⅲ.①散文集—中国—当代 Ⅳ.①I267

中国版本图书馆CIP数据核字(2020)第260545号

救赎（凸凹作品自选集. 散文卷）

凸凹 著

本书策划	邹　浩
责任编辑	邹　浩
责任印制	孙马飞　马　芝
封面设计	东方美迪
出版发行	中国书籍出版社
地　　址	北京市丰台区三路居路 97 号（邮编：100073）
电　　话	（010）52257143（总编室）　　（010）52257140（发行部）
电子邮箱	eo@chinabp.com.cn
经　　销	全国新华书店
印　　厂	三河市顺兴印务有限公司
开　　本	787毫米×1092毫米　1/32
字　　数	317千字
印　　张	15.25
版　　次	2021 年 5 月第 1 版　2021 年 5 月第 1 次印刷
书　　号	ISBN 978-7-5068-8263-7
定　　价	56.00 元

版权所有　翻印必究

自序

文字与心灵结伴而行

1

我经年的散文写作，已形成了"文字思维"——所经历的人事与物象，即便是没有明显的意义，也想用文字的编织，勾画出意义。这是一种本能，在它的推动下，居然就有文章源源不断地写出来，令人惊奇不已。

文字真的是一种性灵，而不是工具，它默默地独处着，等待着"意义"。

文字的等待与作者的等待是相向而行的寻找，一经"路遇"，就结伴而行了，共同地完成了"意义"的过程。

路遇，因为不是预先的邀约，便具有宿命色彩，能写出什么样的文章，作者本人也是难以预料的。

自序

三十年前的一个晚上，在吱吱响的日光灯下枯坐，脑子里突然冒出了"媒婆"这两个字眼，自己便感到很诧异，因为此时的我，已经有了很优雅的生活，所处的语境是与如此俚俗的字眼不相干的，便想把它们驱赶出去。但是，愈是驱赶，愈是呈现，弄得你心情烦躁。便只好抻过几张白纸，在纸面上把这两个字写下来。奇怪地，一旦落笔，相关的字词就接踵而来，直至写得筋疲力尽。掷笔回眸，竟是一篇很完整的关于媒婆的文章，且有不可遮掩的"意义"透出纸背。

便不敢再儿戏了，定了一个《中国媒婆》的名字，恭恭敬敬地抄录在稿纸上，寄给一家叫《散文》的杂志。一月余，竟被登在重要的位置上，不久，竟又被著名的选家、著名的选本（选刊）接连地选载与收录。二十一世纪的开元之年，居然被一本叫《二十世纪中国散文经典》的书树为"经典"了。真是始料不及。

有论者说，这篇文章文字典雅老道，非有深厚的生活积累和长期的文字修养而不能为。这个评语把我吓坏了，因为那一年我才25岁，弄文字也不过三五年的功夫。真正的原因，是"媒婆"这样的字眼显得老旧，老旧到最后，就"老道"了——是文字驱动的结果，与作者的阅历和修养无关。

还是二十年前的一天晚上，低档的烧酒喝多了，神魂颠倒，愤世嫉俗，不平之气盈满胸臆，便口出悖语，且喋喋不休。酒友被吓坏了，把我推进房间，叮嘱道："有不平事写在纸上，莫在大庭广众之下胡言乱语。"便把那些放纵的字眼涂鸦在纸上，不期就涂成了一篇《悖语人生》。文章在《青年文学》发表之后，

自序

竟得到一片喝彩，还被选家选进一部"先锋散文"，意外地捞了一个先锋散文家的名号。

这真是一件哭笑不得的事。素日的我，是循规蹈矩的一个人，笔底的文字也是很本分的成色，与"放浪"是无缘的。是被酒液烧灼了的文字推动着我往前走，稀里糊涂地呈现了"先锋"的意义。那样的文字，既属于我，又不属于我，是命运之赐。

这种情状给了我一个启示：所谓内容决定形式，是偏颇的，文字（语言）本身的存在方式，往往就是内容，就是"意义"。

孙犁早期的文章为何有湖光水泽？因为他使用了与水气有关的字眼。晚年之后，他怕动荡，怕水，躲进书斋里，整理旧书，对古色古香的文字有感情，下笔为文，便是"芸斋笔记"和"书衣文录"那样冷峭、简朴的文本。俞平伯和废名的散文为何有"涩"味？是因为他们欢喜于用涩味的字词书写。是文字之"涩"，而非内容之"涩"。如果把他们的文字特色解构掉，文章的内容其实是很平白的，甚至是很平庸的。

换个角度看，说到"能写出什么样的文章，作者本人也是难以预料的"，这是对不成熟的作者而言。对于那些成熟的写作者，他们深知文字对作者的推动作用，为了从"宿命"中挣脱出来，他们自觉地采取了"反抗"的姿态，有意识地选定了一种与自己的身份、影响和年龄、阅历相适应的文字样式，就写那样的文章，就发那样的格致，于是，"风格"就形成了。

所以，所谓"风格"，标志着写作者已进入了一个与文字和谐相处，有所为、有所不为的写作境界。

从本质上，这体现了对文字的敬畏。

自序

2

之于散文写作，累积下来，已有数百万字。无聊时翻检，多少还有些成就感，感到人生未尝虚度，心底看得起自己。这一点很重要，人而为人，说到底，还是活给自己的。

反省一下，少时就有写作欲望，崇拜作家并心向往之，对金钱和地位反而看得淡。这影响了自己在"实生活"中的发达与发迹，虽然满肚子诗书，除了一个饱满的面相，被人高看的地方很少。常孤独寂寞得失眠，甚至悄然垂泪。但是从来没有后悔过，因为"活在词语中"，业已成为一种生活方式，有不可剥夺的自足自适，能时常感到自我。人间冷暖，均转化成内心的温暖，悲悯着小我，也悲悯着这个世道。

我是个沉得住气的写作者，写作活动少功名、功利的成分，多是为了表达内心所思所得，娓娓地道出对身外世界的看法。外界的评价很不重要，快意于文字本身。这一点，与孙犁和汪曾祺仿佛。

也是这个原因，我的写作，主观色彩很强，不太愿意作纯客观的叙事，也耻于渲染式的抒情，与流行文字远些。所以，写了这么多年，门前依旧冷清。我常劝慰自己，香火繁盛的庙宇，多是小徒在弄机巧；寂寥深山中，才有彻悟人拈花而笑的静虚守护。这种守护，才真正属于精神。

这不是在标榜自我文字的品位，而是说，甘于寂寞，不做欺世文章、不说欺人之语，是真正的"门徒"应该具有的最起码的品格。

我追求文字的"复合"品质，学识、思想和体验，不露声色、自然而然地融会在一起。我觉得，只有学识，流于卖弄；只有思想，失于枯槁；只有体验，败于单薄。三者有机地结合在一起，就丰厚了——前人的经验，主观的思辨，生命的阅历——知性、感性和理性均在，这样的境地才是妙的。其实，天地间的大美，就在于此"三性"的融合与消长，使不同的生命个体都能感受到所能感受到的部分。文章若此，适应了自然的律动，生机就盎然了，对人心的作用——换言之，与心灵遭遇的机会就多了。

此种意识，是我创作的遵循与动力；虽笔力不逮，但从不敢懈怠——苦心经营多年，所得甚少，惭愧不已。

3

长久的散文写作，容易产生一种文字惯性——驾轻就熟，自我复制。所以，另辟蹊径，不断创新，应该是散文家应有的意识。宁可少写，也要"异质"，这是创作的本质要求使然。

综观散文生态，在创新性，或"革命性"上，现在的"新散文"应该引起足够的重视。

从足够丰富的创作实绩来看，"新散文"最突出的一个特点，也可以说是文本上最核心的特点，是它文本的"融通性"。它至少在三个方面"打通"了写作自身的界限——

（一）打通了直接经验和间接经验的界限，在创作者那里同构成自己的个体经验。（二）打通了现实世界与想象世界（包括下意识及梦幻）的界限，在创作者那里同构成自己的心灵世界。（三）打通了情感语言、抽象语言、机械语言、声像语言等各类语言的界限，在创作者那里都转化成感性语言。具体地，

自序

它不仅打通了与小说、诗歌、戏剧、美术、舞蹈和声像等各类艺术品类之间的界限,也打通了文史哲和自然学科的界限,一切都可以成为主观表达的感性材料和心灵语言。

于是,"新散文"写作是"无界限"的写作,一切都是为了表达自己的主观体验或生命体验,努力考量出,精神达到的极限高度,人的感受所能承受的极限空间,也就是人心到底能达到哪里(人心的终极到达)。因为是个无限开放的写作空间,文体本身已经不重要,能够表达出生命体验的独特和极致(格致)才重要。所以,"新散文"的写作者有强烈的求异意识,与其说是一种难度写作,不如说是一种"负重写作"。它可以表达出人心的巨大差异和人性的无限变数,写出精神极品。

我虽然是"新散文"写作的勠力而为者,但是,在表示敬重的同时,我也保持足够的警惕,防止过度书写。因为"新散文"写作者强烈的求异性,使他们与常人(包括传统意义上的写作者)的自然的平凡的精神生态发生了"隔膜",他们多少有些"变态";这种"变态"既成就了他们,又多少给他们留下了隐患——强光之下是阴影,强大背后是难以言说的脆弱。而且,优异精神的最终归宿是衡常人生,即:人间性。

也就是说,散文创新,也有个避免矫枉过正的问题——在出奇出新的同时,也要有对平凡人生的照拂,也要有对朴实文字的回望。

是为序。

2007年8月——2020年8月于北京石板宅

目录

自序·文字与心灵结伴而行

辑一·世象

盈满	三
生命同谋	八
蜂擎荆旗	一七
人行羊迹	二三
夜话	二九
隙地	三五
山腔响远	四二
山石殇	五四
旧信有寄	六〇
喜乐	六五
师表	七二
故乡滋味	

一

目录

根脉 ... 八〇
明媚 ... 八五
布鞋 ... 九〇
媒婆 ... 九八
感恩 ... 一〇八
薄暮里的刀锋 ... 一一三

辑二·游思

文化边城——凤凰 ... 一二一
晋行记趣 ... 一三〇
蜀行笔记 ... 一三五
鄱阳三韵 ... 一五一
抚仙湖小语 ... 一五八
醉竹海 ... 一六二
美巴掠影 ... 一六七

目录

塔里木感怀——一条没有流进大海的河流	一七二
禅意丹霞山	一七七
访罗日记	一八二
土楼叹	一九八
怀柔山水，智性存焉	二〇三
南海半岛的生命启示	二一一
西河古镇之圩	二一五
百瑞谷赋	二二三
水峪赋	二二九

辑三·书札

卢梭的庄重	二三五
怀特，文字背后的意义	二四〇
难耐平庸	二四四
验证	二四九

目录

雄踞之处,未必是巅	二五四
思在别处	二六〇
咫尺之艰	二六五
作家之所以伟大	二七一
向恶而生	二七六
当你老了,然后懂得爱情	二七九
在浪子与赤子之间	二八四
泰戈尔的真诚	二八八
低调与原则	二九二
斯泰伦的雪茄	二九五
双重人格的写真	二九九
被轻慢了的经典	三〇四
"纯粹的哲学"——暑读恩格斯《路德维希·费尔巴哈和德国古典哲学的终结》有感	三一〇
尊重文学的自然品性——读列夫·托尔斯泰《论创作》	三一六

毛姆的一流 ……………………………………………… 三二三
遵从自己的法则 …………………………………………… 三二九
爱的气候 …………………………………………………… 三三五
『出逃』与『再生』 ……………………………………… 三四一
为生民而歌 ………………………………………………… 三四六
通透的阅读始于常识 ……………………………………… 三五二

辑四·心史

母校永在 …………………………………………………… 三六五
邂逅 ………………………………………………………… 三七三
爱犬物语 …………………………………………………… 三八〇
救赎 ………………………………………………………… 四一八

散文卷·救赎

辑一·世象

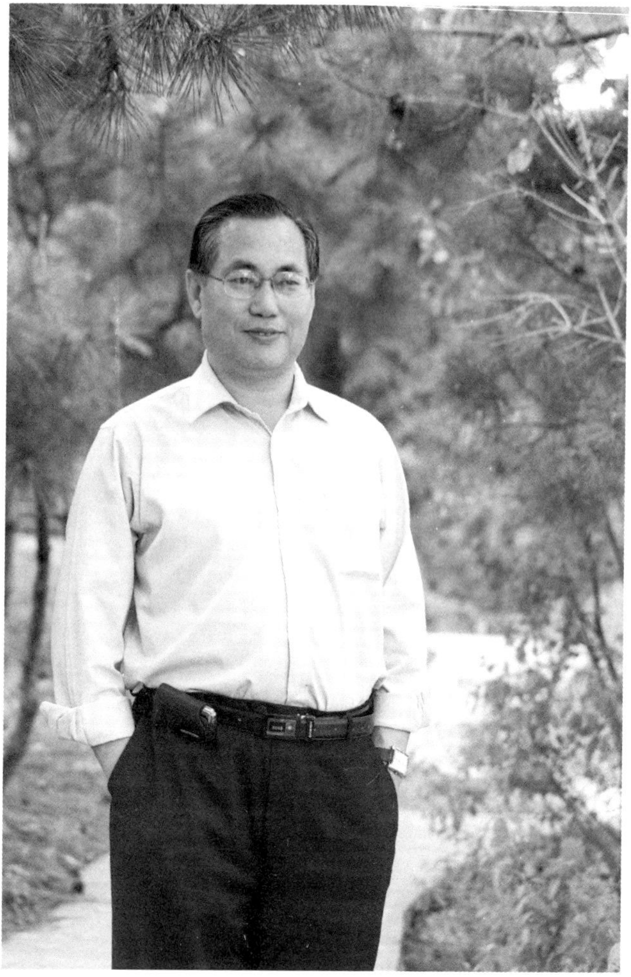

盈满

那时的故乡,虽然贫瘠,但遍地是野草、荆柯和山树,侍炊和取暖,内心是从容的,因为老天给预备着无量数的柴薪,无须急。

但也有性急的邻人,待到草木枯黄的时候,整天到山上去,树枝和山草,都背回家里,把柴棚堆得满满的,然后懒在热炕上,衔着烟杆抽莫合烟,猫冬。

"猫冬",是山里的说法,意即像猫一样窝在炕上,喝喝烧酒,睡睡懒觉,摸摸女人的奶子,其余什么都不干。春种,夏锄,秋收,三季忙得都坐不稳屁股,到了冬季就彻底歇了。因为这符合四时节律、大地道德,就享受得理直气壮。

所以猫冬,是一种生命哲学。

母亲也催父亲去打柴草,父亲笑着说:"不急。"

母亲的脸黄了一下,"你急什么?"

"我急我那帮小畜牲。"父亲说。

父亲忙的是打猎。因为秋末冬初，猎物们偷吃了庄稼人地上的籽穗和树棵上的果品，身膀都浑圆地肥，他觉得，它们对人应该有个交代。

父亲打回来许多猎物。毛皮粘在墙上，待闲下来再细细后熟，卖到村口的供销社去，换油盐；肉坯则悬挂在空中，让其自然风干，留待正月里慢慢享用。秋后的猪獾，浑身是油脂，他每一猎得，就把乡亲们唤过来，让他们取回去用。獾油可以治烫伤，也可以用来炒菜，炒出来的菜，奇香。因为舍得，所以父亲在乡亲们心中很有位置，以致他过世的时候，乡亲们都聚拢来给他送葬。他们认为，父亲活得顺人顺时，是个有德行的人。

天阴欲雪，父亲才不得不打了一些柴草，离盈冬之需，尚差得远。母亲忧凄地说："你就不能多打一些，你看邻居的柴棚，满得不能再满了。"父亲一笑，说："人贪为患，那满棚的柴草一旦遇见一星火，就会烧得无处躲，还是咱这样安妥。"母亲说："你尽瞎扯，我活了半辈子，也没见谁家着过火，你是在为自己开脱。"父亲对母亲说，这里也有生活的道理——他的柴棚越是盈满，越说明他心性之空，咱的柴棚虽然空，但整个山场都是咱的柴棚，你可以随用随取，而且也不担心失火，咱这才叫真正的盈满。母亲摇一摇头，说："你这个人，尽是歪理邪说。"

父亲去世之后，县上拆迁移民，母亲来到了平原。公家资助，个人筹集，我给她置备了一座小院。侍炊用煤气，取暖有蜂窝煤，过上了城市居民一样的日子。但她总是发出感叹，说，生活虽然方便了，但心里总是不踏实，感到不盈满。问她为什么，她说，虽住在了平原，但究竟是外来户，老居民都有煤气本，咱没有，做饭要烧高价气，而我又没有收入，就指望你。还有那蜂窝煤，也要用钱买，依旧是指望你。闲下来一想，原来自己成了儿女的累赘，再也活不出自己了。

我说："养儿防老，自古使然，你老不要多想。"

她凄然一笑，说："也只能这样。"她沉吟了一下，又说，"让你再破费一次，给妈买辆三轮车。"

一辆三轮车让她找到了自己——

每天朝阳初上，她就骑车出门。街巷、旷野、田畴、垃圾场、建筑工地，都能见到她的身影。她捡破烂，又捡柴草，每次都不放空。破烂变卖成现钱，买米面油盐，柴草则堆进庭院，不久就堆得盈满如山。后来她在小院的一角垒了一座泥灶，用捡来的柴草生火做饭，煤气炉灶干脆被她闲置了。

一天晚间，弟弟来看望她，老人家正窝在被窝里看电视，电视里正是我的一个专题访谈。看一眼西服革履、侃侃而谈的我，弟弟说："妈，我给您提一条意见——我哥是官面上的人，特别注意形象，而您整天去捡破烂，就有点不般配了，所以您还是呆在家里享享清福为好。"

母亲黑了一下脸，说："叫得再响的大公鸡，也是卵孵的，脸子要是长得白，再浑的水也洗得透亮，这个道理你哥比你懂。"

弟弟把这个情形告诉了我，对我说："你去劝劝妈，你是老大，她听你的。"

到了她的住处，院门竟落了锁。等了很久的时刻，也未见归来，便驾车去寻。平原乡村的田间土路四通八达，不好确定方向。便循着岸树成排的地方走，果然就寻到了。

三轮车停在路旁，她正在树荫里捡落枝。落枝稀疏，要捡满那片车斗，是要有足够的耐心的。我心里一热，她哪里是在捡拾让炊烟升起的柴草，分明是在捡拾她残余的生命时光！

我走下车来，轻轻地叫了一声妈，就像黄口小儿叫的第一声那样，既含混，又清晰。母亲分明是听见了，但没有应声，只是静静地看着我，一点也不感到吃惊。

我感到我们娘俩一下子回到了过去，内心盈满。

我望了望头顶上的树冠，有不少枯枝期待在那里，便下意识地攀上树去，即便是西服革履，也无一丝犹豫。折下的枯枝，很快就装满了母亲的车子。母亲说："咱们回吧。"我说："回。"

母亲骑三轮在前边走，我则驾车跟在后面。年近古稀的一个老人，骑三轮的姿态竟是那么轻盈，还不时回头笑笑，一派怡然自得的样子。

母亲开了院门，对我说："咱先把柴草抱进来，再慢慢说话。"

庭院的柴草果然像弟弟说的那样，堆得盈满如山，以至于新捡来的柴草再扔上去，也不见增长。我说："柴草已如此盈满，您干吗还那么急切地捡？要是父亲还在，他一准会骂您，骂您心贪。"

"即便他在，他也是骂不出口的。"母亲说，"他那时是站在山场上说话，有盈满的底气；咱现在是站在庭院里，眼前虽盈满了，却没有身后的山场，心里的妥帖，还得靠捡。"

我感到，父母那代人，不仅活在日子里，更活在他们自己的人生哲学里，所以，我无话可说。

母亲用泥灶给我烧了开水，沏了一壶老家的亲戚捎来的用黄芩焙制的山茶。她把两只红薯放到烧水生成的炭火中，一边陪我说话，一边给红薯翻个。不久，烤红薯的芳香就袅袅地弥漫开来，直沁心田。不知不觉地，被世事弄皱褶了的心叶，竟情不自禁地伸张、舒展，竟至有了新芽的模样，翠绿晶莹，不挂尘埃。这时，所有的欲望都简化成一个欲望：好好品味一下红薯。

烤到一定的火候，母亲便把红薯拨到一边的冷灰里，说："让它收收性子。"所谓收收性子，就是让烤过的红薯从焦脆返回到柔韧，托在手心里，虽体温热烈，却可以承受。红薯的口味也绵长也筋道也甘甜，一吃就吃得很本质了。

也许吃相有些贪婪，母亲说："别急，两个都是你的。"

我甘心享受这种照拂，说："知道。"

那天，我在母亲那里待到很晚。本来一个场面需要出席，对方也不断来电话催促，我还是推掉了。

这天我突然感到，世间本简单，一个老母亲，两只烤红薯，就很盈满了。

生命同谋

作为猎人的父亲,虽然猎取了很多猎物,但是,多年来他一直认为,自己尚未找到能够说服自己的价值证明,猎人的身份是可疑的。

譬如他打松鼠。因为松鼠啃啮人类的干果,被列入"四害"行列,所以每打一只松鼠,队(村)里给记两分半的工分。他只需把松鼠尾巴交到队上,证明一下即可。他虽然每天都要打十几只松鼠,业绩可观,但他依然找不到昂扬立身的感觉。因为松鼠的皮每只可以卖上二分钱,松鼠的肉身可以剁碎了汆丸子吃,自己所得甚多,总感到有些不名誉。

譬如他打猪獾。猪獾出没在籽实饱满的玉米地里。别看它只有雏狗般大小,玉米庄棵之高大,譬它矮小的身量就像一棵大树,但它会凭着坚韧的毅力,用臀部一点一点地把庄棵"骑"倒,直到能吃到那只硕大的苞谷。它吃得很肥,曲线优美。因为践踏人类，便美得刻毒，人人喊打。猪獾几乎满身油脂，其油脂是治烫伤和哮喘的名贵药材，可以卖到供销社去换米面油盐，同时还可以用于烹饪，炒出的菜奇香，味飘缈远。糟蹋的是队里的庄稼，却肥腻的是自家的锅铲，虽然并不要队里记工分，但依旧是羞惭的事情。

直到他猎到了一只雪狐，经历了一番特别的较量之后，他才获得了身份的确认：无论如何，自己是一个真正的猎人了。

一般的狐狸，都是赤色和褐色的，只有这只狐狸通体地白，夜幕之下更显得白，像雪一样，有荧光扑闪。一般的狐狸是不侵袭家禽的，而这只狐狸专攻击当地人的兔笼鸡栏。它行为古怪，跳进鸡舍之后，把小鸡全部咬死，最后却仅叼走一只。它于夜半更深时潜入家兔的窝棚，把十数只温顺的小兔统统杀死，竟一只不吃，一只不带，空"手"而归。且在村口的石碾上，呕叫一番，那叫声像小孩夜哭，刺人魂骨。它是在向人的温厚和尊严示威。

村里的猎人便都投入到捕杀行列，好像这只狐是天赐的一只价值标杆，它们的高矮就在此一举。他们埋地夹、下暗套、设陷阱，种种技法一应俱全。却全被狐狸躲过了，应验了老辈的一句俚语：人老奸马老滑狐狸老了不好拿。

技法失效，人心失衡，其他猎人觉得这是一只精怪，已被上天护佑了，非人力所能为，便纷纷放弃了追逐。

父亲登场。

他不用技法，用的是传统的蹲守，他把制胜的玄机交给了时间深处的等待。

一年四季的等待，与狐自然有多次相遇，但他都放过了。他要让机警的狐狸放弃机警，与他一道，同山村的夜晚融为一体。

当过分得意的狐狸站在石碾上无所顾忌地自由歌唱的时候，猎枪骤响。

受伤的狐狸，逃命时再也没有了往日的敏捷，身后的猎人反倒迅疾如飞。这是一次不对等的追逐，狐狸很快就被人撵上了。最后的时刻，狐狸拼命竖起尻尾，施放出一股刺鼻的气体。恶臭让人的呼吸窒息，父亲凝固在那里。

意识复回之时，狐狸已杳了身影。但父亲不曾犹豫，以更坚定的信念撵了上去。狐狸现身，且陷入绝然的困境——它被猎人预埋在羊肠小道上以捕猎山羊的地夹夹住了一条腿。它回望着父亲，在黑洞洞的枪口下，最后的哀鸣，凄厉地撕破了团圞的夜空。

扣在扳机上的手指竟然迟疑了，因为它的主人突然升起一团叫做怜悯的东西。

狐狸好像感到了这种东西，它拼命地撕咬那条被衔在地夹中的腿，绝然地咬断了，然后不失时机地跌进更深的夜色。

这一幕，深深地震撼了父亲。虽然那个身影移动得很摇摆、很艰难，长久地置身于他猎枪的射程之下，但是，他把手指从扳机上挪开了。他觉得那个畜牲值得活下去，因为它让他油然地生出敬畏。

虽然没打到狐狸，但从那以后，夜晚静谧，鸡兔平安，风情依旧，温厚至今。

后来，父亲总会在微醺的时候，得意于这段往事，对我说，算来算去，咱村里，就你爹算是个真正的猎人。

母亲打趣道，到手的一条狐狸都让你放走了，你还觍着脸子吹呢。

父亲摆摆手，想说什么，却又咽了下去。他生性敦厚，敦厚得有些木讷，一肚子的道理无法言说。

但是，我却真诚地认为，父亲的确是一个真正的猎人——

因为他完全有能力战胜对手，但是在人与狐狸那个不对等的关系中，他尊重了狐狸的求生意志，在放生的同时，父亲也成就了他猎人的尊严。这一行为本身是小的，却有力地证明了，人与畜，究竟是不一样的：畜道止于本能，而人伦却重在有心。人性之所以伟大，就在于人类能够超越功利与得失，懂得悲悯、敬重与宽容。也就是说，人性温柔。

这一点，再狡猾的狐狸也是想不到的，它注定是败了。但是，在尊重父亲的同时，也要给这只向死而生的狐狸送上真诚的敬意，因为它是生命尊严的同谋。

蜂擎荆旗

一如树高了,就有喜鹊筑巢,村庄繁盛了,就有猪狗,因为大山连绵,便有了遍地荆棵。

荆棵贫贱,叶小,株矮,且枝杈琐碎,既无树木之材,也无摇曳之姿,便不被人惦念,兀自生长着就是了。

然而它也开花。开得米粒大小,隐忍无形,一点也没有花朵的样子。

要不是有蜜蜂,它差不多就被人彻底遗忘了。蜜蜂殷勤,竟日里在荆花的微粒上采花粉,生生地酿出蜜来。因为"荆花蜜"名贵,有化瘀止痰兼及养生的效用,卑微的荆棵,才有了一个免予荒火和砍伐,贫贱却安妥地生存下去的理由。

是蜜蜂给了它尊严。

然而蜜蜂却背负上了一种沉重——荆花之微,意味着它的劳作之艰,上百次的采撷才有一滴蜜生成,累死于花间,便是常有的事，颇有壮志未酬，赍志而殁的悲壮意绪。但它们从来无悔，因为，一如圣诗总是唱给受难者，他们被人类感念，获得了永生。

所以，蜜蜂虽小，却终生唱大歌，那是荆花给了它生命的底气。

日前去了一趟苏州的拙政园，得到了一个更深的体味：园中的每处景观，虽匠心独运，构置精巧，但格局都显得小，只有从整体上纵览，才看出大园的气象。盖因景与景之间，一旦交融在一起，在相互映衬、相互依托、相互弥补之下，互为因果，互为前提，各美其美，美美与共，便有了天地间的大美。陪同的建筑学家说，在大化之境中，其实每个"要素"都是不重要的，重要的是有没有整体意志，有没有灵魂的统领。一旦融入整体的格局中，轻也是重的。

由此观之，荆棵之卑，蜜蜂之微，是无碍的，一旦它们走进了对方，一同呈现价值，就都高贵了。

所以，古人说，即便是人，也要敬畏自然，不鄙万物。这或许就是人们常说的大地伦理、大地道德。即：在大地上，每束阳光都有照耀的理由，每一种生长都有自适的风流。

荆花是有香味儿的，一种略带苦味的药香。白日里它专心地接受照耀，静心吸纳，一到晚间它就尽情释放，满山遍野都有香气缭绕。那时，地面的热气暗自蒸发，便香得浓郁，令人心浮躁。山里男女便欲望蓬勃，忘却日子的穷苦，都往对方的肉里爱。

贫地反而崽多，道理就在这里了。

一如遍地广种必有收成，十里蒿草必有嘉卉，柴门里的泥崽，也有聪颖者脱颖而出，走出山外，弄出一番不俗气象。所以，人杰未必是因为地灵，盖因不毛之地，了无禁忌，能自由生长。也是因为，纤草不做大树的期许，不高看自己，没心理负担，反而渐渐地长高了。

然而外人不这样看，总觉得那背后，一定有可圈可点的三二理由。

上大学的时候，因为自卑，总是躲避那些闹热的场合，众人意气风发的时候，我总是沉默。这反而引起别人的注意，遇事逼着你谈看法。一如狄金森所说，我不畏惧喋喋不休者，而畏惧那静静地待在一隅而始终沉默不语的人，因为他一开口，就不凡。即便别人有期待，我还是依旧胆怯，脸色通红，含笑不语。竟有一个女生主动示好，问其缘由，她说，你为人沉静，脸上有阳光，且唇红齿白。

女同学之间，总会有勃谿龃龉，所以，她每遇不平的时候，都要在我面前发泄一番，寻求支持。我总是劝慰她，你要宽容以待，不要斤斤计较。她说，凭什么？我说，当你能用"不凭什么"想问题的时候，你就会心平气顺，看到别人的好了。她试着做了，果然心结消解，多了愉快，而且还有了很好的人际关系。她问我说，你是从哪儿学的这么善解人意？我说，我从小就不被人关心、不被人理解，反而就学会了关心人、理解人了。

她说，我不相信，一定跟你家乡的水土有关。

到了暑期，她便执意跟我回了老家。

那时，荆花已开得异常繁盛，蜜蜂也采撷得异常繁忙，她被深深吸引，在山野上逡巡不止，乐而忘返。天黑下来的时候，翅翼收敛，但花香迷魂，她冲动地抱紧了我，在我耳边喃喃低语，这个时候，我只想爱，不管不顾地爱。

我们吻得很深，地老天荒，来世今生，均幻化在荆花与蜜蜂之间，都想为对方给与。

但是，当我的手，触到她的胸房的时候，弹性与坚挺，有金子一般的质地，不由得想到，这样的贵重，非瘠薄山地所能孕育，属稀有之财，不到生命攸关时刻，是不能轻易花销的。谦卑的本性，承受不得暴富，我止于吻。

回到庭院，她激情难平，眼生华光，双腮桃红，声音温柔。父母私下里对我说，这个女子，有大美。

独处一室的时候，她对我说，今晚你就留下来吧，陪我。

我体恤她的似水柔情，与她和衣而卧。

炕还是那盘土炕，却多了一床用荨麻织成的凉席。荨麻多刺，直立在土地上的时候，手一触及，便刺痛难忍。但剖出的篾条却柔韧，水浸之后，褪去芒刺，再编织成席，就是很受用的床具了。躺在上面，虽沁凉如水，却感到了一丝辛酸，因为我第一次发现，粗鄙的父母，无所用心的表情背后，居然有细腻之爱深深地潜伏着，一经察觉，就重。

她说，我就说嘛，你家水土一定个别，你看，蜜蜂殷勤，荆花拂性，你自然多情，懂得爱。

我说，也许。

她说，那你就开始爱我吧，我由你。

我知道她之所谓"爱"的含义，心中的不安便乘隙而生，婉言说道,你累了,早点歇吧,属于我们的日子还多的是呢。

她说,不,我就要眼下。

我对她说,你看见我父母的房间没有,那盏灯还亮着,他们是在等我,我不回去,灯会一直亮下去。

我回到父母的房间,对他们说,她说了,我很久才回来一趟,让我好好陪陪你们。

父亲看了一眼母亲,说,这女子好,不仅有大美,还有大德!

后来,由于分配到不同的区域,相距遥远,而我们又没能力调动,便没有最终走在一起。但是,虽然分离,却没有伤怨,有的是绵长的牵挂与惦念。

用她的话说,因为你保全了我,也就保全了你自己,在我心中,你依旧完整。

她的话,让我很受用,给了我一种做人的庄重。以致在一些人生的关口,我都能给自己的来路保持尊严:山地人虽率性,但绝不放纵。

对她的思念,也化成了一种深厚的东西——对美好情感,始终有不疑的信念。

呃,开不败的荆花,永不停歇的蜜蜂!

虽大地如诗,涵养心灵,但生活有生活的逻辑,总有本心之外的一重重诱惑。为了不迷失自我,需一刻也不能放松做人的警觉。所以,一路走来,我也有了一丝生命的疲倦。但是,一如蜜蜂,是那种无怨无悔、不轻不贱的疲倦。便虽然薄霜涴鬓,却依旧是唇红齿白。自己看重自己。

人行羊迹

祖父俊美，身形高大，面白无须。

但右腮上，却孤零零地长了一根长毛，与净洁的额面不协调，家人说，还是拔去吧，因为它让人感到怪异。祖父说，不拔。问其理由，他说，这根长毛有说辞，它叫"玲珑须"，是仙人才有的物件。为什么独独长在我脸上？是造化让我与你们不同。

真是不同。

因为虽一表人才，本可以派上大用场，可他一生只做了一件事：放羊。

他1938年就入党了，为了能顺利地搜集情报，并及时地传递出去，组织上给他配了一群羊。全国解放了，作为革命功臣，组织上给他安排了一个让人眼红的差事，让他当地区的武装部长。他居然辞了。理由是，他尽跟羊打交道了，跟羊有说有笑，跟人却谈不来。

私下里跟家人说,你们看我这双脚,脚面弓着,脚心洼着,是天生走山路的。如果不放羊,这么好的一双脚,就废了。他还说,你们不要认为放羊就委屈了人,与其说是人放羊,不如说羊放人,是羊让人懂得了许多天地间的道理。譬如说吧,羊一撒出去,就争竞着吃草,以为只有眼前的草好,如果不赶紧吃进肚里,就失去机会了。可羊不知道,山场这么大,遍地是好草,然而羊只有一个胃,这搭吃饱了,那搭就吃不下了。为什么羊的眼里常汪着泪蛋子?因为羊拿遍地的好草没办法,觉得无奈。都说属羊的命不济,毁就毁在一个"贪"字。他又说,村东的云上广其实跟我一样,本来都是雇农,半辈子都给地主扛长工,临解放的时候,地主低价甩地,他买进了不少。总以为近水楼台先得月,他赚了,没想到,一划成分,被划成了地主,成了专政对象。都说是地主把他陷害了,其实是他自己害了自己,因为他长了贪心。再说,土地自古以来就是大家的,属于自己的只是身后的一小座坟茔。所以,对于土地,你只须种,没必要占有。

组织上尊重祖父,依旧让他放羊。羊是集体的,给他记工分,且记最高的工分,年终结算的时候,他拿的钱就最多,日子宽裕。但大家也不嫉妒、也不眼红,因为他们觉得,且不说他是革命的功臣,就是他整天起早贪黑、跋山涉水,比谁都辛苦,也自然要多拿一些。

祖父一生,育有六男二女,香火延续,半个村庄都是他的人丁。但对子孙们的生活,无论顺畅,还是艰辛,他都不过问;即便是手里有钱,对贫穷者也从不接济。每到晚间,他都要喝上一杯，仅仅一杯。他只喝一种叫竹叶青的酒，酒色青碧，略带甜香，他喜欢这种绵软的滋润。他既享受又节制，从不胡言乱语、怨天怨地，从容自在，一世清明。

祖母对他说，子子孙孙可都是你的，无论如何也应该给一些照拂，他们过得好与坏，可都连带着你的脸面。

他说，不，你看到羊没有，无论瘦肥，都是它自己在啃青草，难道他们还不如羊？

祖母说，人毕竟不是羊，人有感情。

他说，羊也有感情——你如果偏袒哪一只羊，别的羊就朝你叫，声声如怨。那只羊再回到羊群里，别的羊会就会用犄角顶它，从此就再也不能安生了。再有，病了的羊为什么也不能喂吃喝？因为你一旦喂了，它会真的以为自己病了，撒到山上，它也懒得吃草，它对人产生了依赖，知道你不会让它饿死，到了，它会连跑山的本事都比别的羊差了，不是掉队，就是被狼撵上。怜就是害，道理就在这里。你就说这鞭子吧，它不只是为那些调皮捣蛋的羊预备的，更多地是为那些偷懒撒贱的羊预备的，羊的勤快和矫健都是鞭子抽出来。所以，对儿孙的不管不顾，反而是又管又顾，使他们及早懂得自立，自己活出尊严。

祖父的做法，断了子孙们的指望，他们只好咬紧牙关，在苦日子里硬撑硬挺。到了后来，家族里的人竟都变得很有气性：个个要强，个个勤勉，个个乐观，个个本分，即便是好处就放在眼前，譬如国家给补贴，上边发救济，他们也懒得去领。奇怪地，家境竟都渐渐地发达起来，且人才辈出：父亲当了村支书，老叔当了南海舰队的营长，堂兄做了石材加工厂的厂长，么表妹是县里有名的中医……在五行八作里，都有老羊倌后人的身影。而且，当官的清正，经商的诚信，从医的仁义。家风所致，对身外利益没有兴趣，便无贪心，乐善好施、喜生自足。大家都有一个共同的信念：除从根本上做人之外，其他一切，都是多余的。

有人问祖父，看你家混得这样齐整，你是怎么调教后人的？

他捻着他那根玲珑须，得意地说，我从不调教。

"齐整"一词，在京西，是个大词，有兴旺、端正、光亮、体面的多种含义，后面的意味，便是家道中兴，广有影响，受人尊重。

所以，祖父的得意，是真得意，其中包括着对自我的认可。他真的没有刻意调教，只是按照自己的心性去做。一如头羊领走，如果它走得直，后边的羊自然就走得齐整。

我在文学的路上走过许多年之后，一个时期，突然就生出焦灼，甚至有了文学害人的念头。因为我心中有"高峰"之想，而实际上，虽苦心求成，文章发表之后，却总是不温不火，便陷入幻灭与寂寞。

祖父对我说，你能不能跟我去放一天羊？

一天下来，祖父问我，你看，羊最喜欢呆在哪里？

我说，半山腰的阳坡。

他又问我，羊最不喜欢呆在哪里？

我懵懂无言。

祖父说，羊喜欢呆在半山腰的阳坡上是对的。但你知道是为什么？是因为那地方风刮得小，水分存留得多，土质也肥，光照也温暖，百草就繁茂。对羊来说，那简直是一处喜乐福地。接下来，你就知道，羊最不喜欢呆的地方了，对，就是山顶。山顶之上，无遮无拦，是个大风口，风刮得那么猛，水土都被卷走了，一片光秃之外，只生荆棘和苦草。你也看到了，山顶是瘦寒之地，绵性的羊是呆不下去的。还有，羊们都知道，到了山顶，就意味着走下坡路，就意味着归栏，就意味着被关起来而远离了青草，只给它们留下一个字：等。

祖父又说，为什么关在羊栏里的羊常常咩咩地叫？那是它们在想念青草。想念是不好忍耐的，因为它是苦。

祖父虽然一句"字话"都没说，我却明白了他的用意。他让我感到，所谓"高峰"之想，无非是名利之念，与文学的本质无关。成大名又如何？如祖父所说，到了山顶，就是一步一步地走下坡路了，那可是终极的失落，才真正可怕。所以，一如羊们喜欢呆在青草繁茂之处，写作者能够自由地读写，而且总是有的写，就是生命的喜乐福地了。也一如羊们只关心草，写作者只关心写作本身，心无旁骛，自然就会下笔有神，乐在其中了。

那之后，我真正进入了自由之境——内心纯净，像有阳光；甘享文字，身体健康；文坛熙攘，无奈我何；庙堂清冷，我心为佛，安妥。

祖父在90岁的高龄无疾而逝。去世前一天，还赶着羊群，在大山里矫捷行走，绝无老态。他是在睡眠中飘然而去的，最后的面相，妩媚安详，唇角像有一丝笑。子孙们感到他还活着，均肃然起敬。

祖父是没读过书的。站在他的灵前，我想，有文化的，不一定有智慧，有智慧的，不一定有喜乐。祖父的智慧与喜乐，得益于他终生与羊为伴，在大自然里行走。大自然虽然是一部天书，堂奥深广宏富，但它不刁难人，字里行间说的都是深入浅出的道理。只要人用心了，终有所得。如果说祖父像个哲人，那么，他的哲学主题就是四个字：人行羊迹。

所以，在动物里，我最敬重的，是羊。咩咩，咩咩……，乃天籁之音。

夜话

山村的暮色来得早，一如晨曦来得迟。均因大山耸立，使时空幽闭。

即便是陷在夜色中，也不掌灯火。那时照明的线路尚未拉到山里，仅靠一盏油灯。煤油须钱，豆油须磨，獾油须猎，都是贵的，均让勤俭的山里人心中痛惜。在庄户人眼里，一入夜，人就是闲的，也就是说说话，拉拉家常，熬熬时光，若再弄得灯火通明，便有些不会过日子。索性就猫在夜色里。

秋冬时节，因为天冷，人们猫在土炕上。一炉煤，几把柴草，那土炕整夜都热着，便诞生了一句俚语："穷忍着，富耐着，睡不着眯眯着"。一个"眯"字的背后，是温暖、慵懒、知足和经济的日子。也因为此，不管是时势艰难，还是世道和顺，山里人都能伸展自如。"隐忍"之下，苦、难、惊、恐，都不存在了。笛卡尔说，我思故我在，换在山里，便是我忍故我在。

一个山里的秀才，喜涂抹，画了一只土龟，题款写着：我慢故我在。在他的意识里，缓慢、守成、寡欲，这些缺少思变色彩的东西，恰恰成就了山里人的生活。

到了夏天，山风清爽，人们便普遍猫在庭院里，名目曰：纳凉。瓜棚豆架，蝶蛾乱飞，玉米吐穗，猪狗无眠，都呈现着盎然的生机。如此节令，人自然也是不睡的。庭院里，坐满了人。蒲席，杌凳，石头，甚至几捧青草，都是人们的坐具。有的干脆就坐在土地上，还有的为了显得跟别人不同，竟坐在树杈上，垂下脚来晃动。

与白日里不同，坐在中心位置的，往往是女人，汉子们反倒蹲坐在角落里。婆娘话多，男人寡语，自然要坐在好说话的地方。汉子们低头抽烟袋，夜色中一明一暗地弄出萤火。也是因为黑，他们抽得坦然，苦烟叶也抽得甜，烟气袅过来，明明是呛人的味道，婆娘们闻了，竟也觉得是香的。就放任他们。男人不抽烟，还算什么男人？黑夜给了婆娘们豁达的心情。

葫芦花乘夜色开得恣肆，暗香浮动，招蛾蝶尽来。放在素日，沾花惹蝶，一如招猫缔狗，都是很不正经的生计，搁在眼下，就很正经了。没有蛾蝶做媒，上下忙乱，哪有秋后的满架葫芦？男女们都默默地欣赏着，以为好。

栏里的羊们可劲地倒嚼（反刍），有节奏的声音反而使夜晚更寂静；柴狗们把躁动捂在嘴里，化成温柔的呜哝，因为它们识趣，知道夜晚不适宜啸叫，既惊了人，也吓坏了自己。只是鸡公偶尔叫一声，人的不眠，让它们对时序感到困惑。

这一切，都让婆娘们感到兴奋与惬意，她们悉数登场，话语稠密。

母亲说,一转眼,已经是三个崽儿的娘了,就是上边不允许,要是允许的话,还想再生几个,猪羊满圈,儿女满堂,也不枉做回女人。

伯母说,你是好了疮疤忘了疼,每生养一个,都一如过了一次鬼门关,身子和心坎都是悬着的。

母亲说,喊,你又不是没生过孩子,把事情弄得那么玄乎。生第一次,是疼,生第二次,是怕疼,生第三次的时候,连疼的影子都找不到了,就一如进了一次茅厕,排了一次屎尿。

伯母说,你说得太粗糙,不过情景是对的。一如这日子——刚成家过日子的时候,觉得这日子缺这少那,很是难挨;再往后,觉得难日子,只要挨一挨,也是能过的;到了最后,已经习惯了,难在难中,反而不觉得难了。倒是好日子连续地来了之后,心绪竟不稳了,总觉得像是假的。也许是咱山里人本性贫贱,苦在苦中,才感到实在,才感到妥帖。

母亲说,你说得一点不假,日子过得太顺遂了,不但让人感到心虚,还让人无事生非。就说这夫妻吧,过苦日子的时候,还能往一处算计,一如冷在野地里,身子挨着身子,两个人都感到暖。一旦天天温饱了,身子却往远处跑,不是嫌弃,就是吵闹,一如地闲了长草,人闲了就分心。真应了老辈人说的,乡下人心性浅,可共患难,不可共厚福。尤其是男人,好在好中,反而不觉得好,总觉得在别处才有更好。

母亲一边说着,一边猫了一眼在角落里的父亲,透出额外的意味。

父亲做着村里的支书,常接待外边来人。刚接待过一个下乡巡演《杜鹃山》的剧团，对扮演柯湘的女演员很是惊羡，毫不遮掩地对人说，你看人家多美艳，拿自家女人一作比，就只有一个字了：完。

婆娘们会心，就笑。起初还忍着，之后就乐翻了身膀。笑浪之中，父亲顿生尴尬，很想发作一下，但想到自己支书的身份，矜持地欠了欠身，只是轻轻地咳喘了一声。

夜风不知何故，突然就止了，婆娘们感到闷热，索性就光了身膀。其实光身膀是山里妇人们的一个习性，只要生育过了，事情就没那么严重了。一如水流过了，自然要露出石卵，地收过了，自然要秃。甚至还是有繁衍之功的女人的一种荣耀和资格。男人的眼光也不躲闪，也不黏滞，坦然得一如不见裸。

伯母扫了一眼母亲，故作惊讶地说，他婶，你可真是皮实，都是三个崽的娘了，奶子依然是肿，肿得没皮没脸。

母亲说，肿也没用的，不过两包土。

这里的含义，只有山里的人懂。山里人说，没过门的女人是金奶子，过了门的女人是银奶子，开了产门的女人就是土奶子了。在他们眼里，再金贵的东西一旦实用了，也就落草如泥。美只是预备着看的，是无用之用。所以，山里女人并不太看重美丑，在无得无失之中，身心健壮。

伯母说，也是的，金银再贵重，也当不得饭吃，还不如土，能够长庄稼。

话说得入心，情感就融洽，虽夜色渐深，也不贪恋床，只觉得自己像永远醒着的精怪，自得之下，不停地笑，笑得有些傻，一如幸福的模样。

话头就接着往下延续。

母亲说,就说咱山里的物产,譬如花椒。花椒耐旱,不挑水土,只要有一小块土,就长很大一棵植株,山里的花椒树多,就是这个道理。花椒可也真的金贵,苞皮壳作调料,素菜蔬也能弄出肉味,里面的籽粒可以榨油,可以做酱,香乎人的嘴。可是这宝贝东西却生着怪脾气,满身芒刺,人一采摘,就扎你的手。咱山里女人的手,为什么斑斑点点、粗粗拉拉,十有八九是它坐下的。

伯母说,你还不能怨它,它教人明白,得到好处,你一定得付出代价。你也知道,你轻易地给人好处,往往不被珍惜,要不然怎么会有好心变成驴肝肺的说法。给人恩惠,要慢些出手,要有尊严地给。这花椒身上的芒刺,就是它的尊严。这不是要价,也不是要人家感恩,是让人明白,恩德的背后也是艰辛。

母亲说,还有那荨麻。为什么都管它叫蝎子草,因为它叶面油滑,叶背就是密密麻麻的刺,人不小心触上,就疼得钻心,一如蝎子蜇。就是这样不招人戴见的物件,它杆上的皮却是最好的麻,可以纳鞋底,缝口袋,织睡具。也多亏了它,即便是咱山路鞋费,也不担心鞋缺。这叫什么,叫看人看事,不能看表面,一如牛粪蛋再光鲜,却不是药丸,臭椿树再高挺,喜鹊也绝不会去筑窝,因为它味道难闻。

伯母说,就说咱这里特有的磨盘柿,彤红的软柿子总是长在树顶上,即便是借了夹杆,也难以够到。嘴馋的人以为它终究会熟透了自己掉下来,就仰望着在树底下等。等来等去,也不见它掉,以为还需些时日,就抬腿远去。可一转眼的工夫,它竟掉下来了,碎在泥里。你说这叫什么,这叫得与不得,成与不成，大多都不在于前面你费了多少力气，在于你有没有最后的那一点点耐心。

说到好像无话可说了，婆娘们静了一阵子。伯母突然打破了平静，说，咱说得这么热闹，怎不见他小婶子来？母亲说，你这是明知故问——她开的私药铺子，净卖假药，且多卖给亲戚里道。亲情是一张纸，都碍着面子，也就不好意思戳穿她。但人心究竟不是铁，即便是有了殷实日子，她心里也是虚的，没了清明坦然的心情。既然没了清明坦然的心情，她哪儿还会清明坦然地坐在这里。伯母说，看来人还是本分一点好，不单为别人，更为自己。

夜实在是深了，父亲不得不又咳喘了一声，说，都说婆娘是夜的眼，一点都不假。白天迷糊，晚上清醒，好像天下的道理你们都懂。不过还是早点歇吧，究竟是白天的清醒更有用。

这是变相的夸赞，让婆娘们很受用。她们说，你知道就好，省得你天一亮了，就不知道自己点的是几钱几两油的灯。

父亲说，别给鼻子就上脸，其实你们的那点清醒，还不是因为有一座座的大山——满山遍野到处都长着道理，你不用去问书本，也不用去问旁人，只要不傻不呆，总会有几分明白。

父亲的话点到了实处，婆娘们心虚了一下，暗色之下，也能看到脸上的羞红。都几个崽的娘了，还有女儿一样的羞，这一点很让他感动，他觉得，对岁月中的婆娘，他还是爱的。

起身的时候，突然看到几只萤火虫低低高高地飞过来，给了夜色一个充分的证明。婆娘们也心有感动，对父亲说，其实这人有时还真不如鸡虫，你看这萤火虫，在暗夜里走路，自己就带着一盏小灯笼。

隙地

所谓隙地,是空闲之地,是耕地之外,不被看重的荒疏或废弃之土。隙地之上,不做"正经"的种植和多余的期许,却生长独异的秉性,一如小镜不上妆台,却也照见容颜,修整额面,趋于净美。

其中故事也多,择其隽永者而叙之。

祖父过世之后,他留下的那群羊,须遴选一个继任的主人。不出三日,那人就选定了,是村西的一个光棍儿,大号叫李立广。一如他这个人,从一生下来,就很边缘,他的大名也是被淹没的,人们只知道他叫广儿。无论长幼,无论老少,都广儿广儿地叫,好像他是公儿子一般。他均答应得脆断,无计较之心。便更被人漠视:见了他才想到有这么一个人,背过脸去,就把他忘了。然而他实在,即便被人漠视着,上工的时候,也不知耍奸偷懒,耕、耪、锄、种,精细不苟,好像身后有多少双眼睛盯看,从不糊弄。他便比别人疲累，后背上的汗碱也洇得比别人阔大。这一点，也是被做支书的父亲猛然间想到的，他对支部一班人说，羊就交给广儿吧，他连庄稼都不糊弄，就更不会糊弄羊。大家居然都同意，直让人生出感慨：还是做老实人好，即便素日里被视而不见，关键的时候，立刻就见了。

广儿因为年轻，侍弄羊的时候，并不费力气。也是因为老羊倌调教得好，羊驯顺，懂时序，知深浅，也认识路，即便是换了主人，也依旧是找得见好草，经得起风雨，膘肥体壮，勤勉繁衍，队伍壮大。广儿被赞许的时候，嘿嘿傻笑，头反而放得更低。在他看来，好光景全是因为前人留下了一份好基业，至于自己，不过是顺势栽下了几株好庄稼而已。

也是因为年轻，多余的力气让他心痒；也是因为不糊弄庄稼，即便是远离田埂，也作庄稼之想。他有一颗种植之心，感到满山遍野到处都是好土，处处都可以种些什么。因此，他左肩挎着干粮袋，右肩挎着种子袋，在山路上行走，其肖像，与祖父大有不同。

在山根的水处，他用荆棵插了一个棚架，植了一架葡萄。三两年身起，满藤满蔓，都是沉甸甸的葡萄。摘下之后，送到队部，对父亲说，让大家来甜甜嘴。父亲说，是你自己卖下的辛苦，还是甜你自己吧。他说，我光棍儿一条，留那么多葡萄干嘛，独自甜来，反而伤心。有个贪人，不满足于与人分享的甜，索性背着荆篓径直去采，以期独占自享。遇到广儿的阻拦，他说，既然你种了就是送给大家吃的，干吗还拦阻呢？我自己动手，既称了你的心，还免了你"送"的那一份辛劳，你应该是乐的。

广儿说，我的一送，是公，你的一来，是私，这里的性质不同。

他在山脚的荫处，种了一排排的黄瓜，且春、夏、秋三季的品种兼而有之。他的用意是要让果实结得长久，依时序源源不断地惠及路人。果实一茬一茬地结，却一茬一茬地空，即便是有大量数的收成，轮到他自己时，却已是收成之尾。有人笑他傻，不经世故，说，常言道，无利不起早，无入就无出，你凭空就出了，你图个什么？他说，我什么都不图，就图个乐意。你看，从这里路过的，是赶山的、拉脚的、谋生计的、种庄稼的，全是辛劳之人，他们走得口渴，正遇上一些水瓜果，是不是立刻就有了一分喜乐？我得到的是喜乐之上的喜乐，你看，我是不是就比别人得到的多？再说，最让人感念的常常是那些傻子，忒精鬼的人反而让人躲闪，多得之后，未必就是舒坦，一如羊吃得太饱，一准会得病，挤挤撞撞的争抢之后，一准会发蔫。

在山顶的不毛之地，广儿垦荒，种下蔓菁。此地的蔓菁叫地萝卜，个小，耐旱，不挑风水，能顽强地生长。因此，它不欺哄种子，只要种子下地，就有收获。也因为此，它水分少，纤维多，味道苦涩，稀罕它的人不多。但是，它的短处，正是它的长处，放在菜缸里腌渍，无论放置多久，也不腐臭，且越是腌渍的久，越是清灵光鲜，好像在盐水里它也能生长。在无别的菜蔬烧制的时候，把它捞上来，辣椒油泼之，便可下饭，且能开胃口，让人吃得多。更要紧的是，遇到荒年，粮食断档，以它当饭，也能给人以饱。也是因为它的随意品性，再无手艺的婆娘，也能腌渍得好，便让她们看到了不稀罕中的稀罕，便动员男人，也自己动手，在房前屋后、路边坡头，在所能利用的隙地之上，广种蔓菁，给荒年储备，给不时之需存蓄。无意之中，广儿开了风气，有了羊倌之上的价值，被人尊重了。

但广儿从不滥用这份尊重，即便是父亲动员他当个村民委员，也被他婉拒。他说，我不过一个放羊的，多余的一点本事，也就是种种隙地，说我是好人还可以，说我是能人就差了。他还说，马大有人骑，狗大可入席，可这人一大了，就不知道供在哪儿好了——供在庙里，他是肉眼凡胎，供入祖坟，他又还多着一口气。你还是把我搁在旁处为好，矮着心性，我能找到自己。父亲说，你真是赖狗扶不上墙，麻绳提不起软豆腐。他细细一笑，支书，你说得好，我爱听，我赖着，软着，你省心，我也不费力气。

都以为不稀罕尊重的人，就再也得不到尊重了，日后，广儿却出人意料地做了一件让人不得不更为尊重的事情。

前几年，村里有一个暴发户，钱多了之后，在外边养了小，便对婆娘厌弃，常欢悦于外，旬月不归。即便归来，必裹以酒气，对婆娘大打出手。父亲虽为支书，虽也心中不平，但总觉得那是人家的私事，若出面干预，一遇尴尬，就不能退身了。其实，有钱人混横，不尿小吏，父亲心中胆怯，怕失面子。

在又一个大打出手的夜晚，在妇人锐利的哭嚎声中，广儿出现在那人的厅堂。把瘫倒在碎器物中的女人扶上座位，替她揩净了颜面上的血迹，对那个男人说，好男人不打女人，好女人不打宠物，你既然不管不顾地打，就说明你不但不好，还恶。恶人再有钱，也只能买个好棺材，棺材之上，也不会有人给你打经幡，这一点，你应该懂。

那人一愣，接着就啸叫，哪个婆娘的裤腿没扎紧，流下来你一个私生货色!

广儿一笑,说,你是欺负我没爹娘,埋汰我。但人可埋汰,天良不可埋汰,雷公可是一直就醒着。

那人说,天公再圣明,也不管私事,一如裤兜子抹黄酱,不是屎也是屎,私事就是这种说不清楚的事。所以,我尽管打,打到什么时候,外人也拿我没办法。

广儿又是一笑,说,你说得对,不过,你还是不够爷们,够爷们,你就往深处打狠处打,打折,打残。

你是什么意思?

你一旦打折,打残,就会被法办,你那娇贵的相好,就会卷起你的那些钱财理直气壮地去嫁个好人家。她享用着你的好,还不念你的好,你信不信?

恶人的气焰立刻就暗淡下来,说,我也不想这样,跟她说过多少次了,既然过不到一起了,就好离好散吧,可她总是执意纠缠,一路下来,情分就光了,只剩下烦。

广儿点点头,笑着转向女人,说,你也是的,人不能在一棵树上吊死,得看光景料理日子,譬如这男人,他要是稀罕你,即便他是穷的,过的也是有钱人的日子;他要是不稀罕你,再有钱,你的日子也是穷的。你都穷得这般光景了,还留恋他什么,离了吧。

女人一愣,说,也想过跟他离,可跟了他这么多年,整个人都被他用糙劲了,还有哪个男人能要?一如好堰田遭逢了泥石流,不成地块了,还有哪个庄户人能稀罕种呢?

你这就错了。广儿说,好的庄户人,从来就不挑剔土地,不管是沙地、壤地、整地、碎地、山地、平地,还是荒地、隙地、他们都毫不嫌弃地种。因为他们知道，只要是地，只要能承受种子，都能长出庄稼，都能结出果穗。譬如你吧，如果没有你的精干，你男人能富到今天这个地步？这一点大家都心知肚明，许多男人都暗自稀罕。譬如我吧，做梦都想娶你这样的媳妇。我光棍这么多年，比谁的心都急，你要是今天跟他离了，过不了三天，我就会托人来提亲，不信你就试试看。

妇人凄楚的脸上忍不住地露出了笑容，那个男人也不阴不阳地笑了，说，我说你怎么敢夜闯豪门，原来你别有用心。

广儿适时地退出那人的厅堂，听到那人在身后嘟囔了一句，我家的一块好田地，你想来种，你配吗？门儿都没有！

他耸肩一笑，心里说，不关配不配的问题，是关做人的问题，一如我种了那么多的隙地，结了那么多的果，是为了自己吗？与我作比，你真穷！再说，管别人的闲事，也一如种植隙地，收就收了，荒就慌了，无刻意的悲喜。

那家的战火果然平息，近于破裂的家庭终究得以维系。虽然其中也有无声的波折和苦乐，依山里人的观念，团圆着，总是好。

那个有钱人也不忘记这种好，通过自己的关系给广儿张罗了一门亲事。虽然是一个拖油瓶的寡妇，广儿也满脸喜色。他由己及人，心中豁达——既然自己在隙地上的播种，是为了惠及别人，别人送来的果实，自己也应该安享。从善处说来，施恩与承恩，都是一样的，都会让人亲密。也是这个原因，那个有钱人，还出资帮他办了一场很像样的婚宴。广儿既不拒绝，也不言谢，在他看来，经过了那个不平静的夜晚，花那个人的钱与花自己的钱，其实都是一样的。

山腔响远

一如有痛苦的地方就有呻吟,有疲累的地方就有歌声,古风流长、人情摇曳的山村,自然就有自己的戏剧。

故乡的戏剧,雅训的名号叫"京西梆子",本地人的称呼则是"山梆子"。

山梆子一说,更接近品性,便被叫得普遍。山里人率真、耿直,戏曲的腔调就纵情、高亢。唱段一起,就弄高声,好像把整个人都狠狠地甩出去,撞到山壁才往回折,然后再哼哼唉唉。哼唉的背后,是回味无穷的人生快乐。

山里的戏场多在传统的节日,大戏则放到春节。腊月热场,初一开锣,整个正月就唱得绵密连台。锣、鼓、梆、琴整日里吵得焦脆,人心也就热燥难耐,都想倾诉,都想登台,上不去台面的,也冲着山岚自吼,歪腔歪调,也自美,也痛快。

唱山梆子,多在村庙里的大戏台上。台眉上挂着长长的大红绫绸；台帮上镶着灿黄灿黄的雕纹楠木。戏未开锣，就觉得红火，就觉得富贵，就吊高了心气。对山里人来说，年节若没有梆子戏，就觉得过得窝囊憋屈。便形成了一个生活信念：宁可穷了地窖子，也不能穷了戏台子。

唱连台戏的人，就是村里人自己。戏里有生、旦、净、丑，村里有老、少、男、女；还犯得着请外人么？就投入自己，就兴奋自己。

对唱戏最上心的，自然是妙龄男女。山里人本来就长得清秀，若再施些个粉黛油彩，着一袭戏装，在戏台上一走，就好看得要死，就惹台下的男女倾慕。于是，村里的青年男女，都会唱一些个段子，都会走一场两场的步子，唱连台戏时，就都要争个扮相子。还有，素日里，老人们对自己的儿女看得极严，倾慕的男女若凑到一起，就很费些个周折。而唱戏的时候，人群熙攘，闹热如沸，老人们自己已沉浸其中了，就忘了别有觊觎的儿女，彼此倾慕的，就顺势聚在一起。由此看出，戏剧的本质，是给被禁锢的心灵，予以伸展的自由。

五叔是唱小生的尖子，与他搭对的，正是与他痴恋着的刘玉芝。初二晚上，五叔和玉芝唱"哭郿子"《寻夫记》。其中，玉芝有长长的一段大哭腔——

一更的一点月牙儿高，寻夫佳人泪花儿飘；盼夫盼到年关到，见一见我儿的父哇（哎咳哎咳哟哟哟），不枉走一遭，不枉走一遭。

二更的二点月影儿明，寻夫佳人泪珠儿盈；身靠寒衣当被褥，一阵阵北风儿吹哇（哎咳哎咳哟哟哟），天气冷似冰，天气冷似冰。

三更的三点月影儿残，寻夫佳人泪道儿涟；乡路黑斜身子软，孤苦一人远狗吠哇（哎咳哎咳哟哟哟），身世可怜，身世可怜……

玉芝唱着唱着，想到素日里与五叔聚会之难，便酸水浸了心肝，涕泪便汹涌遮面，一念二叹三咳咳，把个寻夫的寡妇唱真切了，惹得台下老少便呜哇成一片。

戏自然要演到团聚，五叔在幕后已被玉芝"哭"得泪眼婆娑了，上场时，就依然真情荡漾，便与角中的玉芝死命地抱在一起，成一团浑然的抽搐。

台下，玉芝的爹顿觉出个中滋味儿，便吼，个孽畜，演戏就演戏，还娘的真抱嚷！

台下便有些乱。台上的司鼓就急了，冲玉芝爹呵斥道，你捣的是哪门子蛋呢，再不住嘴，就把你轰出去嚷！

玉芝爹便矮了身子，将头扎在人群中，半羞半恼，也恨也怨，暗骂道，娘的，最能乱性的，就是这酸倒牙的戏了！

戏虽散场，玉芝和五叔的爱情却爆发得不可收拾。两人已顾不得老人的感受，拼命地跑到村西的谷场，将身子双双地扔到谷秸之上。不久，那一个松软的、大大的谷秸垛，便簌簌地坍下去了……

由此看出，生活孕育了戏剧，戏剧推进了生活。并且，由于生活的难与苦，使无能力改变现实的这群人，更愿意在戏里生存。

一如糖甜到深处就感到酸，山梆子唱到酣处自然就感到了缺陷。它最明显的缺陷就是硬，缺少跌宕与委婉，振聋发聩有余，余音绕梁、耐人回味不足。也不迁就嗓子，吼过几场之后，就嘶哑，使人感到遗憾，快乐尽管快乐吧，为什么还附以苦？

幸运的是，这里比邻河北省涿州，那里行世的戏剧叫河北梆子，是全国闻名的剧种。它的唱腔，既高亢响亮，又哀婉悠长，种种的好处，耳朵是听得出的。村里的有心人就常到涿州去看戏，一是享受，二就是偷——偷一些调门，回来嫁接。有心人中有个更有心的，叫李成存，因为他看上了一个唱青衣的角儿，柳棉桃。柳棉桃主演的《大登殿》《秦香莲》他都耳熟能详，且每个唱段他都能接着茬口唱下去，便把韵味带回村里。

因为是常客，柳棉桃也认识他，戏外相遇，忍不住朝他嫣然一笑。这一笑，让李成存失魂落魄，回到村里连续几天都窝在炕上。

一如乱世只有刀剑，唯有盛世才有琴弦。内乱开始，梨园封闭，柳棉桃也因出身不好，被戴上"反动戏子"的帽子在大街上游斗。竟至有一天被心理阴暗的造反派架到高凳的高处，玩"坐飞机"的把戏。斗得性起，踹翻了板凳，她跌了下来。跌得颜面出血，一条腿也折了。李成存冲进人群，把她抱起来，一直抱回村里，把她"藏"在家里。

柳棉桃的不幸，正是山村之幸——虽然村里的戏场也被叫停，但村里的干部朴实厚道，既不上纲上线，也并不阻止生活中的唱。村里戏迷就纷纷前来，听她唱念，并心仪为师，谦恭地学下来。渐渐的，山梆子的硬，得以软化，愈加好唱、好听。

柳棉桃一早一晚都要在崖畔上练嗓。一如是溪水就自然要流淌，是花朵就自然要开放，练着练着，她收束不住内心的冲动，整段地唱起来。山村静寂，山风清越，她的唱腔就显得格外妖娆。村里人说，到底是专业剧团的，开口就是一个清亮，能把心中的疙瘩唱舒展了。便把她的唱，当作日子的一部分，如果哪一天没有听到，就一如好菜蔬里没有放盐，寡淡得难以下咽。

伤愈之后，人们不忍她走，认为她本来就应该属于这个村子，不然怎么会一个陌生的山外人，一走进这里，就在心窝子里留下感情的根须了呢？便撺掇李成存有个动作，把一棵游走的树，栽在山里，使其繁花满树，悦人眼目。

村里人的愿望，增添了李成存的勇气，他向柳棉桃表达了心意。好像柳棉桃是一扇门，就是预备着被推的，她居然就接受了。倒弄得李成存有些不好意思，说，我这是不是有点儿趁人之危？柳棉桃说，成存你可别这么说，你也知道，涿州那地界正乱着，已无我的容身之地，戏已然是唱不下去了。再说，戏唱得再好，终究不是日子。戏是听的，而日子是过的，对女人来说，有日子可过，才是她的人生幸运，所以，我柳棉桃还得谢谢你。李成存慌乱地说，不，不，你这是给了我李成存一份大恩德，容我日后慢慢报答。

李成存的报答，是把她当成墙上的画、台上的角儿，供起来。但是，越是不让她操持家务，她越是缝缝补补、浆浆洗洗——所有的粗活，她都样样动手。直至把一双用来抖兰花指的纤纤妙手，弄得跟山里的婆娘一样粗糙多皱。越是不让她蒙受生养之累，以保持身段，她越是恪守妇道，延续香火，一连给他生了三个儿子。以至于身膀肥大，抬手投足间，与村妇无异。

李成存痛惜不已，说，是我害了你。

柳棉桃说，既然是生活，就要进入角色——我粗了手，却精细了日子，我臃肿了身子，却清爽妥帖了本心。戏究竟是戏，不能拿戏里的架势表演生活，你一旦不能分辨戏和日子，就不快乐了。

李成存感到，多亏了她是演戏的出身，戏文的教化，戏韵的濡染，使柳棉桃内心温柔，更懂事理，更热爱生活，也更像个女人。因为敬重她这个人，他更加敬重戏，酝酿着，一旦时运改变，他一定为戏做点什么。

这一天到来的时候，李成存反而内心不平，满面愁容。因为唱戏须闲，养戏须钱，虽立下誓言，但他眼下的境况只有一个字：穷。

一如是柳就绿，是桃花就红，此时的柳棉桃一听到胡琴声，身膀就动，随口就唱出戏段，且板眼依旧方正，不改当初的好。

一个好字，让李成存作出了决断，他对柳棉桃说，邻村在挖煤，我要去走窑。

柳棉桃一愣，说，当矿工的都是一些青壮，然而你已然老。

李成存说，但是钱可不管老幼，只须挣。

柳棉桃自然知道他挣钱的用意，但若执意反对，会伤了男人的尊严。伤了男人的尊严，也就伤了自己的脸面，因为他们两个的缘分是来自戏，戏的背后能让她真切地感受到一样东西：爱。

李成存的辛苦钱，让柳棉桃更感到戏曲之重。不仅竭力调理声腔、修练身段，苦苦找回昔日的自己，还延续自我——在村里组建了一个团队，担纲排练，废寝忘食，日日精进，颇弄出一些声名,竟至走上了全县地方戏的调演舞台,得以一展风采。

演出那天,李成存就坐在一个能被柳棉桃看见的位置,心里既抱着往日在涿州时那样的原始期待,也渴望着能找到自己价值的最后证明。

他很紧张。

柳棉桃登台之后,从容唱念,如入无人之境。身段妙然如初,唱功炉火纯青,把戏场的气氛弄震惊了。震惊之中,李成存彻底放松了,回归到了一个纯粹的观众。柳棉桃把陷落之痛和新生之喜匝入唱腔,声声慢,声声也激越,西风烈,西风也祥和,一如戏与生活。加之京西梆子的高亢与河北梆子的哀婉无缝隙的融合,戏一出口,也新奇,也熟悉,一如既可回归,也可远望,大美无痕,却处处入心,使观众得到了一种从来没有过的感动。便全场鼎沸,金奖披身。

当奖杯和鲜花盈满于怀的时候,柳棉桃看了一眼李成存的位置,人却不见了。

这时,李成存正走在县城的矮桥之上,望着桥下无声的河水,他忍不住号啕大哭。因为大恩报过,他的心彻底空了……

山石殇

　　家族里，在我这一辈人中，继承了祖父的俊美和高大的，有两个人，一个是我，一个是堂兄——学。我们同庚，命运却不同。

　　伯母和母亲同年有孕，一同来到祖父跟前，求他为未来的孙嗣起大名。祖父捻着他的玲珑须，沉吟良久，开口道，好说，先来的叫学，后来的就叫义。

　　两房儿媳走了之后，他对祖母说，那个叫学的，日后是个种庄稼的，有三次婚姻，义则是做学问的，即便是多有杂念，也只娶一次。祖母说，亏你还是个做党员的，也搞神迷六道，简直是个经不得官的老不正经。经不得官，是京西的一句土语，意思是说，这个人言谈举止鄙俗猥琐、轻浮荒唐，上不了官面（台面）。祖父笑笑，说，我也就是随便说说，不可当真。

　　祖母是个快嘴儿，把祖父随口说的话传布出去了。两个媳妇觉得这可不是一件随便的事，因为对公公敬重，所以笃信。

两个人之间就生出薄怨，再见面的时候，就都指着对方的肚子打趣到，你也是的，连怀孩子的事也一起凑热闹。便都不跑不颠、小心谨慎，都想生在后头，生出个"义"来。

人算不如天算，那个"义"字终究是冠到了我的头上。

不过，两个人同年出生，一同长大，同样俊美高大，不分彼此，两个生母就都欢喜，觉得祖父的话，真的不必当真。

我们俩更不当真，觉得祖父虽有威仪，毕竟只是个放羊的，不是那种未卜先知的角色。在日子里，我们形影不离，如同一人。以至于伯母和母亲也被感染，也和好，也亲密，觉得学和义是分不开的，学就是义，义就是学，如同己出。

然而，学好动，义好静，渐渐就有了区别。

上学的时候，义亲近书本，学习专心，学则以学为苦，上课的时候，致力于把前桌女生的长辫子拴在椅背上，静等下课时，女生的一声尖叫。即便是这样，那个女生还喜欢他，整天跟他黏在一起。别人认为那个女生轻贱，我则看到了人的复杂之处，觉得人性很是莫名其妙。

我单纯，一进书本就忘我；学早熟，陷在青涩的情爱之中。虽然在学业面前，我们有了很大的差距，但都不以为然，因为各自有各自的喜乐，都欢悦。

他变得越来越爱惜容貌，小小的年纪就梳了分头，零乱时，会吐口唾液，用手在头发上抿一抿。他爱穿白网球鞋，一有赃污，就用粉笔偷偷地涂一番，鞋子依旧白。我则不讲究穿着，灰头土脸，形象猥琐。女生笑我是书呆子，男生则忿嫉，常欺负我，并质问：凭什么你学习好？每到被欺负的时刻，学总是及时到场,怒斥道,他就是爱学习,碍你们蛋疼!

高中毕业,我考学出山,学则回家务农。他依旧有说有笑,说,你读你的书,我种我的地,都好。但送我上车的时候,他小声地说了一句,我知道,将来你会比我混得好。然后,无所谓地笑一笑。但我还是看得出,他的笑中有一丝隐忍的忧伤。不见他人影之后,我忍不住哭了。因为都说义和学是一个人,却终究分离,看来,在时运面前,再好的感情,也不能自己主宰。不能主宰,便忧伤。

一如早熟的果子常常会掉落,他与那个女生的感情也终于不果。因为那个女生也考出山外,距离间隔了话语,也离间了心。

一如山里的太阳也是太阳,回乡务农的学依旧保持了阳光本色。他学会了开汽车,开了一家石板厂。他说,大山有上好的石材,却一直沉睡,想要一见天日,须我。颇有天生我材必有用的豪迈意绪。

他的石材销路很广,即便是新西兰、澳大利亚,都有他的出口份额。他走上了富裕之路。

荧光之下,钞票的额面上也有奇采。伯母点着儿子挣来的大把的现钱,乐而忘忧。钱、学问,在她眼里,后者是轻的。在义与学之间,还是义的忧烦更多些,因为义毕业之后,当了一个小干部,每月薪水是很有限的。倒是母亲生出一丝辛酸,对我说,你看人家学,发了。我说,这很好,我祝福学。母亲说,你倒想得开。我说,是人家学先就比我想开了。

在我眼里,义和学,是没有贵贱的,只要能活出自己,都好。

日子殷实了,自然就有人找上门来。一个远房亲戚主动给他保媒,介绍了一个女子。因此,就生出变故,影响了他日后的生活。

那个女子,家境一般,长相也很普通。见过面之后,学不置可否,无动于衷。但不知为什么,她博得了伯母的好感,执意要学依从。学是个孝子,不愿拂逆母亲的意志,也就半推半就了。

这就铸成了大错。婚后,他一直找不到感觉,对那个女子很冷。他心中有自己的度量,度量衡就是那个相好过的女生。横比竖比,总不能一比,便虽同在一个屋檐下,却异常陌生。那个女子虽处弱势,但却异常自尊。既然你不对我好,我也就不悉心伺奉,以至于学疲惫地归来,家里也是屋冷灶冷。学很愤怒,妈了个巴子,老爷们儿在外奔命,你连个热汤热饭都不弄,即便是养条狗,也会对主人挤个媚眼摇个尾,也会让你心里暖暖烘烘。

女子说,然而我是人。

学说,既是人就做人事,我这里不养闲人。

女子说,那好,我走。

学说,你说得倒轻巧,为了娶你,我又盖房子又送聘礼,婚事也铺张,我是花了大价钱的。

人毕竟不是狗,狗吐出来了,还可以吃进去,人一旦伤了,表面的伤口虽然复原了,心里还是痒。他们之间没有一天温馨日子,女子即便是有孕在身,也没有温厚之念,头疼脑热,专挑孕妇忌服的药物,孩子生下来,即是脑瘫的残儿,只好悄悄地处理掉了。学冲动之下,大打出手,把女子打成残废,最终离异，赔偿了一笔大钱，人财两损，伤了元气。这之后，一个阳刚的汉子，有了忧戚之色，常一个人枯坐，恒久无语。

伯母说，都怨这个媳妇。

学说，怎么能怨人家，横竖是自己的选择，再说，她这个人贱而尊，倒是应该被敬重。

学本心板正，后悔于对无辜的伤害，所以，他的忧戚中，潜藏着一层很重的自责。

多年之后，他到唐山去送板材，遇到了后来的媳妇敏。敏是唐山地震的孤儿，一直寄居在做石材生意的叔父家里。学每次去唐山，都是敏侍候家炊，给学做很精致的菜肴，殷勤温厚。敏相貌端庄，语调婉约，让学喜欢。更重要的是，行止间有那个女生的余影，更让学心热，便很自然地走到了一起。

娶到家门，果然好合。敏，一如悯，她知冷知热，很悯惜男人的辛苦，变着花样给丈夫侍弄吃喝。不管学归来的多晚，她都耐心地等，且待男人拿起了饭筷，很适时地斟上一杯酒。学感到很甜美，恨不得马上就到床上去，爱她到肉里。爱到床上时，敏一切都依，怜他，宠他，学欢快得像个孩子，叫她小母亲。外人问敏怎么好，学羞然一笑，说，她很女人。

有了敏，学就不像原来那样不管不顾地做生意了。尽可能少出门，尽可能早回家，不愿让生意拴住自己，而冷落了爱情。在他眼里，钱与恩爱，前者是轻的。他进入了知足常乐的境界，常说，挣钱为了什么？是为了过好日子，既然好日子就在眼前，抓紧了过就是了。他的意思是说，他可不愿做那种为了多余的钱而耽误了好日子的傻事。

学不仅过好日子,也想到了住在平原的义。那时义住的是周转房,难在冬天的取暖。他便每近冬季就送一车原煤下来,他觉得义的日子好不好,跟他有关。每次见了义,学盈于口的话语,都是对敏的称赞。义被深深感动,爱上了爱情,并为爱情祈福。

敏给他生了一个女崽,他给取名叫檀。檀是京西名贵木,且有淡香。学开始有了寄情于娇儿绕膝的兴致,常用短髭贴檀的嫩脸,惹檀且笑且咻。净洁的庭院里,葫芦花开得当时,粉蛾也游弋得多情,而立于此间的人,学俊美,敏端庄,檀娇艳,如花美眷,只天庭方有。那次我回家看母亲,见到了此番情景,不禁慨然生叹,不妒之心,居然也生出一丝妒意。

好日子也是要传的,学想要个儿子。敏虽身型高挑,但体质是弱的,怀孕之后,整个人都"锈"了。到医院胎检,医生也说,敏患贫血,产龄也大了,存有高危,你们要慎重。一如阳光普照不虑屋漏,志得意满不察逆旅,学觉得自己的日子如花似锦、顺风顺水,生活给他预备的皆是幸运,便一笑而过,不以为然。

不幸,像赴一个邀约,果然来了。敏难产,继之大出血,去了。临走前,抓住学的手,纸白的脸上,露出一丝歉疚的笑,说,她爸,对不起,我不能陪你了。

学轰然倒下,昏去三日。醒来时,敏已进了坟茔。由于先殁于本夫,依京西规矩,不能归入正坟,便葬在祖坟旁处的一个小山包上。荒草蔓茂,一块小小的墓碑,马上就被湮没了。敏生前团圆,死后孤单,学百感交集,抱着墓碑,大哭三日,形貌为之改观,不见俊美模样,一如拾荒者。

接下来的时日,他不思茶饭,只饮酒。酒后絮语敏之好,说,不如也死。因为,只有夫妻双亡,才能并骨,才可迁入祖坟,有祖先照应,他与敏还是好合的。

伯母说,你得挺起腰来,因为还有檀。

学病怏怏地说,好吧。

但是学再也无心打理生意,托人经营。经营不善索性把产权卖了。伯母痛惜不已,说,你真不像个男人,敏不过是个小小的女人,家庭的前景才是江山,才是大。学说,你老不懂,家境再富裕,如果没有圆满的人,也是穷的,既然我已经穷了,就不怕穷了。

伯母说,然而檀怕穷。

他说,檀也不怕穷,手中这点积蓄,足可以给你养老,足可以给我送终,也足可以把她培养成人,到钱财散尽的时候,檀就有自己了。

伯母认为学满嘴胡话,是中魔怔了,无奈之下,只有听之任之。

待檀考学离家之后,学的庭院里,就再也不见炊烟了。他向隅呆坐,终日只泡两碗方便面。到了冬天,也不生炉火,冰天冰地,直挺挺地躺在床上,不忌生冷。对家人的规劝,他只是凄然一笑,说,你们到底不是我,只有冷在冷处,我才能感觉到我。

学也不收拾额面,胡须凌乱,指甲脏长。檀每次回家,都要坐在父亲的腿上,给他刮刮胡子、剪剪指甲。他听之任之,面带微笑,像在敏面前那样乖巧。他对檀说,都是爸害了你妈,在好日子面前不知道节制,心里太贪,等醒悟过来,已为时过晚。檀说,然而妈也是贪的,他想让爸过得更好。

父女俩有共同的思念,同病相怜,便爱得很深,无人处,常相拥而泣,互问暖温。旁人窥得,心酸难耐,怨老天昏蒙。看来,学之所以还能继续自己的日子,全因为檀还有淡香,还有最后的一点点滋润。

学虽然吃得少,但每天三顿酒,而且喝的是塑料桶散装的劣质酒。

节日相聚,我对他说,我也不劝你戒酒,只是想劝你喝就喝点好酒,年龄也不小了,身体要紧。

他说,好酒,赖酒,在我这里都是一样的,不过是在恍惚中,见一见敏而已。

除夕之夜,几家人聚在一起,大杯小盏,纵情畅饮,说见闻,话亲情,共论家族兴旺。学也陶醉其中,一如霜梅开出艳花就扎眼,他的笑便格外引人注目。大家顿生宽慰之情,认为那个俊美的学,又回来了。

但就在大家酒酣情浓时刻,独不见了学的身影。欲分头去寻找,伯母说,不用找了,他肯定是去坟地了。

学坐在敏的坟前,一张一张烧纸钱,且嘴里念着,泪水流着,令人心起皱。纸烧过,人也不归,躺在坟前的山石上,索性睡下了。夜深风寒,山石阴冷,都说把他劝回来,伯母说,依他吧,他有他的团圆。

以为年关增想念,依就依吧,伯母却说,不是的,他每天都这样——上半夜还睡在床上,到了子时,就去烧纸,然后就躺在那块石头上，一直到鸡叫，魂灵不得不回去的时候，他才蔫头耷脑而归。

伯母说完，竟嘿嘿地笑，好像她的叙事，是别人有趣的传奇，与自己无干的，我便惊在脸上。伯母瞥见，说，你也别纳罕，我被他弄得都不会哭了。

学的行径，弄得大家惊恐无眠，均唏嘘不止，感生活沉重。

我觉得，义对学是有责任的，便单独找他谈了一次。自然是晓之以理、动之以情。一番苦心之后，他竟说，你说的道理我都懂，都懂的道理就不是道理了，所以，说什么对我都没用。倒是我要劝你几句——

他说，小时候你用功读书，别人就眼气，就欺负你，现在也如是。你事业有成，名气大了，未必人人都服气，都敬重，所以你千万要自知，要节制，要低调，别太看重自己。一如爬上高处，千万别推倒梯子，上去了，得想着怎么下来，得给自己留着后路。听说你现在正跟弟媳妇闹生分，这是不对的。因为以前尽听你说她的好，而现在却不再听到你说她的好了，肯定是你不好。好媳妇是用来稀罕的，不是拿来抛弃的，除非你从来没有看上过，不是你自己的选择。

一个伤在爱中的人，再说爱的事，声音是有重量的。我被他"劝"得面红耳赤，半天喘不过气来。我只好说，依你就是了。

你还得依我一件事，他说，等我不在了，你要把你侄女檀当亲闺女看。

我说，年纪轻轻地，不兴说这么老暮的话。

他说，鬼的事，其实人是懂的，到了一定地界，你就知道了。

他弄得我毛骨悚然。觉得学阴气太重,虽然依旧生在阳光之下,却早已半截子入土了。

我说,我们能不能说点轻松的话?

他说,就说说咱们的祖父。你别看他只是个放羊的,可天底下的事他都懂。一些邪怪的事发生之后,大家都惊异,只有他不惊不奇。他整天在老山老岭里转悠,那里就藏着事理。还有,旷野寒山里,除了兽,包括狐仙,就是游魂野鬼,他每天都跟他们打交道,自然就通了心曲,身上就有了神性,能预见未来。为什么祖父满脸净洁,唯独右腮上孤零零地长了一根长须(玲珑须)?那是仙人貌相。譬如,他说咱俩的前程和婚姻,岂不就准了。悔不该把他的话当儿戏,如果早一点放在心里,且谨慎处事,或许会往如意里变的。

我说,你怎么又开始弄玄虚?其实祖父的预言也是不准的,譬如,他说你有三次婚姻,事实上,你不过两次迎娶。看现在的情况,你已无心再娶,他的话便不会落到实处。

已落到实处,学说,那个女生虽没正式过门,在我心中,也是娶了的。只不过凡人都目盲,看不到本质。再譬如说你吧,祖父说你只娶一次,那肯定是注定了的含义,如果你执意改变,或许就会招来灾异,应好自为之。

他的话,真的对我发生了作用,这之后,我摒弃杂念,善待婚姻。虽多有龃龉,也能忍耐,一如熟透了的麦穗,自然就退了麦芒,只有籽粒,渐渐地,竟能和谐相处,多了眷恋,相看不厌,类似甜蜜。

人总是能疗治别人的伤痛,一到自身,就混沌了。学依旧不能放下心执,依旧整日里喝他的劣质酒,冰冷的山石上,依旧是他热的身影。

他期待着一个日子。

那个日子终于如期而至——去岁的一个冬夜,他心脏病突发,抽搐中,从床上滚落在地,磕破了额头。他挣扎着站起身来,想扶着墙壁走出门去。然而不能,依着墙壁,慢慢地萎顿下去。在那个过程中,他蘸着额血,从上到下写了三个敏字。字迹从大到小,从清晰到模糊,一如他生命的气息。

去见他最后的遗容的时候,我惊呆了。仅一年不见,那个高大身形竟小得像个儿童,一味地收缩,瘦得像魂灵。

他仅仅48岁,刚进入生命的旺季。伯母说,其实他早就有心痛的毛病,但就是不去医院,也不备下自救的药物。他觉得自己经得住磕碰,因为感情的磨难尚未到头,最后的幸福还不属于他。

檀不哭,只是一直站在学的面前,默默地望着他,好像父亲刚刚睡下,不忍惊扰。檀白皙、净洁,有庄重之美。她已是二十几岁的大姑娘了,但一直不动婚嫁之念,因为她害怕,既怕嫁给不爱的,又怕嫁给太爱的。

想到学给义的托付,我也不哭。拍拍檀柔弱的肩膀,告诉她,接下来,该我们自己怜惜自己了。

檀点点头,叔,我懂。

补记:学的故事,即便真实,以人类的情感历史衡之,也很老套了。但是,放在重物轻心、重利轻义、重性轻情的世风之下,便不啻一阕反拨今人的爱情挽歌。一如主人公学所说,"家境再富裕,如果没有圆满的人（爱情）,也是穷的",贫穷但是有爱存焉,也是能够承受的,因为感情能够涵养人,生出自足而强大的心力。这虽是老生常谈的浅显道理,但是浅显的道理如果常说,便深刻了,便成了人的价值取向和行为准则。要紧的前提是,今天的人已经很久不说。不仅不说,反而认为迂阔。学的故事还告诉人们,爱情是机缘,婚姻则是命运,是神秘的存在。因为神秘,所以神圣,一如敬天敬地,我们要庄重把握,心存敬畏、敬惜和敬重。人心不古,世风浇薄,而我人微,爱着爱情,顿生忧伤,便感慨系之。

旧信有寄

在父亲去世十六年的忌日，我突然想到，在他生前，我们是通过信的，便翻箱倒柜，急切地搜索。终于找到一封我给他的去信（至于来信，始终未曾找到），被他小心地夹在他的笔记本里。急切地读来，往事如昨，泪流满面——

敬爱的爸爸，您好！

过春节回家见到您，心里极不是滋味；刚一年不见，您就瘦得皮包了骨头，腰脊也佝偻着，像随时要乞求些什么！您才四十七岁呀，是多么金贵的一个年龄，它象征着健康、成熟及坚韧、自信，而您……

您躲避着我探寻的目光，只是默默地接下我手里的东西，然后摆到该摆的地方去；其实您内心正沸腾着，肺腑正剧烈地冲撞着，有无尽的话要说；您却一句话也没说，您觉得什么也不该说。因为,您曾说过:"都这把岁数了,说什么都不中用,莫如不说。"

我知道,这一年来您是在屈辱和愧疚中熬过来的,您觉得自己无能,愧为人夫人父。其实,为的只是三件极平常的家事。

第一是母亲被祖母痛骂。那日三叔和五叔的崽在祖母家争食,争来争去争出了拳头和眼泪。祖母从来是偏袒三叔的崽,因为三叔嘴甜。于是,五叔的崽便被祖母扇了耳光,倚在门槛上哀哀地哭。母亲见了,对祖母说:"都是一样的孙子,该一同管才好。"祖母竟恼了,对母亲大骂,就像骂有旧怨的仇人。您从外边回来,祖母一下抱住您的腿,边骂边号啕。您知道母亲并不错,但不敢冒犯祖母,便不分轻重地斥责母亲。母亲极委屈,很长时间不理睬您。您赔了不少好话,甚至屈了男人的骨架,低声求母亲。母亲虽然原谅了您。对您的关心却大不如从前;您甘愿受夹脖子气,默默不吱声。

第二是二弟娶亲。弟媳家在更深的山里,娶亲的路是二百里极难走的山路。娶亲的日子是您找阴阳先生定的,不期那日下了一层薄薄的雪,接亲的司机便有了推辞,死死不肯出车。我便与您商量,是不是改一下日期。您极惶恐:"掐好的日子,怎动得,一动就遭灾!"您冥顽而固执,白劝了好长时辰。我便只有拿在县上当干部的面子求那司机。那司机竟死不答应,将我晾在一个极尴尬的境界。您很绝望,竟给他跪下了。我一下受到空前的刺激,几拳把那小子揍趴下,跳上车去,冒着极大的风险把车开进山去。事后,我挨了领导的批评,并受了处分。您拉着我的手:"怨爹无能,让你跟着跌面子。"说完竟孩子一般哭了。其实才多大点儿事啊,您居然这样,所以我不由得责怪了您一句。

第三便是我给儿子取名字。二弟娶亲以后,家里难办的事情愈来愈多,譬如给二弟找工作,给二弟找盖房的木料。这一切您都无能为力,便只有靠我。您总觉得我担负得太多,把该您担负的也担负了。您觉得对不住我,便一切都顺着我;并且,该拿主意的时候,您总是说:"听听老大的。"孩子生下一个多星期,您特意从山里赶来,递给我一份发黄的家谱。我懂您的意思,但我嫌家谱中那个字太俗,就另从《辞海》中查了字。您只是默默地不说话,但抱孙子那份天伦之乐,却至今未绽上您的眉梢。

父亲,我猜您正是为这三桩小事而枯瘦的,您无需隐瞒。但我要说:您心思太重,活得太怯懦太拘谨。对于祖母,您为什么不同她辩一辩理,都啥年头了,何为孝,何为尊,不该重新考虑考虑么?!对于我和二弟,您并没欠什么,您只是一介山民,您就那么大的生存空间,该做的,您已经努力做了,面对生活的艰难,您该笑一笑才是!至于给孙子取名字,您觉得哪个好,您就取哪个好了。在儿女面前,您应该勇于表现自己的意志,错了又有啥关系,谁让您是我们的父亲呢!

父亲,想想您的经历,您做过窑工当过支书,应该有些境界了,但您仍挺不起胸来。您因袭得太多太重,缺乏达观的胸怀和不屈的精神。我斗胆地说一句:您这一代人还没真正学会做父亲,该争的却任意失去,该解脱的却又拘束得太死,只是跟自己过不去,何苦呢?!

请原谅我冒犯了您。耕种时我一定回去,与您斟上一壶酒,说一番透话。

1991年3月5日大儿敬上

我反复读着这封信,在泪水中,惭愧似刀,刀刀致痛。

一如承重者身矮,前行者无声,那时的父亲,正负载着家庭全部的担当,所以他隐忍,所以他低身。而我却像个旁观者,高高在上,发出浮漂的声音,现在看来,真有大不敬的味道。尊者不在,忏悔无门,心中苍凉,竟至大放悲声。这一次,是为自己而哭,一如失怙的孩子,知道自己可怜,不敌酸楚。

忽然想到了徐迅的散文《半堵墙》。他说,有父母在,好像身后有一堵为自己遮风挡雨的厚墙,一方不在了,就只剩下了岌岌可危的半堵墙,心里就有了越来越强烈的仓皇。他还说:

"在这之前父亲尽管沉默寡言,但我总是走在父亲那饱含深深期待与温暖的目光里,可如今竟连这样的目光也不会再有了——人生虽然不是表演,但实在需要一种真情的注视;现在陡然缺少了这种情感,我觉得我所干的一切都失去了意义!我本能地朝前走着,在心里不停地给自己鼓气:即便是一棵孤立无援的树,也要继续生长啊!

徐迅说出了我积郁了多年想要说的话,让我顿生感激。

自己的父亲也是个沉默寡言的人,作为山地人,他别无长物,是自虐一般耗损了自己的身体和心智,才把我成就为一个平地人。我因此就不敢懈怠，暗暗发誓，要用不凡的作为回报他。但是，他没有等到那一天，仅仅五十二岁的年龄就逝去了，辞世的时候，他的面相年轻得跟我不分上下。所以，当我有了官职和文名之后，我高兴不起来，每出一本新书，就在他的坟茔上，一页一页撕下来烧。火光中，总是出现他那张年轻的脸。这种阴影，是一直也抹不去的，现实中的我，便一边追逐着，一边心灰意懒。

有这种感情的人还有一个，即伟大的人道主义者巴金。

巴金的小说，包括他晚年的随笔，细细品味，都有很重的感伤和虚无色彩。长期以来，许多论者都认为那是缘于他早年所受的巴枯宁、克鲁泡特金等无政府主义的影响，甚至还包括赫尔岑伤世情怀的熏染。读了《巴金的两个哥哥》，我方觉得，这些认识都是靠不住的。在这本书里，巴金说——

我的两个哥哥都是因为没钱而死去的，而现在我有了钱还有什么意思？我也不想过好生活。

这虽然是一句平易的话，却有催人泪下的血泪滋味。稍一沉思，不难发现，人的一生可以经历种种改变，有些因素是从来也改变不了的。其中，血缘、亲情关系，是最不易改变的，因为它是社会关系和人性的基础。一个人，无论如何漂泊、如何奔竞，他最后的回归之处，无非是故里和家庭。家庭是人心中的圣殿，血缘、亲情关系是人性最根本的牵制。一个再冥顽不灵的人，也知道要衣锦还乡，而不是锦衣夜行；一个再不慕虚荣的人,也会把荣誉的光环放大于家人之间。家人对一个人的价值认知,往往比社会对他的认可,还令他满足。所以,"光宗耀祖"不是什么见不得人的狭隘伦理,而是根本的、积极的人性驱动。

后来的巴金,虽然金钱、地位、名分等等,统统都有了,而且还都是大有;但是最能够欣赏,并与之分享的家人——他的两个敬爱的哥哥却都不在了,他的生命失去了价值认知坐标和根本性动力,所以他说:我也不想过好生活。

将心比心,我觉得巴金的感伤和虚无,不是什么主义的产物,而是生命化的东西。晚年的巴金为什么是那个样子?因为他不再看重自己的所得,心无羁系,便敢于自嘲,自审,自剖,随心所欲地说话——说真话。如此看来,伟大的人道主义者的巴金,不过是一个更重亲情的人!

一封旧信,居然让我想到了这么多,一如经受了一次特别的心灵洗礼。母亲正巧推门进来,我赶紧把信收藏起来,并笑着迎上前去。第一次克服了山里人根性的羞涩,把她拥进怀里。因为我想,幸亏还有母亲在,愧疚还可以平复,欠账还可以补偿,人生还可以看到意义的光亮。

喜乐

祖父问我，在咱这个地界，哪个时辰大家都喜乐？

我左思右想，也找不到确切的答案，便对他说，你说。

纳凉和赏月的时候，大家都喜乐。他说。

为什么？

他说，你看，月挂高空，风吹阔地，空阔的地界，容不得小——没有哪个人能独自私眛起来，好风景被大家公有着，贪占之心就去了，就径直享用，不生妄念，就没心没肺地乐。

祖父又说，这意味着什么？意味着只要去掉一个"眛"字，也就是说不私取好处，不私藏秘密，一切都放在公处、放在明处，一如老爷儿（太阳）一旦直照到头顶，立马就消失了阴影，就人人温暖，处处喜乐了。你要是不信，你且留心看吧。

一旦留心了，祖父的话，竟在许多地方都得到了验证——

譬如西坡上有一片杏林，结的都是水杏。所谓水杏，就是果肉鲜美、甘甜，可径直入口，给胃以抚慰。因为是美味，大家自然都关切，村里就做了一个规定，到了杏林之下，可以大快朵颐，即便是涨坏了肚子，不停地放屁，也是允许的，但就是不允许装在兜里带回家去。水杏大家共享，心情就敞亮，话语就稠密，大家有说有笑，其乐融融，且都盼风调雨顺滋润树木，让杏子多结一些。如此一来，虽光阴荏苒，大地荣枯，但那片杏林却至今依旧茁健繁盛，果实累累，无一丝衰相。我不禁感到，公德心不仅喂肥了乡情，还涵养了树木，喜乐也。

再譬如祖父房后的那群蜜蜂。本来祖父是羊倌，无心做蜂匠，但老天偏偏赏赐，给了他一群蜂。那天他赶羊归栏，走到村口的大槐树下，见到村里老少都围聚着，指指点点，喊喊喳喳。上眼一瞧，一群野蜂绕树飞翔，一如乱云飞渡。祖父说，它们失了蜂王，不认识回家的路了。有人问，你老精明，可有法子收束？祖父不紧不慢地圈好了羊，到了村部的库房，那里有一个闲置的蜂箱和几页蜂胚，他借了出来。他泄了一碗白糖水，涂在在蜂胚之上，举到大槐树下。野蜂居然都飞来落脚，竟至伏贴得密密麻麻。把蜂胚依次放入蜂箱，搬到房后，就成了一群家蜂。起初人们惊奇，再后人们阴沉。人们说，蜂飞在野处，是大家的，入了你的蜂箱，就是你的了，是不是有些不公平？祖父一笑，说，俗话说拔腿才看两脚泥，你们真是心性小，连拔腿出水的耐心都没有，请你们记住了，日后，这蜂还是你们的。

祖父把放羊之余的时光，都给了这群野蜂。耐心调教，悉心喂养，把它们侍弄得驯顺了。待荆花繁盛时节，它们拼命酿蜜，给人以回报。摇下蜜来，祖父对村里人说，你们且拿碗来。蜜分到人们的碗里，好像也把喜乐分进人们的心田，他们品尝着意外的甜蜜，心中的纠结解开了，感到蜂箱虽然放在祖父的屋檐下，好处却放在众人的心坎上，喜乐之余，对祖父多了敬重。祖父也乐在其中，添置了新的蜂箱，把蜂群繁衍得壮大了。他说，众人皆大欢喜，我岂有不喜？既然人人皆喜，只管放开饲养就是了。

还譬如乡村的鸡蛋。

在贫寒的往昔日子，平常见不到现钱，老母鸡便是庄稼人家的银行。因为鸡蛋可以换回日常生活的油盐酱醋，也可以换回小学生的纸笔橡皮——一枚鸡蛋，一如一枚金币，是重的。而农家的鸡都是散养的，指望它们到山场草丛中觅吃食，腹中之卵，自然就担心丢。婆娘们一早起来，便有一个习惯性动作——抠鸡屁股——确定一下鸡在当日是否有蛋孕育。一旦确定，婆娘们会把信息私密起来，兀自看管，兀自留心。但是，即便格外小心，因山场广阔，人迹熙攘，鸡蛋依旧会丢，便大呼小叫，怀疑邻里，惹大家人人自危，乡情生疏，空气凝重。丢来丢去，婆娘们倒生出一丝豁达——不怕贼偷，就怕贼惦记，要是有人生了贪占之心，你怎么防备，也是没用的。再说，母鸡自己就长着脚，走东走西，也不由你，如果它自己弄丢失了，你还偏偏朝人群里寻觅，岂不是白白败坏了邻里关系？横竖就是一枚蛋，何必弄得那么私密？再抠过鸡屁股之后，索性公然宣布：我家的母鸡今天是会下蛋的，至于下在哪里，我就不知道了。奇怪地，不加小心之后，鸡蛋反而丢得少了，甚至干脆就不丢了。探寻一番之后，我明白了：私家消息，一经公布，就变成了公共信息，大家就都觉得，母鸡腹中这枚蛋，是跟自己有关系的，承担一份责任，是应该的。所以，无论那枚蛋下在哪里，发现的人，都会自觉地帮助捡回来，放在事主的手心里。即便是有点贪念的人，一想到人家已把话说到明处，类似给了你一份信任，再不收手，就对不住良心了。如此一来，鸡依旧散养，鸡蛋却不再担心丢——母鸡自在，婆娘自在，邻里自在，被疏淡了的乡情，渐渐地又浑厚起来。

村里人享受到了透明的好处，索性就连门楣都敞开了——出工在外，或走亲访友，家门也不上锁。即便是上了锁，放钥匙的地方也会让邻里知道。类似鸡蛋的事，让村里人有了豁然的醒悟：贼一般都偷上了锁的，因为锁背后的神秘，反而是一种深重诱惑。再说，屁大的一个小村庄，进出的都是些厮熟的人，一把锁，反而离间了乡里乡亲的感情距离。一如庙门大开，来的都是善男信女；柴门不锁，换来的是邻里真心的照拂——你且放心远行，乡邻的眼神就是不锁之锁。有友人从远方来，看到整个山村，家家没有院墙、户户没有栅栏，惊异不已，说，山人厚朴，心中无贼。

对的，我说，环境就是造化，一如十个人中有九个君子一个贼，相处得久了，那个贼也会变成君子，善在善中了。

一天，祖父又问我，你看咱家里谁最喜乐？

我说，自然是您。

祖父摇摇头，说，你这是在拍马屁，其实你也知道，咱家最喜乐的人是你奶奶。她一辈子不会算计、不长私心，占一点便宜就脸红，吃多大亏也傻笑，什么人在她眼里都是好人，进了家门的人就都当贵客，也不管那人是不是能给家里带来好处。

她常说，旁人走近，就是预备着让你爱的，一如猪狗进家，就是预备着让你养的，不需要更多的说法。就说那年八路在咱这里打游击，小队长张成银受了重伤，昏迷中说了一句话：我就要死了，多想吃一碗炖猪肉啊！你奶奶听后，转身就进了猪圈，把一口预备着过年的半大猪崽立马就宰了。把张成银揽在怀里，一口一口地喂他炖猪肉，肉下了肚子，张成银居然活了，解放后还当了大干部。后来他带着警卫员回来看你奶奶，进门就跪下了，说，老嫂子，我是张成银啊，是来报救命之恩的。你猜你奶奶说什么？她说，谁，张成银？这个人咱压根就不认识。好说歹说，就是不认，张成银以为她糊涂了，悻悻地走了。人一走，你奶奶就乐了，说，我还不知道你是张成银，细细的脖子，大大的脑袋，打你一进门我就认出来了。咱为什么不认你？这人一讲恩德就远，一谈回报就重，咱就一个小脚老太太，没有多余念想，承受不了远和重的东西，只图个心里轻松。你看你奶奶心里多空阔，空阔得能跑一挂马车，这样的一个人，怎么会不喜乐？都说你奶奶没心没肺，其实她是不给自己多长心肺，一个从不把自己看得太重的人，自然就喜乐在别人的喜乐里了。你看她都七老八十了，还长着一张娃娃脸，黑俊黑俊的，那是老天爷长眼，让喜乐的人有了不老的岁月。

师表

月明如洗，弦音升起。

而山环幽闭，容不得细声，二胡的曲调，就悠长如曳，似怨，似喜，撩人心地。已躺到土炕上的山里老小都知道，是陈老师在拨弄心曲。

陈老师有腿疾，高考落榜之后，被照顾到村里的小学校当代课教师，从此就白天教课，晚上弄弦，好像不能与人言说的种种话语，都说与了手中那把二胡，既喂养了自己的寂寞，也生动了山村的生活——因为山村的夜晚清寂，一如死，有弦音入耳，山里人才感受到一种叫感动的东西，才有绮丽的情感入梦，在贫寒中多了滋味。所以，村里人喜欢陈老师的弹奏，不叫其止歇。他们感到，有陈老师的琴音回旋在枕畔的日子，才叫真好。

陈老师身形小，无月的时候，他淹没在夜色里，有月的时候，他淹没在月华中，总之不显现他自己。但一如微盐可以咸水、滴油可以浑锅，大家都能感到他的存在。不仅他的琴声能撩拨人们的情绪——《喜洋洋》让人心欢，《江河水》让人心悲；即便是他平时的举动，因为有着与众不同的板眼，也让人好生掂量。

三岁那年夏季，他突然发起了高烧，父母以为是受了风寒，捂一捂被子就会好。然而久烧不退，父母就慌了，只好去医院问诊。医院在四十里外的一个小镇，且不通车辆，父母便把他放在一个背篓里，轮流背着，急切地赶路。走到中途，大雨忽至，山洪暴发，把他们困在一处高岸。但雨总是不停，且洪水愈来愈湍急，父亲望了望漫无涯际的汤汤大水，从牙缝里挤出一个字：蹚。折一树枝探路，冒死前行。其间，几次遇到浪卷，险些被冲走。或许是向死而生的决绝感动了天地，他们终究是走出了困境。到了医院，医生说，孩子得的是脊髓灰质炎，若再晚来一步，就没救了，但究竟来得晚些，错过了最佳的治疗时期，命可保住，却落下残疾。

长大之后，有人闲话道：你落到这个地步，都是父母给耽误了。他说，父母生育了我，是给了我第一条生命；把我从死亡线上拉回来，又给了我第二条生命——他们只是两个普通的农民，又生在这么一处僻地，没有回天之力，能够做到这个地步，就已经很了不起。所以，我没有权力怨，只能报以真心的感激。

一如淬过火的钢铁反而坚韧，被刀斧修过的树木反而长得直，受过磨难的陈老师反而比一般人更懂事理。上学的时候，懂得用功，小学、中学、高中，成绩都出奇得好，高考落榜，也只是因为身体。村支书找到他，说，你功课这么好，不派上用度就太可惜了,当个代课的先生怎么样?就是薪水有些少。他说,能让我当这个代课的先生,已是乡亲们给予的恩德,而恩德不衡以金钱,很好。

一个跛腿的先生走在校园里,学生感到很新奇,管不住顽劣的心性,总是在他的身后学他的跛。他只是笑着摇摇头,并不报以愠意。相反,他居然说动了校长,把学生们的体育课也代了。他教同学们列队、齐步走。他训育的要领很周正,但一示范就歪斜了,学生们就嬉笑着学他的歪斜。他虽然面色铁青,但依旧堆着微笑,说,既然你们愿意这样走,走就是了。走了几遭,学生们自己就停了。问其缘由,学生们说,累啊。他说,这就对了——你们本来长着健全的腿脚,是用来周正地走路的,偏要走得歪斜,岂有不累?再说,即便我的腿是残的,也还努力往周正里走,你们幸而有好腿,却不走周正,你们亏不亏、愧不愧?学生们懂得了惭愧,再也不好意思耍顽劣了。后来,学区里搞队列比赛,陈老师辅导的队列,不仅走得异常刚劲、异常齐整,而且带出虎虎的生气,自然是拿了第一的名次。听说是一个跛腿的老师训练的,大家都很惊异。感慨道,人究竟不是机器,立身的首要,不是外在的技巧,而是能不能立心,让其懂得做人的道理。

陈老师虽然腿跛,但他的乒乓球打得出奇的好,不仅学生,即便是整个学区的老师也没人能打得过他。他的手像长着眼睛,总是把球控制在腿力所及的范围内。而且他的腕力劲狠,球一旦扣过去,能把案板砸出碎音,没有什么人能够轻易地把球救起来。问他功夫何来,他说,无他,只因为跛。见旁人不解,他说，其实人和自然万物是一样的——不长稻米的地方，必然长大豆高粱，不长粮食的地方，必然要长冬虫夏草，总之都要长。还譬如动物，黄鼠目盲却嘴尖，能咬得住木笼里的鸡；兔子腿短却善翻滚，躲得过猎人的追；雏狗身小却健旺嗅觉，能察觉几十米开外的动静。总之，此消彼长，各有一技，都能生存得好。所以，优长与缺短、健全与残疾都是相对的，明白这一点之后，身体的残疾就无所谓了，有所谓的是自己的内心是不是盈满——心灵强健，何残之有？心力不旺，就会残在残中，就真的残了。

于是，放学之后，我们很愿意留下来看陈老师打球，因为从他的手起手落之间，能感受到他的乐生与自尊，小小的心灵里会升起一种肃穆的东西，会感受到自己在渐渐地长大。

陈老师虽然残疾，但精神饱满，毫无颓相。他的头发总是梳得一丝不乱，颜面也修理得很白皙，他特别注重衣着，即便是旧衣衫，也穿出净洁和熨帖的效果。他好像每天都要洗澡。整个人显得那么清爽，身上有隐隐的暗香。

相形之下，学生们却普遍趋于脏——脏头垢脸，且衣生虱虫。陈老师在课堂上说，学生学生，首先要干净。

我们反驳说，我们没有肥皂。

陈老师说，然而我们有皂荚。

皂荚，我们自然是知道的，它是皂角树的果实。虽然村西就长着两棵，但平时却很难想到它们。因为它们长得虬曲丑陋，满身芒刺，一点也不美，而且一到深秋，叶子和皂荚纷纷掉落，零乱了甬路，还得烦人扫。

陈老师说，给你们布置一项课外作业，放学后就去捡皂荚，像捡宝贝一样捡回家里，晒干，收存起来，且节俭地使用。

取几枚皂荚放到清水里，慢慢地水就变得一派浑黄。我们皱一皱眉头，疑惑地问陈老师，你的这张白脸，真的就是靠它洗出来的？他点点头，说，一如粪稀可浇出脆嫩的瓜果，皂荚的药黄正可以除去脸上的油垢并使皮肤得以舒展。这叫什么？叫品质之善，不在容貌，贵在有净洁之心。

皂荚就真的洗白了我们的额面，洗净了我们的衣衫，且不生虱虫，同学接近，都能闻到对方身上散出的淡淡的药香，生出亲切温馨的感觉。以至于成年之后，喜欢身上有淡香的姑娘，觉得她与大地上的植物相近，不务虚华，有质朴之美。

学校的讲台上，是有座椅的。老师们往往是坐在椅子上照本宣科。但是，在我的印象中，腿脚不好的陈老师却从来没有坐过，总是站着授课。他还特别勤于写板书，他说，板书可以把课业传授得准确，不贻误学生。他写的是标准的楷体，一笔一划，整齐、俊朗、好看。因为他的身子是斜的，长久周正地写字，是很累的，我们便体恤地说，老师，写明白了就齐了，没必要那么认真地写。

他说，为什么？

我们说，字写在黑板上，很快会被擦去，写得再好，也是白费力气。

他说，昙花刚一开放就凋谢了，然而它依旧仔细地开，难道人还不如昙花？

他的话，我们虽然似懂非懂，但那个认真的精神却感染了我们，在本子上，我们也往好里写。到后来，他教过的学生都能写一笔好字，被周围人看重。譬如我吧——有了一点名气之后，在一个雅致的场合，人家早预备了笔墨纸砚，要求留下题词，推辞不过，只好硬着头皮写。墨猪成列，自知乖丑，不期竟博得喝彩：写得好，写得好，您是不是练过书法？我含笑不语，心里忖道：鄙人从未握过毫管，不过是从陈老师那里习染来的一点老底子而已。由此想到，为什么在浮躁的世风之下，我还能葆有一种不敷衍、不乞巧、不糊弄、不欺世的做事风格，还是陈老师那不苟的板书使然。板书的字迹易擦，然而留在心中的印痕是不灭的。

都说残疾人精明，且多才艺，这不仅在陈老师身上得到了验证，而且得到了格外的验证。他不但会拉二胡，打球，写好看的板书，还识百草——山里有的药草，他既能叫出名字，也知道它们的药性，所以，他除了会授课之外，还会给村里人看病。邻居的女崽腹胀得像一面小鼓，被折磨得连说话的力气都没有。他上眼看了看，说，取二十粒皂荚籽来。他把皂荚籽在热锅上爆炒，然后擀成细末，叫女崽喝下去，二日之后，腹胀居然就消了。二大伯腿上的风湿滞重，都不能下炕了，陈老师选了冬天的日子，把白糖水涂在他的膝盖上，然后把饿过的蜜蜂放出来，在上边叮咬，冬日一过，二大伯居然能走了。

陈老师便多了一层神奇，被村里人毫无保留地信任，因而他治好了的病人比正经的医生治好的还多。问他怎么就识百草，他说，无他，是因为寂寞。他解释道，寂寞是个巨大的空洞，需要有东西填补，他就以看药书填补，渐渐地就多了这方面的知识。我们说，陈老师，你别谦虚，你天生就有过人之处。他依旧说,不是谦虚,譬如你们吧,只要用心,只要坚持,就会有足够的学问,一如瞎猫始终蹲在洞口,总会逮着耗子。他横竖把自己往低处说,不让我们觉得他神秘。

但乡亲们还是把他看神秘,敬重之心日日深甚。竟至被他看好了的病人,病愈之后,都会倾其所有,给他送重礼。他总是坚拒不受,笑着说,你们可千万别这样,你们一这样,就是对我有太多的期待,要我做得更多。然而,我只是一支小花朵,只能散发出那么一点点儿微香,不可能贡献的太多,所以,我既不能不自量力,你们也不能过度依赖,这样,咱们都轻松。

但是,陈老师到底是得到了回报——多年后,代课教师被整体地辞退了,然而他很快就被县中医院聘为门诊医师。他白天在闹市里坐诊行医,傍晚就到城外的河畔公园拉他的胡琴,拉的多是时尚的曲目,且拉得陶然忘机,直至月上中天。让人感到,他这个人,真懂得生活,活得很入世、很顺生,也很自在。村里人得知,都说,上苍究竟是睁着眼的,对有德行的善人,始终就给他预备着幸福的日子。

故乡滋味

一

故乡坐落在京西深山中的一处小垭。垭里多生野菜,在铺满石子的小路上、寡瘦倾斜的坡面上、濡湿晦暗的水洼旁……均长着茁茂的野菜。其中有一种菜,垭里人叫地萝卜。见过京城的萝卜的人们会发现:这里的萝卜很小,颜色也不白,且有一种刺鼻的辣味;切掉叶子,叶根部就会泛出芜菁那样的红色来。漫长的冬天到来之前,要贮存些蔬菜,就将萝卜洗净腌起来,这似乎是垭里一年中的头等要事。开春以后,吃着那硬邦邦的腌萝卜,看着山阴处渐渐化去的积雪。便越咬越能嚼出一种难以形容的头号来。而京城的萝卜,比起这里来就显得水渍渍的,味寡了许多、薄了许多。

我觉得,当我能尝出那地萝卜的甘味的时候,我的人生才算真正开始。但我还是想走出垭口,到外边的世界去。

想起了芫菁。垭里叫蔓菁。我在垭里生活了十五年,那时的母亲很健壮,总是在雨季到来之前,拼命地开燎荒地,大面积地将芫菁播下去,坐享其成。那年,我看到京城的芫菁长得极好,就从妻的娘家要些菜籽来,让人捎回去,请母亲试种。秋天,母亲背了一捆芫菁来到我家,说这菜获得了丰收,且貌相同京城产的没什么两样。我觉得我给千年古垭做了一件大好事。但后来,母亲捎话来,说外地引种的蔬菜只有一年的好收成,第二年再用这种菜籽播种,就再长不出好菜来了。京城的芫菁到底是京城的芫菁,它终究不会变成垭里的特产。

垭里几乎看不到郁郁苍苍成片的材林,干大且直的树种在这块土地上都长不好。垭里的土地是那种瘦窄的一小块一小块的堰田,堰头堰尾均长着茎矮枝繁的杏树和桃树。但那杏和桃子都不能长到腴黄而成熟。青青的就被堰里耕耪的垭里人摘吃了。垭里人喜酸好脆,有天生的好胃口。

另外,盐渍的鲜黄的地梨,老醋腌制的紫红的寒腊梅,都令人想起在垭里吃地萝卜的情景。当地人喜欢用米汤糟鲜嫩的树叶,如羊角叶、木榄芽等。糟好的树叶,通常佐以干炸的辣椒,落肚是极通畅的。垭里的阳坡上长着很多黄芩,被人们采下来焙制成形,就成了这里终年饮用的茶茗。喝茶时。把腌好的地萝卜切成条,泡在稀稀的酱汁里,一边饮茶,一边撮着吃。垭里人是这般地爱好饮茶,一如城里人的爱好喝酒。

度过漫长的冬季,到了四月,原有的蔬菜已经吃完,新的蔬菜尚未下来,这时的饭桌上就最显得单调乏味了。

"买山药罗！"

那时节，便常常听到女人叫卖山药的吆喝声。那其实是京城从外地调进的土豆，被心眼活络的垭里人诓进，便呼成山药。到了山椒萌出嫩芽时，人们自然想到那刚出锅的香喷喷的炖肉，没有在这垭里度过漫长冬天的人，是很难体味到这种心情的。树木的芽可以掺在肉里炖，树椿的籽可打成丸子，蓬艾则做成艾饼儿。逢到这时候，也是我在垭里最快乐的日子。

垭里人常吃一种面，叫"压捏格儿"。人们扒下榆树的嫩皮，放在石碾上碌碌地碾，过箩筛出黄黄的榆皮粉，搀到玉米面里用凉水和。那压面的工具很奇特，一个凹铁筒底部开着密密的小孔，填上面以后，用一个实心的圆柱用力压，"格儿"地一声，细长的圆面就从小孔处压出，袅袅地飘进热锅里。母亲做这种面时，由于腕力的缘故，常把脸子憋得红红的，如煮熟了的蟹。

于是，由于与村里人的生机有关，垭里的榆树是不能随便砍的。

采蕨菜挖蓟葱倒是一件散心的事儿，但总伴着一种阴郁而孤独的气氛。秋天里拾栗子，摘黑枣，还有采蘑菇，也是情趣各异。春天却冷冷清清。夏天最好的活路是捉蝎，卖到垭外的供销社里，换钱来买成坛成坛的臭豆腐，垭里人认为：臭豆腐是最让人难忘的好吃食。

垭里的房子是石块垒成的墙壁和石板葺成的屋顶，灌木的枯枝扎成的花墙上缠绕着倭瓜（南瓜）蔓子。有一年，倭瓜蔓子盖满了花墙，黄色的花儿开过之后，结出很多的小倭瓜来。我家收获的倭瓜吃也吃不完。便掏出籽来，在炉洞里煲干上锅炒。那瓜籽奇香，嗑几个便舍不得丢下。所以，炒倭瓜籽的时候，全家人最团圆。如今倭瓜种得少了，但村里人每年都还要捎几捧瓜籽给我。我津津地嗑出意境，妻却动不了几粒，她嫌瓜籽太皮，这真让人难以理解。

垭里可以钓到鲇鱼。这里的鱼太老实，垂钓的人便每每有不小的收获；我家的门口便常常有叫卖声。虽然都是河鱼，但香鱼、岩鱼、红鱼、鲫鱼、石斑鱼等比较少，河鳗就更少。垭里人提着酒来到垭弯的河边，从河里钓起鲇鱼，立即做成烤鱼串下酒。钓起的鲇鱼一般都比较小，钓者便不屑掏出肚腑，就整个地烤，吃到嘴里便有些苦味；但人们很喜欢这种苦味，常常陶醉其中，一如没有苦涩的日子，反而让人不踏实——苦味给这里的人一种身份的认同。这是京城的人很少知道的。

垭里的个别浅水湾，甚至还有鲤鱼；但水湾的淤泥太厚，所以带些土腥气。捉到的鲤鱼之后，不能马上食用，要放在缸里，注满井水，让其在井水的浸泡中吐尽泥腥。因为金贵，鲤鱼一般要养到节日才可享用。

垭里盛产檀木，檀林深密而透香，涵养着有许多鸟类。主要的有雄雉、鹁鸟、斑鸠、花鸡、灰鸽、白肚鸟和金翅雀等。这里的人很会吃鸟，连麻雀都可烤出美味——在麻雀的肚里放几粒食盐和花椒，然后整个用泥裹上，再放到火上烤，烤了足够的时辰，将泥团啪地往地上一摔，红嫩的雀肉便绽出来，散发出极诱人的香气。虽然有不少的人在烤食鸟肉，但鸟类却仍不见稀少，概因植被和树木未遭践踏之故。

荞麦面条是垭里首屈一指的名产。这里的人，逢到喜庆的日子，敬酒之后就用荞麦面条款待客人。有些人家做的面条，是在京城爱好吃面的人所无法想象的美食。我的朋友曾应邀到垭里做客。母亲端上自家拿手的荞麦面条，青碧光亮，柔韧爽口，使他不由地生出几分惊奇。不过，现在细想起来，垭里之所以喜好荞麦面条，从另一方面也说明了当地出产并不十分丰富。垭里的路至今仅有一条石子路勉强可以通车，阻碍了贸易活动向里面的渗透；故垭里人不十分精通商业，一些土产的菜果运出垭外后，往往被狡狯的市人压价买去，任凭人家到集镇上去卖大价钱。但他们也不怒不恼，对这一切，垭里人自有乐观豁达的态度。垭里人最怕的是手下干不出漂亮的活计，自己的田地比别人的荒芜。生活在垭里的人们，必须同自然进行顽强的斗争。所以，那里住着十分勤勉的人们，男男女女、老老少少都习惯于进行剧烈而艰苦的劳动。

我那时也很勤勉，现在却懒得出奇，常挨妻子的数落和讥笑。一如散养的柴鸡一旦被圈养，就好吃懒做，不经心孕育，产下的鸡蛋就多含水分，人一旦生活得太安逸，也就会变得贪图享受，娇纵散漫，无所用心。

二

这虽是八年前的旧事，但中秋节迫近的时候，竟盈满于怀，拂之不去。

那年，刚过完四十岁的生日，突然就生出一种莫名的思乡之情。这种感情很强烈，近乎一种烧燎，若不回故乡住上一段日子，心里难以平静下来。

就回了一趟老家，作短期的小住。

到了母亲的老宅院，推开那一道柴门，母亲哦了一声，显出意外的喜悦，眼圈潮潮地红起来。近了母亲身边，觉得母亲很矮小，依旧是粗布衣裤，与那道柴门是一个色调。多少年了，故乡仍是那种逼人的质朴；但我心里很温暖，便觉得，自己差不多就是投奔这质朴而来。

母亲烧起柴草，煮几穗青玉米。柴草很干，火焰烧得热烈无声。

"住几天么？"母亲问。

我说当然要住几天，陪您道一道近二十年来不曾细道的家常。

母亲笑一笑，"你已是老家雀了，只有老家雀才知道回窝哩。"在母亲的感觉里，我居然跟她一样老了。心里便生一丝凄惶。

青玉米煮熟了，剥了玉米的苞衣，米粒很黄。一粒一粒抠着吃，在嘴里很绵软，香得和奶一样。

母亲同我一起抠玉米吃。炉膛的余火闪着黄黄的光，照得两张脸倏忽倏忽地黄着。

我一下子找到了故乡的感觉，即黄色的温暖。

晚上，母亲问："你到哪儿睡去呢？娘就这一条土炕。"

我说："除了娘的土炕，哪儿都不去。"

躺在土炕上，感到这土炕就是久违了的母亲胸怀。母亲就是在这土炕上生的我，揭开席子，老炕土上肯定还能闻到胎衣的味道。而今，母亲的儿子大了，母亲自己已经老了，却依然睡着这条土炕。土炕是故乡永恒的岁月，不变的情结么？

在黑暗中，母亲突然问："媳妇对你好么？"

"还好。"

"你骗娘哩，如今的媳妇，有几个真对男人好的？"

"娘，您是不放心。"

"娘就是不放心。"

什么时候才能放心呢？在母亲眼里，她的儿子，在别人那里，没有一天不在受委屈啊。

这一夜，母亲睡不着，她的儿子也睡不着。母亲很想对儿子说些什么，儿子也想对母亲说些什么，却都不知道说些什么，而能清晰地听到对方的呼吸。

其实，岁月已使母子很隔膜了。但却爱着，像呼吸，虽然有时感觉不到，却须臾不曾停止。

天亮了，我却酣然地睡沉了。睡醒来，小饭桌早已放在身边。"酒给你温好了，喝几盅吧。"母亲安然道。

饭桌中央，果然就是那把几代人用过的黄泥酒壶。

说温酒，其实是把罐中的老酒，舀到壶里去。母亲给祖父舀酒，给父亲舀酒，如今，又给她的儿子舀酒，那么，在她眼里，儿子是条有分量的汉子了。

就喝母亲温的酒。

在老家的日子，我彻底把自己放松了。每日起得很迟，睡到日照中竿。母亲从不叫醒我，开心地放任她的儿子。

"快把娘的儿子宠坏了。"我跟母亲开玩笑。

"还能宠几天呢？世道上，除了娘宠儿子，还有谁宠呢？"

听了娘的话，心中竟生出莫名的一丝酸楚。媳妇好，爱情的后面是温柔的束缚；儿子好，伦常会把一副叫责任的担子不由分说地让你担下去；朋友好，友谊时时提醒你要保持一种无奈的却是必须的心灵对等……这一切，都美丽而忧伤，美得让人感到有些累。

吃过母亲的早酒，便是走走儿时的路，爬爬儿时的山……

路依旧，山依旧，感觉却大变化了。

儿时高高的曾绊得我摔破了膝的石阶，已显得很矮很矮。

儿时深深的看一眼都晕眩的水井，也显得很浅很浅。

山路曲折幽长，却走来走去，又走回原处。

踅回母亲的柴门，看到柴门下的母亲，霜雪已浸染了大片发际。

我不禁低沉地吟了一声吟：哎，故乡。

晚上，盘腿坐在母亲的土炕上，在小饭桌上摊了几页纸，想随便写些什么。笔落下去，却写出了这么几行字：

> 故乡，就像母亲的手掌，虽温暖，却很小很窄。它遮不了风雨，挡不住光阴，给你的只是一些缠绵的回忆，一点儿小抚慰；最终你不从那爿手掌上走下来，也会从上面跌下来，走向或滑向平阔的地方。这是一种尴尬，一种无奈，却是一种必然……

写了几页纸之后，抬头看一眼熟睡的母亲，想到明天就要走了，泪水不禁热热地流下来。

根脉

故乡的村口有一盘石碾，碾花已经斑驳了，却依旧完整地立在那里。因为与石碾有关的人，许多都还健在，包括我，也包括那个当着村长的人。至今村里还未曾完全开化，还敬畏着两种东西：一官，二书。所以，有写书的我和当村长的他在，短期内，石碾是不会被"请"走的。

现在，人们都吃着面粉和从东北流入的精米，石碾的功能早已废掉了，我们之所以还固执地保留着它，是因为它承载着生命的记忆。上个世纪的六七十年代，故乡的吃食几乎只有玉米。玉米被我们种下，被我们收获，然后拿到石碾上去加工，最后被我们吃到肚里。整个过程都是我们亲自参与的动作，没有多余的指望，也没有坐享其成的不安，日子虽然清寡，却也饱满着。

在故乡，还有一个不能被拆卸的"部件"，便是村口大柳树上，那挂用废铁制成的钟。之所以用"挂"而不是用"口"，是因为它虽然叫钟，却没有钟的模样，只是一块完整的铸铁，悬浮着，一有硬物敲击，便传出钟的声响。

但它规范了农人的生活。

生活，进入了人民公社的程序，劳动就变成了集体或团队的方式，那挂钟就有了发号指令的作用。钟声一响，人们出工；从那一刻起，家居下的私人生活就结束了，而变成了必须服从统一意志的"社会主义"劳动。

那个时节，社会主义建设，在这个贫瘠的山地，其实也简化为一个解决吃饭的问题。如果不服从钟的指令，如果不舒展开在"老婆孩子热炕头"上凝聚的懒惰，土地就会荒芜，玉米就会歉收，就会挨饿。况且，敲钟的人和被钟声汇集的人，都要毫不例外地下到地里去，都要"躬耕田亩"。所以，钟所敲击而出的，不是"官本位"的权威，而是"民本位"的和声，或者说，它是"日出而作"，结伴而行，共同创造生活的"安魂曲"。人们因此而敬重它，信任它。

所以，这挂钟是个温馨的历史记忆，告诉人们：昨天的日子，还有一段值得回味的时光——物质虽然短缺，但却有一种难得的公平与公正，人们一起卑微，一起忍耐，即便是含辛茹苦，血汗交迸，也是心甘情愿的。

钟是特定历史的见证。

从山地走到平原，已二十余年了，故乡的人事已更迭得无法辨认，甚至有"家园"不在之感。但是，只要一见到那石碾、那钟，心头就温厚起来——因为他们还能指出我的来路，还能唤起我昨天的生命情感，便松了一口气——故乡还是在的。

但是，短暂的温厚之后，接踵而来的是一团化不开的忧伤——一旦有关的人不在了，石碾和钟还能安然无恙吗？

四十岁那年，特意回了一趟故乡，陪母亲小住了几天。临行前望着母亲孤老的身影，我不禁泪流满面。不久，我就把她接了出来。那以后，回故乡的次数就少了。奇怪地，虽然不用再牵挂母亲，但对故乡的思念反而深了。因为，母亲就像一把离乡之土，即便是离开了母体，也带着故乡的腥味——她虽然身在平原、逡巡在楼宇之间，但她乡音不改，所思所叙，都是故乡的旧事，好像眼下的生活与她毫无关系。

她常说的一句话，就是："我一旦合上了眼睛，你一定把我弄回老家去，跟你父亲葬在一起。"

她的话，让的我心头发涩，在平原生活得好好的，怎么倒像漂泊的游子一样，欢颜之下，是抹不去的凄惶？

你若跟她叨念眼前的事体，她的眼神是淡漠的，跟你的感情好像也有些隔膜；只有说到家乡的一枝一叶，她才明亮了眼睛，话语绵密得像仲夏的雨脚，一团亲情也盈盈溢溢。于是，母子的语境便总是过去的时态，好像我还未曾长大，依然依偎在她的双膝之上。

母亲真是一把故乡的土，即便是撒落在异乡，也固执地培植着属于故乡的情感。

所以，我很孝敬她。爱她，就等于爱故乡了。

故乡的村长是我的同龄人，有一些文化，有一些主见，所以他专程来找我，对我说：你也算是个名人了，我想给你在家乡修一座故居。

我问：你怎么个修法？

他说：就在你们家老房子的基础上，修得阔气一些。

我说：那可是我父母的房子啊，跟我有什么关系？

他反问道：你是不是出生在那里？

我说：我当然是出生在那里，但那也不能作为修故居的理由。因为所谓的故居，是一个人留下行为记忆的地方。我因写作而"出名"，但我的写作，起始于走到平原之后，所有文学活动都是在故乡之外进行的。故乡和故居是两个概念——故乡是出生和生长的土壤，而故居是做事和作为的居所，有的人可能二者合一，而我却不是这样。

他说：你不要认死理儿，给你修故居是小，给村里增加个旅游景点是大。

我说：你千万别做煞风景的事，咱家乡最让人动心的是村头的石碾、大柳树上的挂钟，还有南方人稀罕的大土炕和石板瓦顶的传统民居，而不是一个无名作家的所谓故居。所以，你要真的开发旅游的话，就该保留好故乡那些原汁原味的东西。

村长对我有意见，忿忿地走了。不久就传来消息，说村长贷了一笔款，修了一片南方的曲径回廊和竹楼茅舍。我心中很是不快，感到：所谓故乡，其实是相对于游子来说的，或者说是相对于过去的生活记忆来说的；故乡之内的人，往往是不懂故乡的，是体会不到故乡的意味的。

虽然我不同意村长的做法，但我没有加以阻拦；因为我明白，故乡毕竟是那里的人的生存土壤，要想过上好日子，固守是没有出路的，就得发展。而发展是不念旧的，它面对的是未来。

只是出于对石碾和钟的担忧,我给他写了一封信,希望他善待它们,那是游子对故乡的感情寄托。

他回信给我,请我放心,说对待那些旧物,他的感情是与我相通的。但他在最后反问我道:如果我不在了,又该怎么办?要知道,后人的想法到底与我们的不同。

他的反问使我陷入久久的忧伤。连续几天,石碾与钟都在我的梦里萦回不散。

母亲察觉了我的情绪,送来探寻的目光。

我心头一热,对自己说:石碾与钟不在了又有何妨?还有父母的坟茔!

父母的坟茔就是游子的根脉,所在之地,也就是故乡了。

辑一·世象

明媚

故乡的太阳出得迟,但鲜艳,红彤彤的,耀眼;故乡的月亮落得早,但洁净,白嫩嫩的,养眼。与之相对应的,是分明的四季,有毫不含糊的季节特征——热就热,冷就冷,雨则雨,晴则晴,清明爽利,不叫人费心揣摩。于是,人也就有了与之相对应的性情——质直、率性、透亮,爱憎分明。

譬如老姑。从记事起,就分外地明白事理,穿得破旧,吃得寡淡,也从不抱怨。因为她知道,故乡所有不过是瘦山与薄地,自然穷;其中所产不过是玉黍和小米,自然饿——既然都是没有办法的事,自然要安于忍。所以,她为人处世,一直是心胸坦荡,随遇而安。譬如夏旱,吃水紧张,洗漱类的用度,自然是厨炊后的剩水,她则安心享用,无额外忧烦,她说,只要脸子长得好,污水也能洗得白。譬如秋涝,田堰冲垮,玉米伏倒,众人哀号,她却从水里捞上来泛青苞米,放在柴草上烧烤,吃得近乎忘情，红唇之上沾满炭灰。她说，已然是涝了，不如捡回来一点儿快乐的心情。

到了上学的年龄，祖父找她商量：摆在你面前有两条路哇，一是混学堂，二是随你母亲伺候猪狗。她脖子一梗，响脆地说道，当然是混学堂。她知道父亲的心思——他内心深处重男轻女，觉得女娃子早晚是别家的人，花钱上学纯属白搭，不如早点务农帮衬家境。把一桩堂堂正正的事体，用一个"混"字形容，他的意思已经再明白不过了。绝不能让这种不公得逞。她想，该上学就上学，该嫁人就嫁人，人生一世，应该过的日子，都是应该认真地过的，决不能人为地节省。

初中毕业，就"运动"了，各地学生扔掉书本到处"串联"。她自然是随潮流而动，去了南方的几个圣地。但不久，即便是全国山河一片红，但她还是悄悄地回到了家乡，安心地务农。问她原由，她说，原因很简单，即便是动机很动人，但坐车不给钱，吃饭不给钱，住店不给钱，还理直气壮，咄咄逼人，大道理背后就没道理了。之于她个人，高声大嗓背后，感到的总是内心的不宁。

祖父干干一笑，说，不叫你混学堂，你偏要混学堂，混来混去，只混了一个造反有理。老姑只是摇摇头，沉默无语。然而她甘心务农，无论是刮风下雨，也不休歇，直至被评为"五好社员"，乐在疲苦之中。

那时节，天天有最高指示发布，大队（村）部便配备了一台半导体收音机。为了落实上级传达不过夜的硬性规定，便先由村干部收听一下，然后再站在山巅处，向村落里吼。也是因为山偏地远,收音机里的声音总是被杂音遮掩,一天,村干部吼道:社员同志们,伟大领袖就是跟咱贫下中农心贴心,跟咱山里人一样实在,他说,路上有根桩,桩是木桩。就是说,要想抓革命、促生产,就是要把拦在路上的木桩彻底拔掉才行。

老姑闻之,忍俊不禁,咯咯地笑个不停。祖父说,有什么好笑的,难道老人家说的不是实在道理?老姑说,经是好经,可惜被歪嘴和尚念歪了,人家那是:路线是个纲,纲举目张。一经解释,祖父说,我说的,领袖是站在高处的高人,怎么会讲像废话一样的大白话?原来是村干部自己编排的哩咯隆啊。

老姑适时地给了祖父一句:说什么混学堂,你看见没,这混学堂的跟不混学堂,到底是不同。祖父无言以对,白了她一眼。他始有所悟,一如山里的太阳太鲜艳,月亮太洁净,这柔顺的女娃子心里也藏着绝不温吞的刀锋。

由于老姑有文化,数算得准,字也写得好,大队(村)就让她当了库房保管员。有个叫栓子的青年,看上了老姑,便常常编排个理由来库房里找她。老姑也喜欢他,每一见他来,总是笑脸相迎。喜欢的理由很简单,因为栓子清洁——即便是家境贫寒,衣着破旧,但总是收拾得清清爽爽,而且身上总是有淡淡的皂荚的香味。她认为,有这样的外在,必有洁净的内心,他尊重自己,必然会尊重别人。她对栓子说,来尽管来,别再编排什么不咸不淡的理由。栓子说,这么单刀直入,多不好意思。老姑说,连表达感情都这么曲里拐弯的,生活的路,也不会走得直。

多亏了当着保管,给了他们爱情发育的空间,月明星稀的时辰，他们不必寻觅与躲闪，能自自然然地"粘"在一起。但爱情如火如荼，肚腹却饥肠辘辘，那时节天公刁难，口粮歉收，总是不给人以饱。看着库房里的种子粮，栓子总是若有所思。终于在一次温存之后，栓子把心中的用意明确地表达出来——他把裤腿扎严了，灌上灿黄饱满的玉米。但当他走到库房的门口时，老姑叫住了他，请你把裤腿的东西倒掉。栓子说，我不是为了自己，而是老妈年迈，不耐饥。老姑说，这我自然知道，但孝道的背后，应该是干净的人心。栓子有些恼，说，我把整个身心都给你了，还不值你几粒玉米？老姑说，你的身心是私，库房里的玉米是公，不能混为一谈，要公私分明。

这虽然让栓子顿生尴尬，但还是依了。只不过临走前说了一句话，我以后就不来了。老姑一笑，说，你敢！隔了数日，栓子还是来了。不是因为惧怕，而是因为敬重。因为他不来老姑这里，自己就辗转难眠，折磨自己一番之后，他突然大悟：这个女子内心周正，能辨曲直，有靠得住的好，假如日后有爱情之外的爱情，她也是不会动心的。

果然就是那样。

当栓子到十三陵修水库，旬月不归的时候，有一个人总是编排一些借口，不请自来。那个人是村里的队副，也是一个有堂皇颜面的人。老姑知道他的用意，却也不点破，因为她知道，每个人都有脸面、都有尊严，她尊重尊严。那天那个人喝了酒，说起话语无伦次，老姑虽然心生厌烦，但还是笑容以待。到了后来，那个人连无伦次的话也不说了，只是不停地在老姑身后踅来踅去，终于从背后抱住了她。

老姑果决地挣脱了他，说，你也是有身份的人，哪能这样造次？

那人说，谁让你长得这么好看呢，我就是管不住自己，不管不顾地想。

老姑抄起一把利剪，毫不含糊地说，那好，你既然管不住自己的卵子，那我就替你管一管。

那个人吓坏了，落荒而逃。

一如太阳落了，还会升起来；月亮缺了，还会圆——再见到那个人，老姑还是晴朗无云，微笑以对。因为她有的是日月性情，不挂阴霾。那个人也就很快恢复了原有的自在，悄悄地对她说，本来是想报复的，把你的保管给抹稀了（撤掉），但看到你依旧是尊重的表情，我自然也就找回了自重与敬重，咱还是相敬着做一辈子好兄妹吧。

日后，那个人果然为人周正，不仅对老姑好，也对乡亲们好，经商发了大财，也无暴发户盛气凌人的样相，而是很谦和地为村里修了一条水泥马路，走进人心里去了。

叙述至此，我心中有光，不禁想到，好的日月，自然要孕育出好的人。换句话说，透亮孕育透亮，明媚孕育明媚，在温暖的作用下，暧昧和阴冷，是难以存在的。

布鞋

去岁初秋的一个梦中,我突然梦到年轻的妻,盘腿坐在一方土炕上,就着昏黄的一盏老油灯,极专注地绱一双布鞋。她满脸通红着,汗也津津地下;而那绱鞋的麻绳极绵长,任妻纳满了针脚。梦中的我,似就睡在她身边,偶尔把呓语喃出来,惹妻笑得甜蜜而羞涩。这个梦就传统得很、温馨得很。

醒时,将梦境述给妻听,边说边有余味儿在嘴角回甘。

妻竟说:"丑死了,你把人家作家婆想了。"

我就纳罕了,怎么做布鞋穿的女子,在年轻的妻眼中,竟成了家婆呢?!

高跟鞋的妻终于铿登铿登地走了,偎在椅窝中的我,却依然想梦里的布鞋。

想了好久好久,我到底是有些明白了:这一切,不正缘于穿布鞋的童年么?

就想童年的布鞋。

那时，在垭里鞋的世界里，几乎就只有布鞋。道理极简单，仄僻的山村与外边的世界隔绝着，鞋的文明到村里就迟一些。其实，村里人是祖祖辈辈穿布鞋的一群，布鞋是一种根脉，随人丁的延续而绵延着，人不绝，布鞋亦不绝。到后来，球鞋（胶鞋）和皮鞋也传进村里了，但穿惯布鞋的汉子却说，"球，一双鸟鞋就十头二十块了，婆娘两晚上做一双，一分不分！"节俭日子中的村里人，花恁多钱去买一鞋来穿，那颗心是颇放不踏实的，于是，即便今天了，布鞋仍有它不桀不骜的命运。

布鞋的做功是颇反映一些精神的。

素日，婆娘们将做衣裁下的边角布头收起来——这种边角布头，有个很有趣的名字叫"铺陈"，也有叫"铺扯"的，反正读起来，陈旧破碎的韵味都在其中了。待"铺陈"有一定的积累了，便用热火调稠稠的一锅面浆，在饭桌的面上，将一张张破碎一层一层地粘完整；然后，拿到太阳底下晒、放到热炕上煲或者在火炉上烘。待把案面上那层物质弄干了，就小心地从一头揭下来。那揭下来的，敲一敲要咯咯作响的一张完整，便是村里的"袼褙"。上边那一套工序，自然就叫打袼褙。

在村里，若哪一家打袼褙了，哪一家就要做布鞋了。

做鞋之前，要按脚的大小用纸剪出"鞋样子"，将"鞋样子"缝在袼褙上，才剪出"鞋帮子"，"鞋帮子"上要包上光鲜的一层新布，且细细地纳密了，才是正式做鞋的"鞋面子"。

所以，从鞋子上显家底显身份的地方，当然就是"鞋帮子"外的那层包布。因为再好的"袼褙"也是"铺陈"打的，而"铺陈"

总是一些五彩缤纷的碎布头，便不管干净的手还是不干净的手，打出的"袼褙"皆一团杂色。

一般人的鞋面包的是一层老青布，簇新的鞋也显得旧。

家境好一些的就包一层"灯心绒"，鞋子就极上眼极大方。

我家是猎户，自然有用熟好了的兽皮作鞋面的资格。兽皮面的鞋子，虽未必就光亮，却是看上去就结实的，就多少要招一些羡慕。但猎户的鞋往往是那种笨拙的"踢死牛"，底子纳得要厚，敲时要传出梆梆之响，绱鞋时就极费力；所以，别人也只是羡慕一下，并不嫉妒。

好面料尽管被人羡慕，却并不被人看重，真正被人看重的，是手下的功夫。

其一，就是在鞋面上绣花。

童子布鞋上，绣花是必然的。燕子、蝴蝶、蜻蜓、猫、兔、虎，豹、狐、狗……山里有的动物，都会被婆娘缝到鞋面上，让童子们牵着走。笨婆娘自有笨婆娘的主意，在圆圆小小的鞋尖上，绣两只猫眼鱼眼，虽显简单，但鞋子放在地上，也像会动起来一样。

姑娘给自己做布鞋时，自然就多绣鸳鸯。绣鸳鸯跟绣鸳鸯可不一样。手巧的心细的多情的，绣出的鸳鸯也会眼目流盼，娇羞温柔；这样的鞋若再衬以小脚纤纤，汉子心中那把琴，哪怕再古意再沉滞，也会被拨弄得咚咚响厉，流韵悠长

在光棍房里，翻出一只数只绣花鞋来，便是极自然的事。

后来，姑娘们觉得绣鸳鸯已忒不够味儿了，就开发别的。什么花什么朵的，还有别的什么鸟什么雀的。但花是宿花，鸟

是宿鸟。双栖双宿,是一方春啊!

世上,每个女儿有每个女儿的心事;在山里,每个女儿也有每个女儿的喜爱。于是,女儿的绣鞋是她自家心性儿的一面镜子,就不为过。

记得是一个秋后的夜晚,一伙老少到一户独院捉奸。情报是确凿的,但屋里屋外却找不到女子的身影。然而捡到了一只绣鞋。第二天,在村中古槐下,那只绣鞋便高高地悬着,由村里的一名至尊,执鞭而抽。

树下围满了人。那鞭于虽响,而人群却默默。他们知道是抽谁,是抽他们心中的一位好姑娘。

那绣鞋上,绣着一对翠羽的画眉。

而能绣出这样的画眉的山里人,就只有不爱吱声的美丽的幺姑。后来她就死了,死到村边那口老井里去了。

……

在鞋面上绣花是亮给别人看的,是鞋的一张脸,梳弄得美一些,便很好理解。

但不可理解的,是倾注到鞋底子上的细心。

那底子的料,当然缘于"袼褙"。剪成形的底子"袼褙",要三五层叠起来,然后由麻绳(麻线)密密地纳。

纳底子的麻线,要选好麻匹子打。打麻线时,婆娘们喜欢凑在一起,于村中的槐树荫下,不疾不徐地上演一出独异的景致——

婆娘们皆坐于小小的杌凳上,把裤腿挽上去,露出自家的腿杆子。便有婆娘叹道:"你看人家的腿子,白得很哩!"就有人赞同；"是哩，人家也一天介屋里屋外的，竟还恁细皮嫩肉的，咋整的呢？！"那一个细白腿子便喜不自禁，波-波地用唾液将掌心弄湿了，啪啪地拍腿子上的麻匹子，麻线就打得极柔韧了。腿子黑的，脸上的颜色却也不见黯淡下去，因为心中存着一种自信，自信自己的腿子比白皮肤色的饱满。这种饱满是一种力量，山里很金贵这种力量。

山里婆娘的腿，就都美得很。

但山里的青石板路很窄很冷清，婆娘们的美便极寂寞。

纳底子的情景是著名的，影视中常有这种经典的镜头：无非是把线抻得俏皮而流利，然后再到发缝里去光一光针。然而，这只限于一种视觉，是视觉上的轻松。山里纳底子用的是麻绳，而绝非凡常的线，针便只能用大号的针。在把麻线抻动的时候，指掌间便颇要尽一些个力气。是婆娘们纳得熟了，那种力被暗暗地消隐在娴熟的指法上了，便有一种轻松闲雅的美，让人悦目。

尝尽苦头的人，反而笑得更美，也许就是这种道理。

纳底子时的针脚密得惊人，一针挨一针纳下去，针针不苟。但针脚却有很繁复的变幻，依着婆娘心中的图案。有的纳出朴素的席花，有的纳出星斗罗天，有的则纳出碎梅点点……于是，布鞋的底子便是一种缜密而精妙的境界。

然而，这么精妙的世界却要踏到脚底去，美丽诞生之时，便是被埋没之日，竟连一声人性的短叹，都来不及。

还有那鞋垫儿。

女儿在薄薄的鞋垫上，倾注浓浓的心血，然后送给意中人，是山里的古风。

我在未恋爱的年龄便走出故乡，便得不到这么一副情感的鞋垫；每一想及，不免生出淡淡的一丝憾。我有时竟对那时的山里的汉子生出一些个怨，因为这样的鞋垫，他们竟毫不犹豫地垫入脚下去污损；若是我，会作为一份珍爱，小心地埋入箱子的深处，把情意绵延给岁月（其实，这是文人的一种病，事实上，送鞋垫的女儿，只管把情意送出去，其余的一切，也是不再会计较的。她们都做得这么潇洒，我为什么不呢？！）。

那时，若有闲暇，去问一个婆娘："闲下来干什么呢？"十有八九会得到这么一个答案："纳底子呗。"

再问："不兴干点儿别的？"就马上疑惑起来："不纳底子那干啥呢？！"

这便是一种答案了：对于山里女人，白天的夜晚的闲暇是极富裕的，那么，不纳底子又何为呢？于是便纳底子；纳来不精又何为呢？于是便纳得精。

所以，美的产生，未必需刻意；生成的美，未必都去寻什么价值。来有来的由头，去有去的道理，还是超脱一些的好。

想童年的布鞋，当然就要想到蜡黄的窗纸上，被油灯放大了的母亲的身影。

作为猎户之家，鞋子自然费极，母亲的鞋就做不完。

白天祖父和父亲去打猎了，地里的活计撂给了母亲，母亲做鞋就只有晚上。

到了冬天的夜晚，屋里的火炕烧得热，挨上去登时就舒坦，心里滋润着，若喝了热热酽酽的东西，腰肢便软软地軃下去，就早早地睡。于是，冬日的小山村，是嗜睡的娃娃，能在热炕上躺倒了，便不再有别的奢望。

在这样的夜晚，在我们都眠入热乡的时候，窗前的母亲，却兀自被油灯弄影。

窗纸薄脆，尖冷的北风便执着地从细碎的罅缝中钻进来。油灯摇曳、便噼叭，一种腥臊便迷散得浓。那是一盏獾油灯。

夜醒时，仍见坐着的母亲——那个任北风涴鬓、任腥臊拨撩却不知孤寂的母亲。眼窝便濡湿，心头便作奇热。

劝母亲睡来，母亲却只报以无声的笑。

便再也睡不着。就知道，灯油热爆的噼啪是极响的，麻线抽动的窸窣是极温柔的。我屏息而听，觉得胸膈里的泥土气，渐渐跟着或清亮或缥缈的音声袅荡为薄烟，为轻云了。

有这一个母亲，无眠的夜，也舒服。

那年暑期的一个晴爽的夜晚，清风徐徐地吹，山及天空极清旷，那轮山月便若新浴，触之轻滑。同我一道回来的女同学便如酒醉，立于庭中，口中呢喃"山里的月好清啊！"便久久地与月温柔着，玩味得沉迷。

借着月光纳鞋的母亲就极诧异了："今儿晚上，月亮怎啦？！"

女同学便愕然。

我对她说："碧天银月亘古如斯，山里好月更是无数，母亲却没专门看过一次月亮。"

女同学便低声歔欷："稀见好月被如数辜负了，惜甚；惜甚！要知，明月清风不需钱啊！"我的心便阴郁了。这时的母亲毕竟还依然年轻，也正是造一些个爱月眠迟的佳境，温款她自己的劳心的时候啊！

然而，她却顾不上。

现在想来，母亲身处月下，虽皎洁而不睹皎洁，但她的身心却被月光浸透了，她已与月交融，与月同在了——她手中那总也拽不断的麻线，莫不是她心中的月光么？！这种月光已无形无声地浸润了祖父、父亲、我和母亲的所有亲人；在亲人的肌骨心田中，这月光会缠绵到无限。于是，母亲虽辜负了月光，而我们却万万不能再辜负了母亲！

……

想布鞋居然想了这么多，可见我之迂阔。后来，竟希望妻也学做一下布鞋，因为我觉得，不会做布鞋的女儿，总让人存一些个疙瘩在心里头。但妻至今也不去做什么布鞋，高跟鞋依旧铿登得气壮，我便悻悻然，更觉自己迂阔。

毕竟不是那时的光阴了。对于布鞋，很温馨地想一想，就作罢吧。

媒婆

中国盛产媒婆,在我的京西故乡更盛产媒婆。

虽是旧时人物了,但对今天的民众来说,还是很不陌生的,甚至依然有很高的知名度,因为在影视、戏剧、绘画和小说等形象艺术中,均有其生动的画像——

铅粉搽得如瓜结霜,

衣饰媚得如戏衣;

磕磕脚,蹦腿上炕,

抻抻袖,伸手要钱……

撇式辣嘴,嗲里嗲气;姑娘见了如躲瘟疫,女子爹娘敬之如宾,滑稽、谑闹、讨厌、可笑……

然而,这不是真正的媒婆。媒婆有媒婆的欢欢乐乐,媒婆有媒婆的悲悲凄凄。下贱的身胚要成就神圣的事业,这才是山村、平原——中国的媒婆。

一

做媒婆者，多为中年或老年；年少者，有之，但极罕见。

女人到了中年或老年，辣性便绽出，智慧便挂在脸上；满脸的皱褶便是勇气和资格。若自己有意，或受人之托，便做成了媒婆。

大凡第一次做媒婆，一如自己去相婆家：躲躲闪闪，疙疙蹴蹴；欲吐不出，欲罢不能。想着人家的千斤重托，想着人家殷殷的礼仪，便阖紧了双眼，冲女家要一杯水酒，汉子一般灌了，脸子红得像煮熟了的蟹，张口说了一句："大婶子，侄女冒犯了，咱小妹有主了没？若有，算咱白说，若没，看李家老六如何？"其实，女方的爹娘比自己还要嫩得多，这样一叫，心里踏实——兵都不打笑面人嘛，况凡常的村夫村妇。

往往会听到骂声甩过来，炕头扫帚疙瘩也敲得山响。好听的，也有两句不冷不热："老嫂子，您就歇歇您那小脚儿吧！咱家庙小，生不得莲花托哩。"到此时，赶紧把藏着定礼的包袱往腋下一夹，颠颠地跑出门去。跑出二里之遥，方敢回一下头来。最最无情的是，仓皇中，把包袱落入人家炕上。那里头有男方的珍物，事不成，再拿不回，便真的老脸丢尽。就只得吸着凉气，拉长脸皮往回走。待到人家大门前刚要敲门，门"吱扭"一声自开，包袱便狠狠地向自己砸来。"拿走，别脏了我们家的炕头。"一声噎得一踉跄，踉踉跄跄顾命忙。

进了家门，儿女也挤出几个白眼："您老事儿婆子，自找人嫌!"这一锤砸得更重,只觉天黑地暗,跌进汗腥氤氲的炕窝窝,三天不思茶饭。

也有例外者,遇到明理人家,或好言相告,或快言应允,直换得头脸放光,乐如小姑娘状,蹀蹀躞躞奔男家。那一家老小正等得急急切切、忐忐忑忑,见媒婆挟一股春风而归,便自知枝头有鹊要叫,赶紧上茶备饭,忙忙呼呼,众星捧月。媒婆也把二郎腿跷得别致,理直气壮地吃喝,颐指气使地吆人;架式一如西太后玉立听政的垂帘之后。于是,——这一媒婆便有了很辉煌的一笔。

不过,媒婆的发家史是个极独特的存在——经过头遭,不管辉煌也罢,黯淡也罢,似拿起金刚钻,凿不得玉器也绝不予人;又似小媳妇上轿,哭尽哭矣还是要上的,这鹊桥之伟业注定要干下去了。

所不同的是,辉煌者,再书辉煌之笔;黯淡者,失街亭、斩马谡,再唱空城计。奇怪地,后者的诱惑反而较前者还要大出许多,颇有愈挫愈奋之动人气概!

二

媒婆算不算建筑师,或不可考;但架"鹊桥"之雄姿却决不可无。

以往,做媒婆者,多贫。素日衣着,或缟朴、或褴褛。但每每在"红场"出现,总也装扮得齐齐整整、光光亮亮,似出自大富大贵之家。

媒婆在此用心之良苦，个中滋味，颇可悯。

说媒是一桩门面之事；再者，受人之托，寄人之情，便更显庄严。媒婆之着装，一半为己，一半为人。为己，登堂入室，操君子芝兰之雅事，既风光且体面，穿着风度要与之相谐。为人，媒婆之齐整，之邋遢，正折射出男方之殷实，之拘涩。有故事云：有一伶俐之媒婆着素日炊前之装，进一闺房，脚未落稳，便见女子的一双老人掩鼻低语，喊喳之声可闻而不可闻真。正疑惑间，猝听帘后那女子一声脆嗔："托一邋遢妇婆做媒，可见那家之穷甚，羞煞我了！"媒婆听罢，话不敢多说，悄然出门，伤心至极，暗喊爹娘。

于是，集贫婆家婆媒婆之一身的媒婆，便搜尽家底，置一身亮装。这一亮装即世人所称之"行头"。为这套行头，媒婆常把私房垫支，常把男人的血汗借贷。不过，这是媒婆们的私事，秘而不宣，怕玷污了所操之圣业。但恶谥便随之而来。人们皆称：媒婆吃，则吃托媒家之饭；穿，则穿托媒家之衣；油嘴滑舌，刮人骨血，乃一群讲吃讲穿之懒婆之恶婆。媒婆人人有悍性，但人人怕揭裂了一张面子，便忍气吞声，便作出可悲可叹、无人知晓之牺牲。

有美衣，便要有美面。于是，媒婆便涂脂抹粉，重妆上阵，此乃从业"行头"之外延也。无奈媒婆多未学过《美学原理》等时尚秘籍，便涂抹得不伦不类，恰似粪蛋儿结霜。凭空让诗人无聊时，作诗讥诮："老人簪花不自羞，娇羞上了少年头！"无辜的媒婆在戳戳点点中，顶残阳，傍老树，听昏鸦，为他人奔波，为他人酬酢，可怜可叹可爱！

三

其实，说媒是一门艺术，近乎戏剧：有套路，有程式……而媒婆既是演员又是导演。

媒婆的"媒路"有十数种。常见常闻常用者亦有六七：说媒、吵媒、笑媒、骂媒、哭媒、坐媒……，媒媒有声，媒媒有情；场面之生动，机关之承转，声色之淋漓，不输专业伶人。

说媒。多用于门风文明，且知书达理之家。说句不恭之语，此等家庭，虽非显阔，但极看重面子，便可理喻。进门掸掸风尘，恭恭敬敬接过茶盏，像蚕抽丝，边啜过叙。喝到面温耳热，聊到笑口大开，方切入实际，几句话便定了命运。成则皆大欢喜，情胜一筹；败则和和气气，媒不成，仁义在，斯斯文文送尔出门。

笑媒。则多用于有权有势之大户或素日烂熟之乡邻。遇到大户，媒婆的心首先便怯了，谨谨慎慎，笑脸相陪，加上十二个小心。先是一阵恭维，把贵人哄放下架子，长脸渐渐有些圆润，便不失时机地道出来意。赶上命好，幸甚喜甚，主人要送媒婆可观之厚礼，面似谢意，实示显赫。若时运不佳，刹那间面沉似水，媒婆就要在慌张中，赔上无尽好话，然后，匆匆告别，且防着门边那条专横的大狗，逃出门去。因此，对媒婆来讲，到大户说媒，是一桩最有诱惑力的冒险：既可得到殊荣，又可弄得骨肉不自在，甚至伤痕淋漓。至于烂熟人家，绝无拘谨，于嬉笑怒骂中，好事成全。恰似清凌凌一盘小葱拌豆腐，自在明白，但油水甚少，常为媒婆所不屑为。

吵媒。遇上女家姑嫂婆婶多如狼毫，就像秀才遇上兵，纠缠复纠缠，生出无限枝柯来。问个底儿吊不算，还要讨价还价。好像家里的姑娘嫁出去，是仙女扑落尘世，有无边的遗憾一样。她们紧簇了媒婆，恰似一群黑乌鸦争食一块酸肉，你一嘴我一嘴，吵吵喊喊，直弄得半老媒婆要躲回娘的肚皮。此时的媒婆背水而战，于拳打脚踢中捍卫自家尊严，护卫男方利益，勇士一般！

骂媒。概遇上泼皮无赖之徒，礼不我礼，仪不我仪，便摆出老娘之厉姿，以短相揭，和尚骂秃："就凭你家祖上那个狗屁德性，还想找王公大臣怎着！老娘屈尊登门，是看得起你；得罪了咱，给你鲜蛋淹臭，臭蛋泡烂，臭名远扬！"——媒婆队伍，多有勾连，女家怕真落下个不吉不利，也就板了顽性，正正经经话事宜，客客气气论短长。

坐媒、哭媒，往往与寡妇有干系。如果有哪位大爷慧眼顿开，相中了一位素首孤雁，就有好戏唱了。当孀妇弄清媒婆来意，虽心有所愿，但为了显示"好女不嫁二夫"之境界，以及端庄守节之贞操，便搓手顿足，暴风般一阵臭骂，直弄得媒婆目瞪口呆。此时，媒婆性情大敛，端端正正相坐，端端正正恭听，一如自己真的不如人家重操守。待风暴平息，那人便泪雨滂沱，诉尽寡妇之辛酸、之孤苦、之无助；弄得媒婆也情动于衷，再也不能自抑，便以哭相陪。哭罢，便款语相劝；不成，便还坐，直坐得你失去了任性儿。就这般坐坐哭哭、哭哭坐坐，终换得个柳暗花明之景象。

....

不过，媒业之"套路"很少单用，往往是几种"媒路"兼而有之，或相助相协，同时发起攻势，以防久而生变，速速取胜。

正由于说媒也如戏剧，也集说、做、唱、念于一体，便像有梨园世家一样,也有了"媒业世家"。这其实是艰辛与屈辱相传,故"媒业世家"从无人炫耀,锦衣夜行,兀自走路,于无声处独享个中甘甜!

四

说媒之列,兼做者有之,专职者有之,率性而为者有之,嗜媒如命者亦有之。

成人好事,索礼受礼当之无愧。更况媒业有不成文规定:事成,概要收礼;事败,礼当送还。中国百姓多讲罚有罚由,奖有奖因,媒婆多为普通人家,何能例外?

嗜媒如命者,何其多也!

中国文化封建传统已久,时至当代,虽开放之风日益熏然,但文化之惯性,礼俗之惯性,怎若脚踏车,握闸便刹?山村婚嫁仍多为媒连。有情者,虽暗送秋波,私下胶和;等定亲之日,还要请出媒来,这叫"面媒"。此种仪式实乃一种风俗,一种情趣,虽不可喜,也不可恶。——做媒者愿促成此种趣事,为寂寥山村添些诗意,这是当日新语。

以往,情路闭塞姻缘涩结,有多少痴男怨女,背泣孤隅;啼血于绢绢香罗帕,饮恨于悠悠伤心桥。媒婆便应运而生。她们是爱河之纤夫,在气喘吁吁中,换来爱心之安宁,自家的欢乐也便在其中了,媒做久了,就逗起了兴头。有细心的媒婆,用毛笔在粗纸上划正字。每有姻缘成就,就粗粗一笔。一笔笔的墨痕,就是一缕缕的情丝,就是一丝丝阳光在人世间照耀。

媒婆也有经验之交流。三弯四河的媒婆们,相聚有日,相叙有时,相聚时,竟把骄傲袒露;每每也激起相互的妒心。于是,暗暗的竞争也在风蚀剥落的岁月里进行,便有了说媒成"嗜"。

嗜,为的是在情人的欢爱中,将自己逝去的青春追回,将自己衰枯的生命延续出生机。爱在爱中,乐在乐中,乃大爱、大快乐也!

我非圣人,但亦有一得之见:炎黄子孙之延续,中华历史之繁荣,民族文化之传承,有媒婆之功!——媒婆,系东方中国之维纳斯!

五

说媒成嗜,就有了遭人嫌际遇。

既嗜,则急。有时无人拜托,便寻未娶后生。有后生早有意中人,面上就不慌不忙。苦于媒婆之殷殷情谊,便撒口道"你老说说看。"经过百般沟通,百般调理,终于找到一般配女子,但后生却连连摇头。催急了,便骂一句:"老×多事!"于是,媒婆在迷惑不解中,写下了一节羞辱史。

有时,看一焦枯女子,常在柳荫下踯躅,便以为其寻爱心苦,尚不得法。不但上前开导,且动员其家长,请把姑娘大事交老身办理。谁知,触犯了女子家长之自尊,大声呵斥:俺家闺女,缺胳膊缺腿怎着?那意思是说,俺闺女虽不是皇帝的女儿,但也不是拔了毛的鸡或丑小鸭。媒婆便在似懂非懂中,又写下了羞辱的一笔。……

不但嗜媒遭人嫌,说媒也常遭人怨恨。

大凡婚姻不美满,含怨饮恨时,便有女子(或男子)迁怒于媒婆。河北有一首民歌,叫"恨媒婆",在历数了在自家之惬意在婆家之辱苦之后,痛骂道:

说媒的,贼煞你,
挣下红布烂成灰;
烂掉你的两条腿,
看你日后再说媒!

封建枷锁被视而不见,却统统加罪于也受着封建文化之害,只不过糊里糊涂做了此种文化的小小载体的媒婆,不仅有欠公允,而且大有愚在愚中不知愚的味道。

在中国之戏剧史中,《西厢记》《花为媒》中的媒婆却善得可爱。之所以戏被人喜,常演不衰,道理或许就在这里。

事实证明,媒婆是最不屈不挠的一群人。

遇到挫折,不但势头不减,竟干脆拒收礼物,赤膊上阵。不收礼,则心底宽,气也顺,有理直气壮之力。成则,一桩美事;不成,也不该欠。到了解放后,媒婆的心理结构发生了根本的变化:说媒是一种责任,是一种义务。

概因为此,如今的媒婆才受人尊重,才受人爱戴;新辞海中,也有了褒义的词汇:红娘,月老。

进入新时期,媒婆之势更有些不屈不挠,竟有现代化的机器"媒婆",并且有了集体媒婆(婚姻中介所)。"媒婆"们那奇妙的媒路，令人眼花缭乱。诸如：

知识结构；
气质类型：多血质，黏液质……
爱之信息系列；
爱素之储存信号及程序；
择偶新趋势；
跨国婚姻须知；
……

媒婆队伍空前壮大，媒婆服务现代化、产业化！

但媒婆还是愈来愈谨慎了，托媒的人也还是愈来愈少了——现在人的婚姻（感情）要求复杂化、多元化，且婚姻的自主缔结、自由选择，有些让"媒婆"们目迷失措，几无用武之地了。于是，说媒的"套路"几乎就剩下两种了，即：小心翼翼地出击或守株待兔！

即使有了现代化、产业化的媒婆，媒婆的身份也仍然是低的，仍常常被人误解。媒业：成了可有可无，被人小觑并相忘的事业！

大凡一对情人新婚燕尔之际，也是来个漂亮的挥手礼，和媒婆 Good bye 的时刻。

正因为被人们相忘，我这背时的文人才顾不得人们的嘲笑或厌恶，写下这一阕有关媒婆的文字。

愿世人和媒婆一起骂我！

感恩

　　天气静好，阳光普照，温暖盈身，人们慵懒。一如轻声款语送耳，浓情美意照拂，人心就温柔。也一如妇人，一被轻柔抚弄，就会像花儿一样无声绽开，她相信爱，因而归于单纯。所以，慵懒是温暖之上的温暖，单纯是温柔之上的温柔，都是感恩的模样。

　　家中那只柯基犬，玲珑小巧，却爱运动，只要房门一打开，它就蹿出门去，然后不停地回望，希望你把它跟随。如果你跟随了，它会露出妩媚表情，即便是四肢肥短，小巷通衢，草地河畔，泥沙荒野，也回报给你足够的速度，让你以它为荣。

　　有个邻人，也喜它的乖巧模样，远远地看到它过来，双手插进衣袋，做鼓弄食物的形状，且不停地呼唤。它自然是兴冲冲地奔跑过去，但邻人摊开的却是空空的手掌，它企盼的眼睛里，便弥散出一片迷惘。被捉弄过几次，以为它不会再听从邻人的召唤了，却见它依旧闻声前往。但是，当邻人爱抚的手，刚要伸下来的时候，它却猛地转身跑走，徒让邻人的手凝固在半空之中。它则在远处眺望，不停地吐弄着它粉红色的舌头，表达着一种顽皮的嘲笑。我不禁心有所动：真诚收获真诚，欺哄收获欺哄，即便是小兽，也是懂的。

其实，邻人也不存恶意，只不过他是个上了几岁年纪的乡下农民，是被儿子接进小城来住的，看到城里人对狗类比对人还娇宠，他心里有一丝不平。其实他对狗也是宠的，只不过儿媳豢养的那条金毛小犬，从不允许他表达爱意——儿媳嫌他粗糙与脏，斥他远离。感到自己在家中的地位比一只小狗还低微，他有些郁闷。对家里的狗他不敢不敬，对街头的狗，他自然而然要发泄一下。

他见我在不远处对他微笑，脸一下子就红了，喏嚅道："你看看我，都一大把年纪了，还欺骗一只狗。"我说："没关系，狗不像人那样爱记仇，只要你真给它食物，它还是会跟你亲近的。"

"等等。"他说罢，转身进了楼廊，很快就又出来了，手里攥着几粒干果。他朝着我的爱犬招招手，"小小，你过来，爷爷这里有好吃的哩。"

居然称之为"小小"（他孙子的乳名）！这样亲热的称呼，连狗都吃了一惊，但最终还是迟迟疑疑地走近了他。吃净干果，小犬用温热的舌头舔舐着他干裂的手心，情意殷殷，一点也不嫌他的粗糙与脏。"爷爷"的内心，不禁生出一种从未有过的温厚。

小犬让他暖意萦怀，总想给楼宇里的人们贡献些什么。看到楼前有块隙地，依农民的本性，他翻土施肥，修埂打垄，种了一片紫苏。紫苏俗称苏子叶，为一年生直立草本植物。叶对生，阔卵形或近圆形，边缘有齿状叶裂，叶面呈油紫色，且有药香，系上好的调味菜蔬——生拌，或佐以细丁咸菜，祛毒，开胃，为居民所喜。特别是吃过水捞面，如果以其作面码，会吃得酣畅淋漓，即便是吃得太饱，也没有撑的感觉。

紫苏体贴老人的用心，迅速蔓延出一片绿意，那嫩嫩的芽瓣，正是入时的美味。他招呼邻人道："苏子就是给大家种的，快来吃个鲜儿吧。"

大家自然就来了，叶绿如酥，有谁不稀罕呢？人们小心地掐着嫩叶，一如不忍惊破美梦。他笑眯眯地注视着，说："尽管掐吧，苏子命贱，你越是掐得狠，它越是繁衍得健旺。"

但是，人们还是掐得很节制，刚一成撮，就停住了。这让他很不解，催促道："掐就是了。"邻人脸一红，说："够了。"

怎么就够了呢？他不知道，施与者的注视，会让承享者失去坦然的心情，一如大声说出"我爱你"，会让被爱者顿生羞涩，反而不知所措，生出退缩。

后来，他回老家打理一些事体，紫苏被他暂时遗忘在那里。被遗忘的紫苏，反而疯长——恩德既然被种下了，自然就有了属于自己的生命，有不懈怠的模样。疯长的紫苏，会变老，会变得不能入口，邻人们懂得这个道理，心想，与其让紫苏变得无用，不如安心享用，便放手去采摘，以至于怀抱盈满，口中滋味，整日里都是紫苏的余香。

从老家归来，他本以为那片紫苏一定会很荒疏了，却看到了依旧青绿、娇嫩、齐整、油亮，便一下子就明白了：一个人一旦把自己对别人的好处忘掉，恩德它自己也会走进人心里去。这之后，他只管给紫苏锄草、施肥，让它长得好，然后退隐到紫苏之外,暗看邻人欣喜。

欣喜之余,是人们对他的关心与尊重——端午节有人给他送粽子,中秋节有人给他送月饼,重阳节有人约他到河边公园看踩高跷,元旦春节有人请他喝好酒,俊男靓女美妇也不嫌他粗糙与脏。

翌春一日,小区里的一个老妇人抱来了两棵香白杏的树苗,对他说,你紫苏的隙地上,应该再植两株杏,为什么?因为紫苏喜阴,有树遮挡,它慢长秧棵快长叶,就多了青嫩。再有,天长白杏,地长紫苏,上下都有收成,邻居们就多了喜乐。还有,白杏和紫苏,呈高矮,比对着就有景致的好,你说是不是呢?

是,是,自然是哩。便帮老妇栽下杏树。

杏树也一如紫苏,体贴人心竞速发育,一年成株,两年开花,三年就结果了。四年以后,年年果实满枝,红绿相间,看着就让人喜。且兀自挂在枝头,也不做宣言,任由嗜食者随性摘取。

我出身于山地,是吃山杏长大的,楼前杏树,便让我看到故乡余影。读与写到了月阑星稀,不由自主地踱出门外,在杏树下伫立不止。桠间杏果,一如夜之眼,多情地闪烁,不禁心热,摘食数颗。叩齿生津,文思如潮,踅回房间,笔底通畅,一如神助。后来,在一本散文集的后记中,我居然写下了这样的话——

虽物欲横流,风尘迷眼,但有书可读、有鲜杏可咀嚼的日子,却总是能让人心定,便节制了多余的欲念,安心于自足的精神生活。

因为一片紫苏、两棵杏树,让我虽身居市井,却情系乡关,想到草木性格和天地性情——草木虽卑微,却兀自生长,不惮冷暖，不计荣辱，坚韧、隐忍、沉静、皮实、忘我，活得本分，自适、自足——虽被磐石挤压，也能钻隙而出，向上生长。天地虽无言，且常常被人轻鄙，被人污损，却绝不仓皇失据，从容地应对，不虑得失——人一不如意就骂天，但老天从不怪罪，阳光依旧照进那家的庭院，雨露依旧滋润那家的田园；人一乱性就咒地，但大地从不计较，即便瘠瘦与旱涝加身，只要你播下种子，也没心没肺地生长，贡奉出果实。

此种雅意，两个老人自然不会想到，但他们的种植，却唤来了一种别样的人情格局——楼宇里的人，每一相见，都要轻声细语地相互问好；阶梯一染飞尘，无需他人提醒，总有人主动打扫；卖大白菜的农车一驶进小区，便有人告知左邻右舍，备下冬储；路灯初上，相约散步，互通款曲；亭阁之下，对弈恳谈，大话家常……亲情融融，和乐一片，全不见别的小区那种不相往来而生成的心灵隔膜、人情冷漠。

因为，一如笑可以传染，善行和恩德，也一径蔓延开来——所在居民都觉得，凭空坐享其成是很不体面的，多少也是要尽些义务的。这不禁让我想到古罗马的圣哲西塞罗所说，"受人善行后的首要义务是回报——土地所提供的，远远比它所接受的要多，所以，没有什么义务比对他人的感激更重要。"

哦，紫苏和杏树，温暖的感应，一如爱情——在爱中爱，在恩德中释放恩德！

2012 年 6 月 23 日端午节，温暖地草于京畿石板宅

薄暮里的刀锋

一如大雪覆盖旷野，遮其丑陋，使其美白，风霜侵袭颜面，去其鲜润，使其粗糙，放眼望去的人与事，往往不是它的本质。譬如眼前这个人——

酷暑之下，他仍着一身草绿的建设服，前胸是斑渍，后背是汗碱，因为身材瘦小，整个人像未发育成熟的一个胚胎，被胞衣罩起来。下身是土色的粗布裤子，两只裤腿挽到膝盖，脚杆子蜡黄如柴，似难以承重。他推着一辆破旧的自行车，后架上绑着一乡下才有的窄长板凳，车把上挂着一个工具袋，因为沉重，所以不摇摆。他走得轻捷而无声，好像他知道自己不属于这里，谦卑如夜行。知道我在注视着他，便回头朝我一笑，"磨刀磨剪子不？"声音也轻，全无职业豪迈。浅笑之下，皱纹深广，以为有足够老，便生出怜惜，说："磨"。

随我到了我居住的楼口，我说："你且等一等。"他笑笑：

"好，不急。"

我住的是一楼，很快就踅出门来。见他已骑在窄凳上，工具整齐地摆在脚下，可见他是个成熟的匠人，有属于自己的历史，不免生出信任。

拿出的是一大一小的两把刀。虽经年使用，因勤于擦拭，刀面光洁，夕照之下，能映出人影。心里说，其实是无须磨的，不过是照顾一下你的生意而已。他接过刀去，顺刀刃斜睨了一下，笑着说："您这两把刀，虽光亮唬人，却都还没有开刃呢。"我说："这怎么可能？"他说，"您看，这刀身与刀刃一样厚薄，手指头放在刀刃上用力摁一下，也不过是一道白印，不信您试一试。"一试，果然没有锋利感觉，顺势调侃道："这城里男女离常识渐远，以为是鸡就下蛋，是刀就能砍。"

他酣然一笑，说："您真逗。"便将其中的一把抵在窄凳一端的匝柄之上，再用皮环缚住刀尾并蹬在脚下，使其牢靠，然后施以锉刀，一点一点地锉去刀刃上多余的部分。其实，窄凳的一端就安着一盘砂轮，手柄一转，火星一闪，刀刃立现，但他居然舍轻就重，用手。如此做来，这将是一个相当长的过程，但电视里，正有一个喜看的剧目，我便表现出不耐烦，说："干吗不用砂轮，横竖不过是一把切菜刀，没必要这么讲究。"他还是酣然一笑，说："这刀也一如人，都有不同的性子，您这把是合金做的，钢口是脆的，一上砂轮，会蹦出豁口。"我还是不能信服，便问："你们磨刀的是论件数，还是论工时？"他说："论件数，一把两块。"说完，他好像明白了我问话背后的含义，脸不禁红了。脸红的应该是我，他却先红了,让我看到了"朴实"的模样,便心生一丝惭愧,说:"就依你。"

刃开过之后,他从工具袋里拿出一块中间凹陷的磨刀石,不紧不慢地磨了起来。磨过一个光景,他便斜眼看一看刃口,并用手指在刃上拭一拭,再接着磨下去。我觉得那刀口已足够锋利了,但他还是觉得不到火候,一系列的动作不断反复。其间,他点燃了长杆烟袋,衔在嘴上,因为漫长,烟火竟至断了数次。他那个不急不躁的样子,让我不禁自问:他这是出来做买卖的吗?

因为离得近,更看出他皱纹绵密皮糙骨瘦,便问:"您贵庚?"他说:"都五十了。"我吃了一惊——乡下人论虚,说是五十,其实是四十九,与我同龄,然而却这样老态龙钟,让人顿感世道不公,便真切地说了一句:"差不多就行了。"他说:"我自己知道行与不行,您尽管去忙,不必等。"

这把刀终于磨好了,竟用了近半个小时的时间,看了一眼那另一把刀,我不禁笑着摇了摇头。拿过刀来,他也笑着摇了摇头,说:"对不起,还是一把合金做的。"我说:"这一把就不磨了,凑合着用吧。"他说:"那可不成,刀既然到了我手里,就属于我。"似乎怕我跟他争夺所属,他急切地把刀固定在窄凳之上,然后再点燃了他的烟袋,嘻嘻笑,竟至笑出了两缕口涎。还是重复既有的程序和动作,我真的有些不耐烦,转身走了,把刀和人遗弃在那里。

电视里的剧情虽然感人,但奇怪地,却没有了往日的吸引,总是时时地到临街的阳台上看一眼那人。那个人专注地工作着,嘴上的烟袋像个摆设。夕阳的余晖洒在他的脸上,脸色很黄,一如土地。到了后来,余晖收敛,已看不见他的脸色,只有身姿还在,一如剪纸。再回去观剧,居然感到那里边的泪水与欢笑离人间烟火甚远,有些虚假,属于奢侈,属于有闲。

知道他快完成了工作了,便从冰箱里拿了两听可乐——虽然知道这样做有些居高临下,因而显得卑鄙,但还是这样走出门去。他果然不知所措,推拒时竟至把窄凳带翻了,"使不得,使不得!"我说:"您也别不好意思,我也是乡下人出身,依乡下的规矩,在手艺人干活的时候,应该有烟茶伺候,在城里混久了,连这最起码的规矩都给忘了,所以请您原谅。"

"瞧您说的,瞧您说的。"我矮下来的身姿果然平复了他心中的谦卑,他不再推辞。掏出十元纸币给他付工钱,"不用找了。"我说。他坚决把两元纸币塞进我兜里,说:"八块钱是我的手艺,十块钱就是人的贪心了,我一辈子最恨的就是一个字:贪。"

他表情严正,我内心欢悦,情不自禁地学起了《红灯记》里的一句喊:"磨剪子来抢菜刀——,磨剪子来抢菜刀——"

邻人被惊动,纷纷探出窗,真有数人拿刀出户,匠人又有了新的商机。以为这正可以回报他的敬业,没想到他却满脸惊慌,推车欲走。我说:"到手的生意都不做,您这是为什么呢?"他说:"天都黑了,看不清物件了。"我说:"不是有路灯吗?"他说:"我眼神不济,灯光下看东西是模糊的,会给人家磨不好。"见来人近了,他说一声"再见您哪",便仓皇骑远,一如逃。

最先来到的是县一中教历史的张秉璋老师,他满脸疑惑,

"怎么回事？"我便把磨刀的经历与他言说。听完叙述，他唏嘘不止，感叹道："这就是小人物的可爱了——小人物不趋时、不趋利，他们往往不怕辛劳，只怕欺心，这叫什么，这叫轻贱者往往品重、位卑者往往德高。"

我回味着张先生的感叹，在路灯下不停地踱步。我发现，夜色越厚暗，灯光越明亮，好像能穿透躯壳照进内心。

我坚信，明天夕阳灿烂之时，那个人一定会来，因为他知道，这里的住户，对他有期待。

2012 年 9 月 16 日于北京石板宅

辑二·游思

散文卷·救赎

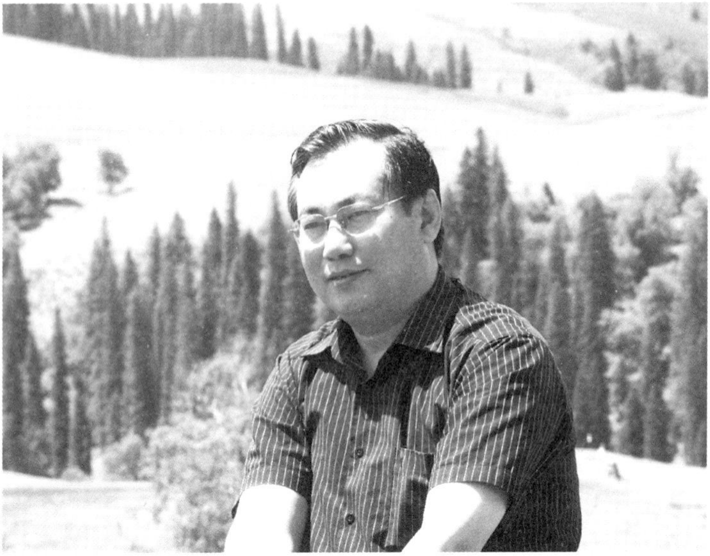

文化边城——凤凰

在二〇〇〇年的九月中旬，我终于到了湘西。

去湘西，是我的一个久远的梦。编织这个梦的两条经纬：一是浓郁的"沈从文情结"；二是对沈氏笔下有落洞、放蛊和沉潭的诡异习俗的那个神奇瑰丽的边城的好奇与向往。

一

乘"芙蓉王"号列车到了湘西土家族苗族自治州的首府——吉首。吉首是湘西历史上著名的三个苗族聚居区乾州、凤凰和永绥中的乾州。发生在清朝乾隆、嘉庆年间的川、黔、湘三省的一次苗民起义，湘西永绥的全部苗民，凤凰苗民的十分之七，乾州的十分之三，都参加了起义。三地有相同的命运和血脉；所以，刚下火车，便生出肃然的情感。

站口，一个敦厚的中年汉子沉静地举着接站牌。我们知道他就是凤凰县著名的苗族学者吴曦云。

凤凰不仅是沈从文的故乡，还出了黄永玉、黄永厚这样杰出的书画家；所以当我的朋友、散文家祝勇向黄永厚老先生提及要造访凤凰的话题时，黄老极热诚地说："凤凰是我的故乡，我要尽地主之谊，行程和吃住都由我来安排。"他便把接待事宜委托给了故乡的晚侄吴曦云。

吴曦云的吉普车刚走上了吉首的市街，风雨便骤然而至了。雨淋进车内，洒到身上，沁凉的抚慰，使旅途的劳顿释然无几。

车在雨中缓慢地行着，吴曦云笑着说："你们北京人，有皇家之气；一进我们湘西，天公就作美，以清水泼街，恭迎圣驾。看来天公也是个湘西人。"吴曦云的打趣，让我们感受到了苗族人的开明与豁达，这离历史上传播的苗人生蛮不化的印象，相去甚远。

二

让我更感到苗族人开明豁达的，是凤凰人充满历史理性的文化观。

凤凰，背倚南华山、青龙山，前傍沱江，整日笼罩在青苍翠色之中。黄永玉在凤凰的家居就干脆起名为"夺翠楼"，所以，"青翠"是凤凰的景色之魂。青江、翠峰和吊脚楼，构成了典型的边城风景，令人生出沈从文《边城》中，船女翠翠和大老天宝一般的绮丽的心思。

所以，当一个当地苗族人问我："客人在找寻什么？"

我说："在找寻翠翠。"

那人一笑："你是受沈从文《边城》的毒太深了，我们的翠翠也早已上大城市了；留下的女子，都是翠翠的妈了。"

我被他逗弄得大笑起来。我是被苗人那灿烂的豁达感动了。

其实，我所找寻的翠翠，是凤凰的文化；沈从文的"翠翠"，已成了边城文化的象征符号了。

在边城逡巡，不用刻意造访，均会随时发现文化的影子——一个弹丸之地，就有一个位居全国第三的孔庙；爱好书画的老人与孺子比比皆是，临沱江而立的书画社就有好几个；傩戏院的旧厅堂里，就有一群翘辫小儿，跟一个白脸长身的女子学罐子与苹果的静物素描；沈从文与黄永玉就读过的文昌阁小学，其教学设施与氛围不逊于京城名校；而沈从文故居的富丽与典雅，是许多欧陆大师望尘莫及的；黄永玉、黄永厚的胞弟黄永前老先生，以一张顽皮的童子般的笑脸，守望着"古椿书院"浑然的书香，一有客人来，便卸去前廊下的连扇木门，摆出硕大的画案，亦饮亦书……

最震慑人心的是凤凰的两处建筑：一是三潭书院，二是字纸楼。

三潭书院，坐落在凤凰吉信。因漆树潭、杨柳潭和罗布潭三潭在望而得名。清同治十一年（1872年），时任贵州东兵备道的吉信苗族人吴自发，从无处发放的阵亡将士的薪饷中拨出白银八万两，令心腹运送回籍而悉心建成。吴自发本人不识字，身居高位，却远离享乐，寄心于兴学，开一代尊重文化之风。

至于字纸楼，是一座明代砖石结构的古塔，系焚烧字纸的专设。凤凰对刻写有文字的纸张，十分虔敬：认为不可乱弃，亦不得乱烧；要"请"到字纸楼去，念着祈恕的祷词谨慎地烧毁。那么，字纸楼上那一缕淡淡的青烟，便是文化再生的一缕缕香火，直温暖到读书人冰滞的内梢。

凤凰人对文化的情感从哪里来呢？

苗族学者吴曦云有着极为理性的认识。他认为，苗族虽然是屡遭欺凌与镇压的民族，但也是屡被异质文化开发与提升的民族；或者说，苗族人被压迫的历史，也正是其文化产生的历史。从这一点出发，放大民族矛盾和民族仇恨是不文明的，看重从文化融合到民族大同才是明智的。他在《中国南方文化的融汇点——边城凤凰》的论文中说：

"自明宣德八年（1433年）起，封建王朝曾多次调集湘、川、鄂、滇、粤、桂等外省官军到凤凰镇压苗族起义，从而带来了外省文化的影响。另一方面，浙江山阴人傅鼐自乾隆六十年（1795年）起坐镇凤凰统治苗疆十三年，其属员幕僚多为江浙人士，这又带来了江浙文化的影响。再就是清咸同年间，在镇压太平军的战争中，凤凰崛起的两位实授提督，六位总兵，九位副将，十四位参将，他们转战南方诸省，后来衣锦还乡时亦带来外省文化的影响。还有，自清顺治年间起江西客民络绎不绝地徙入凤凰经商，这又带来了江西文化的明显影响。特定的历史令汉文化与苗文化在凤凰相交、融合，使南方各省的文化因子在这里组合排列，形成了别具一格的凤凰文化。这种文化的表象在语言、建筑、饮食等方面俯拾即是；其深层次的反应是孕育了形形色色的出类拔萃的人物。"

从此可以看出，凤凰的文化形成，是战火兵潮的产物，或曰是武而孕文。因此，它便具有了独特的文化内核：即崇武尊文。通俗地说，其一，文化依仗军人传播与庇护，军人也因文化而得到历史上的提升，文攻武卫同样是最高的境界。其二，行武与从文，成为凤凰人的两种人生追求，或者说，是两种最受人尊重的职业选择。所以，凤凰"竿军"厉害，凤凰的文化根基亦根深如凿；既出将军，亦出大文人。沈从文的祖父是将军，沈从文本人也当过"竿军"的副爷；因为他太文弱，字写得实在好，便被爱惜文化的军爷劝而为文了。

沱江边的"边城诗社"社主，隆寿颐年的曾君武老人，不仅表达了与吴曦云相同的文化观，而他诗书的主题干脆就是文武两道。抄两幅他写的堂幅作证：

君子无凡庸习气
武人有果敢行为

君子胸中无芥蒂
武陵源上好栖迟

文武均为丘壑的文化观，使凤凰人变得异常达观：他们不太倚重仕途，也无太重的商贾气息。旧时的"湘西王"田应诏在炙手可热之时，急流勇退，把大权交与副手陈渠珍，自己则寄情于书画戏曲，留下了太多的人性故事，至今仍在湘喜人的口上咀嚼不止；而今日的凤凰街头，载客的机动三轮川流如梭，但那的哥却低眉顺目毫无霸道之气，客人乘坐在边城跑一遭，也只要两元钱。学者吴曦云，原是凤凰的"高官"，系县委常委、县委办主任，可谓凤凰县的"大内总管"。县委换届之时，还让他任更大的官。但对边城文化的研究兴趣攥住了他整个心，便毅然辞去了官职，潜心于研究。虽布衣荆钗也，眉宇间却饱绽着堂皇之气，成新一代边城名士，风流有自。

三

理性的文化，自然要造就出开明达观的人。

而沈从文《湘西》的册页中，关于落洞、放蛊和沉潭的描述，却给我留下诡异和愚昧的印象。去过凤凰，亲身感受到边城文化的历史温暖之后，我才省悟道：那是一个有着十足的大汉族意识的汉人读者，"读"出来的味道，与沈氏的文本无关。

真实的情状是，开明的边城文化，使苗民的恋爱极为自由与自然。在宴会上，特别是在"椎牛会"，赶墟场中，青年男女往往用山歌或眉目自由地缔结丝萝。我们特意到了山江镇墟场。在吴曦云的指点下，我们发现，赶场虽然是贸易活动，但青年男女却无心做买卖，而是目光流动，顾盼不定——用苗族人的说法，他们赶的是"边边场"，译成汉话，即追姑娘。

山歌自然是男女相识和相爱的媒介。曲子只有二三，歌词则变化无穷。他们不直接通报名姓,而是用对歌对出来;如果姑娘率然地唱出她的名姓,则心有瞩意,可以接着对下去。苗歌的歌词意境浅露,但语句净洁,内容多半是由自然界的物事联系到人间的关系。下面是苗歌的汉译:

男唱:

> 昨天各在一边岭,
> 你歌牵走哥灵魂,
> 唱到天黑心不宁。

> 接木靠的树蔸深,
> 叶绿发根靠土润,
> 唱歌全靠妹有心。

> 丝线白,棉纱青,
> 阿妹穿梭我掌灯,
> 用心织布布织成。

女唱:

> 阿哥口乖像蜜糖,
> 喝下蜜糖甜又香,
> 有心跟哥配成双。

> 我劝哥哥细端详,

红铜难比黄金亮,
莫把燕雀当凤凰。

我劝哥哥细思量,
青藤缠树同生长,
同吃同游是鸳鸯。

一对青年女若以心相许后,人迹稀少的深山或幽谷,便是相悦的福地;草地和洞穴是他们的婚床,星月与清风乃是他们爱情的见证,他们爱得自主而自由。所以,自由结合的苗族人,大都会终生和睦,绝少离异。

放蛊则属于民俗文化的范畴,与汉文化的"巫医"相类。所不同的是,苗族人还把放蛊作为惩恶扬善的一种手段——一旦哪个作恶多端,引起公愤,有心人就会把"蛊物"放到他的厅堂之上;众人为避晦气,会对他敬而远之,不理不睬。此乃一种精神惩治。这比汉人的巫医,一味装神弄鬼,"施医弄药",多了几分人间性,系人间的一种可爱的智慧。

沈从文在凤凰的墓碑,是一块天然的青石,上面雕刻着他的两句话:

照我思索,能理解"我"。
照我思索,可认识"人"。

这几乎是两句偈语—

不进入沈从文的文字世界,哪能懂得在历经风雨与磨难之中,沈从文的生命为何表现得如此儒雅与柔韧?不进入湘西的腹地——凤凰,哪能懂得边城文化,虽出于狭小地域,虽生于水与火,却能水火交融,异常开明与豁达?

文化与人一样,均有自己的出身与生存逻辑。

这便是到边城找寻"翠翠"的意义了。

2000 年 9 月 10 日于石板宅

晋行记趣

与祝勇结识，好像是1994年，由彭程、伍立扬介绍，至今已20余年。晓枫则稍晚，系2000年，同出席在河南新县由《散文选刊》举办的散文研讨会，故相识。那一年结识者众，计有卞毓方、朱辉、王剑冰、葛一敏、王英琦、胡亚才、墨白、南丁、耿立、马力、刘洁等。那时卞毓方风头正健，大红，在火车上与之相遇，一路打牌。他牌风浮躁，只想赢而不承受输，朱辉与他搭档，屡遭训斥。在新县时，王英琦因其编剧的电影《李清照》上演了，意气风发，每到小憩，她就抖弄拳脚，她自称是武术的南派传人。见我发笑，她说，我脚下有气场，如果踢向你，隔空就能踢开你的裤带，你信不信？我说不信，她就真的抬腿。只听咔的一声，我的腰带脱扣，裤子脱落下来。一窈窕女子，疾步上前，帮我提住，笑而曰，私人物件，切不可公然示众。这个女子就是周晓枫。从那天起，我给王英琦送了一个绰号，王大侠。

1993年8月，我上了《青年文学》封面，祝勇和晓枫视我为文学"前辈"，对我有几分敬重。又因为我们有相近的散文理念，都致力于"新散文"创作，自然而然亲近起来。

2001年8月，我们相约去太原看望张锐锋，友谊从兹变得深刻了。

那次出行，我在一个小学生练习本上有潦草的记录，今日翻出，整理于此，权作友谊纪念。

2001年8月4日，星期六。

下午二时，祝勇、周晓枫、Q女士和我从丽泽桥长途汽车站乘上北京——太原的沃尔沃豪华大巴。晚八时到太原，张锐锋接风，在"华人餐巴"用餐。锐锋、祝勇和我，开怀畅饮，锐锋夫人、晓枫和Q女士观阵，情绪热烈。

2001年8月5日，星期日。

上午游览双林寺、平遥古城。城中建筑多是老字号，印象深刻者是由钱其琛题匾的"中国票号博物馆"。在平遥用午餐。下午参观祁县乔家大院。这是张艺谋电影《大红灯笼高高挂》的外景地。因为此片正火，一路均是有关话题。晓枫推崇张艺谋，祝勇则不以为然。走到一楼屋，屋顶有一张清代工笔壁画。画题为"白骢马"，精美至极，马如美人。画上有一题诗，曰：惨淡经营类不同／从来画骨有精工／丹青未上南薰殿／且把霸豪写玉骢。惊奇于马，不禁看一看身边的晓枫和Q女士，见她们的胸臀也圆润可人，联想在一起，偷偷笑。晓枫敏感，说，此人好色，恨不得好马好女人都被他骑。我索性放浪大笑，引来祝勇询问。晓枫说，一边去，不关你事。回到旧时楼主的正房，我邀晓枫拍照，我们并坐在条凳之上，弄出角色中的表情。待Q女士摁下快门，我说，我像不像老爷？晓枫说，我像不像大奶奶？Q女士说，你们俩真逗，都不想做偏房。晚，《太原晚报》杨进款待。遇韩石山，气氛热烈。酒后亢奋，要韩氏唱山西民歌，他摇头。韩文风无羁，但为人有忌，因有晓枫与Q女士贞淑端坐，他放不开。他说道，到了北京，只要你们管酒，我就唱，如果食言，就学狗叫。归时路过韩的新居，门楣上有大红对联：新砖盖好新房子/好人要过好日子，横批：今天搬家。我不禁感到，韩先生真的有名士之风。

2001年8月6日，星期一。

上午逛尔雅书店。购得《卡缪文集》、乔治·莫尔《我的死了的生活回忆》《万象》2001年第7期、《书屋》2001年第五六两月刊。中午到晋祠。在晋祠公园吃饭。下午游览晋祠。祝勇、晓枫以梁思成、林徽因自况，讨论建筑风格，不停拍照，卖弄知识。Q女士插不进话，独自在亭台楼阁和古树间逡巡，步履悠闲，表情纯净。我和锐锋不禁对视，异口同声地叹曰：她可真美。我和锐锋也不停地望一望那对才男才女，议论道，他们陷入佳话佳境，也殊可爱，但总觉得做作，有些闹的哄。晚，山西文学院设宴。会晤成一、李锐、蒋韵。得李锐新书二：《旧址》《李锐散文随笔集》。喝太白汾酒，谈兴甚浓。

2001年8月7日，星期二。

上午游览天龙山石窟。Q女士来时未带登山鞋，而高跟鞋夹脚，就陪其到一便民商店买布鞋。其换鞋时无意瞥了一眼，发现她的脚真美。心动了一下,很快就惭愧起来,感到自己六根不净。在圣寿寺门前,遇到两尊无头哼哈二将雕像,裸体。祝、周二人发生极大兴趣,从不同角度拍照。周认为,中国历来重神轻肉,而此二像亦神亦肉,殊难得。虽残缺,却更美,因为让人感受到了时间的参与。下午到太山寺。因正在开发,大门不开,遂走小径。小径被荒草掩,疑无路。在我的催促下,进得山去,看到了未被开发而被锁在禅院里的彩色悬雕。祝、周二人惊呼,乃稀见文物,可见佛缘。太山寺位于太原晋源区,唐代建筑,不被外人知。后到龙山石窟。乃元代道教石窟,损坏严重。有陡长石阶依山上延,走走停停,累。晚在锐锋家痛饮。放浪形骸,三个男人都脱去上衣,惹三个女士惊呼肉麻。晓枫对我调侃,说三人中就属凸凹肉色白腻,可做正宗的蒜泥白肉。酒熏之中祝勇把烟头放于几案,烫焦了一小块,惹锐锋夫人痛叫,呀,这可是正宗楠木!为避尴尬,我们附和说,祝勇只恋自己,而不恋他人和万物。

2001年8月8日,星期三。

三个男人上午睡懒觉,排解宿酒。

三个女人去逛街,买路上所需吃食、饮料和水果。

午前乘车返京,在车上吃喝。晓枫和Q女士托着保洁袋嗑瓜子,动作娴熟优雅。她们都长着瓜子牙,故稳准狠。感慨道,女人之美,美在无论家居,还是旅途,她们都能很快进入生活状态,不被环境所左右。

整理完山西形迹,心中充实,感到文学真是神奇的存在,它能把不同的人紧密地连接在一起,且不逊于血缘关系。所以,

"文化乃民族的血脉"之说是对的,它让人融合而不隔阂,共享人伦温暖。

向空中挥一挥手,叹曰:伟大而不朽的屈原!

蜀行笔记

一

我去九寨,走的是成都—都江堰—汶川—茂县—松潘—黄龙—九寨的路线。

过了都江堰,就见到一条混沌而狭仄的河流,便是著名的岷江。我是溯江而上的,一路的风景,便都因岷江的水姿而绚丽、而变幻。

岷江流域,山虽高,但谷狭壑浅,江水就像潜伏在皮肤下的一条血脉,流得潜潜而不张扬。

我想到"婆娑"这个词。

岷江的水,正是婆婆娑娑地流着,漾动而摇曳。像微风中的树。

车中正放着意大利大片《角斗士》,恢弘的气势,悲壮的情怀，逼人心魄，令人唏嘘。再看窗外的岷江，全不察车内人的情感起伏，依然款款地摇曳着，悲喜两无。

那么，"婆娑"这个词，之于岷江的水，是确当的。

然而，车行一日，人迹寥寥；几百里岷江，虽婆娑得舒展，却寂寞。

正嗟叹间，车戛地站了，导游徐小姐说："歌厅到了，有听歌的，尽管去听好了。"

斜树的背后，是两间茅厕。

几百里山川过后，人们"听歌"的欲念是强烈的，奔窜而往。

一黧黑小儿倏地闪出身来，庄肃地伸出手，"每人一元。"

岷江的寂寞已非往日的颜色了。

二

过了茂县，岷江水突然就叫"叠溪"了，因为远处，有一座有名的叠溪山。

在人的观念中，水和山是相依相傍的。山或因水而胜，水或因山而名，二者是有所顺从的。

这次，是水顺从了山。

因为翻过叠溪山之后，就是高原了；尽管还有许多山状的地貌，并且亦以山名之，却不是真正的山了。那么，水的顺从，就有了它当然的理由。

远看叠溪山，灰暗而枯瘦，畏缩如在劳役之下的一个川西汉子。

车行到山脚下的时候，小雨滴零了。雨脚虽不绵密，但雾岚却倏地扯动起来了：一块一块的碎雾飘走在山的皱褶之上，擦去了山的积尘，抚平了山的沧桑，叠溪山抖了一下，料理出一派青翠和腴润。

这瞬间之变，一如川剧之变脸。

车沿着盘山公路缓缓而上，像被一层层雾托起来一般，飘逸得心惊胆战。

透过雾隙，看到两峰夹持之间，赫然有一座村寨——民舍为三层木构，房前屋后，均有经幡猎猎，系典型的藏寨。到了山顶俯瞰，发现寨子坐落在主峰腰间的一座子峰之上，正如大袋鼠袋中的小袋鼠，平安、宁静而无忧。依藏传佛教的经本，无忧便是福；那么，这个藏寨便幸福着。

才发现，刚烈的山，交合于柔润的雾云——且屹立，且摇曳，且凝定，且呼吸，才是山水曼妙的境界，才是天地活着的精孕。如此，村寨便是它的子嗣，人则是它的心跳，或梦。

翻过叠溪山之后，天地大爽，无雾无雨，只有干燥的风。诧然回首，见叠溪山顶的雾仍与天体相接，袅袅不绝。便感到，与其说叠溪顺从了叠溪山，不如说诞生了叠溪山。

阴柔是阳刚的养护，始信然。

三

不久，就到了松潘县的教场镇。说是镇，其实是山路边的一个大一点的寨子。

在这里，岷江水兀然发生了异变：婆娑的细流不见了，却有一爿连一爿凝固的潭。水微波不兴，绿得深幽而神秘，像童话里的魔水。

便生出莫名的敬畏。

镇上有一个地震遗址博物馆。

文字记载：1933 年 8 月 25 日，这里发生了 8.7 级大地震，有一个藏寨全部覆没，只余一人。地震造成了地质结构的变化，形成毗连的地陷，且深不见底，慑人魂魄。地陷容载了岷江之水，愈合成现在的潭。潭水因深而静而蓝，被当地人称之为"海子"。

"海子"，乃静止的湖泊。

九寨沟最大的海子，即海拔 3000 米的则查洼沟顶端的长海，是九寨沟的"景眼"，被当地人视为神海，但当译成英文的时候，他们也谦谨地写作：Long Lake。

他们对"海子"的内涵是确知的。

但"海子"是一个现场感极强的词。它把水的深度、容量、颜色、流变、温度，甚至历史，所有生命情况，均一以状之。

这是一个大词。

自然的沧桑，非这样的大词不可以名状。

凝望那神秘的海子，我心悲怆：美丽的景致，是人与自然的伤口呵。

那里有对灾难的承受与遗忘，那里有前人为后人无言的供奉；那么，敬畏山水，与其说是敬畏造化，不如说是敬畏生命与人。

海子，亡灵的栖地，乃灵魂之湖。

四

一杆巨大的经幡在前边招摇着。

经幡下，是藏传佛教的圣地——川主寺。

川主寺大殿翘起的屋檐，正指向对面诺尔盖山上的红军雕塑。

那个雕塑，是一手挺枪，一手捧花束的。

寺里的法师，是一手揖胸，一手敲经锤的。

皆安泰怡然。

寺里的小徒拼命地招徕游客们去开光、去灌顶，颇闹躁。

他们说，一个大师正在此处设祭，不去膜拜一番，真是可惜了。

一个厦门经学院来实习的小僧作解说，其说法，多精彩处。比如戴法物。世间的"男戴观音女戴佛"的说法是不确的，那是武则天执政时针对男权的一种逆向宣传，与佛的教义无关。释迦牟尼主智慧，观音则主平安，那么，你有什么愿望便戴什么佛，这才与佛的境界相谐。

毕竟是知识僧人，懂得佛性的养成靠的是主观自觉，而不是欺哄。

到了功德箱前，他说："佛门之尘靠僧人打扫，僧人靠施主养活，不论多少，皆为善恩。施主们请。"

便争先恐后地放几钱恩德。

而依规矩，施"恩德"时，是不能点钞票的，应随机地从口袋或钱夹里抽一张，抽到什么面值就是什么面值，是不得更换的——佛讲"天意",而不讲"人为"。

我抽出的是一张五元币。

放过之后,小僧便给施主献上哈达。但我等数个,却没有得到那条洁白的哈达,诧异间,听到一声小语:"捐款20元以上乃可得之。"

我不禁看了他一眼——他的佛学知识是精确的,他的宗教情感却是世俗的。他的佛性,不过如此。

对他失了兴趣,便踅到寺门外。那里有一排转法轮,油漆得精美,便率性转了起来。

一个小僧跑了过来,"你转错了,要朝右转。"

"朝左转又如何?"

"你会招晦气的。"

便干脆不转了。终于明白,对教义的遵从,是以失去自家的自由为前提的。

走进一户藏家。

松潘的藏民属安多藏族,以农耕为主,院里的那个高大的晾晒架上,正一面晾着小麦,一面晾着青稞。房屋是木结构的,三层回旋。我问他如何住法,他说,一层住牲口,放饲料;二层住人;三层则供神,储粮食。并说,此地的藏民都是这样的住法。

在安多藏民的心里,有神圣的生活秩序:畜→人→神。

政教合一的历史,使藏族全民信教。房前屋后,路口关隘,均竖着成排的经幡,幡面上印着密密麻麻的经文。问其奥妙,他说,我们不识字,风便替我们念了。

我指着那高大的晾晒架,说,在我们华北,小麦是先脱粒后晾晒的,省力好保管。而你们是先整株地晾晒,然后才脱粒,既占空间,又爱发霉,不好。

他逼视着我说:"谁说不好,不好,祖上还能传下来?"

五

黄龙山风景区,在松潘县境内,属岷山山脉。1992年被列入《世界自然文化遗产名录》。

它海拔近4000米,奇景均依山而列。

才到山脚下,同行的一杆人马就有三分之二的人有了高山反应,便坐在山门的石栏上,望山兴叹。

听说山顶有被人誉为"人间瑶池"的五彩池,我便有了异常的兴奋。因为,依个人的经验,大凡被人称誉的风景,多名实不符,便有了探究的欲念。

便遗众人于身后,兀自上山了。

跋涉了不久,便遇一栈桥,桥边的次生林中,有一媚脸小鼠,全不顾周遭好奇人的唏嘘和叹叫,专心地捧食一枚干果。这让我感到欣慰,看来这山上的风景或许真的很原始。

前行不久,我便失声大叫:一条巨大的"黄龙"从天而降,像要把观光客统统覆盖了一般。

这条黄龙,在导游图上是被称作"龙背鎏金瀑"的。山势形态极像龙背,长有里许,山的底色一派金黄,令人目眩。原来那是钙化物的沉积,名曰"钙华"。陡而长的钙化山体,被水瀑包裹着,浩浩荡荡地冲击而下,让人想到帝王的气势。

或许这就是炎黄族的历史气象。

再往前走,山势突缓,出现一片连缀的静水池。水池被遮掩在松杉树丛之中,水光打在低垂的树叶之上,再折入人的眼帘,虽然清冽,但柔润如抚。鱼小而静而悬,弱草却扶摇,这才让人感到,那水其实是活着的。

一路跋涉,冬虫、夏草、瀑布、森林、云海、庙堂、曲径、栈桥、溶洞、溪滩、藏寨、鹿麂、美人、鸟鸣、人唱、秀岩、温泉……万千奇景比比皆是,乃景观之集大成者。

于是,兴致高得不得了,如遇美色而心动。虽然高山反应已使头疼欲裂,但却有十足的沉着:胜景之下,人安能有恙?恙也无妨,此处可医;不医无妨,此处可葬。

到得山顶,那五彩池果然被雪山的手小心地捧着。

赤澄青蓝紫,五爿大池,五种颜色,如梦如幻。

但远看是色,近看却清,如早春芳草。斜阳之下,虽池畔人头攒动,水中却无半缕人影,甚奇。

一池中有一瘦树,叶绿而稀,结着一树大而黑的干果。凝眸时,却发现是一树屏息而栖的鸟儿。

得了一种天启:在这样的天水面前,人也应该是屏息而立的。

在屏息而立中,突然有了一种冲动:便是把一双且红且汗的手伸到水里去了。手心有一种蠕蠕的痒,让你忍不住笑出声来。

把手捧到眼前,手光滑白皙如凝脂。"呕,怎么像一双女儿的手了!"

这一声低吟，让身旁的一个少女会意了，她也把本已白皙的手伸进水去。

"彩池的水是不能污染的，请把手拿开。"

一个景区的管理员竟就在身边站着。他的低喝，让我和少女都怔了一下。

少女懵懂地看了我一眼，竟双手掩着颜面，呜呜地哭了起来。

本来是追求清白的，反而不清白了，她委屈啊（在美丽的自然风景之下，女儿是敏感的）。

下山的时候，我想到了岷江。如果黄龙山的水是岷江的源头的话，那么，岷江的寂寞是理所应当的——

贾平凹说，一锋太锐，天必钝之。

风光太健的岷山之水，是懂得藏锋的。

六

下山之后，那些裹足不前的同伴，均欹斜在舒适的旅行车之中，已调养得十分靡软了。

"山上的景色可好？"懒懒地问。

"好，好得像爱情模样。"

问者不懂个中意蕴，摇摇头，"其实好与不好都是无所谓的，我们的目标是九寨沟。"

我懂他的意思，但我还是为他遗憾，因为他是个诗人，遍地风光，遍地风流，之于他，是不应该有妻妾之分的。

他诗得可疑。

周作人在《上下身》中说,把生活分成片断,仅取其中的几节,而把其他都弃去,这是不懂生活的一个表征。每一段生活都是生命的一部分,割是割不去的;所以,工作、饮酒、喝茶和旅行都有同等的意义。而且,喝茶的快乐,是吃饭所不能具有的;饮酒往往比工作更能认识自我。总之,正如沛德(W·Pater)所说,生活的目的是经验本身,而不是经验之果。

所以,他缺乏对际遇的敬重,他把自己耽误了,或者是浪费掉了。

车迎着夕阳走在高原之上。

光线刺进车窗,使人睁不开眼睛。司机放下了遮光板,乘客也都拉上了窗帘;但车内仍如堆了盈满的银,白得灿然。车内人便受不了,呼叫着把车停了。奔蹿着跑到车下,纷纷呕吐了。

无恙者仅我。

下得车来,仰天而望,那个浑圆的大太阳就低低地悬在头顶。发根有灼烧的感觉,太阳的金轮似正与人的发梢粘连着。太阳的边际,是一遭绒绒的火焰,因而它不是在照耀,而是在燃烧。

天低,云淡,太阳在燃烧。

我的心突然就像高原一样,变得辽阔、豁达与热烈了。且有了强烈的歌唱的欲望。

但众人均痛苦万状,歌唱便显得不合时宜,便作罢。

我突然感到了素日的卑微:身居狭仄的斗室,沐几缕昏黄的斜阳,心胸幽闭着,声音嘶哑着,千思万虑着,敏感着毫无意义的事情。幽暗,使我们的生命钝化了。

为什么藏族姑娘的歌声都那么宏阔辽远呢？盖因太阳的燃烧锻造出来的旋律，太阳的金线抽丝出来的音符。

高原的明媚、辽阔和热烈，使她们的生命有了金子一般的质地。

于是，人，的确是境遇的产物。

境遇成就了我们。但，一成不变的境遇却败坏了我们。

所以，当境遇不易改变的时候，便在山水之间放逐；旅行，不仅使我们开阔了视野宽阔了心胸；更本质地，是使我们完成了对境遇的短暂疏离，使我们看到了新的可能，使我们对生活葆有了应有的热情。

在行进的车中，我继续这种冥想；在绚烂的阳光下，冥想是一种幸福。

有两个藏族姑娘招手，车子登时地就站了。

他对不解的乘客说："长天远地，眼里应该有人。"

我觉得这是一句好诗，车内的那个诗人是做不出的。

车恢复行驶之后，两个搭车的藏族姑娘说："我们搭车不能白搭，我们给大家唱歌。"

便款款地唱。

唱的都是藏族情事，吐的都是醉人的高原之音。车内受高原反应折磨的蔫软的旅人，便像晒草遇露，棵棵都支棱起来了。

看来，藏族姑娘是很懂风情的，因为当她们感到车内的气氛开始活跃起来的时候，便说："我们对歌吧。"

就对。

我是个有歌唱缺陷的人，但高原的嘹亮之音已使我不能自持，便也率然应和了。

唱了腾格尔的两首劲歌。

姑娘竟说:"就阿哥你对得好,我们定你做情人了。"并说,"我们送你一个藏族名字叫'牦牛扎西'。"

"牦牛扎西",我反复吟哦着,心有所动。

"牦牛"的意象,真好。

七

终于到了九寨沟。

莫名地生出一种朝圣般的情感。九寨有大名啊。

九寨沟总长近50公里,要自由踏勘,需假以时日;而我们是随团而往,时日不多,便坐景区提供的环保型汽车。

九寨沟呈"Y"字形,由树正群海沟、则查洼沟、日则沟三条沟组成。沟谷两侧,青山叠翠,万木峥嵘,瀑布跌宕,百鸟踟蹰。从海拔1980米的九寨沟沟口溯流而上,到海拔3000米的则查洼沟顶的"长海",再到日则沟尽头的"剑岩悬泉",沿途阶梯分布着118个清幽明净的高山湖泊——海子,错落着一个接一个的大型瀑布和瀑布群,绵延着从常绿阔叶林、落叶阔叶林、针叶林到草甸、绿藻、地衣、苔藓的繁盛的原始植物群落。所以,九寨沟的经典风景,是海子、瀑布和原始森林,是三者辉映下的野趣和神秘。

九寨沟所在的九寨沟县,在历史上叫"南坪县",沟里那条贯穿了大小海子和瀑布的河流叫"翠海"。据《南坪县志·翠海》记载:"羊峒番内,海狭长数里。水光浮翠,倒映林岚。"

九寨是藏区,所以有"羊峒番"之称;那时的目力因原始的局限,只能作"长数里"的蠡测。但"海狭""水光浮翠""倒映林岚"的描述,正准确地勾勒出九寨风景之魂。

无水,树便干涩无韵致;无林岚,水便清寡无内涵。如情中男女,在相互拥有中把自己成就了。

九寨的山亦属岷山山脉,除了"翠海"的源头的雪山披银挂雪巍峨宏阔以外,流域两侧的山,是极朴素的。然而,沟狭,林密,有一种逼人魂魄的簇拥感,人不敢钻进那细小的林罅中去,担心一旦侧身而进,便瞬间就消失了。

还有那上百个海子。水绿而深而静,林岚倒映其中,镜像如幻。立身于畔,便感到那里或许就有一些莫名的灵怪,会随时摄取她最爱的人。心中生一种不由自主的惊悸。

还有海子里的鱼。

那鱼均三象四寸长,成簇地游在邻岸之处,绵软而懒,身上且无鳞。名曰"裸鲤鱼。"

虽然是可爱的生灵,但无鳞之身,谁又敢掬之入掌呢?因有异象,便让人联想到"无常",就不亲切了。只有讷罕和敬畏。

水深而怪,林深而怪;怪而怪之,为大幻。所以,九寨之境,有一种化不开的神秘与诱惑。

什么是神秘呢?心向往之,又退避之,在进退不定中,听到了自己的心跳。自己的心跳能把自己吓死么?大幻之下,是也。

九寨最著名的瀑布是珍珠滩瀑布、树正瀑布和诺日朗瀑布。

珍珠滩瀑布,因山体被广阔的钙华覆盖着,便有光晕纷飞,华丽得铺张。

女游客是欢喜于它的，大呼小叫地甩了鞋子，用赤脚去接它的水沫。

诺日朗瀑布，高25米，宽300米，规模宏大，便弄出磅礴的气势。在水雾冲腾中只想喊诗，喊雄性之诗。竟喊出来了，那就是杨炼的长诗《诺日朗》中的句子——

高原如猛虎，焚烧于激流暴跳的万物的海滨
哦。只有光，落日浑圆地向你们泛滥，大地悬挂在空中
……

"诺日郎"，系藏语，意"男神"。那么，这暴跳的大瀑，便是一种天启：男儿之身岂能苟且？要落日般浑圆地"泛滥"，像《创世纪》里上帝一样呐喊：要有光！之后，便跳下深渊去，把天地开创了。

树正瀑布则是个瀑布群。在那里，梯湖参差，瀑瀑相接，执着如怨，义无反顾。是《诺日朗》的续诗，是"天地开创"的注脚。但它的最奇绝的诗句，不是它自身，而是飞瀑中的树——

在叠瀑之中，耸立着一株株、一丛丛高原特有的灌木。它们扎根于水底，傲迎于激流，常年遭水流的浸泡和冲击，而不倒伏，不烂根，郁郁葱葱，风姿绰约，惊世骇俗。

而奇迹是它们自己创造的：其主根扎在碳酸岩岩缝之中，却还有许多长短不齐的须根在水流之上漂浮着。这些须根，是树木的气生根，供母体以空气以阳光。生命的管道被打通了，万劫不复之境却是永生的福地。

于是，不仅仅是人，自然万物，也均是境遇的产物啊！

不过，在逆境之中，人会抱怨，止于等待；而万物无言，自创生机。

人愚耶？物愚耶？人欺，天不欺也。

八

回程途中，峨眉山、乐山大佛，甚至武侯祠、杜甫草堂，也是游了的。但之于大自然的"天启"，那些人文色彩的叙说，显得过于牵强与平淡，便废笔不记。

还须记载的是——

蜀行的日期：公元 2001 年 9 月 3 日至 9 月 8 日。

同行或证人：《人民日报》高级记者赖仁琼（女），《人民日报》北京记者站主任记者颜世贵、吴坤胜、阎晓明，《北京青年报》"365 种活着的方式"专栏主持人颜婧（女）等 28 人。

有一点说明：我是作为我们地区的唯一代表参团前往的。由于是个乡下人，与那么多陌生的高级人物在一起，颇感拘涩；终日无言，孤独有加。席间，人家声情并茂，我只埋头下饭，吃得奇多，令人瞠目。但那牦牛肉的确好吃，纹理细腻，肉味腴厚。至于四川腊肉，我以前一直认为与湘西腊肉相比，它偏"水"，油腻而无回味。这次在产地食之，却感到与湘西腊肉不分伯仲，均可入口。细微之辨：湘之韧，蜀之脆。我偏见的形成，是自己烹食的方法不对：底油过多，火候太短。

还有一点小感受（也是十分重要的）——

作山水之游，一定要带上女朋友。理由有二：一是，相熟的语场便于交流，可创击出更深的山水感受，可厮磨出更缠绵的个人感情，升华成人性之旅；二是，方便照相。理由亦有二：其一，现在毕竟是读图时代了；其二，在山水之中，我的形象最靓丽的那些瞬间，她是最能准确地捕捉的，可摄自然之魂，与山水同辉。

2001 年 9 月 16 日至 22 日据日记整理。

鄱阳三韵

一、淹旷

到了鄱阳县，乃知鄱阳湖。

鄱阳县位于鄱阳湖东岸，公元前221年建县，是秦始皇统一中国之后，实行郡县制而首批设置的县分之一。因而具有2229年的历史，比鄱阳湖早得名800多年。历来是郡、州、路、府驻地。历史证明，鄱阳湖因鄱阳县而得名，鄱阳县因鄱阳湖而扬名。从文化角度说，鄱阳县，是鄱阳湖的发源地，是鄱阳湖文化的"根"与"源"。

到鄱阳造访的时间，是公元2008年的7月19日至23日，天逢大暑，当地气温持续在摄氏38度。但是，足走乡间，舟行水上，无溽热感，虽微汗浸面，却不湿衣背，浑身清爽，吐气从容，令人称叹。

叹在这是一方福地：地是湿地，水是天水，造化赐福。人称水是自然之肺，湿地是自然之肾，这里的湖面与湿地绵延5000平方公里，被誉为亚洲最大，吐纳之间，自然是漫天清爽。足落之处，鹤鸟齐飞；一如游园惊梦；浆拍声细，群鱼共涌，恰似闲庭信步。满目原始与和谐，浮躁的人心立刻就静了，恨不得倾刻就化为鄱阳鱼鸟。此乃身爽之后的心爽。

当地人说，此地有鱼122种，鸟300余种，且多为世界濒危物种。这就对了，因为珍奇鱼鸟也如人，是有心性的，栖止之地，岂能无诗？而湿地与天水正是孕育诗意的地方。

鄱阳湖的水域真是大，接天壤地，令人怦然心动，无以形容。站在东鄱阳湖公园的湖心亭看水，水虽然是静止的，却总有往上漾动的感觉。这种盈满的意象，正如寄情田园牧歌的刘绍棠先生形容大运河，只要再放上一瓢水，水就溢出堤外。然而总也不溢，盈满却守成，富饶在深处。

晚间，在依湖而建的饶州饭店卧看当地人编录的册子《鄱阳风情》，读到唐代诗人张九龄的一首《彭蠡湖上》（鄱阳湖，古亦称彭蠡湖），不禁站了起来。诗云：

沿涉经大湖，湖流多行泆。

决晨趋北渚，逗浦已西日。

所适虽淹旷，中流且闲逸。

瑰诡良复多，感见乃非一。

庐山直阳浒，孤石当阴术。

一水云际飞，数峰湖心出。

> 象类何交纠,形言岂深悉。
> 且知皆自然,高下无相恤。

据考,张九龄是第一个摹写鄱阳湖的人,笔下气象可谓繁丽肖刻,但这并不是让我肃然起敬之处,是"淹旷"一词,把鄱阳湖魂魄一笔勾定。

陆地被水浸润,曰为"淹";大水汤汤,一望无际曰为"旷"。"淹旷"一词,暗含着陆与水的辩证关系:水陆之间,且纵横,且交织,你中有我,我中有你,情之切切,一如真心男女。

有人说,鄱阳湖明明是一脉内湖,冷眼相望,怎比大海还辽阔,还迷茫?

是因为有陆的比衬,陆狭,则水旷。

而大海只有它自己,空蒙四合,犹如黑夜,除了黑之外,不见豁然境界,便反而小了。

联想到湖光与人事,自然与人文,历史与现在,无不相互承载、彼此交融,均是"淹旷"意象。"淹旷"真好。究其外延,是风化的风流,是苍茫的沧桑。

二、天籁

入夜,在鄱阳县城漫步,在鄱阳湖上弄舟,总能听到繁繁、细细、切切的弦音与人歌。清澈与隐约、躁近与邈远,撕破了夜幕,引人不归,不甘入眠。

好像鄱阳人活在戏中。

鄱阳的民歌,就叫鄱阳渔歌,都是水音湖韵。譬如《开船歌》《撑船歌》《撒网歌》。

鄱阳的曲艺,也干脆叫渔鼓。

鄱阳的舞蹈,虽然不叫渔舞,但舞蹈的取材与形式,也均是湖上风物。譬如《龙灯舞》《蚌壳舞》《采莲舞》。

鄱阳的大戏自然是赣剧,但是他们觉得这样叫,失去了来路,与水的福荫远些,私下里还叫饶河戏。鄱阳曾是饶州府,府内有河叫饶河,它是鄱阳湖源脉之一。饶河入戏,既可回味往日的传统,又可以唱得像水一样自由。

说到鄱阳渔鼓,当地人说,我们这里有一道名菜,叫"春不老",这种菜似芥似菘,俗称水菜,其状类似北方的雪里蕻。它叶厚而黑,茎却白而嫩滑,腌渍后香味绵长,颇为人喜。每逢"桑下春蔬绿满畦,菘心青嫩芥苔肥"的时节,鄱阳人最繁盛的农事就是采挖"春不老",遂成鄱阳的一大美景。

说鄱阳渔鼓,竟说到"春不老",颇感新奇,便问:春不老与鄱阳渔鼓有什么关系?

答曰,春不老腌渍,首先要切碎,"笃笃笃"的切剁之声,彻夜可闻。整个鄱阳县城——东城与西城,南街与北街,此起彼伏,遥相呼应,夜都感动得浑身震颤。"笃笃笃"的人之喜悦,岂能不衍生出渔鼓?

便想到鄱阳渔歌中为什么最爱唱、最经典的一首歌子竟是《十八岁妹仂洗黎蒿》。因为黎蒿也是鄱阳湖的天赐美食,以至于范仲淹任鄱阳知州时,独钟情于黎蒿,腊肉炒黎蒿,居然是他的保留口味和待客佳肴。试想,身姿袅娜的鄱阳妹子,清波荡漾的鄱阳湖水,那个洗藜蒿的现场,一袅娜,一荡漾,衬之以芊芊芳草,多美!且美美皆美,妙不可言。情动于中,无法言说,自然诉之以歌。

那晚,与楚地大文章家王开林是同赏饶河戏,竟看得手舞足蹈、心旌摇荡、颔首击节,状如顽童。盖因饶河戏,一如细流融汇,相邀入湖,既有典雅华美的昆腔京韵,又有秦腔、拨子、浙江调和安徽梆子丝丝入耳。撼人之处,是在如梦如幻、如泣如诉的慢板与皮黄将人醉入忘乡之时,兀然一声弋阳高腔,把人的魂魄陡地送到清绝的云端之上——红尘抖落,灵魂超度,见到天光。

开林叹曰,这哪里是人在唱戏,分明是鄱阳湖的湖语托身——大水辽漫,自然兼收并蓄;长风乍起,自然陡生波澜!

谁言不是?

民以湖为居,食以湖为园,曲以湖为根,自然承享天赐,自然承接天启,自然承传天籁。说鄱阳是宜居之乡、美食之乡、戏曲之乡,是造化生态,而非人工弄巧、世人说项。

鄱阳之水天上来,湖神摇袖送清音。

三、高风

鄱阳湖既为中国最大的淡水湖,自然是水产腹地,天然鱼仓。

鄱阳旧志载:"世俗风物,传承久远,汤肴劳素,各有所长……燕(筵)率常品,虽鼎食家不必珍异。"就是说,在鄱阳,因水产丰饶俯首可拾，珍稀时鱼也成"常品"，盖"无鱼不成席"也。

鄱阳五日，食鱼多矣。始知鄱阳时鱼乃：春鲇、夏鲤、秋鳊、冬鳜。

珍稀者，谓之为"鄱阳三鲜"，即：银鱼、鳗鲡、凤尾鱼。"三鲜"扬名，虽附丽于名人掌故——1946年，蒋介石在庐山开办"三青团"骨干培训班，特命蒋经国备下"三鲜筵"以示倚重；朱德老总转战江西时独爱银鱼，以至于进京之后，仍期望江西来人，能带此物。但"三鲜"名重，实仰仗于其自身品质与品格——

银鱼，古人称之为白小、儿（音 ní）鱼，白而小，终其一生，长仅二寸。在古代，鄱阳人洪适写有《银条鱼赋》：

滋银条之小鱼，实群游于深水。闻双目之如漆，体洁白之无比。绝肺肠与鳃鳞，信清莹之堪美。盈一掬之十百，唯铢两而已矣……

体小，而游于深水；无足轻重，却洁白自持。品质殊"堪美"。更奇崛处，造化未赋予它产卵之具，亲鱼在产卵之时，须觅砂石磨割剖腹，行毕，即殁，由是，银鱼仅能存活一年。生命短暂，却壮怀激烈，且生生不息，品格殊可感。

鳗鲡也是的。

虽是淡水鱼，却要到长江入海口产卵。整个行程，为保种群纯正，不啖不饮，体能来源，仅靠消耗皮下脂肪，到了产卵地，鱼就清瘦了，脂肪所剩，仅够产卵，卵毕，即死去。卵孵化之后，幼鱼又溯流而上，回到鄱阳湖。周而复始，艰难困苦，不舍栖地，依如家乡赤子、爱国忠烈，义无反顾。

至于凤尾鱼，当地人喜晒鱼干，即便是被人劈成两半，在烈日下曝晒，羽翼依旧舒展，肉色依旧莹白，肉质依旧鲜嫩，有不变的品质。

鱼之风骨，必昭示于人。

鄱阳人江万里，乃南宋名臣。为人峻直，一身正气，力主抗元。朝廷腐败，不纳忠言，不忍同流，退隐乡里。南宋国灭，不做贰臣，在鄱阳芝山西南凿水池，取名"止水"，率全家十七口，蹈池殉国。谒"止水"遗址，与著过《天地雄心》的王开林氏同声叹曰：水虽止，灵魂却依旧荡漾，且掀卷高风，直击长空。

鄱阳湖水流到现在，更孕育了不俗的来者——

陈世旭兄以鄱阳湖水洗心，不堕俗务，"闯双目之如漆"，执着于文章事业，成卓然大家。鄱阳后生范晓波，笔立鄱阳，心无旁骛，跻身"中国二十一世纪文学之星"。更有鄱阳土著陈先贤氏，发达的机会多多，却不商不官；屡遭不公，却不怨不艾——潜心挖掘鄱阳的历史文化，勠力编纂鄱阳的风物典故，虽自身寂寂无名，却给鄱阳积累了宝贵的历史文献，且塑鄱阳魂于时间深处，令人唏嘘不止。

都说人杰地灵，鄱阳可谓地灵人杰。

湖人合一，气韵悠远。

抚仙湖小语

埃利亚斯·卡内蒂说过,河流不仅可以载舟,更是产生情感和思想的地方,甚至其本身就是情感,就是思想。

这是一句很费解的话,但一来到玉溪抚仙湖岸边,一登上脚踏船漫游于湖上,便豁然觉得,卡内蒂其实说的是人与自然的关系——自然之于人,功利之外,更是情感和精神之源,因此,人应放低姿态,对自然存一份真诚与敬意。

抚仙湖的水,浩渺无际,是阔大的,水色凝碧,是深的,却有温和内敛之象,好像天然就是让人来亲近的:它水波荡漾,层层叠叠,一波漫过一波,却不喧哗;它接天壤地,却不遮蔽山岚和岸树,以至于山与水,各美其美,林木也玉树临风。

于是,人一来到近前,凡尘立刻就飘散了,顿生赤子之情。

陈福民先生是著名评家,深知文坛深浅,赞与诋,是轻易不能说出口的。陈戎女士是资深编辑家,法眼甚高,对别人的文字挑剔得近乎苛刻。但是，一望见抚仙湖，他们都迫不及待地甩掉平日的面具，素面朝天，纵情拍照，快门揿得毫无节制，疯了。

抚仙湖这部书稿，真不同于人间文字，不藏机心，不事巧饰，美得无遮无拦。所以他们的拍摄，是一种忘情的阅读，急切地把好的字词、动人的情感、醉人的思想，圈点下来。

岸边的痴迷是不够的，一行人都嚷着要到湖上去。善解人意的培禹老师就租来船。船是脚踏船，而且岸上只有脚踏船。问曰，为何不预备机动船？湖人答曰，抚仙湖是生态之湖，容不得任何污染。

便明白了，为什么抚仙湖有内敛和谐之美，因为玉溪的抚仙湖人内心温柔，懂得怜惜，呵护得好。

游在湖上，虽起伏不止，却不跌宕颠簸，虽风行耳畔，却不嘹厉恐怖，以至于人行湖上，虽不谙舵轮，摇摆迤逦，竟至大呼小叫，心却是入定的，知道这样的水，虽然勾魂，却不断魂，类似爱情。庆邦先生干脆下到水里，"裸游"一番，尽管已是岁末之冬，因为抚仙湖让他心暖。

抚仙湖给人另一种思想的，是它的一种特别的物产——抗浪鱼。

据说，鱼之得名系康熙帝所赐。那个年间，一个叫康良的书生进京赶考，带了许多小干鱼作为干粮。煎食之时，发出奇香，引来了微服私访的康熙皇帝。帝问曰，此鱼何名？良答，无名。帝曰，如此美味，岂能无名？良解释道，这种小鱼在小民家乡，数量甚多，密密麻麻，人称"海蛆"，一般妇人尽可大量捕得，便被看作下贱之物，吃一半丢一半，毫不怜惜。康熙愠然，曰，你既叫康良，朕便赐它名尊为康良，且定作贡品，既然它那么容易被捕捉，就依物以稀为贵的天理，让它来三去七，轻易不让人见到它的身影。

这个传说，体现的是抚仙湖地区人们的智慧，立意之处，是喻康良鱼的金贵。

康良鱼的名号，果然就记在《康熙字典》中，不过那是两个象形的古字，今日的字库里已找不到了，便简易成"抗浪"。

抗浪鱼真的就金贵了，它体色银白，一如月之华，且不放纵生长，终生只三寸许。它挑剔水质，不清澈，决不寄身，且每年只在三至九月间短暂出现，余下的光景，在湖底隐忍。所以要想在湖面上撒网捕捞是不可能的。矜持的品格，便使它身价陡升，今日的市价，竟每公斤高达 3000 元。

于是，抗浪鱼虽小，却有黄金之重。

奇鱼一如奇人，必有异禀。抗浪鱼的卵是半黏性的，必须附着在沙石、岩礁之上，且必须有逆流、有温差，而兼具种种条件的就只有湖岸。所以，抚仙湖的岸边，湖人顺鱼性而着人力，开掘出许多沟渠与山洞（鱼洞）。每当春回大地，特别是雨水落地后，它们便从深水中游到岸边浅滩，在沟渠和山洞里的岩礁上产卵。产卵后便游回深水中，看不到一点踪影。它们来去都有规律，这个规律就叫"来三去七"，即来三天，去七天，至立秋节令后，便渐渐稀少，以至绝迹。当地渔民用木制的水车从绿树掩映的石洞泉眼里把泉水车出，经过沟道流入湖内，泉水与湖水的温差和流速恰好契合了抗浪鱼的产卵习性，鱼儿抢水而上，钻入了渔民们预先放置在流水沟道里的竹笼而被捕获。这种捕鱼方法历代沿袭，古老而独特，人们称之为"车水捕鱼"。

车水的动作,与现代的捕捞方式相比,是缓慢的节奏,是一个节制而美的过程。还有,捕到的鱼,因卵含体内,是不能剖腹而食的,要全身煎煮,湖人曰,食法不当,暴殄天物,人将不仁,莫如鱼也。如此种种,既怜惜了鱼,也涵养了人。

清波、绿岸、鱼洞、水车、竹楼,古典而浪漫,蕴含着大美,是可以入镜头的。游人尽情拍照、流连忘返便是很自然的事。

奇怪地,抗浪鱼的故事,抚仙湖的清澈,给人一种肃然的氛围,心灵情不自禁地纯净起来,感到现实的获取真是小,功名利禄更是虚,唯重生爱人才是情性之境——它可以使内心妩媚,对万物与人伦懂得感恩。

远眺阔水与长天,我心温柔,忍不住地笑。

正此时,看到陈戎女士手托着相机伫立在一棵古榕树下,面湖凝视。暗黑的枝柯,衬得她目秀唇红、额面莹白,像嵌在抚仙湖畔的一颗珠玉。我赶紧趋过身去,让《阳光》杂志的徐迅兄给我们拍了一帧合影。

我一直是叫陈戎老师的,尽管我实际年龄比她大。二十年前她从自然来稿中发现了我,坐公共汽车到几十里外的乡下,给我以文字上的指导。岁月可淡化一些神圣的东西,把恩德变得习以为常,但此刻的抚仙湖让我明白了,什么都可以忘却,不能缺失的,是对美好的珍重。

回过头来再思量埃利亚斯·卡内蒂说的那句话,觉得他说得真好。好在他内心机敏,把天启化作人语,以文学的方式流传下来。

2009年12月15日于北京石板宅

醉竹海

箐斋

虽刚从台湾归来,已是身心疲惫,但一接到培禹老师到长宁的邀约,还是率然应下,因为长宁有竹海,令人神往。

从宜宾机场乘中巴赴长宁,沿途就有修竹扶摇,把一条灰白公路,匡成秀色长廊。翠色悦目而洗心,疲惫顿消,渐生欢悦。

到了长宁,也不歇息,车子径直开到一乡间村落——梅白乡白虎村,那里有长宁大儒周洪谟的故居箐竹书屋。这座书屋,又曰箐斋,虽在典籍里有大名,远远望去,不过是在山腰处的几间青瓦小屋。一条青石小径掩在茂竹之中,拾阶而上,一派清气。脚下的阶石,浑黑而湿,有水泽之光。但脚踩在上边,却不打滑,一步是一步,让人感到踏实、温润。路旁有鸡,从容地觅食,偶有粪便,也无异味,而是与竹林的气息同。到了箐斋，有雕梁，有匾额，有楹联，有壁刻，古旧文物的元素都是在的，但是，也有青草盈膝，更有瓜棚豆架，还有一只黄色小狗，逗玩在游人的脚下，毫不惊慌。于是，整个故居浑然如自然中物，和谐在山林自有的和谐之中。所以，当有人感慨大儒之所，应该重金修缮，使其富丽堂皇、典雅幽奥，而不应该如此荒凉一如远古朴野之时，我不禁从齿缝里嘘了一声：真是浮世浮心，离本真远了。因为儒学，就是朴学，就是民间之学，是入世的，一如修竹之所以秀，就是因为它的根深深扎在原野之上。我觉得，长宁人做对了，他们让大师魂安在他自己的岁月中，不人为惊扰。

然而，在心里，长宁人却给了周洪谟崇高至上的地位——一个小小的县分，居然建立了一个专业的周洪谟研究所，常年进行"洪谟文化与长宁发展"战略研讨，并把周洪谟的学术思想作为竹文化之源、社会发展之基，且挖掘，且弘扬，且传承，且践行，让人感佩不已，心生敬意——长宁不愧于竹海的涵养，有竹子的品格：向下扎根，向上挺举，自得风流。

凭吊完周洪谟故居，顺路参观了白虎村的新农村建设风貌。那些新民居，均依托着竹林的走向，坐落在适宜的位置。坐坐宅院，都是前有池塘，后有丛竹，水镜弄影，翠屏叠彩，布衣人行于其间，疑为幻境。直让人想到两个词：乐土，乐生。

仙寓硐

长宁竹海，真是阔大，站在佛来山山顶的观景台上，放眼望去，翠色漫漶，一如汪洋。微风稍拂，便起万顷波涛，一脉一脉地涌过去，无止无息。忽地就生了水雾，从广远处，徐徐回卷，从竹梢上掠过，托苍翠到云天。此时，天地合拢，人似在梦中。

被梦包裹着，我们到了天宝寨——仙寓峒。从山顶到山腰的路，是一个暗红色的天阶，云雾飘摇中，它像一条垂在竹梢上的彩练，让人心旌摇动。

仙寓峒，是一条云中走廊，悬挂在山腰的峭壁之上。最殊胜处，是它的壁画和摩崖石刻，把儒道的故事、演义和教化都镶嵌在石壁之上。其中一座巨大的石刻卧佛，于沉思中有会心的微笑，让人看到了慈悲的模样。在石廊中缓走，顿感肃穆。因为顶上是悬竹，凝露成溪，兀然倾落，脚下便一直是湿着，一如在水上行走。而廊下是万仞之涯，崖底的村落像龟背上的纹络，一层一层地皴开去，亦如佛语让人猜。

且行且思，头脚都被打湿了，却不感寒意，突然觉得，佛和道，虽多有差异，一经水韵和竹翠染过，便都安详。不禁口占两句：

脚踩珠玉头笼翠
手拈莲花心寓佛

独行中被培禹老师和喻若然小姐追上，才从恍然之境中回到现实，知道自己不过是一介俗人，心中的禅意，是山水附加的。但也生喜乐，主动在"仙寓峒"的碑刻前为他们拍照。镜头前，培禹老师净白,喻若然则妩媚,都比素日可爱。

海中海

海中海,是竹海山上的一个凹陷,竹露与山水注入,成一"海子",故名海中海。

在景区公路上,远远地就能见到海中海的大门。大门系按川南传统牌楼式样建造,且高大、且古雅,犹如万绿丛中一点红。海中海的门楼上有抱柱联,上联:龙鳞漾嶰谷,下联:凤翅拂涟漪。

"海"的周围有环湖小道,亦是暗红的砂石材质。如果"海子"是眼睛,她自然可称作黛眉。站在"海"的堤岸上放眼远眺,湖水明净清澈,远处翠绿的小岛,把宽广的湖面分成两半,伸向苍莽的竹林中,显得深邃幽远,渺然迷离。

其实,因为"海子"是被远拥而来的楠竹环绕的,湖面虽阔,也嫌小,一如被"匝"在那里。匝,类似褓褓,海中海,便像一个通体莹洁的婴儿。而且是个熟睡的婴儿。竹海之阔,有遮蔽效应,即便水面有波澜,远看也是静的。静得如镜,如冰,勾人顽性,便踏上竹排,划。

一张竹排上分列四人,我、徐迅、燕舞和马益群(人称小马哥)。徐迅深沉,燕舞单纯,小马哥矜持,素日均不苟言笑,但一上了竹排,就都散漫了,尖叫与呐喊并举,俚语与村言交加,一如喜儿在批斗会上怒向黄世仁一泄仇愤,无遮无拦。且比竞着划,逗弄着后边的游人。终于把别的竹筏落得远远,我便放开喉嗓吼——

　　大锔子钉了三百六，

　　小锔子钉了二百双，

　　剩下一个锔子没地方钉，

　　钉在哪儿？钉在哪儿？

　　钉在王大娘的脚后跟上！

　　在南国绿水之上，居然吼京西黄蛮的山腔，大自然之美，虽大美无言，却如似水老酒，于不知不觉中热人心肠，让人卸去铠甲，往真性情和大通泰里走！

　　不禁想到泰戈尔说过的话：使卵石臻于完美的，并非锤子的敲打，而是水的且歌且舞。蜀南竹海，就一如使卵石完美的水，净化心尘，使人性趋真。真可谓，上善若水，本善若竹。

　　的确是的。蜀南竹海，不仅步步有景，步步有诗，步步有画，而且步步有禅意，步步有喜乐——使枯槁之心，重植绿色，重燃激情，直想拥抱，直想歌唱！我甚至觉得，以书本为师，不如以山水为师，因为它与鲜活的生命接近。

2011 年 10 月 30 日于北京良乡石板宅

美巴掠影

2012年5月24——26日，我曾赴巴西进行文化考察，感到足球、桑巴、烤肉和咖啡，是他的文化支点。

在里约热内卢吃巴西烤肉，快大肉厚，俄而就饱，能找到蛮民感觉。桑巴很原始，能激发欲望，但不是肉欲，而是生命冲动，不愿苟活。它的咖啡浓烈，如果在国内喝，会失眠，但在产地喝，却能安眠。参观巴西国家足球场时，买明星球衣，把手掌抚在明星的手模上，顿时就有了豪气，但一旦离开，亢奋顿消，因为我不是球迷。

给我感受最深的，是巴西女人的身材，高而有摇曳曲线，特别是她们的臀，浑圆而翘，触目惊心。巴西之所以有足球，盖因为她们有美臀。巴西女人不畏惧陌生人，邀她们一起照相，会大大方方地依在你的肩膀上。其表情亲热而自然，好像早与你厮熟。

还有一重深刻的感受，是巴西大街上的文化墙。墙上到处是率性的涂鸦，宣泄着涂鸦者各自的情绪。政府也不强行禁止，采取放任的态度。总体感觉杂乱而美而和谐，全无突兀之感。上边有劝善的内容，也有解构秩序的内容，更有人性放纵的内容。譬如一面墙，夸张地画着一张女人的大臀，她在排解，排泄物也一如花朵，不显恶俗。画上的鸟儿都变态，找不到生活中的对应物，反而更像鸟儿。涂鸦的人，旁若无人地画上几笔，就静静地走开，好像他不是为了吸引眼球，只是生命的一种需要，完成了，也就忘记了。

我们在亚马孙河上泛舟，水漫漶到天际，好像在天上游。在热带雨林穿行，植物繁盛，千姿百态，但几乎所有物种都叫不上名字，便感到，在大自然的美丽面前，人只是盲目地欣赏。我们是从亚马孙州的首府玛瑙斯进入河道的，系亚马孙的支河。目的地是黑河与索里芒斯河的交汇处。黑河流速是每秒 2 万立方米，索里芒斯河则为 8 万立方米。前者水温 22~27 摄氏度，后者为 15~22 摄氏度。前者因浸泡了大量的落叶和腐殖质，水色泛黑，呈酸性。两河交汇处黑白分明，有地标特征。亚马孙州不通公路、铁路，交通工具是飞机和船。河里有著名的金龙鱼和银龙鱼，金龙鱼有近千斤者，银龙鱼也有数斤重，是印第安人的母亲鱼。另外，还富产甲鱼与河豚，赋予印第安人得天独厚的渔猎生活。政府与印第安人和平相处并和他们进行文明交易——印第安人用大麻、黄金、玉石跟政府交换日用必需品，并换进枪支弹药，以提升渔猎水平。政府唯一的强制手段，是强迫印第安人读书，为他们办周期 3 年的启蒙班，每人每月补助 80 巴比。当地印第安人的平均寿命是 41~45 岁，他们懒惰，喜安逸，所以资源丰饶，但生活贫困。

"丰饶而穷"，也是巴西人总体的生活状态。

因而他们不惜命，也不担心抢劫，安检较松，只是象征的动作。

从对巴西文化考察的回忆，干脆追溯一下那次的整体行程。那次考察，巴西是第二站，第一站是美国，启程日期是2012年5月20日。从美国到巴西，是个穿越的设计，在飞行中耗去了近一半的时间，总计4万公里的历程，劳顿而苦。

当时在一个会议记录本上，潦草地记录了一下，今整理于此，以备忘——

5月20日下午13：00登上国航CA117552北京—纽约的航班。在机上吃鱼泉榨菜、鳕鱼、黑木耳，喝伏特加。我喜喝伏特加，一气喝下三杯。空姐不给第四杯，怕醉酒。她说，我娇小，你肥重，你一旦喝醉，我服侍不动。

在微醺中读《泰戈尔论人生》。

中途换读美国诗人沃伦诗歌。读得心情愉悦，因为他的创作方式，正与我此时的状况相合。此时，我特别爱回忆，不能自拔。沃伦的诗也是充满了回忆，他把对过去的回忆与今天的现实交织在一起，既是过去时，也是现在时。"此时"与"彼时"、"传统"与"现代"，诸种因素互相映照，表达就有了时空维度，意义就悠远，就阔大，极具张力。我近期的散文创作，之所以被各种身份的读者共同喜欢，就是改变了"单一"、线性的写作方式，追求复调，讲究合奏，就多了共鸣点。

沃伦的《明尼苏达的回忆》，其中心意象：人如果向虚空、绝望中呼喊，越是急迫锐利，越是虚空、绝望。解决的唯一办法是，内心平静，忍受虚空，不存希望。

他的《亚利桑那的午夜》更是卓绝：草原狼的悲恸，使群星虚白，使人无言——大自然的舌头发出悲声之时，人已无舌——人的痛苦与之相比，往往是一种奢侈，是欲望不被满足之下的不苦之苦。

21日14：20，抵纽约肯尼迪机场，夜宿曼哈顿市郊Radissin Hotel Carteret，514房间。

凌晨3时无眠，起读《曼德尔施塔姆诗选》。

终于熬到天亮，于8：00参观美国时报广场、华尔街金融街、议会展览大厅、铜牛、自由女神雕像。

纽约的环境较差，烟头遍地。这里的中餐馆开得好，品质上乘。较2004年去欧洲比，不知强多少倍。那时的海外中餐，萝卜快了不洗泥，一股脑儿端上，少有中餐味道，不过是充饥物而已。

2012年5月22日。午前由纽约赴华盛顿。参观白宫、议会山、内阁大楼、农业部大楼、华盛顿纪念碑、起义纪念碑、韩战纪念碑林、林肯纪念堂。华盛顿纪念碑上，上下颜色不同，系建设的阶段不同，质材有差异。白宫系一三层小白楼，乃蕞尔小物也；议会山乃电视画面上惯见的穹顶者，颇气派。国人总是把二者混淆，以为"白宫"总是颐指世界，当然是大的。

华盛顿优于纽约，整个城市，既典雅大方，又时风习习，给人以端庄有态的感觉。不愧是大国首都，世界的梦幻之乡。

2012年5月23日。早4：00，离开酒店赴机场，8：00登上去拉斯维加斯的班机。过安检时，因包内有钢精水杯，被复检。被同伴嘲笑，说中国的小官均有恶习，总是端个水杯子，以证明身份。下午 13：00，飞抵拉斯维加斯。

　　傍晚参观街景，计有：音乐喷泉、海盗船表演、火山爆发情景再现。入住酒店后，看美国风情舞表演。其表演是五种元素的复合体：巴黎红磨坊+百老汇歌舞+街舞+好莱坞情景剧+城市现代舞。品位颇高，诱发思考。晚 11：00 到酒吧饮酒，旁观游人在角子机前赌博。那些赌者，好像意不在赌，气定神闲，徐徐地喷烟吐雾，在打发寂寞。

2012 年 5 月 24 日。下午 14：00 飞抵巴西亚马孙州首府马瑙斯。

　　在美国短短的三四天之中，由于语言气氛，许多沉睡的英文单词被唤醒，也能做一些简单的对话。我不喜购物，只是在苹果手机总部花 140 美金为儿子、儿媳各买 iPhone4s 一部。孩子们有叮嘱，不得不买。

2012 年 6 月 6—8 日补记

塔里木感怀
——一条没有流进大海的河流

见到塔里木河的时候，内心翻腾，思绪连绵。因为她与我意想中的模样有大区别：作为中国最大的内陆河，原以为它应该是激流滚滚、大浪弥天的，却流得那么平静、那么舒缓、那么从容，远远望去，满目青碧，一如睡在梦中。

塔里木油田的人对我说，塔里木河虽然壮阔，有吞吐山河的气势，却最终没有流入大海，而是在岁月深处，消失在苍茫戈壁、漫漫大漠之中。所以，塔里木河，在大美之下，是悲壮的底色。

本应该伤感的，我却微笑着向她点头。因为故乡的物事早给了我深刻的启示，大自然的道理，有别于人。譬如，故乡深山的阴处有一种植物，叫山海棠。即便是生在僻处，无人观赏，可它依旧是一丝不苟地向上挺拔了枝叶，开出鲜艳欲滴的花朵。幼时，我很是不解，曾对祖父说，它真是不懂人间世故，既然开在深山无人识，便大可以养养精神、偷偷懒，没必要下多余的功夫。祖父瞪了我一眼，说，你究竟是太年轻，太看重功名，内心浮躁，不知生命真相。在山海棠哪里，它只按自己的心性而活，生为花朵，就要往好里开，尽开的本分，至于能不能被人看见、被人夸奖，它是从来都不会去想的。至于塔里木河，东流入海，自然是她的向往和理想，但大漠之途，需要滋润，荒凉之境，需要水气，她的担当太重，她只能消耗自己。有了她的牺牲，才有了大漠绿洲、珍禽异兽和丰沛的油气储藏。塔里木河尽了她作为河流的本分，实现了自身声名与功利之外的价值，所以她心安，所以她内敛，所以她悲壮而不悲伤，消亡的背后，正是河流的自尊、自信和自足。

告别了塔里木河，进入沙漠腹地。沙漠公路的两旁，是不断现身的胡杨。初冬时节,胡杨斑斓,闪闪烁烁如火。塔里木人说，如果没有胡杨的防风固沙，沙漠公路这条人类的通途就会湮没中断，广袤沙漠就会真的成了死亡之海。胡杨的品格是在焦渴之地，千年不死，死了，千年不倒，倒了千年不朽，即便是死了，也会最终变成石油，堪可谓沙漠圣徒。然而，在她刚直坚守的风骨之下，也有她灵动与变异的一面，她是一种变叶树木——五年以下，叶细如柳；五到十五年间，细叶与圆叶混杂；十五年以上，就满树的"圆"了，成为名副其实的杨。之所以这样，是胡杨适应环境，懂得顺生——幼株根浅，对抗干旱，芽叶自然要收敛，以减少水汽蒸发；到了树大根深，自然要张扬，以竖起意志之旗。其变异的背后，是顽强地矗立于沙漠戈壁，以履行自己与生俱来的使命——抗风沙，保绿洲。对照胡杨，我不禁想到了"笔锋常带感情"的梁启超。人们常诟病他一生善变，读了解玺璋先生的《梁启超传》，始知道，他之变，是与时俱进，顺应潮流，在复杂情势下，更好地进行民族启蒙的政治智谋，变的皮相之下，恒定不变的，是爱国、爱民的旷世情怀。由胡杨到梁启超，我不由得联想到，自然的伟大与人的伟大，其实是相通的，只要襟抱萦怀，外在的曲直与隐现，是不重要的。

沙漠公路两畔，除了胡杨耀眼之外，还有一种诱人驻足的风景——夫妻井。沙漠里的绿植，需要滋润，自然要有井。戈壁阔远，交通艰难，杳无人烟，井近乎与人际绝缘。然而，也需要打理，就建造了几间小屋，住进了一对夫妻。我们看到的，是轮台中部的一口夫妻井。驻守的是一对中年夫妻，女矮胖，男精瘦，见人群来到，他们只是乜乜地笑，久也不收敛，疑似凝固在脸上。诧异地问陪同的塔里木油田党委办公室的同志，他说，这是久处孤独的生理反应，他们已经不会笑了。灶间只有一堆土豆和半口袋芥蓝（北方称蔓菁），系易储存的菜种。因为与城镇远隔，新鲜蔬菜的输入，难似梦境，所以他们的饮食很单调，所以他们的面色青灰，类似脚下的浮沙。一只小狗在人群中逡巡，任你逗弄与抚摸，因为久不见人，就不怕人。问夫妻的生活起居，他们笑而不答，只是一径地介绍抽水、输水、喷灌、滴灌的过程。看到人们对他们的工作生出兴趣，青灰的脸上悄然洇出薄薄的一层红晕，竟至指着不远处的那片胡杨林兴奋地说，这胡杨林和方圆百里的沙漠植物，都跟这口井有关。我感到，他们其实是想说，这一切都与他们的寂寞坚守有关，但长久沉默的状态，使他们羞于说出自己的贡献。我不禁怦然心动，觉得胡杨林在阳光下的无声烂漫，正是他们爱情的颜色。

驱车数百里，我们到了塔中油田作业区。这里的油田产量，如果以传统的生产流程计算，需要上千个石油工人。而在现代化的开采条件下，偌大个油田却只有七个人，所以，他们的贡献是大的。这七个人，都是八零后的年轻人，来自全国的八个省份，都是重点石油院校毕业的高才生。他们都有机会留在北京总部，或科研单位、或几大油田的管理机关，但他们都自愿地来到采油一线。问他们缘由，他们都很朴实地回答道，本来学的就是石油，远离油井就荒废了。跟他们深入座谈，知道他们都有成就一番事业的追求与襟怀，向上的信念，使他们自觉地远离虚荣与享受——虚荣迷眼，享受堕志，最终会一事无成。只有到了采油一线，才知底细、才知痛痒、才知盈缺，才知学问运用的方向，才知好钢链接的焊点。也因为此，他们奉献着石油开采，也成就着个人成才——他们几乎每个人都有发明专利，有的还拥有两项、三项、数项。当我动情地地送上真心的赞美并致以由衷的谢意之时，他们羞涩地低头，并连连说道，要谢就谢脚下的石油——只有地火冲腾，才有青春激情。小小年纪，居然有远大的生命情怀，直让我感到，一如穗实者低垂，虚空者反而昂首，索取者往往患得患失、恨世道不公，奉献者反而内心盈满、懂得感恩。我说，你们想过没有，人间往往是鞭打快驴，能者多劳，你们越是有作为，油田越是离不开你们，你们很可能一辈子都会生活在这片寂寞的土地，永远与市井、时尚、现代生活绝缘，你们会不会后悔？他们说，只有荒凉的沙漠，没有荒凉的人生，这是塔里木石油人的信念，你看见塔里木河了没有,她一辈子也没有流出戈壁大漠,但总是温情浇灌,没有一丝忧戚之色,她告诉了我们,什么叫品格、什么叫无悔。

都说天地境界、天人合一,在塔里木,我读到了令人信服的注脚。

2012 年 10 月 28 日激情涌动、纵笔疾书于北京良乡石板宅

禅意丹霞山

到丹霞山之前,我读过许多名家对它的描绘。几乎是满纸的大词,诸如:燃烧、雄奇、壮阔、神秘,让人感到,它是个居高临下之所。还有,一提到它的历史,就与舜帝、韩愈、张九龄等大人物相联系,好像此地之孕育均是人杰,背后是风云变幻、鬼斧神工。一切都与小民远了。

我是个小民情结甚重的人,对壮大的风景有畏惧心理,这一点与汪曾祺先生相仿佛。那年,他与林斤澜登泰山,走到中腰,就体力不支了,索性就坐在路边岩石上,喝黄酒。他说,泰山大象巍巍,而我不过一枚草芥,弱心惴惴,我对它的伟大无可奈何——泰山既然进入不了我的内部,我也不能化为泰山,那么就不必小鸡吃黄豆强努,还是甘于平凡,高山仰止,超然物外吧。但是,喝黄酒的汪老却发现了泰山的另一种韵味:在中腰的百草虽然被登山的人忽略,却也枝繁叶茂、花团锦簇,生长得毫不懈怠；那瘦岩上的小树，虽无人照拂，却也不泯挺拔的意志——一切都隐忍在本分之中。汪曾祺认为，这才是泰山的大美。

到了丹霞山之后，我拒绝别人灌输的"雄、险、奇"之说，而是用汪曾祺式的眼风，努力搜寻"之外"的东西，我发现，丹霞山之大美在于那里的山水和人都有定力和禅意。

譬如丹霞山的摩崖石刻，刻上的都是"法海慈航""诞先登岸""忍心""仁泉""义比山高"之类的与佛有关的文字，而且，虽然岩体如火，却总有清冷的水珠不断线地滴下。这一切，都昭示着：山雄可以自立，却不可虚妄傲世，要存静虚与怜念在心头；激情可以澎湃，却不可一味放纵，要懂得用清凉（理性）平抑。

譬如丹霞山的阳元石和阴元石，因为是男根和女阴的形象，酷肖之下，颇吸引游人眼球。人们惊咤异常，蜂拥而上，盲目朝拜，好像那自然的造像，就是自己的生命图腾，可以健旺自己的性事，可以和谐自己的百年姻缘。面对游人的亢奋和大呼小叫，当地人，包括小贩、扛夫、妇孺、农人，却表现得异乎平静。他们反问，这些游人都怎么了？在他们看来，男女性器，跟人的耳眼鼻喉、四肢手足一样，不过是人体的普通器官，不必特别看待。依他们的逻辑，我想，阳元石、阴元石一袒露在阳光之下，就有了去魅、去昧效果，使人远离阴私气，坦然地面对生命本能。它还告诉人们，性事既不是洪水猛兽，也不是回天大法，是个自然对应的过程：坚挺而不泛滥，内敛而不萎靡——进退有度、平平常常就是了。

譬如丹霞山的双峰寨，是全国重点文物保护单位，乃清光绪乙亥年（公元1898年）讫建的古村落。整个建筑，呈回字回环，占地9000平方米，城墙傲岸，四角都有炮楼，城门的主炮楼居然有五层楼高，有不让的气势，城墙里还有走廊三通，可以迅速地运兵，是个缜密得令人称叹的军事重镇。它的功能是防匪患、防略扰、防兵火，墙体上自然留下了火烧、箭射的斑斑痕迹，尤其是那些累累弹痕、炮火轰坍的遗迹，让人想到战事的频仍与激烈。他们祖祖辈辈为家园而战，出了许多义民、壮士和英烈，这背后自然有大传奇、大故事。然而，当地人对这一切都是含笑不语，只是把游人引进寨中的古民居，让你看他们门扉上精致的雕刻、厨灶间别致的器具和小巷清幽曲折的格局，让人们想象其祖先旧时的生活。古井旁的小狗极其温顺，见到生人也不躲，任你抚摸，乖怜地舔你的手。一群妇人自发地走到寨楼前的草地上，给游人跳客家舞、唱客家山歌。她们一水的蓝底白花的短衫，一水的玄色筒裤，脚上均是自制布鞋，手中的道具也极简，不过是一根白细的原木。她们敲打着地上的砌石，弄出整齐的节奏，且歌且舞。她们的舞姿原始古朴，她们的歌声清澈幽婉，她们的表情真纯庄重，直让你不忍懈怠，全身心地投入欣赏。她们一曲舞罢，又续一曲，让你目不暇接。她们说，这是我们客家人的非物质文化遗产，唱的都是祖祖辈辈对生活的热爱、对爱情的向往，我们每个人都能唱上百曲哩。我被深深打动，感到，这里的人真是重生，淡漠暴力、也淡漠死亡，他们不言战事，不炫耀传奇，只叫你关注他们的日常生活。好像他们懂得硝烟易逝不足挂齿，而温暖和美的民风才是他们永远的牵挂。

在丹霞山，还有一处景观深深地触动了我的心灵，那就是镶嵌在万仞悬崖间的锦石岩寺。寺庙坐落在大山的穴洞之中，四面的山峰如匝，大有遮蔽之势，但两山之间刀削出一线豁口，使天光泻下，依然把佛门照得通明透亮。这一如天地箴言：佛光普照，须臾不被红尘湮没。因为心中有光，我的情绪有了起伏，便点上了一支烟。一个小尼含笑向我摆手，见我不解，便轻轻地拽着我的衣袖，把我引到寺外的一个商亭，那里正有一个雕木的大烟缸。我说，寺内到处点燃着香火，我以为就不忌惮烟火。她笑着说，香火是香火，烟火是烟火，香火属佛，烟火属俗，佛门净地不能被俗污。

到了十一时，寺里尊请斋饭，那个斋饭仪式，给了我从来未有过的心灵震撼——

斋饭前，人人都要静心净手，然后依次进入斋堂，像小学生在课堂上一样，在长长的窄桌上端坐，不可出大气，更不可出杂音，沉默地等待食物。住持敲响木鱼，率众僧尼颂祷，背后伴以梵乐，让人肃然敛神。每人桌前放一菜钵、一食碗、一汤勺、一竹筷，坐等僧尼布食。斋饭开始，僧尼依次给客人布食，每次都添少许，待你吃净，再回环过来继续添入。始终让你眼前的器皿空着，不剩余食，其立足点，是你应有的用度。这种节俭的用餐，让你不敢造次，落到桌面上的菜米，你也自觉地捡进嘴里。即便是已经腹饱，也不能兀自起立，要陪伴尚在进食的人。众人用餐毕，桌上一片虚空，之后依次携餐具走出，到堂外的汤锅里自行盥洗，轻轻地放到架上。这样的斋饭过程，既让人敬重食物，又让人找到了做人的庄重。

这不禁让我想到了人在进化链条上的位置——人所吃的稻谷与菜蔬，均系植物界的精华，是植物饱纳阳光之后，生命在光阴中最甘美的结晶；所啖之肉，亦是动物界的精粹，动物在自然法则的淘汰中，在食物链的终极，还是走上了人类的餐桌；至于人类的居停，均选择于风光水气调和丰赡之地，系"诗意的栖止"。就是说，人类占尽了宇宙"阴阳五行"之先，也享尽了生命世界的价值贡奉。所以，人类最基本的情感，应该是谦卑地行世，对宇宙万物感恩。感恩落到实处，就是淡泊欲望，不过多地索取，也不浪费天物，过朴素节俭的生活。其实，一粥一饭足可以让人温饱；关键的是心中要有敬畏、有信仰、有爱意，以驱除心间的冰冷和多余的妄念。这里有禅意，即：若无闲事挂心头，便是人间好时节。

丹霞山一行，让我心中盈满。因为它处处供奉着大地道德，也能让小民感受到禅意（人生哲学）对其心灵的引领。它既属于高人雅士，更属于寻常百姓，这样的风景，才真的殊胜。

2014年6月18日——8月18日于丹霞山与石板宅

访罗日记

2014年10月17日（星期五）晴

受中国作协的委托，随中国作家代表团赴罗马尼亚访问。

代表团共5人。团长：辽宁作家协会党组书记、副主席、评论家朱庆昌；团员：湖南女作家张战（王跃文妻，主攻儿童文学创作）和我；中国作协随团翻译白雪（俄语）、靳柳悦（英语）。

16日晚七时，中国作协国外联络部主任刘宪平做访前动员，详细交代出访任务和注意事宜。

此次访问，是受罗马尼亚知识产权与文字版权保护协会之邀，其会长乌里卡鲁是原罗马尼亚作家协会主席，因"89革命"罗共被推翻，受到牵连，被排斥出罗马尼亚作家协会。但他宿与中国作家协会有交往历史，仍致力于两国之间的文学交流。

他邀请中国作协派员访问，一是促进相互之间的文学交流，二是商讨两国之间知识产权保护的合作问题。

17日凌晨1：25分乘国航班机飞法兰克福，10：30至，转德国汉莎航空公司班机赴罗马尼亚，13：25抵达罗马尼亚奥托佩尼机场。乘大巴经一个半小时之后，入住布加勒斯特特里亚侬酒店休息。我住208室。在北京首都机场过安检时，剃须刀片被没收，下榻之后，第一桩事宜就是跟前台服务员要剃须刀，我的面须呈杂色，不得不剃。

罗马尼亚与中国的时差为五小时。

晚18：00，即中国的23：00，罗马尼亚知识产权与文字版权协会举行欢迎晚宴。会长乌里卡鲁、协会诗歌委员会负责人兼诗人其力瑞乌、诗人兼英文翻译安德烈出席。

乌里卡鲁已年过古稀，却鹤发童颜，眼睛炯炯有神。他发表了热情洋溢的致辞，对中国客人有一见如故之感。其力瑞乌眉飞色舞，不停地重复两个汉语词汇：高兴、干杯。安德烈1985年出生，与犬子同龄，面额清秀、举止文雅，颇让人喜。这个组织历来与中国亲善，席间对中国一派赞词，透露出强烈的交流欲望，乌里卡鲁说，不管哪个党派之争、不管国家是什么制度，文学都能穿透藩篱，拉近人心。

众人皆饮红酒，我独饮伏特加，就酸黄瓜。其力瑞乌认为喝伏特加的人真性情，对我顿生好感，遂在饮了大量红酒之后，补要了一份伏特加，且不停地与我碰杯。安德烈被感染，向我推荐罗马尼亚本土的伏特加，名为醉加，言比俄罗斯的伏特加要更合口味。要来一份品尝，热辣似火，一如京西的南路烧。

喝过，消异地之感，好像还在家乡。醉眼蒙眬中看安德烈，感到他长得太美，乃非人间尤物，顿生舐犊之情。

2014 年 10 月 18 日（星期六）晴

上午 9：39，参观欧洲最大的建筑——人民宫（议会大厦）。此建筑是齐奥塞斯库执政鼎盛时期所建，昭示他的无上威严和全民敬仰。罗马尼亚人民宫，系由一位 30 多岁年轻的罗马尼亚女设计师设计，自 1984 年开始建筑至 1989 年罗马尼亚社会主义制度消失，未完工，后自 1993 年开始至今基本完成全部建筑群。

罗马尼亚人民宫地上 92 米，地下 84 米，共有 440 多个办公室，总计 1000 多个房间，长 270 米，宽 240 米，建筑面积 26 万多平方米，建筑体积 255 万多立方米，是一个仅次于美国五角大楼的世界第二大建筑群。室内多穹顶，质材多为白色大理石，气势恢宏，但格调沉重，让人大感抑郁。从外表看，阔大雄壮，撼人魂魄。

参观完人民宫，到布加勒斯特老城中心，游览里普斯加尼街、古院庭遗址、斯塔弗里奥斯教堂、人民广场，下午 15：00 时在马努克酒吧用餐。席间交谈，至 18：00 时。

诗人安德烈、亚历山大陪同。安德烈对自己的民族有忧伤，认为罗马尼亚是个找不到自己的国家。在历史上总是被大国裹挟着走，一会儿轴心国，一会儿同盟国，一会儿又是社会主义阵营，有撕裂之痛。整个民族缺乏抗争精神，只是一味承受。

问他依你自己的识见,你给出世界上排位前五名的国家。他思考了许久,说道,中国、欧盟、美国、以色列、土耳其。我们说,因为我们来自中国,你为了表达友好,才把中国排在第一位。他说,不然,因为中国有灿烂的历史文化,民族有根,而今天又不墨守成规,锐意进取,综合国力不断上升——一个有昨天和今天的民族,一定会有不可限量的明天。

问他对共产党和社会主义的看法,他说,我们不反共、也不反对社会主义制度,因为历史现实告诉我们,不管是什么党派执政,不管是走哪种社会道路,只要民族发展、人民幸福、社会稳定,都是好的。

安德烈才二十七岁,却有这么强烈的历史理性,觉得罗马尼亚青年一代,经过血与火的洗礼,在不断走向成熟,便不禁让人感到,罗马尼亚是个有前途的民族。

余下的时间购物,我未消费一文。

晚 19:00 又在特里亚侬酒店用餐,全天下来,尽享罗马尼亚美食,但胃口偾张,竟不觉饱。张战用手机拍下种种美味佳肴,飞信回国内,引来大片点赞。安德烈说,罗马尼亚人好客,即便客人不吃,也要把桌子摆满。这一点,与华族同。

2014 年 10 月 19 日(星期日)晴

上午 9:30 时,乘车赴普拉霍瓦河谷上的锡纳亚,参观佩雷斯城堡。

公路沿线两侧,多罗马尼亚花农,各色菊花成钵地摆放在公路旁，招揽顾客。张战喜菊花，在一有小木屋的花农处恳请停。菊花鲜嫩，小木屋更是精致，一中年女人携一蝴蝶般的小女孩站在木屋旁，张战认为到了童话世界。不仅有菊花，还有各色玫瑰，张战打趣安德烈，让他代表罗马尼亚男士给中国美女献花。折玫瑰问价，中年女人不开价，只言送。张战迷惘。安德烈解释说，这是花农的生意经，她送你玫瑰的背后，是要你买她的菊花。

张战对安德烈说，我们是游客，成钵的菊花我们不好带回国，既然如此，我们买几钵，送你和司机。那个罗马尼亚司机极识趣，兀自掏钱买了几钵，放到车后，笑着说，我家阳台正空，给菊花留着位置。

锡纳亚地处距布加勒斯特以北约130公里的南喀尔巴阡山中段，是一坐已有300年历史的童话般的小山城，著名的佩雷斯城堡就坐落在其间的一片坡地上。佩雷斯城堡（PELES CASTLE），是出身普鲁士霍亨佐伦家族国王卡尔一世的夏季离宫，1866年，当时的罗马尼亚联合王国的国务会议作出决定，请德国亲王卡尔当罗马尼亚的国王。佩雷斯城堡也被公认为罗马尼亚最美丽的地方，同时因为这座美妙绝伦的皇家夏宫，锡纳亚才被誉为"喀尔巴阡山脉的明珠"。这座气魄雄伟的古式宫殿始建于1873年，当时的设计师是威尔海姆·多德尔以及后来的约翰斯·舒尔茨。从1893年开始，设计师变成捷克人卡尔·雷曼，经过不断地修修补补，最终建成于1914年，工程历时近40年，卡尔一世也在不久后去世。许多王公贵族也追随他在这里安居，所以小城也有很多其他豪华古建。城堡是典型的德国文艺复兴时期的巴洛克式风格建筑。城堡没有一丝显眼的色彩，外墙是深褐色和花岗石的灰白色，三个塔尖直插云霄。内部富丽堂皇，陈设幽雅，大小厅如兵器厅、议事厅、办公室、音乐厅、宴会厅、小剧场、卧室、起居室等共160间，兵器厅藏有15-16世纪德国各种兵器以及印度、波斯、土耳其制造的军械盔甲。每个房间都借鉴了各个国家的风格，有土耳其式、德国式、意大利式、摩尔式等。古堡前面是一个大理石平台，平台上有水池和千姿百态的石雕，也可以让人欣赏四周山峦景色，园内塑有卡尔一世雕像和女眷家人的塑像。不过德国文艺复兴的古典风格也欺骗了游人的双眼，实际上这是一座现代化别墅。头顶天花板的透明大玻璃按一个按钮就可以自动打开；城堡还有设计科学的通风系统，冬暖夏凉；城堡各个房间墙角都藏有吸尘装置，至今还被使用；城堡还有电梯设备；另外，城堡还有一个豪华小剧院，可以开会和观看表演。在城堡里，我们惊喜地看到了中国的瓷器，几只大小不一的青瓷花瓶。总之，城堡可谓荟萃了世界各种建筑、工艺、雕塑、绘画制品的、美轮美奂的艺术博物馆。

　　参观中，给我最深印象的，是国王和王后都是嗜读的人。国王和王后都有各自的图书馆，扑面而来的是一架架发散着沉香味的精装书。特别是王后，每天早餐之后，就移步书房，潜心阅读，手不释卷。不仅读，还写，有大量诗文遗于后世。她近战火，又远离战火，从不问政，也不参与宫廷争斗，仪态万方地活在书香和内心世界中。

　　因摄影技术不精，便花30列伊买城堡画册一本，有全貌，有局部,可供日后使用。

午餐极简,汉堡一只,就冷矿泉水。其间,接二弟电话,说母亲有半月不见你,很是惦念,催问近况。我说,我正在罗马尼亚,一切都好。弟大惊,说,我这个破电话,居然打到国外去了,快撂电话,省得费钱。

下午,参观锡纳亚修道院,顺势赏喀尔巴阡山山色。惊奇地发现,其山体与京西的山极酷似,山中红叶的分布、层次、色彩亦与京西同。沿途山路上,与京西的风景区一样,也有罗马尼亚的小商小贩,叫卖精致而无用的旅游商品。张战买一硕大木托盘,言用于装早餐面包。

黄昏至,甚思母。

晚餐本预订在居住地特里亚侬酒店,感于安德烈和司机的周至照顾,在市中心一商场的顶楼由团长朱庆昌请吃土耳其菜。颇丰盛,斥资420列伊(合人民币840元)。我特要了一份土耳其风格的酸黄瓜,饮伏特加300毫升。

2014年10月20日(星期一)晴

上午10:30时,在布加勒斯特证券交易大厅会议室与罗马尼亚知识产权及文字版权保护协会有关成员进行座谈。主要成员有:乌里卡鲁、安德烈、亚历山大和其力瑞乌。还有罗马尼亚《当代》杂志社及所属出版社的编辑、记者3人出席。罗马尼亚文化中心主任、汉学家LUPEANU(汉语名:鲁博安)亲自莅临。

座谈会由乌里卡鲁主持。

乌里卡鲁说，虽然罗马尼亚作家组织不积极作为，但我们版权保护协会愿意承担起促进中罗两国作家之间友好交往的使命。因为，没有交往，没有翻译，就没有文化交流，就没有知识产权和文字版权保护的合作基础。

中国作家代表团团长、辽宁作协党组书记兼常务副主席朱庆昌，应邀介绍了中国有关知识产权和文字版权保护的有关情况。

乌里卡鲁认为，中国的各级图书馆让读者无偿使用馆藏图书是不恰当的，应该适当地收取费用，按比例分成给作者。另外，对一些文化单位，用复印设备复印公开出版物，也应该有一套严格的管理办法，不应该放任其任意无偿使用。

罗方人士一致呼吁，中国有关组织，应该重视两国之间的知识产权和版权保护合作，中国作家协会应该制定有关政策，北京、辽宁、湖南的作协组织，应率先开展这方面的工作，探索出有效的合作模式。他们之所以有这样的提议，是因为我、朱庆昌和张战分别来自这三个地区。我们三人相互交流了意见，觉得这是个复杂的系统工程，应由决策层主持设计，非我们个人的能力所能为。但是，考虑到交流的气氛，也慨然允之。

考虑到中罗两国之间的文学互译工作几为空白，张战和我提出了目前最需要做的是，要致力于文本互译工作，促进文学本身的相互交流，而不是就保护谈保护。

就此，罗马尼亚《当代》杂志社所属出版社的编辑拿出了新出版的罗文版《吉狄马加诗选》送给与会者，让大家知道，罗方已迈出了可喜的第一步。我回应道，中国在这方面早已做出了切实的努力,中国的作家出版社2003年就出版了汉译版《埃米内斯库诗文选》,早在1981年,上海译文出版社就出版了汉译《爱明内斯库诗选》和《阿尔盖齐诗文选》。

这引起了罗方人士的极大兴趣,安德烈十分激动,他说,埃米内斯库是我们罗马尼亚最伟大的民族诗人,无论是时光流逝,还是政体更迭,都没有改变罗马尼亚人民对他的崇高敬仰,对他的尊重,就是对我们罗马尼亚文学的尊重,我真诚地感谢中国人民。

在热烈的气氛中,我介绍了自己新近出版的反映当代中国人生存状态的"新乡土长篇小说三部曲"和描述中国"文革"时期特定生活的长篇小说《生门》。鲁博安先生很有感觉,他说,凸凹先生,您如果信任我,就让我把它翻译成罗文,在罗马尼亚出版。

中午,在罗塞蒂广场的 Casa cu Tel 餐馆用餐。这是包括埃米内斯库在内的罗马尼亚作家、诗人经常光顾的地方,被誉为"作家之家"。

下午参观坐落在布加勒斯特郊区的罗马尼亚村落博物馆。我对不同时期、不同风格的民间木屋极感兴趣,大量拍照。心中有暗想,如果有一天发达了,就依样造一间木屋,隐于其中,闲雅地书写。

2014年10月21日(星期二)晴

由于德国汉莎航空公司职员罢工,原定经由法兰克福到俄罗斯访问的计划被打乱,紧急联络,改为经由土耳其伊斯坦布尔乘土航班机回国，故上午的参观项目被取消，窝在所居的特里亚侬酒店休整。

看电视。

罗马尼亚电视台有近十个频道是音乐节目。有朴素的民族风格，也有艳舞大行其道的流行唱法。器乐多管笛、手风琴和手鼓，基本旋律与印度音乐类似。尤其悲抑和欢喜的曲调，与印度分不出彼此。总之，百听不厌。

不期就到了约定集合的时间。11：30 时到了酒店的阳光天井，安德烈已静静地等在那里。居然带来了他的妻子——钢琴家、音乐教育家尤安娜。尤安娜有触目惊心的美，与安德烈站在一起，疑似一对天人，让人顿生妒意。

尤安娜在佩雷斯城堡的皇家音乐厅里曾经演奏过，享受过罗马尼亚音乐家梦寐以求的殊荣，她又能作曲、演唱，用手机可以搜到她歌唱的视频。那是一支英文歌，安德烈作词，歌名叫《你如此存在，便是甚好》。她唱的幽婉清丽，疑似天籁，一听就醉。我情不自禁地与他们夫妇照相，保存这终生难于再遇的大美记忆。

安德烈说，几天陪伴，虽然短暂，但与各位中国朋友已产生出了深刻情谊，昨晚归家，在出租车上，激情突发，作诗一首，献给各位中国朋友。

是两张白纸，密密麻麻地写满了文字。他用英文朗诵，朗诵一句，靳柳悦翻译一句。或许他有真情实感，或许是靳柳悦悟性太好，虽然断断续续，但诗意也连贯地浸入心里，我们身陷其中，情绪凝重。诗题是《Northy tog rise》——

散文卷·救赎

They told me that the world is round
So it can spin from East to West —— a lie
Will then my wings survive the test
Of going higher than the sun
Of melting way too fast as I came down
Should I have flown against the wind?

They told you that the wind would blow
And face yourself in the correct direction
But do you really need protection
Is it from rain or just the sun's reflection?
And will your wings melt just like mine?
They'll probably decay, in time…

So is the silver just like gold?
Will you be young when you grow old?
Does all the music play in tune?
Can you have autumn in the mouth of June?

And all the answers are with God
But where is He? I've searched above
I've searched below, found hate, not love.
Or is he hiding in a nutshell, fallen off a tree?
Or just the piece of paper in your hand

And if you burn it, I'm sure he'll understand.
And as we say goodbye
Neither of us begins to weep
Yet secretly we do believe
The world is hidden in a little sheep
The wind melts gold into a river that runs deep.

他们告诉我世界是圆的
所以它可以自东向西旋转——都是骗人的
但那样我的翅膀是否就可以经得住
飞向比太阳更高处
坠落时熔化急速
还是我本应逆风展翅？

他们告诉你当风吹来
面向对的方向
但你是否真的需要挡护
可知遮蔽的究竟是雨水，还是只是反射的光弧？
你的羽翼是否也会似我的那般熔化？
或许它们终将腐化，踏着时间的步伐…

所以银是不是就像金？
当你衰老还会不会年轻？
是不是所有曲子都和弦瑟？

能不能在六月之夏坐拥秋色?
所有的答案都在上帝那里
但是他在何处?我往上去搜
向下去寻,却找到了恨,却没有找到爱。
难道他藏在一颗坚果核里,曾从树上落下?
还是藏在你手中的这片纸上
如果你烧掉它,我确信他会明了。

当我们互道离别
请不要哭泣
默默地我们坚信
这个世界藏在一只小绵羊里
风将金黄洒进一条河流
那里有深泉涌动。
(靳柳悦译)

  安德烈的诗巧妙地镶嵌了几个典故:一个是西人关于地球从东向西旋转的说法;一个是古希腊传说中,伊卡洛斯(Icarus)为了实现飞翔的愿望,用蜡粘羽毛做成翅膀,因为飞得过高,蜡做的翅膀被融化,最后跌落地上摔死的悲情故事;一个就是他给我们讲过的三个牧羊人的童话(小绵羊)。由此可以看出,安德烈阅读很广,有很深厚的文学修养,是个很优秀的诗人。

  他的诗深深地打动了我,我情不自禁地说,回国以后,我也要写一首诗,题目就叫《这个早晨很美丽》,送给你们夫妇。安德烈说，我们期待着，让尤安娜作曲演唱，做成DV，回赠给你们。

午餐前，尤安娜走了，她还要到幼儿园接孩子。安德烈说，我是特意把她带来和中国朋友见见面，因为我已经把诸位当成了家里人，她不露面，就不圆满。

中午，在罗马尼亚文人喜聚的另一处圣殿"Caru，cu bere"（当地人叫"啤酒车"）罗方举行欢送午宴。

大厅里有白衣少女组成的小提琴乐队，乐声不绝于耳。

安德烈很忧伤，说，我们罗马尼亚民族，总是在觉醒、陷落、回归，在觉醒、在陷落、在回归的循环中挣扎，就如同在黑暗中走路，不知希望和光明在哪里。我说，从我们中华民族的历史进程中，我感到，历史的进步，不是个直线上升的过程，而是个螺旋上升的过程。从表面上看，历史好像又循环回到旧时某个时期，但是，绝不是退回到原点，而是渐进地上升了。

安德烈同意我的观点，眼睛里有了亮色。但是，我们罗马尼亚很小，回旋的余地也很小，加入欧盟之后，多被歧视，前进的道路上，有重重障碍，离"伟大"渐行渐远。安德烈望着他的诸位同胞说道。

这时，朱庆昌团长对我说，该我们致答谢辞了，你善说，就由你来做。

便致辞。

说完了礼节性的感谢的话之后，就安德烈的话题，我说道——

河流在平坦的河床上流淌时，往往是不足观的，只有在遇到曲折和礁石的时候，才能激起最璀璨的浪花。因为有这一朵朵拍岸而起的浪花，才催生了我们最钟情的文学，有以埃米内斯库为代表的罗马尼亚文学，必将为罗马尼亚的民族崛起注入不竭的精神动力，我们毫不怀疑这一点。一个民族是不是伟大，不在于它的国土面积和人口多少，而在于她是否有意志坚定的人民，特别是是否有杰出的人物源源不断地出现——通过几天的接触，我觉得，乌里卡鲁、安德烈、亚历山大、其力瑞乌、尤安娜，正是这些杰出人物的杰出代表，有你们的存在，有你们忧国忧民的感人情怀和不舍跬步的沉潜努力，罗马尼亚伟大的民族复兴将为时不远。

我的致辞感染了在座的包括中国作家代表团成员在内的每一个人。长久的掌声，也感染了我自己。

安德鲁泪花飞溅，说，这是我有生以来听到的最美丽、最受用的语言，我虽然不喝烈性酒，但我也要陪你喝一杯伏特加。

在机场送别的时候，安德烈热烈地拥抱我，用英文说道，我爱你。我也用英文说道，我也爱你。但是，我心里说道，你与我儿子同龄，却有了这么强烈的忧患意识，我由不得把你看做了自己的儿子，我当然爱你。

2014年10月22日（星期三）晴

下午15：30时到北京首都机场。

17：30时，在书斋中给鲁博安先生发去长篇小说《生门》

的电子版。附信道——

　　鲁博安先生,您好!在布加勒斯特与您相识,我感到非常荣幸。我的一部长篇小说《生门》写了中国农民在20世纪50年代至70年代的生活,在中国出版后反响强烈,被视为此类题材的"经典"作品。我愿意把它寄给您,请您看一看,看您愿不愿意把它翻译成罗文,在罗马尼亚出版。罗中文学的交流还很少,我很愿意与您一道,做一些切实的推动工作。送上最诚挚的祝福。

凸凹

2014年10月25日(星期六)晴

　　早,打开邮箱,看到鲁博安的回复——

　　凸凹先生,我尊敬的朋友!
　　我看了你发给我的文稿,急切地读了一大部分,很吸引人,很值得翻译成罗文。祝贺你!
　　我觉得,你正是一位伟大的作家、小说家。顺便告知,我也写小说。
　　我很快就要到达北京,希望中国文化部这些日子能顺利地给我所需要的批准。我到北京后就谈大作的翻译事宜。
　　希望很快!

鲁
2014年10月25日

土楼叹

到了福建，到了龙岩，到了永定，才知道有土楼。土楼是永定山水的一个凸显物，把那里的一切物候都覆盖了。这里现存方楼、圆楼、五角楼、八角楼、纱帽楼、吊脚楼等各种土楼三十余种，仅圆形土楼就有360多座。所以，耽游数日，即便是永定的河山大好，留下深刻记忆的，也就只有土楼。这一如我的故乡京西，因为有铺天盖地的荆棵，所以人们总是把京西与荆棵对应起来，即便是那里百草繁盛、物产丰饶，也被视而不见，总觉得京西是一块不毛之地。

积五十余年的人生经验，我确信，大自然的每一种存在，都拒绝偶然，万物都在忙着书写它们的历史。一如滚动的岩石在山上留下它的刮痕，河流在地上留下它的渠道，动物在地层里留下它的骨骼，草木在煤里留下它们朴素的墓志铭，雨滴和流沙在岩石上留下它们的雕刻，是客家人的大迁徙在闽地之上留下他们的生命验证——土楼。正如爱默生所说，人类的每一个行动都把自己铭刻在大自然的记忆中，铭刻在他们自己的举止和貌相上。空气里充满了声音；天空中到处是象征；遍地都是备忘录和签名。土楼是客家人生存历史的暗示，它虽然默默无声，却是在向远客和后人从容地诉说，它呼唤心灵的碰撞和高超的理解力。

"客"是远离生地后的一个异地之称，而客家人也不是原始蛮族，而是中原汉氏的后裔。他们的南迁是历史的作用，其背后是频仍战事的滚滚硝烟和王朝争斗、更替下的民不聊生。那是和平居民为政治的冷血和暴力的野蛮被迫买单。迁徙帷幕的拉开，也不是一个简单的动作，而是实力和智力的综合支撑。出生于永定的作家、政论家张胜友是客家人的优秀代表之一，他说，面对天灾人祸，一般草民只能在原地逆来顺受、自生自灭，只有官家的子弟和商家的眷属才有实力、有能力启程致远，在远处圆梦。之所以客家人远居四地之后，能够迅速立身，并拔地而起、多有创造，且频生伟人、杰士、雄才，盖源于其迁徙之初的优越基因。

为什么永定土楼从历史之悠久，种类、数量之繁多，规模之宏大，结构之精巧，功能之完备，均是世界之最，堪称土楼建筑的天然博物馆，深层的道理就在这里。

圆形土楼的建筑艺术真是令人惊憾！在崇山峻岭之间，它以浑然一体的形态岿然屹立，气势恢宏，壮丽非凡。圆的外形与天穹远遥呼应，本色的黄土墙与大地衔然融接，宛如天地造化，不显人力。它的建制集天文学、文化学、星象学、物理学、生态学、建筑学、化学、美学、哲学,甚至伦理学于一身,从实用功能到艺术功能、审美功能都百无一疏、无可挑剔,堪称美轮美奂。它的坐落,背靠青山,远眺溪水,且被万树环匝,占尽了山水的自然涵养,与环境高度融合,让人感到,它是大自然的自然生长和本性结晶。他的内部设施一应俱全——圆形天井里修有水井,祖祠、学堂、议事厅,四层楼的空间布局,既有卧室、会客厅,又有厨房、粮仓,人不外出,也能有数月自足、自适的生活;更让人惊异的是,土楼的防火功能把物理学、化学的原理运用到了极致,一处火起,可自动阻燃,不殃及周边,所以,面对外患,客家人有底气高枕无忧。而它的结构则处处体现着《易学》的哲学内涵,隼有阴阳隼,井有阴阳井,厅堂也是阴阳对应,人居期间,男女、老幼、尊卑,有井然不乱的内部秩序,可和谐相处。土楼对外虽然是封闭的,但对内,每家每户的门窗都开向天井的核心,这种开放的格局,使居民的生活都置身于众人的监督之下,使人们的生活具有阳光品质。因而,它特别适合一个家族合族而居。

在土楼间俯仰,在遥想和体验客家人千百年来的生存轨迹与生命温度的同时,油然而生的是对土楼存在的哲学思考。集中一点,土楼是客家人与历史和文化合作的产物,客家人是民族融合的代言人——

因为有中原文化的根脉,客家人才掌握了业已成熟的土夯技艺,即便是流落异乡,也有弘扬传承的原始冲动;只有面对闽地那种热风劲吹、瘴气弥漫、盗贼迭起的自然环境,才激发了创新与改造,这里阐释的是适者生存的道理。

漂泊与无根,才更企望稳定与根;游魂四散,屡屡承受惊扰,才更企望宁心安魂、群聚而居——所以才有了一座土楼、一个家族的生存格局。这不是因为客家人生性褊狭，恰恰是中原文化冲荡四海、不断与时俱进、立地生根、且发扬光大的现实证明。

由此，土楼是一个巨大的象征物。它的存在，使得身边的事物与遥远的传说一样美丽神奇，而眼前的现实，一样可以淋漓尽致地叙说悠远的历史——它是中国故事的形象解读。

也正因为客家人大多是中原大地精华人物的被迫出走，其实从某种意义上说，或许是一种主动选择——因为本身所具有的眼力、实力和智力，才有了"此处不留爷，必有留爷处"的人生豪迈。而豪迈必定要与高迈相链接——不仅要生存下去，而且还要往好里生存；还不是一般的好，要卓然而立，自得风流。所以，土楼才远远地超越了它的实用功能，变成了让世界瞩目的文化地标。就我个人的实地感觉来说，土楼给我的震撼，就是震撼于它的精神之美、智性之美、和谐之美和哲学之美。

土楼的这番意义，不禁让我想到了故乡京西的纳鞋底。儿时的山村，一有时间，妇人们就纳鞋底。纳了一双又一双，且一双比一双针脚细密，一双比一双式样精美。她们全不顾鞋底纳成就会被踩于脚下，美丽顿消。我不解地对母亲说，一个鞋底不过是为了穿，不必徒劳地纳得精。母亲说，山里妇人没有别的，有的只是闲——闲来无事该如何？于是纳鞋底；纳来不精又如何？于是就纳得精。在她们看来，好女人的标准就是勤快，把素常日子过得精致。这种乡村伦理的作用，使她们一如既往，不顾人非。到了现在，京西的纳鞋底竟成了非物质文化遗产，被游人惊赏，也因此，生活之外，她们获得了人生的价值和尊严。

由永定土楼到京西纳鞋底，让我感到：从一地汉人，才能理解一地的客家人；从内地到沿海，才能看清土楼的内涵。土楼所体现的对生的意志、对历史的执着，对来路的珍藏、对未来的拓展，其核心，是文明对野蛮的区分和主宰。自然而然地，我也看到，人类对崇高生活、精致生活有一种本能的追求，这种追求，使人类在时光的湮没和自然万物的遮蔽中，始终都能脱颖而出，留下不朽的人迹。人类对世界之所以拥有不可辩驳的话语权，就在于人能把自然万物统统染上自己的思想色彩和生命艺术，人类之贵，就贵在能给这个看得见、听得见、摸得着的物质世界赋予象征特征和精神属性。

　　由此，在这个愈来愈物化的时代，在城市的楼宇间进退，我们不能失去对人和人类生活的敬重和信念。对土楼之叹，最终的归结和所指，是对人性之美的心灵之叹。

2014 年 12 月 20 日于北京石板宅

怀柔山水，智性存焉

1

怀柔的王铁瑛兄在当文联主席之前，有一个令人羡慕的实权职务。据说，他转任文联，是出自他自己的喜欢，在一个会议的场面，我迫不及待地向他核实，他笑而不答。上任之后，他有大动作，与中国摄影家协会合作，把全国知名的摄影家邀请到怀柔，举办全国性的以山水风光为主题的摄影大赛，而且每年一次，坚持不懈。

后来在他的微信上，就常看到他发来的山水摄影，几乎是每天一幅，时间都是在晨起时分。那些摄影，风景奇美，构图精妙，撩人眼眸，让人震撼。以为他是转发的大赛的获奖作品，欣赏之余，并没有多想。

日前，应怀柔作协主席李灵女士之邀，参加他们的一个采风笔会，住在云梦仙境度假山庄，又跟铁瑛兄聚在一起。他居然背个相匣子跑上跑下、跑前跑后，不停地拍摄，既拍景，也拍人，其动作有模有样，像个摄影老手。更出乎意料的是，凌晨四点他就来敲门，让我随他到龙潭涧顶看日出，感受什么是山水经典。

一路跋涉，露浓湿衣，气清润喉，虽气喘吁吁，却也沁人心脾。到了涧顶，地形呈高耸显豁之势，极目远望，天光乍现，驱云雾袅袅散开，似大水漫漫汤汤。正惊异间，火红的日轮，缓缓升起，沉实得一如雍容，大光也温柔，能让人久久地凝视。这时的山岚像有了生命的呼吸，无声地荡开，万物便有形，轮廓上都有红晕，既像被感动，又像沾染了禅意。铁瑛兄不停地揿动快门，已弃我不顾。

这倒叫我安心品赏日出，居然有了大感觉。我发现，龙潭涧倚北京著名的云蒙山，地处北京之东，遥望渤海，虽隐约如惺忪之眼，却也正得日出之先。在这里看日出，与在泰山、黄山、长白山等名胜的看日出，相类无两，疑似就在那些地界。其风神与意韵，都是通的。让人不禁生出"早知有龙潭涧，何必去……"的感慨。

日光大明之时，铁瑛兄结束了拍照，对我说："真的对不起，美的风景，都是瞬间的存在，我必须及时捕捉。"说完，便兴冲冲地让我从视窗里看他的拍摄成果。那些成像，美轮美奂，宛若天赐，一如文章本天成，妙手偶得之。还有，镜头里的风景，已模糊了属地，若让不明就里的人欣赏，还以为来自别处的名山大川，譬如泰山，譬如黄山，还譬如……

这就是经典品质。所谓经典，乃从此地可以看到它地，看到四海之内皆折映于斯，不复远游，不必车马劳顿，也能尽晓天下风景之美。

我突然问道："你每天在微信里发的照片是不是都来自怀柔的山水？"他点点头。"每幅作品是不是也都是你的手笔？"他笑一笑，还是点点头。"呃，你都成大摄影家了。"我说。他身边的一个小伙子接话说："我们铁瑛主席是中国摄影家协会的会员，作品屡获大奖。"

这让我恍然有悟——

文联主席在百姓眼里，是官，但在个种人眼里，却是个无权无势无实的名誉职务。铁瑛兄之所以喜做文联主席，或许就是因为怀柔的山水有大美，让他沉醉，因而吸引他寄情于山水之间，而不再计较现实的得失，用镜头去完成他的名山事业。如果山水不美，可以欺哄镜头，却不能欺哄镜头后的眼睛，眼睛也许会被暂时欺哄，却绝不能欺哄眼睛背后的人心。

把猜测说与他听，他说："到底是作家，懂人。"

于是我想，什么是美的山水？美的山水能让人忘却市井红尘、现实功利，甘愿沉浸其中，陶然无我，泫然生情，且内心盈满，不复他求。

2

观日出，让我联想到景与人，猜想又得以验证，叫我逸兴湍飞，游性大发。索性畅览号称"云梦仙境"的整个景区。

云梦仙境,据当地志书所载,是源自姜子牙所诰封。景区主要是由两个部分组成:一是龙潭涧,一是鬼谷庐。

龙潭涧涧底所流之河名曰白河,因涧峰高耸,便多悬崖,多巨石,多杂树,有原始风貌,有蛮荒气息,就多了一重神秘。人们被未过量开发的风景所吸引,纷至沓来,玩水上漂流。因为北京的漂流项目稀少,故率然起大号,曰:京北第一漂。

既是涧底之河,就为浅滩,水流缓慢。来往游人,无论男女,无论老幼,便都不生惊惧,攒涌而漂,遂水上人声颇喧哗,似要盖过水声。

我虽素有晕船之疾,也轻蔑水缓,扯一皮筏,贸然漂去。起始的漂流,不仅缓慢,还走走停停,不得不借助于桨。这真是慵懒之水,不生激情,只生白日梦,我便闭目冥想,构思一小诗。

诗刚得两句,耳边突然哗然有巨音,筏体也猛地跌下去,有倾覆之感。赶紧睁眼,筏子里已灌进半箱水,腰臀以下均被浸泡,已是名副其实的诗人(湿人)。想到若再进水,真的会倾覆,便陡生惊惧,睁大了双眼,以一万分小心,叮住水面。

再看周遭,一同漂流的人,也是一片惊慌失色、大呼小叫。

只听岸上的领筏员,大声呼喊:"别怕,坐稳!"

接下来的漂流,人们便都收敛了任性,叮住领筏员的身影,须臾不敢离开。

两岸之上,搁五十米,就有一个领筏员,可平定惊魂。他们只穿贴身的短裤,在炽烈的阳光下,睁大了搜寻的眼睛。他们肩胛黝黑,放着炭光,腿杆子上沾满泥水,似从水里长成。

他们是当地的农民，有朴素的土地情感，在他们看来，守护游人，就像守护庄稼，便有本能的精心。

到了终点，也没有栏杆，也没有其他明显的标志，依然是无涯的大水流向远方，只是领筏员游向你，把你牵上岸去。落地站立，才感到裤湿腿沉，才想到大自然不能轻蔑的道理——

缓慢的水流，往往有不察的落差；无声的细浪，往往有潜在的暗漩——最安全处，往往有危机四伏；最平坦处，往往有硌脚的砂砾。

人生也是的。

由是，所谓"京北第一漂"也是成立的，因为它让你在最不经意处有了最深刻的感觉，让你知道了，什么叫平地惊雷、福地惊魂。

带着隐隐的惊魂，续游鬼谷庐。

鬼谷庐是道山，春秋时期鬼谷子在这里创办道教学院，培养了苏秦、张仪、孙膑、庞涓等一大批得道高人。鬼谷庐因有百神汇聚，对外有大名。姜子牙之所以肯诰封，或缘于此。

道山所据，是云蒙山，其山口陡峭，其山谷显豁，有大纵深。谷内的殿堂，均系依山而建，层层递进，气势恢宏。据传，是鬼谷子与孙膑等师徒，以量天之尺，指南之针，遇阻凿石，缝壑设栈，是靠时间的积累修建而成。

鬼谷庐的建构，不同于他处的所在，是处处有蕴意，无不体现着道人的精神人格和哲学思想。

山下的路口，建有石牌楼，上绘有鬼谷子与诸友同修的九天玄鸟，阅台地面嵌有"阴阳八卦"图，拾级而上的不远处，有"厚德亭",写有"行善事虽无人见,存良心自有天知"的楹联,喻示着登山之时,就是修行之始。

因要考验心诚和信念,起始的台阶极其陡峭,跃涧的栈道也湿滑而窄,攀援而上,要有不凡的膂力和足够坚定的意志。这就把玩徒和凡人挡在山下,令其安于市井生活。在我看来,这不是"刁难",而是体现着一种善意的悲悯情怀:未必都要得道成仙,只要恪守本分,做普通人、过凡常日子也是好的。

一旦决绝地攀登上去,就见"一线天",穿过一线天,就豁然阔大起来——有古藤、有猕猴、有溪流、有黑土、有百草、有曲廊、有平畴,气象清幽,人们可以毫不费力气地悠闲地行走。这里像个天然的偌大的厅堂,设有坛场、茶楼、对弈亭,也建有三星殿、武圣殿、慈航殿、鬼谷祠。墙体和石碑上,都镌有道家的起源、道教的经义和世代高祖的感悟与训喻。字也都是各代的名人书法,雅意蓊郁,让人不禁驻足。在谷中流连半晌,即便是俗人,也有了满腹的道学,也有了飘然若仙的感觉。

窃以为,这正是创建者的本意,告诉使徒,修炼之途,非臆想中的苦事,只要进了堂奥,也大可以从容、恬适地获得,其中的法门,是守成、专心,贵在坚持。

但是,最高的殿堂——老祖宫,却在耸入云天的高处,通天的石阶陡立如削,望一眼都心跳目眩,更何况登!经久的仰视,可依稀看到宫殿的照壁上,写有"平步青云""指日高升"的字样。

这又是一层深刻的寓意:一般的修炼者,可以在谷中止步,最后的"登天者",只属于人格的杰出者、品性的卓越者,即:圣徒。

同来的游伴，都心怯而止步，在原地品茗，他们说，游历名山，也一如高人比武，点到为止，既然已经看见，也一如游到，没必要为此而拼命。而我忌惮那字面给予的心理暗示，不愿人生的跋涉和事业的拼搏半途而废，便强努着"爬"上去了。

登顶之后，我看到了米芾的四个字"梦曾游天"。登高至极，依然是"梦"，或许圆梦之举，一如游天，未必是为了目标的终极实现，而是永远在路上而不可须臾懈怠的高远情怀和奋斗精神。我不禁为自己喝彩，仰天大笑，笑过之后，瘫坐在地上，作理直气壮的吴牛喘。

喘定我想，鬼谷子的哲学，讲阴阳、动静、荣衰、张弛、进退、升沉、捭阖，是纵横术，治国者可以借助，而我乃凡夫俗子，一介小民，何谈纵横，更何须"术"？

何为进退？要知道，人在低处没有更下的低处，往往抬腿就是登高。

何为动静？要知道，寂寞之上没有更上的寂寞，往往发声就是卓见。

其实鬼谷子哲学的核心，是叫人要有懂得"辨证"的人生态度，要有自知之明的理性——知止，知足，自在、自适，在滚滚红尘之中，不要迷失自我，在炎炎功利面前，不争竞、不强求，不要绷断生命的神经。如此持之，就会不生怨气、不生戾气，而是以阳光的心态阅世处世，便会积极融入生活，并宽容为怀，厚待众生。或可谓：己心妩媚，则世间妩媚；己心温暖，则世间温暖。

在把"纵横术"转换成"养心术"之后，我从容下山，不疾不缓。遇到迎迓而来的王铁瑛兄,拍拍他的肩膀,我动情地感叹道:"老兄人在怀柔,真是有福了,因为怀柔的山水不仅是自然的山水,还是智性的山水,涵养人性,有文艺功能。"

2016年8月14—16日于北京良乡石板宅

南海半岛的生命启示

飞机在三亚降落。降落得极其平稳,不被人觉察,好像天地之间浑然一体,丝毫没有空间的落差。

车行高速,仅四十五分钟的车程,就到了清水湾假日酒店。甫一入住,就给眷属报平安。眷属居然惊呼:"你们居然住在了清水湾,那是大美之地,那里的海景房都被内地人抢疯了,你快发些照片回来,我想看。"

就去海湾散步,攫取镜头。

此时已傍晚,太阳红润在头顶,整个海湾波光粼粼,似泼洒着遍地赤金。天地间无风,只有迎面的清新,由于平阔,远处的车流与近处的行人都无声。夜幕渐垂,兀自托起漫漶的万家灯火,加上夕晖的勾勒,人间的海景房,顿然化作一片琼楼玉宇。而眼前的椰树静静地高耸,棕榈也静静地纷披,像遥望星光的使者,因为内心盈满,羞于喧哗,只诉之喁喁低语。

镜头里就多绛色、多剪影、多神秘，类似微醺中的迷醉，传到眷属那里，她直说心动，怨我不偕她同往，成双成对地浪漫一番。我说，这也无妨，我们已早过知天命之年，占有景色，不如想象景色，在形而上中品味，反而体会得深刻。这一如爱情，想象中的爱情热烈，现实中的爱情反而平淡。

　　翌日曙破，清水湾更是一片广阔的蓝，纵目望远，万物都清晰有形，不似京城，雾霾之下，尽是混沌。广蓝能洗心尘，情绪就高涨，急切地去陵水南十四公里处的南海半岛。那里三面环海，灌木茂盛，热带果木应有尽有。遂果香浮动，开鼻窍，故，我这个北地来人，顿生春情，不禁呕叫，惹游人侧目。叫声未落，有猕猴数只，相随而至，蹲伏在我的膝下，凝神仰望。似在发问，你为何而叫？驱也不走，执着地缠绕，它们不怕人。正疑惑间，陪同的陵水诗人李其文说，你之叫，猕猴以为是在邀食，所以你必须喂。便从衣袋里翻出曲奇，给它们分食；曲奇拿在它们的手上，那个吃相居然有人的模样。曲奇分尽，摊手示意，一只猕猴竟然跨前一步，舔食手心里的余屑。直让人感动，联想到敬惜吃食的老祖母，每每食毕，总是吮吸拿过食物的手指，把无咂出有。更让人动容的是，猕猴们吃过你给的食物，是倒着身子离去的——它们一边退身，一边送上妩媚的表情，让人体会到，那是它们在表达友善，也是在表达感恩。反观当下的人，铺张、排场是时尚，俭省、撙节是落伍；得人好处以为是理所应当，伸手索取以为是天经地义，已不懂拱手示敬——朴实与本心已不在之下，人性与猴性堪比？

　　再往前走，不仅在椰树、棕榈、柳株之上，在矮山、巨石、廊桥之畔,有猕猴奔窜,即便是在棚架、藤蔓、绳索等摇曳物之间,也有猕猴攀援。最令人惊异的是,甬道、石径、田埂,这些属于人迹的地方,猕猴们也毫无顾忌,穿梭其中,与人结伴而行。它们好像觉得,这个地界,是猕猴与人共有,没必要躲避,也没必要谦让,理直气壮地安享,都尽兴、都自在。

李其文告诉我们说,南湾半岛,正是名副其实的猴岛,大小猕猴,有1500余只,且都是在日月的自然兴替中自然而然的生成和繁衍,绝不是人工的养殖。因为在这里,天空一径地湛蓝,无迷雾遮掩阳光,所以温暖;港湾迂曲,海风吹得轻柔徐缓,所以温润;万物顺时乘势而长,枝繁叶茂,花繁果密,所以丰饶。温暖、温润、丰饶之下,是生存的福地、生命的乐园,一如"良禽择木而栖,贤臣择主而侍",猕猴自然要选择在这里休养生息。

这里的猕猴,毛发光润,表情鲜明,都有炯炯如灼的眼神。它们坦然地与人对视、凝视,既不躲避,也不暧昧、含糊、迷离。它们似乎能穿透人的包裹,看透人心。不似市井上的人,目中无物,一派迟钝和麻木。人在尔虞我诈中,对一切都持怀疑态度,笃信萨特所说,他人即地狱。而猕猴整日里在阳光和海风中行走,性澄澈,对万物和人,有不管不顾的信任。

这里的猕猴,身姿灵巧、敏捷,不仅自如地穿越各种自然障碍,轻松如履平地,即便是从数丈高的山顶和枝头跳下,也如落在软物之上,毫发无损,四肢安然。游人逗弄,把食物撒入池水,它们会飞身跃入,如鱼翔浅底,怡然自得地进行准确的捕捉。原来它们在水底睁眼,亲和于水,不生隔膜。

最让人大生温柔处,是母猴舐犊的情景。刚出生的小猴,紧紧拥匝在母猴腹下,而母猴虽然负重,却也能飞身上树、翻身跳崖,灵活地寻觅食物。食物到手,母猴会悉数喂给小猴,且温情地看小猴咀嚼。还嫌不够,母猴蹲坐,喂之以乳。母猴的乳房是小的,小到只剩下两只向前伸出的乳头,但奶水充沛,使小猴咂出呜哝之声。与之相比,顿显人的孱弱。人在生育之后,产妇要卧床,要群服厚养,还要警惕产褥病。即便多重护理,也多贫奶,不得不辅之以牛乳。母性本来是强大的力量,在人这里,却有了别样的读法,不禁生出嗟叹。

猕猴的种种可爱,吸引了人,也诱发了人的顽劣。

有人抛之以麻辣食物,考验猴子的辨识能力。猕猴趋前一嗅,就躲之远远,不上圈套。

有人遗之以坚果,看它们如何破解。小坚,它们施之以啃咬;大坚,则放之于路中——游车走过,压,果仁碎出,它们拾而食之。人群惊愕,唏嘘不止。

有人扔之以饮料,却不给打开瓶顶的封盖。猕猴捧起,略作沉吟,便把地上摔。且一边玩味着,一边找它最薄弱的部位,看准就咬破,让饮料自己溢出,然后它接饮。堪可谓,猕猴有智慧,它游戏地取水,庄重地喝。

猕猴的种种机智,不禁让我想到法国唯物主义哲学家拉·梅特里《人是机器》里的经典论述——

有哪一种动物会饿死在乳汁流成的河里哪?只有人。一个婴儿,你不把乳头塞进他的嘴里,他也不会吮。同样,他也不会知道哪些食物是可以吃,也不认识水可以把他淹死,火可以把他烧成灰烬。试把烛火放在婴儿面前,他会机械地把手伸进火里;

再把他和一只动物一起放在悬崖边上,只有他会跌下山谷,而那只动物,会回头而返。所以,尽管人对于动物有许多优越之处,但是把动物和人列在一类,对人还是一种荣誉的存在。在未到一定年龄以前,在未在大自然中得到相当的教训之前,人实在比动物更是一个动物,因为他生而具有的本能还远不及动物。

于是,拉·梅特里的论断,放在今天,就具有了很强的现实意义——他提醒人们,人类的进化、人类社会的进步,源自动物的本能和大自然的教化,因而,不要忘记来路,不要妄自尊大,要时时反思人与动物、人与大自然的关系,把自己放在与动物、与自然相平等的位置上做理性的审视。

依拉·梅特里的逻辑,动物因为一直与大自然融为一体,不做须臾的分离,所以,它们保留着稳定、健全、甚至是成熟的生命本能,在它们的活动能力所达到和所允许的范围内,它们能够准确地联系、判断、选择、甚至思考,它们有着属于自己的而且足可以支撑种群繁衍的行为意识、生存能力。换言之,本能是动物生命的核心部分,它本身就是能力,就是智慧。

所以,当环境和气候不能适应本能需求的时候,动物会选择迁移,到与习性相宜的地方去。这也可以从我自身的经历中得到验证——我是京西土著,在我的家乡周口店的半山腰上,诞生了著名的远古人类"北京人",因而,被载入历史教科书中,也被世界教科文组织评定为世界文物遗存。"北京人"俗称北京猿人,因而,周口店曾经是一座著名的猴山。那时的周口店,山色青青,流水潺潺,果木葱葱,清风习习,是猿猴的喜乐之地。但那里的山体是石灰岩,易风化,那里的地壳多松动,便森林多陷——风尘飞扬，就变得锈，水土流失，就变得秃，气候渐渐恶劣，物产就渐渐寡薄，"北京人"便跨过白令海峡，迁徙到非洲去了，成了印第安人的祖先。

空留下一个"北京人"遗址，继续经受岁月的腐蚀和风化，以至于燕太子丹在这里建燕国的都城和基业时，也在文告中说，燕地乃"僻陋之国，不毛之地"。感于属地的贫蹇，他要扩张，便与大秦国开战，便上演了"风萧萧兮易水寒，壮士一去不复还"的荆轲刺秦的千古绝唱。

也就是说，与动物相比，人是一株不易移植的植物，一旦移植，就要伤筋动骨，就要承受、承担环境的挑战和挤压，便是一种"to be and not to be(生存还是死亡)"的两难选择，在这一点上，人真的不如动物。如此看来，人对生地的珍惜和保护是多么的重要！

到了近现代，由于周口店特有的地质结构和地壳变化，多产灰煤，人们急功近利，私挖滥采，环境就愈加恶化，物种退化，粉尘成霾，京西那片本来湛蓝如洗的天空就再也擦不亮了。人们活得脏污，就压抑、愤懑，恨不得立刻逃离。然而土著又不能任性迁移，怎么办？只能靠当地人自觉的涵养。然而环境的涵养，是个漫长的过程，要假以时日。感于生命的有涯，急迫的京西人便觊觎陵水清水湾的海景房，所以他们不计生活成本，争做候鸟。我等文人根性穷酸，既恋旧土，也缺金少银，不忍、也不能置办远遥之地的海景房，便让文学思维发达，从猴山遥望猴岛，品味人与自然的启示。所以眷属一听说我住进了清水湾，便命速传照相，她要望梅止渴。

南海半岛的生态虽然无言,但从猕猴灵巧、敏捷、结实、喜乐、机智、有力、坦然的种种样相不难看出,动物一旦与大自然亲密无间,任由风雨来袭、阳光普照、潮起潮落,即:生长、发育、繁衍的过程都依靠自身的进退、磨砺、劳作和摘取,种性就发达,品性就健旺,体质就健壮,就生存得自足、自适、自立、自强、自得。这里蕴含的是"用进废退"的生命哲学。

反观我们人类——

经年蜗居在室内,冷暖均靠空调的调节,便对四季不敏,便不堪冷热;出行靠车,加工靠机械,就退化了步行和动手的能力;电视、电脑和智能手机的使用,人们坐等画面的生成、对错的分辨和信息的传送,便懒得动脑思考,心浮气躁,思维肤浅;食不厌精,艳肥膏腴,不再能吞咽粗糙食物,便嗅觉单一,味蕾萎缩;游戏的引入,智能人的开发,人们把虚拟当实有,把真实当成了虚妄,生活在本末倒置、真假不分的荒诞世界。

这就告诫人们——

人类并非天然地就具有强健的机能,机能的增益,源于身体各部分的经常使用——腿动健行,手动灵巧,脑动聪慧,心动多思。而"经常使用"的前提条件,就放在山峦、田野、河流之上和日月、天地之间,所以尊重自然、亲近自然、回归自然并非上帝的外部命令,而是人类走向健壮、健全的生命律令。

用拉·梅特里的话说,作为人,一个健全强壮的身体的必要性,是靠整个大自然来保证的。大自然的作用,不仅能使人宝贵的生命本能得以保留和巩固,而且也发育、健旺、巩固和提升人的心灵——人的心灵智慧,包括精神含量、思想能力,正是随着机体的健全与强壮程度而日益获得的。

爱默生在《论自然》也说:"我们的先辈正视神和自然界,因而跟宇宙建立了一种直接的关系,天启之下,给我们留下了诗歌和哲学,让人类有了丰沛的精神属性……所以,大自然的本质就在于,每一种自然现象都是某种精神现象的象征物……在自然的背后,浸透着自然界的是一种精神的存在。"

所以,他号召人们,走出温室、走出城市,到大自然中去,开发"本能",听凭"直觉",依靠"自助",他豪迈地吟诵道——

我们要自己的脚走路,
我们要用自己的手操作,
我们要说出自己的心里话……

2000年我去九寨沟的时候,得知那里的核心景观——一个又一个深邃、幽蓝而神奇的"海子",正是地震灾害留下的产物,便得出了一个结论:美丽的风景,是大自然的伤口。这句话被广泛传播,还被许多人视作格言。在沐浴过陵水清水湾和南海半岛朗月清风之后,在领悟过小小猕猴的无声教化之后,顿感到,这样的说法,貌似深刻,其实是一种自以为是的偏颇与肤浅。现在我要说的是,美丽的风景,是物候天然有序,万物和谐与共,大地道德浑然呈现,能涵养人类的精神和心灵,并给予生命启示的地方。

2016年11月6日于北京良乡昊天塔下石板宅

西河古镇之圩

著名作家李培禹先生是个珍惜际遇的人。所谓际遇,就是人生所遇,就是以往的经历。他善于从际遇中发现美和温暖的东西,且热情洋溢地向周围传递,让人从卑污和丑陋中逃离,只念生活之好,永葆积极向上的情愫。

所以当他说,芜湖的西河古镇是一处美地,对他有魂牵梦绕的吸引,想再次踏访,并邀我同行时,我毫不犹豫地追随。对这样的一个美和温暖的发现者,我有本能的信任。

西河古镇在芜湖县红杨镇境内。驱车前往,都是石子乡间路,迂曲颠簸,有原始感觉。到了近旁,有一条如丝如带的细江,从天尽头飘落下来,无声地在眼前横亘。当地人说,这条江叫青弋江,江水源远流长,上溯皖南山区泾、旌、太(泾县、旌德、太平)数县,下汛芜湖汇入长江。早在明朝隆庆年间,水路交通便极为发达,往来船只常序泊于此打尖歇宿,已成为上游山区竹、木、柴、炭销售和下游粮商进行粮食交易的流通要道。

既然是要道,对面的小镇,便是曾经的古渡和商埠。

岸边停着驳船,外形古旧、斑驳,只不过换上了柴油机的引擎,但船行缓慢,不掀大波,水声细碎,入耳之后,不生聒噪,让人疑似走在旧时的江面,有欸乃之趣。水面上有青萍摇曳,船一来,就自动向两边揖让,船过后,又重新复合,不留痕迹。头顶虽艳阳高照,也不觉炽热,反而让人闻到水气,满腔清新。临江的镇脚,有石板矮阶,城墙之上有三两个居民向河心眺望,好像他们并不惊讶于有人来,都是很淡定的表情。船工感到过于平静,吼了两声号子,才有一红衣女子从堞口走出来,向这边招手。我心中一热,把自己幻想成学成而归的书生,有万千私语和缠绵,预备在久别重逢之中,便也高声喊号子。

我们拾阶而上,提步轻松,以至于漫画泰斗李滨声老先生虽已年逾九十也捷足而登,无一丝喘息。因为台阶平阔、徐缓,不需大力。那个红衣女子笑着迎下来,径直朝李老的腋下搀扶,原来她是镇上的党委书记,名锦,是古镇的建设者和守护者。李老朝我顽皮一笑,似乎是在说,你虽然情动于中,但是古镇有古风,敬重老者。

从锦那里,我们知道,西河为作为江南水乡古镇,已有600多年的历史了,房屋店铺建于圩堤两侧,因逐年防汛加固堤埂,故屋基低于路面1.5米左右,街心青石路面,曲折蜿蜒约1200米,街道南北走向,宽窄不匀,一般为2~3米,两旁店铺门面飞檐对峙,窗户比街心低得多;沿河一侧日宅,墙高且直,基部麻石驳砌,拔地数丈,壁立而坚,汛期任凭水冲浪击也纹丝不动。外河沿岸青石守护，人行须侧身，慑人魂魄，不敢大声。内侧房屋店铺多为数进串连，从街心踏青石台阶而下，步入室内，可延伸十余米。此外，上街头外侧有章家巷、土地巷，下街头外侧有徐会兰巷、江东巷，中街内侧有芮家巷，均为老街网连，既通往沈公圩内，也可通向沿河水运埠头，四通八达，古朴、通达而富生气。

到了近现代，集镇建设有向圩内扩展之势，七十年代初，新建了一条长约50米，宽约5米的水泥面街道，人称"法制路"，拦腰横穿老街道，东到河沿，西至圩内，与老街交叉处为"十字街"，上架设水泥旱桥连通老街，旱桥高于路面4米左右，人们可在旱桥上下往来，也可由旱桥北侧的青石台阶登上登下，步入老街，不生阻隔。1983年，又新铺设一条长200米，宽9米的水泥路面街道，在圩堤内侧，与老街相向平行，人称"民主路"，上到粮站下至芮家巷口，横越"法制路"，是目前最宽阔的一条街，农副产品交易都聚集在此。每当东方露出鱼肚白，这条街就活跃起来，提篮、担筐、拉车的人们从四面八方向此汇集，接引古今，生生不息。

抚今追昔，也查阅文献，我准确地知道，西河古镇，乃圩文化的历史产物，建筑的遗存，无不呈现着圩文化的经典元素。

大凡江河，既孕育生，也孕育灾难和死亡，于是，人们向死而生，兴利除弊，筑圩而居。

所谓圩，是一种在水泽地带或江河淤滩之上通过围堤增高，围田于内，挡水于外的水利设施。圩内，开沟渠，设涵闸，排水灌溉，耕田而食；圩外，则架栈桥，修渡口，与江河相接，坐收湖鱼。简而言之，圩——圩田，是平原地区人们在长期造田治水实践中,进行农田开发的一种独特形式。各地依本地习惯对其有不同称呼:两淮及江南东、西路称"圩田";浙西路称"围田",浙东路称"湖田";两湖平原乃至长江中游地区称"垸田"。可以说,有圩存在的地方,乃自适自足的鱼米之乡也。于是在圩堤上行走,眺望青弋江,我不禁幻化出这样一幅浪漫景象:春雨如酥,躬耕陇亩;白帆探头,背起鱼篓。

这样美好的生活,自然会激起人们的守护意识,他们不停地筑圩,迎着岁月而行,逆着河患而走,以生活为本。

起初的筑圩是在沙岸和淤滩之上,人们为了遮风避雨,抵御曝晒和荒寒,必然要搭起临时的窝棚和草屋。常年不断地筑圩,必然要有稳定、牢固的住处,于是便代以灰瓦砖木的固定建筑。圩堤渐长,而居停之所还在原处,就有了圩高而屋低遗存格局。而有人的地方,就有人欲——苦寒,需要酒肆;寂寞,需要笙歌;孤独,需要勾栏……各色设施就对应而生。所以,虽然是人让圩迎水而立,而圩却也呼唤了人的生活。堪可谓,人圩互依,共同成就了西河古镇的历史与文化,其魅力之所在,既是人韵,也是水韵,是圩文化的经典标本。

在西河古镇里行走,我发现,那里的居民有惊人的从容与沉静。有客人来,不管是多大的人物,他们也视若凡人,毫无谄媚之象;不管是成群结队、熙熙攘攘,还是散落独行、茕茕孑立,他们一样的不惊不怪。临街的门板边摆着自家的小商品,人则坐在门后无所谓地等。你随意地翻弄着他的货品,他也不斥责;你拼命地杀价之后却不买,他也无明显的恼意。听着天南地北的芜杂口音,看着东土西洋的缤纷服饰,他们的眼神也不飘忽，好像与自家人没什么两样，一样的信任，任你自由来去。

不禁向女书记锦发出探问，她说，这里既然是古渡和埠头，自然也是战略要塞，是兵家必争之地。千百年来，战事频仍，不停地闪现着刀光剑影。这里的人民饱经了炮火熏染和血泪的洗礼，他们有生死阅历，见过大世面，所以就有了经受世事无常的心理维度，生命的神经坚韧了，便处变不惊，见怪不怪。而且，他们也深刻地感到，硝烟的弥漫，战事的惨烈，在生命的长河中，不过是暂时的一瞬，而江河的起伏，是永久的存在，牵系着他们横竖要过下去的生活，所以，他们要认真地对待水患，永不停歇地筑圩。久而久之，不灭的生存意志，不迷失本质的生活伦理，不被外力所左右的生命定力，就成了品格和血脉，且蕴含于圩文化之中了。也就是说，是世世代代的西河古镇的居民创造了圩文化，而圩文化又反过来对人发生了作用，涵养和滋润出特有的人性内涵和生存状态。

我不禁感慨道，这里的人民有"自我"，有本心，不仅是文化之乡，也是生存福地，既让人敬佩，也让人向往。

因为有这样的来路，所以西河古镇的民风异常从容、淳朴，居民普遍地不慕虚荣，不求名利，也不重物质，而崇尚心灵的喜乐和生活的趣味。

譬如我们来这里，捐赠活动他们显得并不热心，也没有预期的感动，但李滨声老先生的漫画却大受欢迎，人们密密匝匝地围拢着，争相索要，一刻也不叫停歇。这里有村干部，有摊贩、妇孺，也有僧人、尼姑和伙夫，以至于望百的滨老也被深深感染，像喜乐儿童，不停地画，毫无倦色。

譬如一处坐地户的老宅，有三进院落，是黄金宝地，但宅主绝不租给商家牟利，却廉价租给一个叫朱明德的画家做自己的画室。朱明德画鱼，其画有符号价值，曰"明德鱼"，被当地人珍视。他们觉得，青弋江里有自然鱼，西河古镇自然要有纸上的鱼，这样才相映成趣，照亮生活。感于乡里乡亲的美意和恩德，朱明德不仅每天面青弋江临摹写生，也开办美术班，免费教当地子弟画画。画室里有留言簿，孩子们写下的留言很有意思——"朱明德，你讲的还是不错的。""朱明德，我知道你今天讲得很卖力气，想让我们鼓掌，可我就是不鼓掌。"……可见，师徒之间有很和谐的关系，平等、率性，与古镇遗风相匹配。我还想说的是，这个朱明德本不是小人物，原是北京文联的党组书记，退休之后，游画于江湖，寻找艺术的栖息之地，最后被西河古镇的独特魅力所吸引，遂留在了这里。而且，这里的古朴、厚重与从容、淡定，让他心生谦卑，偌大的画室也不用馆、阁、斋等字眼命名，而只是在一块简陋的原木上写了几个很平易的字："朱明德画画的地方"。

2017年2月6日于北京良乡石板宅

百瑞谷赋

京西南有名山，曰百花山；山下有名刹，曰瑞云寺；寺畔有名谷，曰百瑞谷。三者相依而生，且彼此涵养，互为因果，共至鹄的。谷得山之阴、寺之庇，蓊郁葱茏，祥瑞无极，为况繁夥，冠以百瑞。

百花山与灵山齐名，均为京华巅上明珠，宿被殿堂所倚重，为万民所仰望。瑞云寺始建于北周，至后唐得皇室青睐，金元之际殊胜，出高僧行懿，聚僧众二百余，可谓四方檀信，清风远播。最堪记录者：倭寇侵，百花山起抗日烽烟，瑞云寺遂义薄云天，建八路军兵工厂，将香烛铸成枪弹，为民族祈福。其壮怀激烈，拙著《京西之南》多有描摹，可敬可叹。亦有新中国建设时期，古寺变学堂，书声琅琅。其间，一青年教师名赵松柏者，遇爆破，舍身救学子，血祭多级宝塔，令出世之禅音，传入世之大德，生民凭吊，无不唏嘘。噫吁哉，瑞云寺集佛道、家国和民生为一身，规制虽小，却乃奇寺，"大"寺矣。

以僧占名山作訾，古刹之畔必贵风水、多矿脉，斯地遂既旺香火，亦广产乌金（煤），且平直推进便见闪亮块垒，疑是天赐福泽。近百年来，乌金滚滚，暖乡邻，富万家，援国家建设，博煤炭之乡之美誉。进入廿一世纪，首都功能重新定位，百花山方圆数百里京西南地域，被划为生态涵养区暨旅游目的地。消息至，山民赞，不特舍小家而顾大家之觉悟，更情系对历史之回归、对自然之眷恋、对文化之向往，决计于矿山修复。其勠力践行者，乃一张氏名进宝者，偕其妻，斥资数亿，且经年孜孜矻矻，终修复有型，呈盘桓逶迤之大谷，引游人如织矣。人云：美丽之风景乃大自然之伤口。信然。若无伤口，岂有新生儿般鲜嫩光泽？若无张氏伙众之弥合，岂有自然生态之还原如初，岂有现代文化元素之有机涌入？初者，非原样景观之复制，系圭臬于山水的魂魄与底蕴；现代者，非时髦设施之追风引入，系对今人游览习惯之体贴与照拂。

叹哉，京西南有大谷矣，不必再车马劳顿远涉云贵川。距京城仅百里余，不啻杯酒迎欢、寸梦方醒，有何虑哉？不哉，不哉，邀朋尚享，与君同行。

人至谷底，邋游瑞云寺，访今不先探古，乃凡痴庸夫，必被人耻。寺内有一古井，泉水浏浏，清寒洌洌，疑是远脉钻隙，给人暗示。出寺向东横移，便看到两处人工景观：一乃倚山石壁雕刻，浅砂簇簇，巨石耸耸，意显造化结构；二乃矿山遗迹博物馆，矿井幽幽，化石历历，昭示既往来路。虽系人文，但嵌于山体，浑然无突兀之憾，譬若天工夺巧。

转身回溯，便看到上山之途，计有大路，有幽径，有木阶，有廊亭，有栈桥，有玻璃甬道。可乘车，可攀援，可蹬踏，可踯躅，可拄杖，可甩臂，全凭个人的齿龄、膂力和兴致率性而择。

中有瑶池，疑是从长白山和滇南飞落于兹。涧深百尺，水色青碧，澈眼眸，慑魂魄，令人怦然，直想举身赴清池，一洗俗与愚。洗心环望，见灼灼然殊异天光，邋然披洒，灿然一片。盖因谷深万仞，则山拱穹顶，宛若洞天，日悬一线，倾泻而下俨然屋漏，遂无遮无拦，曰太阳雨。谷顶有玻璃甬道，回环往复，若缠绵情丝。玻璃乃穿越媒质，可俯视地心，可折瞰天际，阴阳接引，喻百年连体，曰情人岛。叹曰：孔雀东南飞，于兹驻流连，远古之爱情与今日之情爱瞬间应和，共奏永恒，曰梦之谷。

春游百瑞谷，亭台暖响，春光融融，万阶冷袖，风雨凄迷。一日之内，一谷之间，而气候不齐。盖山托之谷，挺秀高拔，故层层变幻，花开四季，开四季之花。友人董公永利有诗云：春雪飞来早，千山鸟不知；万花藏旧蕊，杨柳发新枝。咦嘘乎，夏到百瑞谷，月不照树影，只照幽玄，有"六月冰河，千年雪瀑"之奇。盖因积雪不化，宿寒还凝，暑热不欺。堪可喜，蜂擎荆旗药香远，黄榆扶摇雀儿叫；茅屋翘檐迎飞絮，麻穗扬身笑群蒿。于是乎，繁茂不赢说，啜黄芩茶。秋风至，不特天高云淡，亦常生紫烟。雾笼层山如软梯，喻人生如寄险中求。秋深橡子熟，散落榛栌岗，凭栏一片风云气，无欲也风流。冬雪降，嘉木立，美竹露，松柏青，奇石显，鸟兽出，清泠之状与目谋，瑟窣之音与耳谋，旷然而虚者与神谋，湛然而静者与心谋。或铲刈荒草，席地而坐，忆往事，享空蒙，悄然幽邃，克己独思，给生命留白,以玉震明朝。或扣山民门扉,说人间朴素与盈满,饮窖藏老酒,吃"大锅台"家常肴馔,不以物喜,不以己悲。

夜宿谷底酒肆,竟酣然无梦。晨起推窗,远山起伏,云气氤氲,中树静寂,优雅有自,近水无声,波光粼粼。曙光熹微,洒下一片小语,竟有呜侬意味,与江南风韵相仿佛。却原来,南天与北地,阳刚与阴柔,毋庸刻意牵引,均融于自然造化之中焉。此地文士张氏德强曰:仙山古刹百花峰,灵山秀色瑞云腾;心归禅境谷中悟,身隐宝地好人生。西哲爱默生亦云:大自然之每一处风景,均为一种思想之象征物也。遂慨然而叹:百瑞谷百种象征存焉,乃自然之谷,人文之谷,思想之谷,情怀之谷,生命之谷,幸福之谷也。

2020年立秋日于京西昊天塔下石板宅

水峪赋

岳，喻山高峻奇；峪，状谷幽韶秀；水峪，自然作譬于谷中有不竭活水，从远古或汤汤或汩汩绵长而来，遂为风水宝地也。

水峪作为村落，居京西南大石河畔。大石河乃俗称，郦道元《水经注》中名为"圣水"，遂乃圣水之滨一明珠摇落。其建村史追六百年余，历朝历代，勖勉筑屋，且依山丛立，层层叠叠，错落有致，空中俯瞰，呈太极八卦图案，疑是道家经年修炼而成的堪舆之地。国府遣专家踏勘，惊其幽古与独特，定为首批"中国传统古村落"，从兹爆得大名，四方游人纷至沓来，潮涌若水。

概言之，水峪乃"四古"之乡，系"古宅、古碾、古道、古中幡"是也。

水峪之古宅多四合院制，系就地取材，配以石雕、砖雕、木雕和岩画等艺术装饰，杂糅山西与京西民居殊胜之处，便有无两之文化内涵存焉。古宅之中,均有一心象设置,便是天地爷龛。龛位竟设在墙上,小得别致,肉眼望去,只乃一处凹陷。人们不知天地爷究竟何等样相,便泥塑成孔子之模样。龛两旁书有联语——天高悬日月/地厚载山河。噫欤嘘,山民虽泥性,却有大敬畏,颇不俗。

古碾乃农耕产物,每户院井几有设置。辘辘然,碾碎烦难,碾成顺遂。衣食无忧,乃设学堂,办私塾,且历年有续,便多儒子及饱学之士。弹丸之地,书香勃郁,耕读风盛。古碾虽系农具,却类似庭训,生开化之功。古碾招引果木谷菽,物产殊丰饶:核桃、板栗、京枣、硕桃(桃王)、磨盘柿、香白杏、野樱桃,比竞繁生,整个谷峪若偌大一天然果盘,似大珠小珠奔竞而来,玉落其上。据传,海内外驰名之"良乡板栗",其底料乃即水峪之栗。至晚近,机电兴,古碾歇,为记来路,村民不特珍存旧物,还沿大西山脉四方搜求,遂夥集古碾百二八盘,依序排于乡野,呈天然古碾博物馆也。其形历历,其魂幽幽,亮眼眸、攫心魄,不啻乡愁重地。

水峪毗金皇陵,有专修御道。亦因水丰涸久远,山体之中便富藏煤炭,且煤质膏腴,明清之时便开采,专供宫廷。后,德国人来,架运煤之高线;再而后,东洋入侵,煤运天津通商口岸;其间,晋商驼队也常钻隙往来,侍弄生计。于是乎,官道、民道、商道浑然交织,密布如网。道旁必生客栈、店铺、商号,遂水峪虽系京西南僻地,却亦开风气之先:农耕与商贸,和谐共处,各美其美,造福乡民;山水与人文,相互涵养,美美与共,浸润人心。

富庶之地，必生文艺，水峪之民俗文化日渐兴盛，似香火燎燃。伴农事节庆、商贸吉日、祭祀仪式，庙会花会遂悉数登场。大鼓会、银音会、赛诗会及评剧、山梆子等均为村民所喜，男女、老少，囫囵而聚，投身其中，既感恩山水、歌赞生活，亦欢悦自己。叹哉，小山村，大风情，乃大西山风俗的集萃之地，不特可观，亦堪可入典矣。最可叹处，系经年传承的"古中幡"，其奇趣所在，乃从男人肩上卸下因袭，换由女子翔舞之。于是乎，惊动海内外之看客，不独被收入"非物质文化遗产名录"，上奥运、国庆表演平台，还常年邀展于国门之外。噫乎吁，弱肩亦能承重，不特荣耀乡梓，亦为民族争光。炫哉，壮哉，美哉！

徜徉水峪，古风吹处，皆是绮丽意象，悠悠然，促发盈盈情怀——

暗泉潜涌，不舍昼夜，疑似灵魂弄歌。大树栖小蝉，嘤嘤不歇，乃天籁之音。一少女谛听之后，动情之下，细语云：青天在上，大地无语，小蝉清唱，吾为妙人。远山披薄雾，不疾不徐，似智者覃思精研。劳之暇，中帆耸日，红衣女子娉婷弄巧，腾挪之间，一派喜乐欢颜。村风洗心，教化天成，山民福满胸臆，以石为笺，诗写古道两畔，意蕴悠长。老人修杖，不专为己，亦馈赠他人，且题诗其上，给人昭示曰：杖乃伦理，不特扶蹒跚，亦警不倚不欹之志，终生走得周正。山地黄豆入门庭，便发酵成博爱，似道德琼浆，送街坊孤老，且赋诗垂询。叟妪身热，感人间世，宅心淳厚，遍地亲人，堪可谓，德不孤，必有邻。

便慨然而叹：蕞尔水峪，乃山水秀地、人文圣地，生存福地，系大地界。以桃源仙境作譬，类佛头着粪，不免流俗，以诗乡作譬，

才中肯綮——系天地之诗、造化之诗、风情之诗、人性之诗、伦理之诗、道德之诗也！

2020年12月18日于大西山昊天塔下石板宅

散文卷·救赎

辑三·书札

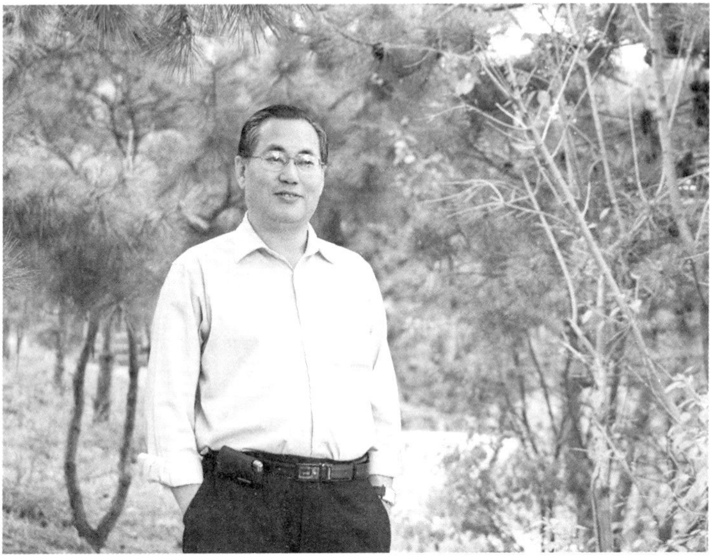

卢梭的庄重

赫恩肖不无轻蔑地说：

卢梭是个没有体系的理论家，在形式逻辑方面缺乏训练，他无书不读，然而消化能力欠佳。他是个感情用事的狂热者，说话不经大脑。他是个不负责任的作家，却拥有写作隽语警句的天才。

从赫恩肖的言论可以看出，对历史人物的认识，总是在时间的路上，不会产生一致的定评。但是，不管人们如何评价，卢梭的"伟大"究竟是不可磨灭的——两百多年来现代世界的走向，几乎都遵循着他的意向。他在政治学、社会学、教育学及文学的各个领域，都产生了无与伦比的深远影响。从某种意义上说，这个世界正是依照他的理念打造而成的。自由、平等、博爱，这现代社会的三大信念，都是卢梭的形象标识。法国革命、俄国革命，其施工图纸，都是依托着卢梭原初的描绘。而杰斐逊起草的《独立宣言》，也是卢梭思想的拓本。歌德、席勒、荷尔德林、拜伦、雪莱、雨果、福楼拜……卢梭的重量级拥趸者可以开出一张长长的名单。康德把卢梭的像挂在自己的书房里，尊之为内心世界的牛顿。托尔斯泰十五岁就将卢梭的像章挂在脖子上，说卢梭与福音书对自己的意义同样重大。

在我看来，卢梭忧人、忧世，忧伤的情调，特别能打动卑贱者忧柔的心。他的言说，感性、浪漫，激情涌动的文脉，特别能击中人性最温柔的部分。一如天问，无体系处，常有振聋发聩之音。譬如《社会契约论》劈头就是一句："人生而自由，却无往不在枷锁之中。"《爱弥儿》也是开门见山："自然曾让人幸福而良善，而社会却让人堕落而悲惨。"种种论断，都是人人心中欲言而未言，难怪法国大革命的领袖，个个奉卢梭之论为他们的"圣经"标准，而在中下层人士那里，更是把卢梭视为自己的精神之父。

也就是说，卢梭从根本上，更是属于大众的，普通人能从他的书里得到立身的道德指引和灵魂修炼的精神营养，从而脱离了低级趣味，朝着高贵、高尚的层面生活。从这层意义上说，他的《爱弥儿》，正是一个最有力的证明。

《爱弥儿》这部著作，我几乎是每年都要重读一过，因为它是一部讲操守、讲德行（修行）的书。

毋庸讳言，当今世界是一个自我膨胀、欲望偾张的现实存在，讲操守、讲德行，便多少显得有些奢侈。但操守、德行毕竟是人类高贵的理想层面，有提升人性的重要作用，因而就有着社会营造和自觉塑造的现实需要。

然而，怎样才能拥有高尚的操守和高洁的德行呢？卢梭在《爱弥尔》中说：

一个有德行的人，是能够克制他的感情的，因为只有这样，他才能服从他的理智和他的良心，并且能履行他的天职，严守他做人的本分，不因任何缘故而背离他的本分。

也就是说，德行从本质上说是一种情感伦理的观念，而非政治伦理之范畴。德行之操作，须远离欲念，以理智和良心作情感调控之具，克制一己的私情，做到守本分，讲公德，有社会担当。

这未必是说，欲念就是一种罪恶。正向的欲念，是人类生存和发展的动力；而机械地把欲念分成可以产生的欲念和需要禁止的欲念，亦是不正确的。产生欲念，是人的本性使然，故产生不产生欲念，不取决于我们的主观愿望；而能不能控制和管束欲念，才是我们应自觉努力的方向。譬如爱情，它虽然是美好的，但人若被它使役，它亦会变成坏的欲念。大自然不许可我们的爱好超过我们的力量可能达到的范围，理性不许可我们得到我们不该得到的东西；良心并不是不许可我们受到引诱，而是不许可我们屈服于这种引诱。武断地说，一切我们能够控制的情感都是合法的，而一切使我们受到控制的欲念都是非法的——

具体地说，一个人对婚姻之外的女人产生了爱意，这未必就是犯罪，如果他有能力使这非分的欲念规束在本分和伦理的范围之内，也是可以得到理解并受到尊重的；反之，若一个人爱他自己的妻子竟爱到了不顾一切社会和人伦的法则，不惜牺牲自己和他人的一切而去取悦她的话，那亦是一种地地道道的犯罪。

于是，德行，是超拔于个人欲念、而尊重他人意愿、敬畏社会伦理的精神存在。

面对现实，深感这种超拔的艰难。环境正煽动欲念，流行的价值取向亦使人们的私欲永远不能餍足；讲操守、讲德行，便意味着在个人占有和享乐上的自我牺牲；做到这一点，非有大毅力大意志不可矣。

"看来，德行这个词就含有困难和斗争的意思，没有果敢的心，是不能够完成的。"（蒙台涅：《论文集》）

所以，操守和德行的产生，便要有"斗争"的力量作保证，力量是一切德行的基础。一个人本身是很柔弱的，在实践德行中，便必须凭借他的意志和毅力，在自我强制的力量积累中完成。只有那些有相当的意志和毅力的人，才能够从他人的错误中接受教训而实行自我约束；只有不受引诱的人，才能够从别人的恶事中得到镜鉴而自己不去做恶事——这就是操守和德行的具体样相。

所以，完美的德行的养成，对一般人来讲，也许是以一生的磨炼为代价。在芸芸众生中，有大德之人相对少一些，便不足为怪也。

正因为此，有德行的人，才是真正的人类精品，即便他再贫穷、再卑微、再孤寂、再平凡，也比那些地位高的、金钱多的、声名显赫的却有严重的道德缺失的人来得高贵。

作为普通人，难禁一些生民欲念；但不该没有对美好德行的向往和追求。在对自己利益的追逐中，多一些理智，便多一份本分；多讲一点良心，便少一份对他人的伤害。人人若都作如是行，人伦风尚，便不会缺少妩媚的颜色和宜人的温暖。

退一万步讲，人之占有，终将失去；今之欲求，恰是明日尘泥，欲念是一个永远也满足不了的黑洞。若放纵自己的欲念，沦为欲念的奴隶，你便会永远在患得患失中生活，你会在诚惶诚恐中，饱尝空虚失落之苦，你的心灵便一刻也得不到平静。得不到心灵平静的人，是可怜的人，因为他已享受不到生活的自由、纯粹与率真。

以德治国是依法治国的前提基础，那么《爱弥儿》这部讲操守、讲修行的书，便值得我们每一个普通人把其置于枕畔，做每日的耽读。

怀特，文字背后的意义

　　白天忙俗务，颇疲累，晚间就无写作欲望，斜倚枕上重读怀特（E.B.White）《从街角数起的第二棵树》。上海译文版，2008年8月。

　　怀特是随笔大家，他的文字很独特，既无聊又有趣，既残缺又完整，既荒诞不经又一本正经。

　　在《爱回嘴的超验主义者》一文中，他写自己总是爱带一本世界名著版的《瓦尔登湖》出门，得隙就读上几页。这本来是正经雅事，却给他带来一系列怪异的举动——

　　午间走进一家餐馆，侍者见到只有他一人用餐，颇不悦，说，"就你一人？"他说，"大部分时间里，我觉得寂寞有益于健康。有了伴儿，即使是最好的伴儿，不久也会厌倦，弄得很糟糕，所以我爱孤独。"他洋洋得意，侍者却一团雾水。

　　访客时，女主人问，"您想喝点什么？"他却回答说，"还是让我喝一口纯净的黎明空气吧,如果人们不愿意在每日之源喝这泉水,那么,啊,我们必须把它装进瓶子里,放在店里,卖给世界上那些失去黎明预定券的人们。"女主人不知所措,觉得他有失正经。

初阅,我不禁觉得怀特的文风很油滑,但复读一遍,用心揣摩,却发现,表象的背后,其实他真正要表达的,正是一种很庄重的东西。他好像是在告诉我们——对名著的痴迷,或对一本书的长期沉迷,是一件极其危险的事,它不但会影响了你的思维逻辑,也会影响了你的语言逻辑,因为这种影响是在不知不觉中发生的,所以更需要重视。

他进馆子、去人家做客所说的话,正是梭罗超验主义的典型方式,在日常琐事、平易物事中,也喋喋不休地阐述哲理、追求玄奥。字词虽然典雅,但与凡常人生隔膜,不被人喜。

原来怀特是在讽刺,是在警示,是要人们既要警惕"过量阅读",也要警惕"过度阐释",这一点,与苏珊·桑塔格有异曲同工之妙,只不过他讥诮,苏珊佶聱。

结合国人实际,如果在官话、套话、大话的语场中生活久了,绝对会不由自主地说出譬如"重塑""提升""打造""整合""举措""平台""抓手""对接""借势""强化""打磨""把脉""愿景""软实力""软着陆""正能量"等字词。

文人是百年一出、自我成长的一族,却要"打造"名人;小公鸡依本能而呼出的一声啼叫,却偏誉为"讴歌";种种,种种,岂不可笑。

在《关于当今时代的笔记》中,他写了一组市井速写,很短,对其中的含义也不做完整的论述,好像只是在讲笑话,让人解颐。譬如他写温克斯太太,说她有意思,因为她虽然在银行里有一笔足可以体面地生活的存款,19799.09 美元,比很多人都要强,但是她每天却睡在过道的两只大纸箱里,而且把所有的衣服全部穿在身上——大衣、毛衣里外穿了七层。因而以"妨碍治安"获罪,遭到拘捕,并被判缓刑。他说,温克斯太太是错的,错在她为什么不租个住处。之后,他又荡开笔去,说,温克斯太太是个独立自足的人——她干活挣钱——给人做家务——生活极为节俭。又说,租个房子没什么了不起,不过是,得有橱柜,得有地毯,得有除尘器,得靠分期付款置办家具、购买电视,看电视里播报的战争新闻。虽然我们每天都能读到通货膨胀的消息,但依温克斯太太在金钱方面的稳健,这都不成问题。

文字表面好像怀特不同情她的描述对象,如果笑过之后,稍一沉吟,却醒悟到,其实他处处表达着对弱者的体恤——温克斯太太是个勤劳守法的人,怎么就妨碍治安?而真正妨碍治安的因素到底是什么?面对日益加剧的通货膨胀,她那一点屈指可数的存款,又如何有能力支付租房之后所增加的种种多余的开销?

原来怀特有高超的叙事谋略,他正话反说,重话轻说,让笑容里含泪,让戏谑里藏针!

还譬如他写美国的电影审查制度,虽弊端深重,但是他不正面痛责,以解快意恩仇,而是讲段子、讲趣闻——要拍一部后宫题材的电影,当然要有如云美女,当然要艳情裸露,但是按规定,不能暴露女性乳房。一番争论之后,有了完美的结果:

一只乳房可以公开展示，两只则不行，因为这样可以同时满足矛盾不可调和的两派人——艺术至上主义者，他们要求裸露乳房，他们认为这样也好，你看到了一只，就等于看到了两只；那些所谓的体面派，他们坚持要遮住，便也认为这样尚可，遮住一只乳房，就等于说明乳房拥有者对此根本就不情不愿，因此就等于遮住了全部。这一微妙而影响深远的决定，保全了两者的面子，使其相安无事，社会和谐，因此审查官们的智慧无与伦比，让人肃然起敬。

讲完了趣闻，怀特戛然而止，不再多置一词。这是多么残缺的叙事，让惯常的阅读习惯所不能接受。然而，瘦树的背后，却有着巨大的阴影——因为留白，所以张力凸现；因为不叙述含义，所以隐喻丛生。

结合国人，不禁让人想到：上有方针，下有对策；上有原则，下有变通；上有严法，下有解构……种种社会病灶的产生，其背后的原因真与美国的"审查官"的道德缺失、良知缺失、责任缺失所类同。

所以，怀特的剑锋所指，处处是美国的社会弊端；嬉皮笑脸背后，是他公共知识分子的道德担当和责任本色。

怀特的文字，处处平易，却处处深刻；人人能懂，却未必真懂——因为他总是把含义藏在字纸背后，须猜，须思忖，对懒惰的头脑有阅读挑战，会被误读，会被轻视，以为他无聊，以为他残缺，以为他滑稽，一如初读的我。

难耐平庸

海涅曾很心碎地说过一句话:"夜间,想到德国,睡眠便离我而去,我再也无法合眼,泪流满面。"

这句话,也令我失眠,辗转榻上,久久沉吟。后来,我终于得出一种破解:心碎的深处,与日耳曼民族跌宕的历史有关。

这个民族,既有爱因斯坦伟大的相对论,尼采、黑格尔、马克思伟大的哲学,贝多芬、瓦格纳伟大的音乐和歌德的伟大诗篇,也频生恶魔,包括希特勒、纳粹和法西斯主义。民族的样相,伟大与丑陋、辉煌与陷落、高贵与卑劣,都呈现在一张脸上。之于人类,一边是圣子、一边是撒旦,隆恩与浩劫、救生与索命是并存的。

两极之极,便有跌宕之势,大起伏、大腾挪,既让人震撼,也让人深思,心绪不平,故无眠。

海涅的情感是面对跌宕历史的悲悼,可以看出他内心深处,对自己的民族，他是有大爱的。他很让人感动。

细一思量，跌宕的历史才是大历史，才让人瞩目，频生深刻的联想，就敬重。一如人们对待风景和情感——日上中天，燃烧得绚烂，让人遮眉；夜黑如沉，寂灭得厚重，让人惊悚，记忆便深刻——大爱的背离，是刻毒的怨恨；大恨的转身，是刻骨的恩爱，感受都是强烈的。不冷不热的天气，不明不暗的风景，是没有吸引力的；温温吞吞的情感，安安妥妥的亲热，是不值得献身的。

其实跌宕，正是平庸的反面。一个平庸的民族，没有大的动荡，自然能安睡。但也殊少华彩，令人兴奋之处，是不多的。所以，这里的无眠，也正是不幸之幸。

人的历史也是这样的。

人们总是说：锋锐之才，天必钝之；木秀于林，风必摧之……如此之类，不一而足。

从海涅那个悲悼的视角看，这不过是平庸者的立身屏障和最节省的遁词而已。

因为，钝之，必先是锋锐之才；摧之，必先是秀林之木。钝摧之间，正凸显了卓越的品质，系价值所在。不锋不秀，虽安稳舒适，却是庸碌之态，即便是福如东海、寿比南山，亦殊可悲的。

从历史与人，想到我们的文学艺术，相通处，也是多的。

长期以来，艺术一直被约束在对现实的贴近和对生活的忠实上，且用现实的法则和公众的趣味衡量作品。这种取向，自然能"鲜活地"阐释生活，但同时也塑造了艺术的匍匐之态，艺术家也因此矮化为弄臣。艺术一"匍匐"，就与现实和解，呈现的是"无差异"的反映，作品就平庸了。而艺术之所以是艺术，就在于它比生活"高"，做生活之上的反映——贡奉新的价值、新的经验，并探索精神高度、思想深度、情感广度，起到不言而喻的引领和提升作用。从这个意义上说，艺术家应是"独步"，而非顺从。正如苏珊·桑塔格所说："伟大的艺术，是一种英雄主义，一种突破，一种超越。现代主义杰出作家对杰作提出的要求是，每一部作品都必须是一个极端的例子——极限的，寓言式的，或两者兼而有之。"瓦尔特·本雅明也说："所有伟大的文学作品，均是这么一种状态：要么是确定一种文类，要么是终结一种文类。"这就是说，不管前面有多少好的先例，伟大作品一经出现，都表现出对旧秩序的彻底决裂。其极大的破坏性，既是它们的特征，也是它们的意义——它们拓展了艺术的疆域，以崭新的、自觉的标准使得艺术行当变得复杂化并加重了自身的负担。它们既激发想象，又使想象陷于瘫痪。

　　基于这样的认识，伟大的作品，都不是对现实机械的反映，而是超现实主义的主观表达。现实的最根本的特征，是不可重复性。不可重复的现实，难以捕捉、难以模拟，一切几乎都是过去时态。生活提供给艺术家的，只不过是一种叙事材料、认知方式、世象启示——现实只能间接地把握。艺术家要想有所作为，就必须采取一种自省的转向。也就是说，我们不能借助生活来阐释作品，只能通过作品来阐释生活——作品所反映的生活，是对现实的"分割"与"重组"，所作的表达，一切都已经过大脑的思考。

可以说，一切成功的作品，或伟大的作品，几乎都隶属于表现主义（现代主义）和象征主义。

苏珊·桑塔格的重要文论《在土星的标志下》，以瓦尔特·本雅明为例，论述了卓越作家精神谱系，得出结论，伟大作品的写作者，差不多都是忧郁症患者。他们总体认为，生活所能呈现出的，都是表象的、肤浅的，深刻的、本质的东西，都在生活的背后。因此，他们对身外的世界，不轻信、不盲从，只相信自己的眼睛。与现实之间，存在的是一种紧张关系，或者说，与生活保持着应有的距离，即：观察生活，认识生活，阐释生活，均采取怀疑和审视的态度。一句话，他们先拷问，然后去描述，去表达。

于是，他们拨云见日地"积累事物"（桑塔格语），磨炼超现实主义的感受力。他们喜欢另辟蹊径，在无人注视处寻寻觅觅。他们不放弃现实中被漠视的部分，从"不重要"中抽绎出意义——因为他们确信，在被世俗标准舍弃和遮蔽的地方，往往与真相最为接近。他们固执地认为，艺术是一种理想的、英雄主义的精神行为，既是感官的，更是思考的，便不能只满足于对现实的演绎和阐释，它应该从现实止步处起步，通过主观途径和"过度表现"的方式，完成"现实的继续"。

这种艺术姿态，既使他们不能接受平庸的作品，也使他们不能忍受自己的平庸。因此，他们从来不满足于已完成的作品——提到旧作，满面忧戚；已有的辉煌，恰是心中的阴霾。因为追求卓越的本性，使他们的生命状态陷入难以摆脱的阴影：新的作品一旦推出，原有的作品立刻就"灰飞烟灭"。他们不能回望，只能前行；每一次艺术创作，都是重新开始——且因时时感到"语言的无能"，每次开始都是悲壮的启程。一如西西弗斯与巨石，众神的惩戒慨当以堪，不堪的是自身的使命与担当。

所以，伟大的艺术家，绝少志得意满、洋洋得意的成色。他们忧郁，失眠，心事浩茫，永无宁日。因而他们的人生有大起伏、大跌宕，崛起和陷落，辉煌与幻灭往往是并行的。

然而，他们却像巨株，虽孤独，却超然秀出，高拔无类，直逼人眼，过目不忘。也像苍鹰，总是翔于云天，呈惊心动魄之势；即便被迫盘旋低回，也比鸡雀飞得高。

艾利亚斯·卡内蒂也说：

我心里有太多的东西在燃烧。旧的解决问题的办法不再管用，而新的方法尚未找到；因此，我开始同时四面出击，好像自己还能活上一百年似的。

他说得真好！人生的风流（价值）、生命的强大、精神的意义都在其中了。

验证

一直以为，阅读是为了获取经历之外的经历、经验之外的经验，因而拓展生命的维度，让人生超越局限，更广阔地伸展的。但阅读的实际感受，特别是"过量阅读"之后，发现，在超出我们自己人生体验的经验面前，我们常常不敢确认，久久不能融入我们自身的情感世界，而是一直停留在"知道"的界面，难以化成"我"。

譬如，我父亲身材挺拔，而且是个猎人，枪法很准，猎物在他面前，很难逃过。但他在人面前却没有与之匹配的刚烈性格，邻人欺负他，在门外叫骂、扔石块，明明枪就挂在墙上，他也不摘下来，伸展出去以振声威，而只是低头蹲在屋里傻笑。所以，他虽然是一个货真价实的枪客，却一辈子活得低声下气。最初的阅读，我很喜欢海明威和杰克·伦敦的作品，那些硬汉形象能让我摆脱父亲的阴影，感到扬眉吐气。但一接触到沈从文、孙犁、汪曾祺，我立刻就陷入一种爱情一般的痴迷，再读海明威的时候，我居然感到他很做作，很不真实，甚至有些隔膜，便兴味大减。为什么？还是父亲在起作用。父亲身上那种温厚、隐忍的东西，经常出现在后几位的文字里，让我回到生活的原点与来路，感到遗传性情的种种，因而大感亲切，本能地与之亲和。

再譬如，四十岁以前最爱读的文学品种是小说，特别是长篇小说。那种天马行空式的想象，让我在生活的苍白和单调之外，感到一种悠远和宏富的东西，让我激动不已。过了四十岁，因为经历了足量数的沧桑与变幻，知道了平凡的生活才是硬道理，美梦十有八九不会成真，便羞于在想象中迷醉，耻于一大把年纪还春梦不醒。一如喧哗之后必定是平静，绚烂之后必定是质朴一样，我突然喜欢阅读一些朴素的东西，即散文与随笔。蒙田说，人到了二十岁，到了生命的顶峰，以后就走下坡路了。四十岁已进入老年，应该过退隐的生活了。三十八岁那年，他称自己已到了暮年，辞去波尔多法院推事的职务，躲进蒙田城堡的一座塔楼，不问世事，也不问家事，一心读书、思考、写作，一"隐"就是十年，写出了著名的《蒙田随笔》第一、第二卷。就是说，人一过四十岁，即进入随笔年华，写随笔、读随笔，才是自知知人的状态。

多年的随笔阅读，让我不平的心渐渐地平静下来，甚至进入一种不以物喜不以己悲的从容之境。因为随笔文字所记述的都是一些朴实的人类经验，属于"实"生活和常态生活，能给阅读者的人生感受予以切实的验证，让人感到，天地空蒙，岁月不经,然而"我"(基本人性)还是在的。

譬如读富兰克林的《致富之道》,就让人联想到中国的《增广贤文》,感到,古今与东西,在人生的基本经验上是一致的。他说:

> 啃啮久了,老鼠也能咬断粗缆;斧斤不停,力小也能伐倒巨木。

这不禁让人想到中国的"水滴穿石"和"积跬步以至千里"
富兰克林是美国的大政治家,但在随笔中所阐发的却是平民哲学。小民无帝力可依,所依靠的无非是时光中的坚忍。所以,他的文字见人见性,读着舒服,让人感到,生活中的人是无贵贱之分的,在本质上是一样的。

还有华盛顿的《谕侄书》。其中"真正的友谊乃是迟开之花迟发之树,只有经受得住风雨洗礼才无愧于这一美誉"一句,也是草根精神的底色。直让人感到,随笔面前人人平等,尺牍之小,是不让《独立宣言》之大的。

其实,人一过了四十岁,世界观、人生观和价值观就基本定型了,具有了旁观者的心态,有定见地看待周围的一切。所以,他人的议论,无论多么精彩,也很难让人乱性乱魂,做盲目的遵从。阅读的时候,也往往不是为了获取"新知",而是捕捉适合自己的口味。换言之,不是为了增益,而是为了验证。这时的阅读,基本上是一个寻找"同路者"的过程——趣味稍合,见解略同,就心中大悦,感到那人的著作写的真是好,是可做枕边书的。

譬如威廉·库伦·布赖安特在美国作家中并没有杰出的地位，其文字基本是不被人关注的，然而读了他的《论诗歌和时代与国家的关系》，就突然觉得他要比海明威高明得多。因为至今还没有一个人像他那么认为，民俗、神话、传说、谣曲乃是诗歌（文学）之源，"隐秘难明的事物当中往往具有某种激越神思与慑服心灵的强大力量"，而理性、科学乃至现代化、信息化过于发达的社会，往往缺少有质地的文学。他的观点正吻合了我的创作经历和创作理念，让我兴奋不已，自然就比海明威更令我敬重——我的创作，植根于京西的民俗、风情、传奇和物事，没有地域文化的底蕴，我的文学气象肯定就被湮没了。而且我一直认为，没有陕西的偏僻、原始、神秘、厚朴，就不会有陈忠实的《白鹿原》、贾平凹的《秦腔》。

这种情状，爱默生有透辟的说法：一起思想与行动的是非评断，都是以个人的认识为依归的。在《谈美》一文中，他认为，所谓美，首先是那个自然的存在给了我们直觉上的愉悦；其次是引起了心灵的冲动，即人的个人意志以主动的姿态介入其中；最后是客观事物被人视为智力对象，作主观的考量。通俗地说，美是一种精神现象，它源于自然，但它的充分发展则有赖于人的意志的干预和参加，即必须与真密切地结合起来，从而由原来的自然美上升为人类的艺术美，这样才完成了审美的全部历程。窃以为，这个"真"字，就是源于个人经历的切身体验，经验被验证之后，美才有了情感温度，才作用于心，让人弘毅而安妥。

最后我要说的是，常年的阅读，"我"被反复验证之后，就会生出一种心灵豪迈和人生自信——

已是骏马，何必再肥？便不被倚重，也能心安。

既然河山广阔，大地无垠，这个世界一定会有我的一个位置。便不必用他人的价值尺度衡量自己的存在。

再傲岸的山峰，也无非是大地的皱褶。便身份低微，也能承重，自足于隐忍之中。就理解了父亲——外在的懦弱，恰恰证明了他内心的强健，他心中的猎枪一直是在的，以悲悯为准星，以本分为依托，始终瞄准着最值得猎取的"猎物"。

雄踞之处，未必是巅

奈保尔出生在特立尼达的一个小镇上。这是一块主要从事农业的小小的殖民地，人口稀少，文化稀薄——殖民地文化、亚洲移民文化及衍生的次文化，似有似无，还彼此隔绝，用奈保尔的话说，就像是一个"被移植来的非洲。"这里的人只有一小部分受过教育，而且是以有限的本地方式，便感到，他的未来几乎就是一个"死胡同"。

然而，就这么一块不毛之地，居然有一个写诗的人，而且当他薄薄的一本诗集出版之后，还有几个人聚集在一起，认认真真评价一番。荒蛮之处，居然有"思想生活的守护者"，这让奈保尔惊异不已，一如沙海里见到了一小块绿洲，即便小到近乎无有，也给了他"向死而生"的希望。他觉得，文学是无路之处的路，与渺远的远方连着。

帕斯捷尔纳克也出生在一个小地方——莫斯科郊区的一个

叫别列捷尔金诺的小村庄。黄土漫漫，枯枝层层，林间空地上，马车好像自己在走，因为刻板而恒定的生活，让马车夫选择了昏睡——闭塞与小，剥夺了歧途。帕斯捷尔纳克捡来枯枝，面无表情地扔进壁炉。烧熟了的马铃薯起了多余的皱褶，他知道已到了剥食的时分，便从烟灰里"掏"出来。一如乡下的工匠，不紧不慢地干活，安安静静，而没有累的样子一样，他吃得也是那么安静、从容，似乎不是为了吃，而是咀嚼着一份安于现状、终老于斯的心情。

然而他的父亲在打理好庄园之后，还钟情于画画，后来居然还有机会为托尔斯泰的《战争与和平》画插图，也因为这层关系，还结识了德国现代派诗人里尔克，以至于有了偕帕斯捷尔纳克到火车站为其送行的场景。这个场景改变了帕斯捷尔纳克的人生轨迹——他知道医治生命慵懒的方剂中，有一剂最让人心旌摇荡的良药：诗。诗能给枯槁之树萌发新芽生命的冲动，不仅"向死而生"，而且，不再能忍受生活的平庸。

我的出生地更是狭仄，四面大山顽强地纠结在一起，抻出了巴掌大的一小块平地，赶羊的人在那里歇歇脚，把一根枣木拐杖插在那里，走时遗忘。第二年他又走到这里，发现拐杖居然发出新芽，便把一家老小带过来，安了家，便衍生出一个小小的村落。这就是我文字里经常出现的那个"小垭"。垭，一个状形的字体，喻大山匝着的一小块平地，与贾平凹的"鸡窝洼人家"相仿佛。小垭真是咫尺之地，村东有一爿石碾，村西有口山井，村里人在二者之间循环往复，从不知山外事，也不想知山外事，就这样自生自灭了。

然而当支书的父亲到山外开了一次会，居然还带回两本《房山文艺》，一切就不同了。那是县文化馆的一个人散发到会场上的，不少人都扔了，而父亲出于怜惜，随手装进他的干粮袋里。书册里的风光开了我的蒙昧，才知道山外的世界五彩缤纷、无奇不有。心中便生出大忧伤，感到如果一辈子活在小垭里，还不如不活。便生出一个向外飞翔的欲望，隐忍贫寒，潜心苦读，缓慢而真切地飞出山外。后来去拜访那个散发刊物的人，看到那个人戴一顶米黄的鸭舌帽，面目黧黑，无灵光样相，但是，却在别人的心中播撒了灵光，感到文学真是一种类似羽翼的东西，轻，却可以致远。

奈保尔幸运的是，特立尼达那个地方不仅有写诗的，而他父亲居然就写小说。父亲努力把身边的事情都装进他所认为的"短篇小说"。但父亲的文学一辈子都在低地徘徊，影响从来没有跨过本地域的那排由庄稼编成的栅栏。日子的凡常，生活资源的稀薄，笔底生出波澜是很难的，便刻意地设置"巧妙的结尾"，终至让人感到虚假、可笑。但是，在奈保尔眼里，这是一种"伟大的悲壮"——因为父亲的努力，让他懂得了"何为文学"以及文学背后的艰辛，给了他足够的心理准备。更重要的是，即便是他到"别处"去寻找生活，文学坐标也对应着特立尼达的生活，便避免了"轻浮"与"精神的漂泊"。

后来的奈保尔有了一重真实的感受——走出生地，云游四方，对于一个从事写作的人是必须的，因为只有那样，才会有眼界、才会有心胸、才会有联想的能力。但是，在广阔的世界里游弋不止的人，也往往会迷失自我，走上一条不归路。他曾痴迷于毛姆和亨利·詹姆斯文字，并试图用他们的方式写。但是，却总也找不到写作的自信和"如释重负"的感觉，写出的作品，也缺乏独特气韵，给人的印象是似是而非、似曾相识、似有实无，终不可取。他最后的成功，是因为找到了自己处理素材的方法——用他的特立尼达生活经验，比照他的英国生活经验、融汇他的印度生活经验——抬头看路，回到"原点"写。所以他说，"我"的素材与他人的素材之间差别太大，只能走自己的路，让自我"在场"——"这里根本就没有文学共和国！"

帕斯捷尔纳克也有自己的幸运。他寂寂无名时，正巧遇到了鼎鼎大名的马雅可夫斯基。后者的意气风发、激情四射以及《列宁》《穿裤子的云》发表后，莫斯科街头争相传颂、群情激奋的情景，让他感受到了文学的崇高及伟大——"文学几乎可以在一夜之间改变人们的思想和生活、甚至是社会生活。"所以他坚定了"为文学而活"的信念。马雅可夫斯基的高蹈与躁厉，导致了最终的毁灭，让他感到，文学人生其实是很脆弱的。但是，在刺痛和阴影中，帕斯捷尔纳克获得了从来没有过的文学理性：文学是"冷的"，是"向下"的，莫斯科只能制造"传声筒"，而不会创造出纯粹的文学。

他又回到了那个叫别列捷尔金诺的小村庄，在燕麦田埂上，在瑟瑟的桦木林中，在深陷而坚硬的车辙里寻找"实生活"的意象，忠实地运用现实主义的写作手法，潜心于他的"最高准确性"的文学追求。到了后来，苦难与岁月，终于兑现了对他长期的忍耐理所当然的奖励。他给人的启示与奈保尔是一样的，在列捷尔金诺的小村庄的价值实现，离不开他的莫斯科"出走"。

一如陀思妥耶夫斯基、屠格涅夫、果戈理,虽然"只有在俄罗斯的大地上才能写得好",但一个最重要的前提,是他们都拥有"俄罗斯本土以外的生活"。面粉自身本无酶,酶是人加进去的——"别处的生活"是酶,拿到本土来发酵,才有独异的思想植株借势而长。这或许就是评论家笔下的所谓"二律背反"。

最后,自然要谈谈我的幸运。

我的幸运在于,在我本能地亲和文学的时候,我身边的那几位一直被城里人小觑的农民出身的作者,在发表单篇作品都很艰难的情形下,居然出版了短篇小说集和长篇小说!这提升了我的信念,甚至诱发了我的野心,所以,我能走到今天,文学的动力是家乡人所予。但是,他们的步伐虽然一刻也没有停顿,至今却只有半只脚迈进了京城。因为他们虽然拥有沃土,但在任何时候,都不曾主动接触外界的世界,他们信奉的是,自己的世界就已经足够了。因而便缺失了联想和想象的能力。同时也没有建立主观批判的立场——有魅力的事物,未必合乎道德;文明的存在,常常缺乏趣味。他们总是非白即黑,非彼即此,不敢想象,事物的真相,往往在不黑不白、不此不彼之间。乡党所失,正是我之所得,他们给了我不早不迟的警醒,使我以"急迫的姿态"向自己世界之外的世界进身。

不仅是更广阔的社会生活,让我胸廓大开,而且包括有机会接触到的所有作家、评论家和学者,也让我感到己身甚小。为了阔与大,甚至一度还想"连根拔起"去到城里工作、学习、生活。之所以还生活在本土,是因为:一、自己所珍视的那些人一旦走近了,会有许多负面发现,不仅是做人,更包括作文。

一如奈保尔所说，"友谊之所以保持得久，也许就是因为我不曾细读过他的作品"。文坛的许多同志，远看是花，近看是绢。二、外界世界存有成见，并不真心接纳你。那些尊重你学识和写作的人，往往并不会读或认真地读你的作品，在他们眼里，尊重就够了。这种尊重近乎漠视、蔑视，让你无法承受。三、便是奈保尔和帕斯捷尔纳克式的启示，雄踞之处，未必是巅，大作家，往往都是在小地方写作的。

但是，要想突破局限，必须要有超越本土的眼界，要有"别处生活"的经验。如何获得？唯有读书一途。

古人云，秀才不出门，便知天下事。如何知道？读来的。

从蒙田那里也得到了一个会心的意象，即：坐行者。读书人，也是行者。以"坐"的姿态，纵览历史，游历天下，阅尽万物，饱识人生况味，就是拥有了大生活了。

原本是心虚的，还标榜"在乡土上嫁接文化"以雅身份，读过了能够读到的古今中外的世界名著之后，气运丹田，胸装万象，便不再以农民的出身为鄙，也不再以用这种方式接触外界世界为非，且心中有了一种盈满的自信与豪迈——峰巅如何，不过是大地的皱褶而已。

思在别处

˅

夜色黑沉，万籁寂灭，案头的一盏灯，独自熹微，发出似有似无的嘶音，一如浅吻。

此境之下，一卷枯涩之书，即，苏珊·桑塔格的《反对阐释》——虽幽玄得近乎天书，竟也像读小说，读散文，字字晓得，句句会心，便五内俱热，了无倦意。

原来沉潜之态，与智慧迫近，无趣味处得真趣味——遥远的旨意，其实就在近处。

便感慨：天下，是没有读不进去的书的。

这时才觉得，人生下来，不就是俗的，那些精神的峰峦，也不是高不可攀的——总能达到崇高处，就是能读得进那些"读不进"的典籍的时候。

这时，也不禁生出意外的联想：如果靠读书和写作获取名利，那真是谬取了途径。在不懂处求懂，在不可攀处求攀，须皓首穷经，须呕心沥血，是苦的。其成本，是生命在时光中的耗损。如果没有经年的阅读积累，即便是能够潜下心来，也是不会从"死"书中，读出"生"的趣味的。通俗地说，在湮没之境，求显达，近乎幻梦，再一意孤行，就可笑了。而那些世俗的途径就不同。譬如，经商与做官。经商可以投机，可以"虚拟"，可以利滚利；做官可以把社会资本转化成个人资本。这样的途径，未必需要过人的资质，只要肯于世俗，效益总是有的。而且，名利的大小，往往是与世俗化的程度成正比的。

而读懂一本难读的书有什么效益？

不过是读破之后的一点欣喜，一点感动，一点满足，且更多的时候，还不能与人言说。

所以，读书与写作，不是营生，只是能感受到人性的深度、精神的高度而已。根本上，它不是名利之态，而是生命的自足。海德格尔的"贫穷而能听到风声"，苏珊·桑塔格的"贫穷正是作家尊严之象征"，乃通透之说。正因为他们甘于"自足"，不为名利而丢乖露丑、自讨其辱，而专心于精神的跋涉，乃"高峰"自立，成为"社会的良心"。

苏珊·桑塔格十三岁时因为读了居里夫人的传记，就特别厌恶周围的人对名利的追逐。她发现，一个素日里很可爱的人，一涉及名利，性情就大变，以至于姣好的面目也一下子变得丑陋不堪了。为了躲避客厅里大人们世俗的争辩，她甚至在后院里挖了一个地穴钻了进去。她向往"别处的世界"，内心激荡着一种强烈的欲望，即："要去爱某种极其崇高、极其伟大的东西"。这种东西，她后来从文学的书籍中找到了。她在文学中感受到了一种内在的快乐，意识到：文学是驶向"别处"的交通工具，而且——甚至更好——文学本身即可为目的地。从此，她只依赖自己的感受力，在文学中沉迷，把遇到的所有非文学环境统统排斥在外。

大量的阅读，使她感受到，"艺术世界是超越时空、给心境以安宁的世界"，是让她"像男人一样独立的世界"，而且是一个"思想占据首位的世界"。她觉得文学很性感，说："思想就是激情，而且是持久的激情。"

于是，对文学，她坚定地选择了，她爱了！

后来她发现，她爱对了。作家生涯使她享受到了一种凡常人生所没有的"生命特权"。即：好奇心的无尽满足，思想感情的自由表达，生命激情的纵情释放。由此带来的，是人格的独立，生命的拓展，精神的富足。

桑塔格身材高挑、臀部饱满、额面俊朗、长发披肩，可谓玉树临风，灿若明星，正有招摇资质，但她却喜"自己待着，无人来烦"。

为什么能够这样从容地待着？因为文学是无形的通道，即便房间紧闭，却总像开着一扇门，通向世界的每一个角落。这正是旧约里所说的"喜乐"之境，肉身拘，而心悠远；四处黑茫，而心中有光。

便风流有自。

卡尔·罗利森夫妇在《铸就偶像——苏珊·桑塔格传》中写道——

桑塔格从衬衫到裙子一身黑，行军般大踏步前行，走在探索的道路上。方向明确，脚步坚定，仿佛她对自己需要什么早已心知肚明，一定会得到她之所需一样。

是文学使桑塔格美得自信，便也美得自立、自尊，便有了别样的力量，即对身外世界的蔑视。

而对名利的追逐，本质上是对生存世界的匍匐；人一直立，名利便顿然失重了。

纽约的名利场便震惊：桑塔格居然是个美人儿，居然还是个有头脑的美人儿！为了给名利场挽回面子，首先是男性团体接纳她，后来是整体地接纳她，而且是以急迫的姿态。

文学的桑塔格像一仞临海悬崖，陡峭处，是诱惑，是风光。

尽管她因此暴得大名，但名利在此时，不过是她生命的余影。

桑塔格一生都没有医疗保险，却欢悦地活到了72岁。她的作品和思想，是她最可靠的生命保险。

而且，思想使她跨越了雅俗和功力界限，写作姿态纵横捭阖，摇曳生姿。她既可以在娱乐的《时尚》杂志上指点潮流，也可以在严肃的《党派评论》和《纽约书评》上大显身手；她"用右手获得文艺界当权机构颁发的奖项，然后用左手抨击这个机构"。所以评论界说，桑塔格献给美国文化的一大礼物是告诉人们可以在任何地方找到思想界。

以此推之，她在女权主义上的最大贡献，不在于她是一个坚定的同性恋的支持者和践行者，树起了爱无禁区的人性旗帜，而在于她揭示出:女性如果不能"像男性一样思考",总是第一批变成物的人,其身体总是首当其冲地被殖民。在人类学上的一大贡献,不在于她为女性争得了尊严,而在于她给了以男权为主宰的人类世界一个无须阐释的启示:如果没有思想,男人也会首当其冲地成为物的殖民。

由此说来,名利只会造就显贵,助长虚荣,掀动浮华,激荡欲望,把树影当树,把人当物。通观人类历史,好像名利的赢家,人们在做形而下的艳羡之后,往往并不庄严成偶像,非不崇拜,反而施以口唾,至少存内心之鄙。因为名利与偶像虽有相类的皮相,但撕开之后,却有不同的筋脉。名利虽有种种说法,本质上还是寄情于现实利益的获取。获取,抑或是攫取,抑或是捞取,均是下垂的姿态,诱使人向低处伸手。偶像则不同,她是人性标杆、思想底色、精神品质,与立人有关,与向上的进取有关。之所以被人崇拜,还有一层原因,每个人心中都有一个桑塔格式的情结,即:"要去爱某种极其崇高、极其伟大的东西"的本欲。

夜色黑沉,万籁寂灭,案头的一盏灯,独自熹微,发出似有似无的嘶音,一如浅吻。

吻是心灵之吻,便不必张扬,也不必羞惭,更不必"阐释",手不释卷,安心承领就是了。

咫尺之艰

1848年1月10日,因《死魂灵》而功成名就的果戈理在给友人瓦·安·茹科夫斯基的信中说:

对不起,亲爱的!每天我都准备写——但都被不可思议的不愿意写制止住了。

真是不可思议,一个被视为文字天才的大作家,居然"不愿意写"!

为此,我对"不愿意"三个字做了变体处理并加了下划线,为的是引起阅读者的特别注意。

好像是2003年的9月,在北京作家协会的代表大会上,我对止庵先生的创作多产表示敬意,我说:只要打开读书类的报刊,包括著名的《博览群书》《中华读书报》《文汇读书周刊》

和《中国图书商报·图书评论周刊》几乎准有你止庵先生的文章，你的创造力何等强劲啊！

止庵摇摇头，面色阴郁地说：你这样说，我一点也不会得意，因为文章背后所经受的煎熬，时时让我想到放弃——跟你说实话，我居室里的床，离电脑仅有一米多的距离，但是，要想从床上爬起来坐到电脑跟前去，开始一天的写作，要跟自己的惰性较很长时间的劲儿——我真的不情愿写，甚至时时问自己：我为什么要写？而情愿摊散在床上，慵懒地阅读，或者在影碟机里放一张盘，轻松地观赏——所以，咫尺之间，要花费万里长征的心力——写作的勾当，真不是人干的活儿。

从果戈理联想到止庵，不禁想到，作家笔下的文字，并不是像一般人所理解的那样——是像泉水一般喷涌的，而是心血缓慢聚结的产物——这个过程，包括对灵感的耐心等待，对生活的痛苦思考，对思想的痛苦提炼，也包括对准确字词的艰难捕捉。所以，一个严肃的写作者，从床头走到案头——从生物状态步入灵魂境界——不仅仅是个才智的调动和运用的问题，更关键的是有没有足够的毅力支撑的问题。正如从黑暗和苦难中走出的人，反而有恬淡的心态和灿烂的笑容一样，作家的那些浪漫和雅驯的文字，其实是经受了精神的苦役之后才有的一种书面状态。

我之所以有这样的联想，缘于我本身就是一个在文字之途上已跋涉了二十年的写作者。

我常常经历这样的情况：一个新颖的观点突然出现在脑海里，使我兴奋不已。我急切地走到书桌前，想把它生动或完整地表达出来。但写下几行文字之后，却不得不停下来——因为要想把那抽象而又缥缈的思绪固定住，需要准确的叙述（词句）和与之相对应的意象；但是，这个意象我总是捕捉不到，写下的字句总是似是而非、词不达意。心情便被败坏了，头脑变得混乱，甚至出现空白。这次的写作，便宣告失败。

搁置一段时间之后，又有了跃跃欲试的冲动，便情不自禁地拿起笔来。然而，期待中的意象和字句还是没有如约而至，思绪再次陷入困顿，不禁对自己产生了怀疑：莫非你本来就不具有写作之才？

于是，即便心存不甘，也不敢再贸然动笔了：对失败的担心，使我望而却步。

所以，对果戈理和止庵所说的"不愿意"或"不情愿"，我是能够理解的。

还有一重理解，就在于他们（包括我本人在内）与一般的写作者不同，他们是"成熟的写作者"。

旷日持久的写作生活，使他们对文字质量有了自觉的追求：他们加高了写作的标杆——既不想重复自己，更不想重复他人——写作的出发点，不再是能不能写出文章，能不能发表文章，而是能不能写出独特和"原创"性的东西。包括独特的思想、独特的意象、独特的情感、独特的人物和独特的文体、独特的语言，等等。这种书写状态，便是文坛里常说的——难度写作。

所谓难度写作，就是写作者不安于已有的成就，不安于驾轻就熟，不向已有的情感向度、思想深度和写作规则妥协，而是不断地向卓越的境地冲刺，试图创作精品、成就经典，因而进入不朽的写作追求。

这岂止是不降格以求！实际上是个向自我局限不断挑战的过程，颇有些唐·吉诃德的味道。

之所以有这样的说法，系写作者的自我局限实在是一个巨大的客观存在——

局促的生命空间，有限的生活阅历，狭窄的情感体验……从根本上制约着写作者的思维方式、心灵境界（眼界）、思想深度……

生得局限，身陷凡常，却要追索超越和独特，那个境界，真是个令人生畏的地方！

这就注定了"成熟的写作者"的痛苦生涯——

杰出的诗人海子，虽然有着"在最远处，我最虔诚"的豪迈，但他的神经最后还是崩溃了，到死亡的黑甜之乡，去寻求解脱了。

果戈理为什么发出"不愿意"写的哀叹？因为，他太追求不朽了，所以，《死魂灵》的伟大对他来说，既是光环，也是阴影，他日后的写作便成了一种艰难的跋涉。他用了整整五年的时间，苦心经营地写完了《死魂灵》的第二部，但是因为不满意，竟一把火把它烧掉了。从此以后，他心灰意懒，一蹶不振，不久就病死了。

为了超拔文字，他们承担了过重的生命压力。

索尔·贝娄在《洪堡的礼物》中，借人物萨克斯特的嘴说过这样一段话：

有的人带着感激知足的心情接受了自己的天赋；有的人却对自己的天赋不领情不满意，所想到的只是自身的缺陷（局限），甚至放大了这种缺陷,变得难以忍受——因此,为了心安,他们只对克服缺陷挑战局限感兴趣。

这段话,给了我们一个新的认知角度:像海子和果戈理这样的写作者,是有着极高的天赋的;凭着这种天赋,他们就完全能够写出非常出色的作品,也就完全可以坐享到中常资质的作家所享受不到的写作快乐。然而,他们放弃了,而是朝着天赋之外的精神苦旅进发。于是,这种执意于卓越的写作者,就具有了苦行者的成色——他们不仅远离了物质上的享受,也远离了世俗意义上的精神享受。

而在东西方的生命哲学中,都有这样一种思想:适当的享受,是才智的食物。

这一点,我相信,他们是明白的;之所以决绝地放弃,是他们更明白,享受往往还会引发怠惰。

这不禁让我想到日前看的一张影碟——《耶稣受难记》。

《耶稣受难记》虽然是一部好莱坞版的传记片,但是却给人一种"颠覆性"的震撼。因为,它对耶稣的受难过程进行了全新的诠释——

在影片里,犹大对耶稣的出卖,并不是在危急关头的变节,而是他接受了耶稣本人的秘密指令,指使他在关键的时刻履行一个对上帝的使命——把耶稣的形迹主动供给罗马人。因为这时的耶稣,人间的快乐、现世的温情,使他为上帝献身的意志不像原来那样坚定了,产生了一种"不情愿"的情绪,多次自问:那个救赎人类罪恶的人为什么必须是我?上帝为什么偏偏选择了我?

于是，为了最终履行"人之子"的使命，他必须要借助一个外力，切断自己最后的退路。

这是一个被还原了人性面目的耶稣，使他更加伟大，更加深入人心，同时也更强化芸芸众生了对"信仰"的敬畏！

由此看来，果戈理们的"不愿意"，与耶稣的"不情愿"具有相同的性质，是信仰者和圣徒的心路历程；他们的远离"享受"，就是为了远离"动摇"，毫不怠惰地步入精神的"耶路撒冷"。

所以，从床头移位于案头，小小的一个空间距离，却是人类从肉体状态进入灵魂状态的一个转化界面。这是一个神圣的精神指标——完成这最后一步的跨越，灵魂便从肉体的羁绊中涅槃而出！那么，写作者所经受的咫尺之艰，便具有了极为庄严的生命意义——

他们痛苦的写作生涯，所承受的苦难，便不是作为个体生命的人生苦难，而是整个人类的精神苦难——有了他们，人类的精神，才有了那样的深度和那样的高度；他们为整个人类，赢得了生存的尊严和价值。

这就是人类敬惜字纸、敬畏精神的理由。

另，咫尺之艰，恰恰是一个人性的证明：杰出者，不是没有弱点，而是他们有战胜弱点的意志和勇气。

作家之所以伟大

在现实中,作家的额面上,并没有特别的标签——趋暖避寒,喜乐悲苦,与常人是一样的。一如香樟与臭椿,即便暗里的气味有些不同,但在大地之上,不过都是树而已。既为常人,就意味着,腋下流的绝非是香汗,谈咳之间也多俗语方言,且逢名利也生攫取之心,遇美色也会动枕席之念,行止之间,都是凡夫俗子的做派。形状之种种,从作家们的传记里,是不难找到例证的。

梭罗的《瓦尔登湖》可谓高品,但现实中他却是个穷人,偶有收益,舍不得上税,为了逃避惩罚,躲进爱默生的庄园里,筑木屋而居,大唱"生活简单,精神富足"的圣明之歌。细细想来,这不过是末路穷途之后的孤芳自赏,因为没有"物质",索性就"反物质",多少有些表演的性质。《瓦尔登湖》在当时是冷的,现在的热,是因为这个世界欲望膨胀,人有"物化"

征象，他的"精神原则"正可用来反拨。他的名誉是后世所赐，意外所得。

俄罗斯人有"重理性"的整体特征，但马雅可夫斯基却是个躁动不安的人，时而激烈，时而抑郁，时而坚定，时而犹疑。在一般人眼里，他是个"心智不全"的人。这样的一个人，之所以成了神坛之上的人物，理性反思之后，不难发现，那个时代也是患了"多动症"的，他是被社会赋予了与之相适应的一个角色——在这个角色上，他要完成一系列规定动作，要不停地"摆姿态"。这时的艺术，它关心的不是人，而是人的形象，人的形象（社会形象），要比人本身高大。

如果只读卢梭的自传《忏悔录》，感觉他温柔善良、纯洁优雅，几近于完人。但读了他同时代人的记述和后人的研究，便不得不很遗憾地发现，他原来也是个善"摆姿态"的人。他不尽父责，把亲生儿女全送进公益机构，却以《爱弥儿》那样的鸿篇巨制大谈特谈对青少年的教育；他对感情不忠，对华伦夫人始乱终弃，却在《新爱洛依丝》中为妇德编制近乎苛刻的道义原则；既然以思想启蒙为重，主张自由、平等、博爱，却与同是启蒙家的伏尔泰、狄德罗毫不见容，誓死为敌。十六世纪最有影响的思想家蒙田，是卢梭的思想之源，其自传体《散文集》有不可泯灭的智慧光芒，但卢梭在提到本师之时，口气却大为不敬："我把蒙田看作是伪诚实的领头人物，他的讲真话也为的是骗人。他虽暴露自己的缺点，但是只暴露一些可爱的缺点。蒙田把自己画得酷似本人，但是只画了个侧面。"然而在我们看来，卢梭和蒙田在精神上的亲缘关系，使蒙田在《散文集》中得出的结论,如"懂得光明正大地去享受自己的存在,这是绝对的、甚至可说是神圣的完美",正暗合了卢梭自己在《忏悔录》的叙事底色。卢梭说到蒙田时的气势汹汹,或许更说明他恨自己没能完全摆脱蒙田著作的影响。事实上,卢梭的高明之处就在于,他把自己摆在受奴役、被迫害的位置上,因而建立了一种进入人心的道德优势,一如帕斯捷尔纳克在《安全保护证》中所说:"艺术为奴役者兴建宫殿时,人们是信任它的。人们以为它在分担共同的见解,而日后又会分担共同的命运。"卢梭的力量,是他懂得如何不露声色地利用了人间的悲悯与同情。

不摆姿态的人是有的,譬如帕斯捷尔纳克。

他的《安全保护证》和《人与事》两部自传写的是那么平实、质朴,从他身上看到的是一种属于"众"的凡常人生。

他出生在莫斯科郊区的一个叫别列捷尔金诺的小村庄,七月暑天,他光着脊背埋头侍弄马铃薯,入冬以后,他到树林里去捡枯枝,取暖、煮食小牛肉。他的吃相与辛劳之后迫切需要食物的农民一样,顾不得雅驯而只是为了饱。他远离文坛,经历大自然的自然变化——朝暾、夕阳、雨润、霜寒——并为此欣喜若狂——

大自然,世界、宇宙的秘密,
我全身带着玄奥的战栗激情,
流着幸福的热泪,
守护你那永恒的使命。

他在歌颂大自然的诗中，出现的最多的一个词，感恩。"感恩吧，你的赐予比索求多！"这样的感情基础，使他心中有敬重，对托尔斯泰那样的从时间深处走来的人，衷心景仰，"以至于我们全家上下都渗透了他的精神。"所以，对待创作，他取持重的态度，对一切匠气的、而不是出自真心的创作，都加以鄙视。他面向大地的本真与人类质朴的感情进行创作——楚科夫斯基记述道，"帕斯捷尔纳克把描写眼前的细节看成是艺术家对待自己的素材应有的认真态度。他认为背叛准确性就是背叛艺术。"帕斯捷尔纳克自己说，现实主义，几乎是艺术家唯一的创作原则，能对生活的瞬间做准确的描述，艺术家才能登上现实主义的高峰。在生活面前，不能有丝毫的放纵，不能有任何的妄想，否则，就是"演戏般的高调""造作的激情""虚伪的玄奥"和"矫饰的谄媚"。

他干脆说，现实主义不是什么文学流派，而是写作的最高准确性。

他认为，要实现这种准确性，对现实做认真的观察是基本的态度，但在忠于现实的同时，要有自己的主观思考，"成为自己的而不是别人的现实主义"，最终揭示本质，给客观事物赋予"喻示"意义。所以，艺术作为活动是现实的，作为事实是象征的——准确的描绘，就是从大自然那里得到"借喻"，以鲜活生动、撼人魂魄的形象说话。

生活啊，我的姊妹，你今天还在蔓延，
你像春雨，撞在哪儿就在哪儿碎身，

可是人们佩带垂饰,高傲而不逊,
像燕麦田中的毒蛇,谦恭地整人。

这是帕斯捷尔纳克抒情长诗《生活啊,我的姊妹》中的一节,"燕麦田中的毒蛇",绝对是现实的,而"谦恭地整人",就是文字之外的象征意义了。

所以,准确的描写,鲜活的形象,自己就会站出来说话。

品藻之余,直让人感到,所谓象征主义、意象主义、浪漫主义、现在主义,等等主义的文学流派和样式,都是现实主义文学的衍生与孕育。作家的伟大,也好像并不取决于他自身所散发出的光芒,不过是生活的浩瀚之光,从他狭小的指缝之间,折射到苍白的纸面上的一两缕而已。

所以,谦卑地垂首,反而是一种荣誉的风范,因为身姿一旦放低,反而更能进入生活的内部,更能得到"核心的核心",呈现出更为本质、更为独特的意义,艺术的不朽,或许就这样渐渐地近了。

事实也正是这样。在当时独领风骚、遮天蔽日的马雅可夫斯基,到了今天,人们干脆就忘记了。而帕斯捷尔纳克却从历史的覆盖中,闪身而出,呈现出经久不衰的魅力。且不说那一部具有金子一般质地的《日瓦戈医生》,即便是他早期的诗歌,也摇曳生姿,让人百读不厌,与伟大的里尔克、茨维塔耶娃一道,让人景仰,并像他们之间那样"纯粹的爱"一样,我们也爱得甘心情愿。

他伟大在自己的"准确性"之中。

向恶而生

"十一"长假,读法国当代作家扬·盖菲雷克获1985年龚古尔文学奖的长篇小说《野蛮的婚礼》(北京出版社1988年2月版)。

本是为了消闲,却读出了沉重,掩卷沉思,痛恨人性之恶。

小说中的故事,发生在"二战"后的一个法国港口城市。战争给人以创伤,水手们放纵自己,上岸寻欢作乐。他们诱骗一个仅有十四岁的叫妮柯尔的少女上船,于酒后将其轮奸。妮柯尔不幸怀孕,产下一子,叫吕多。不可言说的心灵屈辱,使妮柯尔母性沦丧,把一切痛苦都发泄在无辜的吕多身上。吕多被母亲遗弃,四处流浪,饱受虐待,久经磨难。吕多渴望母爱,用书信倾诉思念之情,虽从未收到回信,却从不间断。其笔致极尽柔情,催人泪下。母终于被唤回了恻隐之心,答应与之相见。但见面之后,面对被生活摧残得不成人样的吕多,妮柯尔温情难起，露出毫无遮掩的厌恶。幻想破灭之后，吕多被母亲喋喋不休的斥责激怒，将其扼死。随后吕多紧抱着母亲的尸体投入大海，在大海黑暗的怀抱里，他找到了生命最终的温柔。他笑了。

故事情节虽然简单，但是，它却涉及一个重大的主题，即：影响发生之后。

战争的创伤作用于水手——水手的施暴作用于妮柯尔——妮柯尔的屈辱作用于无辜的吕多。影响一旦发生，就是个不可收束的连锁反应，一如诺米诺骨牌的倾倒，不可拯救。

不禁联想到哈罗德·布洛姆《影响的焦虑》。他虽然阐述的是"诗"的发生史，却也深刻地揭示出，人的精神（心灵）一旦受了外在的影响，它就改变了原有的路径，在反抗影响的同时，心灵焦虑并扭曲，痛苦不约而至，而且缠绕不去。

这一点，王尔德《多林·格雷的画像》的主人公亨利·沃顿爵士从自己的遭遇中也有深刻的感悟，他说，影响一旦作用在一个人身上，他便不是原来的那个人了，他的美德也不再真正属于他自己，甚至他的罪孽，也是抄袭来的。他完全成了另一个人奏出的音乐的回声，他无意识地扮演着别人强加给他的角色。所以，他认为，一切强加给别人的影响，都是不道德的，都是罪恶。

"影响"的这种不可逆转性质，让我们惊悚，也让我们警醒——

"不以善小而不为，不以恶小而为之"，中国的传统哲学，有伟大的人性光芒。因为，小恶虽微，却是恶的起点，累积与传递，会变成土壤，会酿成大恶，危害所有的人。

不要草率地介入别人的生活，也不要让别人轻易地进入自己的生活，这是最起码的人生态度。除非你有承担责任的能力和意志，除非你有承受苦难的准备和耐心，否则你就关紧门扉，悯人善己。一次出轨之爱，会欠下无法偿还的情债，本金和利息，滚到最后，是个大数目，会压断你的神经。一次错误的接纳，会招致得寸进尺的追索，你要不断满足对方的愿望，到了最后，你疲于应付，一生被毁……这是生活现实早已给出的生动例证。

于是，理性的处事态度，是向恶而生，每次进身，都要看准恶潜伏的位置，不盲目、盲从、盲动，都要有清醒的预案予以提防，让善良无后顾之忧，从而善始善终。

不是我们胆小，而是这个社会多了戾气，街上多了狼犬，总是觊觎别人的利益，以伤害他人为乐。因此，虽然我们内心温柔，对世界充满积极态度，但还是要加十二分的小心，走出屋外，我们不仅要时时擦亮眼睛，而且手中要也要时时握着一根棍子——文明时，它是拐杖；危急时，它是防身利器。

《野蛮的婚礼》中有一个令人心碎的细节——妮柯尔赴水手之约时，对爱情的美好期待，使她羞于没有一双能穿得出的鞋子，于是便偷了母亲的一双皮鞋。鞋子有些不跟脚，她便蹑足而行，使身子更加摇曳多姿。她就是这样，天真浪漫地走进了虎口，成了恶人口中的一道美食。

那一刻，我在扼腕痛惜的同时，心中也生出一声深重的呐喊：人们啊，慎用你们的善良吧，人间之恶，正是被你们的无心之善所喂肥！

当你老了,然后懂得爱情

"五一"小长假,儿子儿媳到山西的平遥做自驾游。他们每到假期,都要出行,他们有自己的道理,觉得只有在远方,才能喂肥他们的爱情。

他们本也要求我和家婆一道同行,因为有爱犬需要照拂,我们不能分身。

我虽然待在家里,但心也向往远处,就读《叶芝抒情诗精选》(袁可嘉译,太白文艺出版社1997年4月第一版),沉醉于纸上的爱情。自然要读到他那首著名的情诗《当你老了》——

当你老了,头白了,睡意昏沉,
炉火旁打盹,请取下这部诗歌,

慢慢读,回想你过去眼神的柔和,
回想它们昔日浓重的阴影;

多少人爱你青春欢畅的时辰,
爱慕你的美丽,假意或真心,
只有一个人爱你那朝圣者的灵魂,
爱你衰老了的脸上痛苦的皱纹;

垂下头来,在红光闪耀的炉子旁,
凄然地轻轻诉说那爱情的消逝,
在头顶的山上它缓缓踱着步子,
在一群星星中间隐藏着脸庞。

—— 1893

其实,追溯叶芝的生平,我们不难得出结论,正是爱情的不能实有,对爱情追求的一次次破灭,才让他高唱爱情的泣血之歌,才最终地把他推向伟大诗人的艺术之巅——

1889年1月30日,初涉文坛的爱尔兰诗人叶芝与爱尔兰戏剧演员、爱尔兰独立运动领导人毛特·岗相遇。这一年,叶芝24岁,毛特·岗22岁。

毛特·岗身材高挑,有着雪白发亮的皮肤、赭金色头发和神秘的金色眼眸。第一次见面,叶芝就对她念念不忘:"她伫立窗畔,身旁盛开着一大团苹果花;她光彩夺目,仿佛自身就是洒满了阳光的花瓣。""我从来都没有想到会在一个活着的女人身上看到这样超凡绝伦的美。这样的美属于名画，属于诗，属于某个过去的时代。"更让叶芝着迷的是，这个女子还是个革命家，在叶芝眼里，她是爱尔兰的圣女贞德，并且"有着朝圣者的灵魂"。

叶芝对毛特·岗一见钟情，并给她写下了大量的情诗，世界上恐怕没有哪位诗人像叶芝这样把一个女人赞美到如此程度，在诗中，他把毛特·岗比作玫瑰、天鹅、女神和海伦……经过两年的密切交往，1891年7月，叶芝向毛特·岗求婚，却遭到了拒绝。不仅如此，毛特·岗还告诉叶芝，她在19岁时就与法国政治家、老迈的吕西安·米尔瓦纳生下了一个私生子，不过在两岁时就夭折了。为了让儿子复活，她又与米尔瓦纳的儿子在墓地野合，并生下一女。

叶芝如遭雷击，但很快就"原谅"了她，并继续向她求婚。1892年，叶芝为毛特·岗写下了那首脍炙人口的不朽之作——《当你老了》！这首感动了整个世界的诗，却并未感动毛特·岗。诗人的疯狂爱情，得不到任何回报，"仿佛是奉献给了帽商橱窗里的模特儿"。

1903的一天，叶芝惊闻毛特·岗嫁给了她的同道、爱尔兰解放运动的领导者之一约翰·麦克布莱德少校，心如死灰，当即写下了《冰冷的天穹》。1916年5月，起义失败的约翰·麦克布莱德少校被处以极刑。叶芝再次向毛特·岗求婚，仍被对方断然拒绝。

1917年，叶芝再次向毛特·岗求婚，失败，爱屋及乌，他竟然转而向毛特·岗的养女伊莎贝尔求婚，同样遭到拒绝。他心如死灰，痛定思痛，终于和一位一直仰慕他的英国女作家乔治·海德里斯结婚。这时，离他在苹果花下对毛特·岗的一见钟情已过去了28年。

1923年，叶芝因"始终富于灵感的诗歌……精美地表达整个民族的精神"而登上了诺贝尔文学奖的领奖台，成为获此殊荣的第一位诗人。艾略特称赞他为"这个时代最伟大的诗人"。

晚年的叶芝疾病缠身，在妻子的陪伴下到法国休养，于1939年1月28日病逝于法国的快乐假日旅馆。作为一代文学大师，叶芝的身后极尽哀荣，但尚在人世的毛特·岗却并未前去凭吊。毛特·岗对叶芝的决绝，至此已表现得淋漓尽致。

摄影家约翰·菲利普斯曾同晚年的毛特·岗有过接触，毛特·岗对他谈到叶芝时说："他是女子气十足的男人。"这句话，或许是整个悲剧的关键所在。原来，作为革命者的毛特·岗根本不爱文质彬彬的诗人，她爱的是那些孔武有力的男人。

香港作家李碧华说过："世界上最悲惨的事情，莫过于全世界的人都给你青眼，而你最在乎的那个人却给你白眼。"这句话放在叶芝身上真是再合适不过。叶芝被称为爱尔兰的灵魂，爱尔兰可以没有风笛，但绝不能没有叶芝。他征服了一个时代，却未能获取一个女人的芳心。他的一生几乎没有失败的作品，但他的爱情却失败了，并且败得很惨、很凄凉。

但是，正是爱情的巨大不幸，才让叶芝像荆棘鸟一样，越是刺痛，越是唱得欢快和热烈。毛特·岗在晚年写给叶芝的信上也曾说，世界会因她没有嫁给他而感谢她。就凭这句话，也足够有资格让叶芝把《当你老了》献给她。

掩卷沉思，我还感到，就叶芝的艺术追求本身，他也应该那样写、也应该写出那样的诗篇——

叶芝的创作，从理想主义、唯美主义出发，爱情的屡屡受挫，更让他感到万物皆空，"真理只存在于你的心里"，"只有词章是真正的美好"。到了后期，他对新柏拉图主义和东方神秘主义产生了极其浓厚的兴趣，相信灵魂可以转世，肉体之外有精神的接引。有这样的写作背景，他在处理自己的"失败"经验时，就要有意地"抹掉了人的形象和哀号"（《爱的伤痛》），让心像代替实有，让圆满代替残缺，不发怨声。他相信理想境界一定会到达，在冥冥之中，爱情之神正对伤痛的人拈花微笑。所以，他必须回报以花一般的意象和花一样的诗句，让世俗的感情升华。因而，他的诗歌，有了亮色，有了复调，堪可谓理性和感性高度融合、象征与写实巧妙交织，做到了人神共舞。

依托于这样的认识，再来读他的《当你老了》，我不禁眼界大开：它既是献给具象的毛特·岗，也是献给理想中的抽象的爱情。

在浪子与赤子之间

中午接小儿短信:父亲节到了,祝凸凹老爸节日快乐,佳作迭出只是更要注意身体,因为好文章遍地,但老爸只是唯一。

真是善解人意,知道报老爸恩德。

正巧读着约翰·沃森的《劳伦斯:局外人的一生》,不禁想到,劳伦斯之所以边缘,是因为他虽然精虫遍洒,却没有一个亲生儿女,他不进入生活的深处,一辈子做情欲的奴隶。

劳伦斯的创作,一辈子都是情欲主题,他从与女人的关系中直接选取素材,改头换面,经营成篇。他写得很辛苦,一如在灰烬上攫取火焰。

他盗取别人的妻子做妻,一路防范,却也一路放纵。每遇新妇,他都要探讨与其相染的可能,可谓情欲偾张、用心良苦。但一旦得手,立刻就鄙弃,因为进入女人的肉体之后,他总是发现,他与女人的心灵有巨大的"裂隙"。

当女人在激情之下,喊出"我爱你"的时候,他立刻放弃亲密,想着怎么有力地送上一个耳光,因为他觉得,性的快感是一种只可意会不可言说的神秘,一旦说破,破坏美感。

但是,他却自己肆无忌惮地说,把女人的献身,把女人的私情,把女人的陷落,写成他的小说。每个女人都能从中看到自己的残败之象,因而自尊受损,肉与心俱痛,却还要隐忍,因为,她们最后的底线只是那一点不能说破的可怜的体面。劳伦斯很残忍,他是性的主宰,驭女而生。

但他一路风流,却一生都没有能摆脱"上帝派来的看管人"——他的发妻弗里达。因为她原是他人之妻,不慎的失足,被他掠去。她知道私情的真相,能把他看到肉里,因而在他最脆弱处出击,剥夺其自信,使其不能决绝地行远。所以,他们上半夜激烈争吵、猛烈骂殴,下半夜拖着累累伤痕、滴滴心血拼命做爱。他们掉在互相轻贱又相互恩爱的怪圈中,不能自拔。从这个角度说,劳伦斯又时刻被女人掌控,是性的奴隶。

人们说,他的《查泰莱夫人的情人》是反工业化、反人类物化的先锋寓言,但看过这部传之后,顿然醒悟,原来那是评者的主观臆测,人为拔高,至少也是冒充高明,把简单的问题复杂化。劳伦斯崇尚血液意识,一切凭感官认知,一切靠本能判断,所以,他只能写出那样欲望蓬勃的文字,别人的理念背离他的本色,他生前就拒绝接受。他自己则坦率地说道,我不过是想写一部"温柔的阳具小说"而已。约翰·沃森综合了这部小说产生前后、与劳伦斯过往密切的种种人的看法,说道,它是劳伦斯对男女肉体生活最后的颂词。

约翰·沃森是劳伦斯学的奠基人,也是世界劳伦斯研究的第一人,他是从厚厚的一手文献中爬出来的"目击者",所以他的分析,可信。

因为崇拜感官,所以劳伦斯最怕两样东西:阳痿和肺病。

而这两东西都不期而至,仅45岁就赍志而逝。

但是,也不能把他妖魔化——因为性是本欲,他写出了旁人不及的深刻人性;而他又忠于文学,虽一生贫,却一生不改其志:不依附他人,不为功利而写,也不屈从于世俗的道德评判,边缘着,也独立着,有堂·吉诃德式的英雄风范,颇可敬。

而且,劳伦斯在临终前,也对自己的生活与写作进行了深刻的反思——事实上,"与人类、国家和家庭"重新建立联系,是他自己一生的梦想,他想有置身其中的更大的社会环境的感觉,然而不幸地仅仅限于性的体验。他在病床上,不断地叹息,"我太封闭了!"他否定了自己。

他也承认,自己的人生孤独,是因为没有感受到性之外的"别种力量"。他在《三色紫罗兰》一诗中写道——

我不得不孤独
只因欲望已逝,逐渐沉默
不再伸出手去
把别人的肉体引向我

他最后,以浪子回归般的急迫,审视自己的欲望之灾,把"精神之爱"和"纯洁的感情"交还给他经历过的所有的女人——

回到我身边
此刻分离的思念结束了

回来吧，曾经为妻为母
你们永远是处女
忽略了
……
到我的家
我亲爱的，亲爱的人们，我许许多多的爱人
来西方到我的身边

到我的身边来别动
忽略了的处女
我的爱
……

劳伦斯的伟大之处，或许就在这里：他既是浪子，也是赤子；他既放荡不羁，又天真无邪——把人性的丰富与堪惊，原汁原味地呈现出来，让伪君子羞愧遁形。

泰戈尔的真诚

读《泰戈尔谈人生》（商务印书馆，2009年12月版）。

泰戈尔对人生有乐观认识，他认为，人生的每个阶段都有意义。一如稻谷，离开了风光于田埂的日子，就又有了宝藏于仓廪的时光。读泰戈尔，不禁让人想到，好的诗句，好的文字，从不一下子说破，应该有回味——诗句结尾之处，正是意义生起之时。文学的伟大，就在它有"句子之外的意义"。

泰戈尔还有一个认识，让我心境豁然。他说："人们往往接受你的奉献，而不接受你自身。"换言之，你贡奉了，价值就在了，没必要再关心"自身"在社会上、在人心中有没有位置。这让我联想到，所谓大人物，即便是身居高位、权重一时，或者腰缠万贯、颐指气使，但如果没有人格影响、社会作为、文明贡献，在时光深处，也是"小人物"；相反，位卑言轻、贫贱暗淡的小人物，如果他对国家、民族、群体，有积极贡献，对人类进步、社会风气有积极推动，历史也会记住他们，也是"大人物"。

所以，依泰戈尔的逻辑，"乐生"必定与"有为"紧密地联系在一起。

泰戈尔在论述人生的每个阶段都有意义的同时，也强调要懂得功成身退，让出原有的"位置"，开辟新的疆域，用另一种方式延续生命的价值。

他说，果实成熟，离别枝条，是它的光荣。

因为离开枝头，正是它新生命的开始——落入餐盘，被人类享用，会化作人的生命活力，经由人去开创新的价值；落入土地，会变成种子，衍生新的植株，结出更多的果实。所以，离弃并不意味着虚无，而是诞生。

给人的启发是，在博取权位的同时，应该记住：完善了权位，就应该把它放弃。否则被人强行从权位上拉下来，就失去了光荣与尊严。就是说，事功之后，要适时从权位上退下来，自己隐入台后，让功德熠熠闪光。

泰戈尔特别推崇印度古谚：年逾五十，人应该进入森林居住。

他解释说，这并不是要人去做隐士，而是提醒人，年逾五十，就不要再贪恋红尘，追名逐利，要懂得修炼内心，做默默的奉献。寿则多辱，并不是辱就天然地附着于寿，是寿者蒙昧，该通透清明之时，却蹚红尘祸水，陷在功名利禄之中，丢怪露丑。

泰戈尔认为，人生再漫长，也不过是一瞬间的事。而且，实际情形，往往是这样，漫长的时光反而短暂，短暂的瞬间反而永恒。

他的话，一经回味，从自我人生中，会找到很多对应的例子——

昨天填个人履历，发现倏忽间我已经有30年工龄了，回望30年，真不知自己都做了什么，除了写了几部不温不火的书，还留下什么？简直是一事无成。而父亲临终前那个一瞬间的表情——眼神哀怜无助，就像一个落单的孩子——却给我留下了不可磨灭的痛感，每一想起，都会感到，生命苦短，要懂得珍惜。这短短的一瞬，抵得过30年的碌碌无为，在人生体验上，有永恒的意义。

还比如，已有了28年的婚姻生活，时光的磨损，已让我看不到爱情的模样了。但是，初恋的一个镜头，去让我念念不忘——黑夜里，她朝我走来，由于急切，忘记了脚下路面的不平，踩到一个凹处，打了一个剧烈的趔趄，虽未跌倒，但眼中的惊悚失魂却给我留下深深震撼。每每忆及，都让我感到，所谓爱情，就是这种惊悚性质，如果不能让人失魂落魄，就没多大意思了。

所以泰戈尔说，生命的存在，就是踩着一个个瞬间而走完人生旅程。

也就是说，人生的目的其实并非真的那么重要，重要的是过程，留下刻骨铭心记忆的那一个又一个生活瞬间。

读泰戈尔，感到他既幽深又明豁。他的诗，隽永蕴藉，非反复思量不能得其韵味一二，而他的人生之说，却深入浅出，是参悟通透之后的娓娓而谈。

譬如他说友谊和爱情的区别，就明达得让人会心会意——
所谓友谊，可以理解为三个实体，即两个人和一个世界。

换言之，两个人成为合作者，做好世上的事情。而所谓爱情，就只有两个人，而没有世界。两个人就是世界。在友谊中一加一等于二；在爱情中一加一还是一。

友谊可以逐步演变成爱情，可爱情却不能降格，最后成为友谊。一旦爱上一个人，之后要么爱，要么不爱。友谊有升华的空间，因为它并不占有所有的地方。可是爱情没有扩张、收缩的余地。它一旦存在，就充满所有的地方，否则它就不存在。当它看到它的权利在不断减少，就没有兴趣再去占有友谊的方寸之地。昔日高踞宝座的国王，可同意当无牵无挂的游方僧，却怎么也不会甘心情愿地当纳贡的诸侯！要么手握权柄，要么四海云游！中间没有他的立锥之地！

换言之，爱情是寺庙，友谊是住宅。神明离开寺庙，不可能去做住宅区的事情；但在住宅区里，却可以安置神明。

据五十年的人生经验，我觉得泰戈尔的话是圣明之言。所谓买卖不成仁义在，是成立的，因为买卖双方还有未来的利益；但不能当恋人却还可以做朋友之说，却是欺人欺心之论。因为爱情是非功利的存在，是纯粹之地，容不得丝毫杂质。要么爱，要么恨，即便不恨，也是远离或冷漠。心火烧尽，只有死灰，死灰之上，再用力的吹，也不会死灰复燃。

所以，衡人论事，要说真话，不要为那一点所谓的文雅、所谓高尚，而说违心的话。

泰戈尔的可贵，就在于他始终在说真话。

低调与原则

一

伟大的作家总是把自己看低，甚至低到尘埃之下——

阿赫玛托娃全面地认同人民，她的诗歌总是倾向于俗语、倾向于民歌用词。她永远鄙视"诗人"这个词所包含的优越性气息。"我不明白这些大词，"她甚至说，"诗人，台球。"（即：诗人与台球手二者无异）这不是谦虚，是她对自己的存在始终保持清醒认识的结果。所以，她亲近普通人，努力表达民间情感，呈现人民性，因而她的叙述伦理从不受历史调整的影响，保持了个人的独立。

1885年底契诃夫第一次去彼得堡，结识了《新时报》主编苏沃林，两人相谈甚欢。此后契诃夫佳作迭出，1888年写出了第二个剧本《伊凡诺夫》，短篇小说集《黄昏》摘得普希金文学奖，他从幽默小品作者进阶成了具有全国影响力的重要作家。在接踵而至的声名面前，契诃夫没有忘乎所以，他在给苏沃林写的信中说：

> 您和我都爱普通人，但人们爱我们却是因为在他们眼里我们不是普通人。比如，现在到处都要请我去做客，招待我吃喝，把我当作将军一样地请去参加婚礼。于是我想，如果我们明天在他们眼里变成了普通人，他们就不再喜欢，而只是为我们感到惋惜，这是很糟糕的。

次年，从名利场莫斯科来到市郊苏梅过上村居生活后，契诃夫对生命有了新感悟。他迫不及待地写信告诉苏沃林："大自然是一服极好的镇静剂，它能让人心平气和，也就是说，它能让人变得与世无争。"并说，因为过上了普通人的宁静生活，他能够"把自己身上的奴性一滴一滴地挤出去"。

二

伟大的作家总是有着属于自己的创作原则，即便是受到外界的指责，也不会改变——

1890 年初契诃夫写出了《盗马贼》，他的出版人苏沃林指责作品"过于客观"，即"对于善恶的冷漠，缺乏理想与思想"。契诃夫不为之所动，他写了封长信，与苏沃林辩明态度：

> 您希望我在描写盗马贼的时候，同时要说上一句：盗马行

为是一种恶行。但要知道这是不用我说也早就明了的事。就让法官去审判盗马贼好了，我的任务仅仅是真实地表现他们。当然，把艺术与布道结合起来是件愉快的事，但由于艺术技巧上的条件所限，我本人很难做到，而且几乎是不可能做到的。……当我在写作的时候，我充分信任读者，相信读者自己会延伸小说中没有展开的个人感受。

契诃夫说出了小说创作的大忌。许多作家，总是喜欢在叙述中带入个人感情，并借人物的口、甚至干脆自己跳出来频发议论，以为只有这样才精彩、才独特。这种主观上的干预，破坏了叙事的自然秩序，不仅突兀生硬，也剥夺了读者介入式的联想，因而弱化了小说的张力，是不言而喻的败笔。

诗人拜伦在给他同父异母的姐姐奥古斯塔·拜伦的信中说，"所谓情书，实际上是一片胡言乱语，不过是恭维、浪漫和欺骗的大杂烩而已。"所以，他规劝姐姐，不要热衷于情书类作品的阅读，它会感心乱神，让自己失去安宁。他也反对姐姐写情书，因为情书的"欺骗"性质，让虚假的感情大行其道，误人害己，最终反而失去爱情。

对情书的不信任，使他从来不把情书当作正经作品，便任性而写，意在调情，把其作为社交手段。所以，流布于世的《拜伦书信选》也很少收入他的情书。据后人的挖掘，他的情书充满了色情和语言暴力，与伟大诗人的浪漫情怀和诗意之美相去甚远。因此，就有人据此而败坏拜伦的形象，认为他低。其实，这怨不得诗人，拿他根本不看重的文体看重他本人，这是后人自己的错位。

斯泰伦的雪茄

昨晚喝浓茶，兴奋，迟迟不能入眠。再加上爱犬钢特上床与人并卧，空间狭仄，不得翻身，更不能入眠。小犬被宠，便学人样，斥它下床，竟学儿童泣怨状，楚楚哀怜，不忍。不久，它竟睡去，鼻息之声，也一如人。便在昏柔的床头灯下，读威廉·斯泰伦的随笔集《文学先父》。

系小册子，2010年11月译林版，硬板精装，7.5万字。年前于涵芬楼所购。

斯泰伦乃"二战"后美国文坛最重要的作家之一，美国南方文坛的代表性作家。他的作品着力探索艰难的历史和道德问题，以悲剧性的激烈情节著称，不少作品引起较大争议。长篇小说《纳特·特纳的自白》获普利策小说奖和美国艺术文学院的豪威尔斯奖；其中《苏菲的选择》获美国全国图书奖，成为风行世界的畅销书，在我国也有很大影响，据此改编的同名电影亦获奥斯卡大奖。

《文学先父》收文十四篇，极具个人色彩，叙事生动坦诚，不避隐私，敢揭痛处，堪称至文。甫一进入，就欲罢不能，直至终卷，已午夜三时。去书闭眼，思绪纷繁，感到文学的天地是个大世界。

从斯泰伦这里，始知上世纪中叶的美国，是个清教徒的世界，禁忌是多的，也压制言论，不似今日的自由。所谓全球最开放的自由世界，也是个渐进的过程。十五岁的斯泰伦被好奇心所驱动，到纽约公共图书馆想借阅一本名为《性欲性精神的变态》的书，也遭图书管理员的审查和斥责，让一个纯洁少年顿感自己很不道德而落荒而逃。塞林格的《麦田里的守望者》被多数家庭所拒绝，从家庭书架上驱除。斯泰伦的第一部小说《在黑暗中躺下》写得很节制，却也被出版商认为有伤风化的字眼太多。建议把单词 ass（屁股）改成 bottom（臀部），big boobs（大奶子），改成 the open fly（开了的拉链）。

肯尼迪第一个下达了对古巴的封锁令，但他却酷爱哈瓦那雪茄，并默许从古巴偷运过来，在白宫宴会上分给被邀请的名流淑媛，得意地享受一种私密的情调。于是，斯泰伦发现了被意识形态遮掩下共同人性，他说："在全世界的领袖中，那位哈佛大学毕业生与那位哈瓦那的马克思主义者，在气质和才智上十分相像，要是没有 20 世纪历史的风暴以及那种把他们变成不共戴天的仇敌的稀奇古怪的宿命论，他们也许会热烈地彼此吸引。"因为，在白宫里陪总统享受哈瓦那雪茄，他看到了总统夫妇最常人的一面——"这期间大部分时间，杰姬（肯尼迪夫人的爱称）都把她那双光着的、匀称优美的大脚放在总统的大腿上，总统欣赏地承受着，却微笑着听我讲纳特·特纳的暴动故事。"（我不禁莞尔，美国的"匀称优美的大脚"与中国的"纤秀的小脚"，有审美上的异趣。）斯泰伦在肯尼迪遇害之后，抽掉了一支珍藏的总统送给的哈瓦纳雪茄，认为是最好的纪念。可见，肯尼迪是进入美国人心的。

在《一宗大天花病例》中，斯泰伦以极为坦诚的笔墨描写了由于医生的误诊，判自己得了梅毒之后，开始道德自审、自省的过程。廉价的性爱——花两美元就与一个瘦女人仓促交合而破了童子之身——让他走上歧路；该死的海军陆战队司令，由于要整治士兵的堕落而不发放卫生套，反而愚蠢地让淋病、梅毒流行——根本地，大人物难逃其咎；医生的歧视和有意的误诊，反而让事情走向反面……塑造道德，反而败坏了道德，个人、社会、体制都是这个问题链条上的一环。

斯泰伦真心宣告，他的文学先父是马克·吐温。因为他们都是奴隶主而又反对蓄奴，而又同受清教徒之苦，他的《纳特·特纳的自白》就是向《哈克贝里·芬历险记》致敬的作品。他谦虚地承认，他与之交往的作家，都对他的创作有着重要影响，他是一个肯于博取众长的人。

他敢于说出于上流社会人交往的真实感受，那些人，"高尚的道德与可怕的愚蠢"集于一身，令人吃惊。人们是因为"习惯了活着而厌弃死亡"，并不是真正认清了生命的意义。时光可以扯平一切，但也可以"动摇这个民族的良知"。

斯泰伦的文风也极为诙谐，在《皈依或祈祷为时已晚》一文中,煞有介事地对自己之所以得前列腺炎进行反思,劈头就说,"上帝之不存在可以用前列腺之存在加以证明"。当尝试着用一种未被批准的新药剂治疗并获得痊愈之后,他说,"那药片真是一种奇药,他向我证明纽约的主教是否正确以及上帝是否存在,而且要是上帝试图通过前列腺惩罚男人们,那么,我们已用智慧胜利地击败了他。"这表明了他作为彻底的无神论者的态度。

在最后的一篇文章《与阿奎那一起散步》中,他论述了与家人温馨相处的重要性,也叙述了与爱犬阿奎那一起散步给他带来的生活乐趣。告诉人们,狗是温柔圣洁的,其气质一如淑女,尽管它不实用,连一只花栗鼠都没有捕到过,但它可以免除人的孤独寂寞,对心灵的安慰胜过追名逐利的人。

读罢,爱犬钢特正打了一个人一样的鼾声,我柔情大发,轻轻地抚摸了它一下,它居然醒来,疑惑地看着我,好像在说,你怎么还不睡?

竟安然睡去。

早晨起来,心情愉悦,遂把夜里的阅读感受率先记下,精神饱满地走出门去。

双重人格的写真

晚浓茶之后失眠（我历来有晚间喝浓茶习惯，可以醒神，助益写作，停笔之后，也能自然睡去。但人到五十，情形突变，一喝就失眠，可见衰老的征兆，是神经的衰弱），辗转反侧惹身边人烦，便披衣下床，从书架上随机抽出一本发黄的小册子——《侏儒》，坐在客厅里阅读。

书是我1983年从良乡新华书店所购，那一年我刚参加工作。不知为什么，买下并未读，竟被遗忘了整整三十年。看来，书与读者，也有缘分般的宿命关系，一如男女。

一读，竟被强烈吸引，从十一时读到次日凌晨四时，12万字的一部长篇小说，悉数读尽。其间，撩人段落多多，频发感想，不停地眉批，一如思想者。经典就是经典，虽湮没于时光，却照旧日月常新，触及灵魂。还不禁发出感叹：幸亏是今日阅读，如果是那时阅读，因涉世未深，阅人太浅，难生撞击、会意与共鸣，不会有现在的深刻感受。

巴·拉格维斯，一八九一年五月二十三日出生于瑞典的一个小镇，父亲是铁路电气线路保养工。少时就爱好文学，并对社会主义有所憧憬。他对大作家斯特林堡，从他身上吸取营养而形成了一个坚定的信念，即：善终将得胜，因为善是最强大的力量，不论这个世界看起来如何狰狞可怕。因而他具有鲜明的人道主义、理想主义倾向，一生勠力于对政治专制和残暴的揭露及批判，是表现主义的代表性作家。一九四〇年，当选为瑞典皇家学院院士，一九五一年获诺贝尔文学奖。获奖理由，是由于他"在作品中为了寻求解答人间永恒问题而显示出来的那种艺术力量和植根深远的独立性"。

其《侏儒》是表现主义的经典作品。

表现主义艺术以"自我表现"为最高目的，其基本特征是注重探索和剖析人的内心世界，着力描写潜意识。作者正是以这种方式，将现实世界的邪恶和隐藏在灵魂深处的邪恶意识，毫不留情地揭露出来，以呈现"善终将战胜恶"的写作主题。

《侏儒》的着眼点，是人的两面性和双重人格，因而设计了两个主要人物，"王爷"和他的仆人"侏儒"。王爷，代表的是人在现实中的表演人格，即社会形象；侏儒则是他的另一面，即人的内心世界和真实看法。在表现手段上，采取侏儒的视角，以第一人称"我"的口气展开叙事。"我"处于压倒一切的地位，一切都是"我"眼中、心中、口中的人和事物。

因而，整部作品不注重客观描写，不进行完整故事的叙述，而是把重心放在心理分析、人性本相的揭示上。"我"凭直觉观察世界，一有触动，潜意识就出来发言，说出自己对外在行为和客观事件的感觉和评价。所以，侏儒的自白和议论占了相当大的篇幅。同时，作者又赋予了"侏儒"的第三重身份——人性的化身和作者的代言人，因而侏儒的议论，就有了两种截然不同的语言：一种，表达的是芸芸众生想法、感情，甚至弱点和偏见；一种是源自作者的主观思考和哲学论断。前者代表广度，即广泛的人性基础，后者代表深度，即对"本质"的终极关怀和批判重量。于是就有了典雅堂皇的词风与村言俚语杂然相处的浑然气象。

在《侏儒》中，侏儒（"我"）虽然是王爷的仆人，却也不被一味支配，相互之间，既对抗，又合作，因为他们是一个人。王爷在战争中取胜，"我"却嗤之以鼻，因为王爷无信、惯用阴谋；但"我"也心中惭愧，因为是"我"在与敌首媾和的宴会上，执行王爷的指令，在酒杯里偷偷放进了毒药。王爷最宠爱他的战将堂·李卡多，因为后者在战场上救了他的性命。但"我"却为王爷感到羞耻，因为"我"知道，堂·李卡多与王妃私通，他实际上是为王妃而战。但他却也不忠贞于王妃的献身，刚离开王妃的身体，就进了另一个女人的怀抱，所以"我"感慨道："他真正的爱情宛如一朵奇花，在那英武地推开了的面甲之上怒放；但他的肉体依然见异思迁，欲情正旺。"不平之下，在给敌首投毒时，"我"顺手也给了王爷这位爱将一杯，"这原不是我的任务，我有另外的任务，我命令我自己去给他斟上。""我"是王爷的潜意识，本能地为他服务。

但主仆一体并不是经常的状态，经常的状态，是质疑，是对抗，是否定。

当王爷怀疑爱情，做出"爱情不过是一首并无内容、至少是并无明确内容，而是背诵得有声有色、动人心弦，因而让人人爱听的诗歌"的判断时，"我"用自己的发现予以否定。敌首被害，他的儿子率军队攻城，实施复仇行动。城欲破，却突然陷于平静，原来是青年在那次宴会上爱上了王爷的女儿（女儿也自然爱他，因为他面前的那只有毒的酒杯，就是她给偷偷换掉的），他借夜幕的掩护，只身翻过城墙，进了小姐的闺房。"里面无声无息，就着忘了吹熄的那盏小油灯的微光，我看见他们紧挨着睡在床上。在初次认识了爱情那种兽性本能之后，他们像一对玩得精疲力尽的孩子，在那里沉沉大睡。""我"告诉人们，爱情泯灭恩仇，更蔑视战争。等待王爷的，定将是失败的命运。王爷的确是失败了，尽管他乘机杀掉了对手，但他的爱女却跳城墙自尽，他失掉了爱情、亲情和臣民对他的信任，他成了孤家寡人，荒野游魂。战事的平息，也不是因为他的阴险、狡诈，而是因为不断蔓延的瘟疫，敌我双方的百姓都想活。

在全篇中，这样的否定"句式"比比皆是。譬如：

——真是奇怪得很，我这个能看到那么远的火堆的人，对星辰之美却不能领悟。

——权力和地位有什么用？他心里明白，命中注定的事非顺从不可，生活本身本就不是单给人快乐的。

——他之所以爱她，正是因为他已无法得到她，也正是这个原因，他把我铐起来叫我受苦。我的清醒，让他恼羞成怒。

——如果说我对主子还有认识的话,那就是,他是绝不能长久缺少他的侏儒的,否则他将迷失自己。所以,他会很快又来召唤我,并亲自打开我身上的锁链。

所以,《侏儒》虽然很单薄,但却是一部人间大书,他把人性和善的最终胜利,阐释得淋漓尽致、撼人魂魄。

被轻慢了的经典

办公室的北窗下,有个水泥石台,上边随便扔着一本美国作家冯纳格特的长篇小说《囚鸟》。这是漓江出版社"外国文学名著丛书"的一种,32开异型本,18万字,1986年3月第一版,是董乐山的译本。那是北京书市的特价书,买的时候,好像就是冲着译者的大名。到手之后,并无阅读兴趣,扔来扔去,视而不见。今天实在无聊,就捡起。没想到那译笔实在典雅,简洁而生动,居然就读下去了,直至读完。

《囚鸟》是冯纳格特上世纪七十年代的代表作。它以主人公自述的形式,描写了一个三次入狱的老囚犯的一生,这也就构成了"囚鸟"的形象寓意。作品穿插了美国经济大萧条、第二次世界大战、朝鲜战争、麦卡锡主义和"水门事件"等重大历史事件,把个人命运放在时代进程之中,收到了讽喻的艺术效果。

主人公斯代布克是哈佛大学的高才生，毕业之后，费尽百般周折才进了白宫，做了尼克松的总统青年事务特别顾问。这个职位，在外人看来，颇为贵，高不可攀。但他被冷落在白宫的一间地下室里，偌大个房间，只有他一人，而每天的工作就是给总统上报一份有关青年动态的简报。他上报了无数次简报，却从来没有收到一份答复，后来他才知道，总统根本不看简报，随手就扔进废纸篓里。而当时共产主义思潮在美国青年中颇为流行，严重地危害着共和党的统治，这让斯代布克寝食不安，即便是简报形同废纸，他也精心收集、认真地写，好像他的工作牵系着美国的命运。

身为总统特别顾问，但整个任期，只是在他被解职的那一天，他才第一次见到总统。那一天，本来是研究如何制止越战危机之后共产主义思潮的泛滥，但总统尼克松却大讲笑话。这让斯代布克顿感不快，本能地施以抗议——同时点燃了四支香烟，愤愤地喷云吐雾。烟雾终于吸引了总统的目光，他说："让我们暂且休会吧，且看我们的青年事务特别顾问给我们表演如何扑灭篝火。"

全场大笑，他被解职。

失业之后，他到闹罢工的地方去闲逛，真实地了解到了政府和企业如何联手盘剥工人的真相，他心灵的天平开始倾斜，情不自禁地站在了工人一边。他希望罢工能给工人赢得权益，所以也悉心指点。但罢工领袖不予理睬，因为那些人是文盲、是流氓无产者，罢工的本意是要出个人之名，他很失望。同时，他又在无意之中洞悉了政府和企业主秘密勾结，在罢工的路途上设下圈套,并在制高点上潜伏狙击手,制造血案,然后再转嫁给罢工领袖,把他们送上绞刑架。出于良知,他通报给罢工群众,但遭到嘲笑,遂悲痛欲绝。

惨剧终于如期发生,工人不仅乖乖收兵,还背上道义责任,便真诚地驯服了。

其中的一个政府帮凶,是他哈佛的同学,叫克留斯,他要竞选议员,遂在演讲中大赞总统仁政。斯代布克不可容忍,不惜招供说自己是共产党员,然后指正克留斯是自己的同志,参与了几桩暴力活动。即便克留斯极力辩驳,但斯代布克以亲身经历的种种细节,为法庭提供了确凿的证据,克留斯终于败下阵来,被判了两年监禁。

多少年以后两同学相遇,斯代布克灵魂不安,真诚地向克留斯致歉,希望得到他的原谅。克留斯一笑,"老同学,对于你,我非但不能责怪,还要感谢。"他说,"如果没有你那致命的一击,我也不会决然地离开那腐败无为的体制,走上自主发展的道路。"

此时的克留斯是大企业家,有钱,有美女,人生大好。

而那个美女正是斯代布克的初恋情人莎拉。莎拉愧疚于自己恋人对一个无辜者的伤害,主动送去安慰,一来二去,竟觉得克留斯比斯代布克要好,他敢作敢为,有很强的行动能力。

斯代布克受到空前的刺激,心绪大乱,叮嘱自己,要心平气和。

"心平气和"这个词,在小说中反复出现,类似安魂曲。

但是,越是心平气和,斯代布克越是陷落,不断丢怪露丑,又两次锒铛入狱。以至于无女人爱他,他不得不娶了一个又黑又瘦的犹太女人。他认真地爱这个女人，认为她是世上唯一值得爱的女人——因为她黑，所以她纯洁；因为她瘦，所以她性感。

她给他生下一个儿子之后，死了。儿子长大后，也上了哈佛大学，后来成了《纽约时报》的专栏作家。以为日后有了依靠，但儿子让他滚开，且不得透露他们有父子关系。儿子的批评有盛名，而且专拿斯代布克这样的"社会渣滓"做抨击对象。

走投无路时，他遇到了一个以捡破烂为生的拾荒婆。见到他，那个拾荒女人眼前一亮，紧紧抓住他的胳膊，"斯代布克，是你吗？我是你的玛丽啊！"

在上大学时，玛丽曾与他同居过，是第一个让他变成男人的人。虽然也有一份惊喜，但因为她浑身臭味，他不禁拼命躲闪。玛丽越掐越紧，"我寻找了你半生，再也不让你跑走了。"

一个落魄的疯子，一个拾荒的女人，从此形影不离。在街头，在闲置的工棚，在荒郊野外，总能见到他们如胶似漆的恩爱模样。准确地说，他们不停地做爱，甚至有些恬不知耻。

等到玛丽确认斯代布克不再跑走了，她告诉他，她有钱，是纽约著名的拉姆杰克公司的大股东，她靠律师以格拉汉姆夫人的名义秘密地管理她的公司，攒下的钱都记在他斯代布克的名下。

她告诉他，即便是这样，他们也必须以现在的身份生活——因为落魄，所以人们悲悯；因为贫穷，所以人们同情——官僚政客、贵胄巨富、土匪盗贼，都不会把你放在眼里，更不会跟你较真算计，你就会过得无忧无虑、无苦无悲，幸福而安静，喜乐而平和。

自己一贯主张的心平气和，居然在一个拾荒婆子这里得以实现，斯代布克百感交集，把这个浑身发臭的老女人紧紧抱进怀里。这一刻，他真的爱她。

为了庆贺，他们进了一家酒吧。那个犹太舞者拼命表演，以期顾客能多给几文小费。那些脑满肠肥、西服革履的人，只是不耐烦地扔给几个美分；而斯代布克却塞给他一张大钞。那个舞者愣了，早早地退下场去，溜了。这意外所得，够他一家人旬月所需，他怕梦破。

斯代布克和玛丽也赶紧抽身而走，他们面相丑陋，但笑容灿烂。

他觉得自己真的从人间地狱里逃了出来，而且是灵魂的出逃。他好像立刻就悟出了一些伟大的道理，让自己变得通透了——上帝保佑，要同无聊相斗，甚至天神也赢不了！要同愚蠢相斗，甚至天神也赢不了！要同虚伪相斗，甚至天神也赢不了！要同卑鄙相斗，甚至天神也赢不了！

他臆想着克留斯来拜访他，并问他："斯代布克，为什么一个出身于名门而又受过良好教育的人愿意过你现在那样的生活？"

"你问为什么？"他看一眼身边的玛丽，回答道："是因为基督在山上的教谕，先生。"

据介绍，冯纳格特是美国"黑色幽默"派的代表性作家，《囚鸟》读毕，给我最突出的感觉是：所谓黑色幽默，就是用最严肃的态度、最严肃的笔法写最荒诞的人与事，然后得出最不荒诞的结论。由此看来，在我国的现当代文学中，还没有真正的黑色幽默作品，有的只是一点技术性模仿，聊以充数而已。

所以，我们离真正的经典写作，还存在着距离，应该怀着谦卑，沉潜地创作，拿出属于我们的乡村寓言、城市寓言、生活寓言、时代寓言。因为，真正的现代派，不在于炫技，而在于对生活的透视能力、对时代脉搏的把握能力、对世道人心的关怀能力。它需要站在高处俯瞰，需要深入内部挖掘，需要超越现实的局限，需要穿越表面的遮蔽，反映人性的本真和世界的本质。其立身之基，还是"现实主义"的。

"纯粹的哲学"
——暑读恩格斯《路德维希·费尔巴哈和德国古典哲学的终结》有感

阅读的方式决定着阅读的深度,这是个不争的事实。自媒体的阅读,带来了信息获取的快捷与广度,但碎片式的阅读,也让人浮躁,阅读的程度不过是停留在浅尝辄止。而传统的阅读,也就是纸媒体的阅读,会让人在纸面上停留,容得下思考,因而就沉潜,能读得出字面之外的意义。特别是有难度的阅读,不仅要停留,还要进入、玩味,穷究内里,整个过程是从形而下到形而上的动作,在抽象处顿悟。久而久之,阅读能力便在无形中提升,再艰涩、枯燥和深奥的文字也能读得下,也能读得明白晓畅,即便是读哲学的著作,也像读小说。

由于执着于纸面的阅读,特别是钟情于名著和经典的阅读,我养成了"深阅读"的习惯,每一阅读都要静心,都要备以纸笔、勾画、摘句、点评、眉批，朝"通透"里阅读。四十岁以后，我就基本上不读抒情和叙事类文字了（散文和小说），偏重于读诗和哲学，怕自己读得懒和滑，不能思在深处、高处、远处和"别处"。所谓"别处"，是苏珊·桑塔格的说法，大概是指超越自己的生活经验和生命体验之外的有关人类精神极限和普世价值的思考，即纯粹的"思想之美"。到了现在，我读哲学读得比读小说还畅快、还津津有味，作用到生理上，每读哲学，心神就清明，就不知困倦，夜深天暗，也像在白日里游赏。也不敏于四季，冬天读去，不忌惮冷，酷夏读来，也不觉得热，屋里的空调被闲置了。

这个周日，2016年7月10日，热而闷，午休在床，不仅不能入睡，即便是躺也不能躺得安稳，烦躁之下，向书架上张目。不期就看到了《马克思恩格斯选集》第四卷（人民出版社1966年6月第一版），它那赭红的封面让人想到大地的颜色，心中袭进一丝清凉，便霍然起身，抻而读之。

起初是仰在床头浏览，翻着翻着就有了兴味，不禁起身坐于床尾，最后竟移至书案，做庄重的阅读。吸引我的，是一篇恩格斯的论述，题为《路德维希·费尔巴哈和德国古典哲学的终结》。文论的篇幅凡44页，三四万字的样子，却一气读完，不曾有片刻停歇。因凝神静气、全神贯注，外界的酷暑已浑然不觉，五内清凉，饱享智慧之美，疑似天赐大福。

恩格斯的这篇长文，是读了费尔巴哈的《基督教的本质》之后，就哲学的起源、本质、地位、作用以及分类、发育所做的系统阐述。甫一开篇，就用形象的语言告诉人们，法国和德国虽然都是"哲学的故乡",哲学革命都做了政治变革的前导,但其存在状况,却有大不同:"法国人同一切官方科学,同教会,常常也同国家进行公开的斗争,他们的著作要拿到国外去,拿到荷兰或英国去印刷,而他们本人则随时准备着进巴士底狱。反之,德国人是一些教授,是一些国家任命的青年导师;他们的著作是公认的教科书,而全部发展的最终体系(包括黑格尔的体系)甚至在某种程度上已经被推崇为普鲁士王国的国家哲学!"这不禁让人联想到,为什么法国的哲学多具有反体制的特征,并且激情大于理性,殊少完整的体系,也常用"宣言"的形式向外输出革命,而哲学家本人的行动人格却显得异常贫弱,譬如卢梭。而在德国,即便是马克思这样的"革命导师",资本主义的"掘墓人",却也能安坐于自己的书斋之中,也能自由出入皇家图书馆,从容不迫地构筑《资本论》那样的庞大的哲学体系,盖因为整个国家、整个民族具有哲学传统,在时间深处,积累了厚重的历史理性,见容于思想的自由。

恩格斯接着说,"全部的哲学,特别是近代哲学的重大的基本问题,是思维和存在的关系问题。而思维对存在、精神对自然界的关系问题,也就是哲学的最高问题,像一切宗教一样,其根源在于蒙昧时代狭隘而愚昧的观念。"这又是一个让人眼前一亮的说法,原来正是"时代的狭隘"和"愚昧的观念"催生了哲学。沿着这个思路,我们不难想到,从笛卡尔到黑格尔,从霍布斯到费尔巴哈,在这一个长期的过程中,推动哲学家前进的,绝不像人们所想象的那样,只是纯粹的思想的力量,真正推动的力量,是自然科学的发达、经济社会的发展和人类文明的进步。也就是说，那种用泛神论的观点来强调精神和物质的对立，过于相信思想本身的力量，而忽视了客观世界对哲学的作用——而且是主要的作用的观点，是唯心主义的，其把哲学神秘化的倾向，会让哲学脱离人们的生活实际和社会状况，无从致用，沦为玄学。

恩格斯正是在这样的思维逻辑上，开始了他对费尔巴哈《基督教的本质》中一系列形而上学观点的理性驳诘。他认为，宗教并不是对上帝旨意的传递，也不是按照上帝的指引所进行的道德救赎，其本质，不过是在教义基础上所建立的一种人与人之间的感情关系、心灵关系而已。因而宗教情感，也绝非是一种无差异的普遍遵从、信奉，而消泯自我体认的"绝对情感"，它也是有着毋庸置疑的物质属性、现实属性和社会属性的。在这一点上，恩格斯则采取了以子之矛攻子之盾的论辩手法，让费尔巴哈自证其谬。因为费尔巴哈自己也承认："宫廷中的人所想的，和茅屋中人所想的是不同的"，"如果你因饥饿、贫困而身体里没有营养物，那么你的头脑中、你的感觉中，以及你的心中便没有供道德可用的食物了。"由此看来，虽然我们不能再用阶级斗争的学说衡人论事了，但物质决定意识、存在决定精神的基本观点，是无论何时、无论何地、无论哪个社会阶层、也无论哪个哲学流派，都无法否定的。宗教在不同的人群之中，有着不同的现实具象——帝王拜位，商人拜金，士人拜名，农民拜土地……

基于此，便不能人为地夸大宗教对人的作用。我们考虑问题时，不能仅仅把人作为一个"纯粹的自然物"，而且要看到人是生物、文化和社会的综合产物。虽然追求幸福的欲望是人生来就有的，这也构成了一切道德产生的基础，但是追求幸福的欲望受到内在和外在的双重矫正——第一，受到人类行为的自然后果的矫正：酒醉之后，必定头疼；放荡成习，必生疾病。第二，受到人类行为的社会后果的矫正：要是我们不尊重他人追求幸福的同样的欲望，那么他人就会反抗；如果我们的自我实现，与社会的现行规则相违背，就会受到法律制度的惩处。所以，要满足和实现自己的欲望，首先要正确地估量我们行为的种种后果，也就是说，我们不能随心所欲，要学会自我节制，要懂得爱人，这或许就是宗教得以存在的基本准则。否则，再神圣的宗教，也会沦为精神鸦片，既麻痹自己，也欺哄他人。

恩格斯的论述，处处闪耀着唯物主义的理性光辉，入情入理，醍醐灌顶，关照当下，有很强的现实意义。它是一服特别的清凉剂，既可以纳凉，也可以醒心，疗治昏蒙与愚昧。

这不免让人想到，眼下，一提到马克思主义的理论，人们马上与意识形态发生联系，产生本能的逆反，这是过度政治化的过正矫枉，是历史造成的理论偏见。而事实上，一旦潜心进入文本，譬如恩格斯的这篇《路德维希·费尔巴哈和德国古典哲学的终结》，我们立刻就发现，其论述，无不贴着人、人与人、人与社会这些基本的哲学命题有理有据地展开议论，都是在"常识"层面说话，都是唯物的、人本的观点，具有"纯粹的哲学"之美。文字之中，不仅有渊博的自然知识、丰富的历史信息、勃郁的理性逻辑，还有着醉人的智性之象和耀人的灵魂之光，让你不得不沉浸其中，真心信服！

现在是一个忽视"常识"的时代，在哲学的基本问题上的朴素论述，就显得尤为可贵。因此就十分有必要摆脱加在马恩头上诸如"导师""旗手"的身份遮蔽，还原他们"纯粹哲学家"而且是"经典哲学家"的真实地位，在"学理"层面加以传承。正如恩格斯预言德国古典哲学将要终结而没有终结一样，作为德国古典哲学的代表人物的马克思、恩格斯，其哲学使命也不会终结。因为他们不仅"宣言"，而且还"学问"，他们"纯粹的"、巨大的思想存在，自身就有拨云见日、关怀后世的精神力量，不只属于特定的党派团体，也属于每一个普通的读者。

2016 年 7 月 14 日于北京石板宅

尊重文学的自然品性
——读列夫·托尔斯泰《论创作》

1

读了列夫·托尔斯泰《论创作》一书（漓江出版社，1982年11月第一版），对文学有了更新、更深的领悟。

文学，就像大地上的植物一样，也有着属于自己的生长品性，其萌芽、拱土、拔节、抽穗、开花、授粉、座胎、结果，都是个自然而然的过程，你即便是作者，也不能人为地颠倒生长的时序、主观规定它的内在节律和基因组成。

譬如小说，它是靠细节和情节长成的物种，作者只能依情势给它锄耪、施肥、浇灌，你只能跟在它后面，按照它的引领，走向季节的远方。所以，细节和情节之外，都是逆生的动作，会导致"种性"的变异和"生长"的中断，你之所写，就不再是小说了。

托尔斯泰说，你在写小说时，不要总是大谈学问，进行训诫，不要按照自己的意志随便打断和歪曲小说的情节，这是迷途，会让你走向歧路和死路。情节是小说世界"唯一的光明照临"，它足以照亮致远的路径。它给你指引的，是叙事的平衡和自然，是艺术与生活的和谐相处，即合理性。

恩格斯在读了敏·考茨基的小说《旧与新》后致信考茨基，认为他对盐场工人的描写，与他在《斯蒂凡》中对农民生活的描写一样出色，成功之处，就在于考茨基对"两种环境的人物"的刻画，使用了符合情境的、虽"平素"却准确的细节，让人物自己脱颖而出。紧接着，恩格斯感慨道，德国、俄罗斯和挪威有许多优秀的小说家，但他们却很少写出优秀的小说，究其原因，是他们太喜欢用小说表达他们的政治倾向，把自己的"意图伦理"硬塞给读者。表达有倾向，也是可以的，但是倾向应该从场面和情节中自然而然地流露出来，而不是特别地把它们"指出来"。

托尔斯泰是文学家，恩格斯是哲学家，但他们都同时指出了小说的成功，根本的，是要靠"情节"（细节）的支撑。我的出发点，不是要倚重经典作家的权威性来阐释自己的小说观，而且这样的观点也是老生常谈，是基本常识，我是以此来验证：细节和情节，是小说这个"物种"的本质特征，是客观存在。因此小说家的写作，也要有唯物主义的观点，要尊重文学的自然品性，而不能自恃高明，随心所欲。

2

文学既然有自己的自然品性,作家就应该有细心观察、耐心等待、顺势捕捉的功夫。

文学本身,包括它的描写对象、表达对象,甚至揭示对象,因都有着属于自己的萌芽、拱土、拔节、抽穗、开花、授粉、座胎、结果的自然过程,就要求我们的作者,要谦卑而耐心地观察这个全过程,在凝聚了足够的感情、积聚了足够的经验、获取了足够的体验、受到了足够的刺激之后,即外部的作用已化为内在的能量,到了不吐不快的时候,才可以动笔。一如托尔斯泰所说,"心头自然而然地想创作(是好的),但是,只有到了欲望无法祛除、像是喉咙里发痒,非咳嗽不可的时候,方可放手去干。"

这里所说的足够的经验、足够的体验,是指对外部事物完整的把握和全部的感受("烂熟于胸"),而不是侧面、截面,更不是一隅、瞬间和片段。粮食酿酒是个复杂的过程——浸泡,入酶,发酵,生成醋酸,最后才变成乙醇(酒);海水制盐也是个长期结晶的过程——先引入海水,然后过滤除去杂质,阳光蒸发,初为水碱,最终为盐。乡下也有民谚,出水才看两腿泥,拔出了莲蓬才带出了藕。种种例证,都为了说明一点:不进行细心观察、耐心等待、顺势捕捉的仓促创作,往往失去了文学的自然品性,即帕斯捷尔纳克所说"准确性"的表达,所呈现的往往是事物的中间状态或片段,是醋而不是酒,是碱而不是盐,是莲蓬而不是藕。

同时，认识事物、感受事物的阶段性、局限性，也规定了我们的写作者不能、也不可能当下就能进入到事物的内里、做出"准确的"意义判断。

痛饮清泉时，人无暇大喊大叫；吞咽食物时，人顾不上说稻优黍鄙；久旷相见时，只能奋不顾身地做爱……泉水之甜、食物之美、性爱之妙，能够娓娓地道来之时，都是在餍足之后。

也就是说，文学的反应，相对于生活本身来说，有"滞后"的品性，正如汪曾祺所说，耐得住品味的小说，写的都是"回忆"。所以，写作者不能跑到生活的前面，任性地指手画脚。这个"不能跑到生活的前边"之说，就是托尔斯泰和恩格斯所说的，小说要把生活的真相，用相应环境中的情节和细节自然而然呈现出来，而不是不要概念（主题）先行，人为地说出来。

即便是"同步的"反映，在托尔斯泰看来，也是有害的。因为人有"流动性"，客观世界有"复杂性"。他以人作譬，"同一个人，时而是恶棍，时而是天使，时而是智者，时而是白痴，时而是大力士，时而是绵羊一样绵软而弱小的生物……"而"同步的"反映，只选取事物和人现在时的这一点、这一面，又怎么能反映全貌、刻画出"这一个"？

说到底，文学的美妙和高贵，就在于能"清清楚楚地"表现出人的流动性和世界的复杂性，所以托尔斯泰语重心长地说："文学（艺术）是一项伟大的事业，对她不许开玩笑，或者抱着文学之外的目的（而不尊重它自身的品性）。"

依着他的逻辑，作为写作者，对文学的敬重，表现在一个最基本的态度，即：要始终听从文学的召唤，清醒地知道，文学要求我们怎么做、做什么，而不是我们强迫文学怎么做、做什么。

3

托尔斯泰1887年在读了小说《乡村节日》致信它的作者茹尔托夫说道，您是个庄稼人，又是一个诚实的人，而且有着丰富的乡村经验，但您却不做忠实的呈现，而是用力写旅行的梦境。为了显示高明，玩弄辞藻，炫耀技巧，营造了浓郁的"文学味"，甚至还有了讽刺小品的味道。而小说本身，却没有扎实的内容，也没有多大意义，是冷漠的写作，我不喜欢。

"文学味"是个让人触动的说法。

通读托尔斯泰的这封信，始知，他所谓的"文学味"，是指作者不按照文学本身的规律进行创作，而是以报刊的选稿倾向、评论家的审美趣味和作者自己的主观好恶（其中也包括读者的阅读时尚）为立足点，让创作服从于"小圈子"、文学界人士的价值取向，努力写出让这些人认为好的作品。因此，农民出身的茹尔托夫怕别人说自己"土"，就堆砌辞藻、拼命炫技、刻意编造，以牺牲朴素而宝贵的农村生活感受和积累为代价，以"媚雅"的姿态攀附到文学界设定的标杆上去，"你看，我也高明，我也文学！"

所以，托尔斯泰认为茹尔托夫的创作彻底失败了，因为他对"文学味"的过于追逐，使他远离了生活的真味，他制造了虚假的文学。

观照当下的中国文学，也充斥着过量的以"文学味"为特征的文学。

譬如我们的乡土文学创作，一写农村题材的小说，为了凸显批评界看重的"批判性""先锋性""超验性"，就不管土地是个"巨大而神秘的存在，它厚暗无涯，有无限的可能性"的这个基本特征，也不管在土地之上，"它既可藏匿什么，也可呈现什么，绝不像阳光下的物事，泾渭分明、一目了然——因此，温柔与坚硬，明亮与暧昧，恩情与仇怨，贞淑与猥亵，大度与褊狭，忠诚与反目，高贵与卑下，微笑与血泪……是相伴而生的；人与人之间，人与物之间，物与物之间，也不是非此即彼的关系，而是不此不彼、既此既彼"这一基本的土地伦理，而是无限放大对抗、夸大丑恶、渲染畸形趣味。一些被批评界吹捧的作品，把决定中国当代乡村的走向的复杂因素简化到只有"官民对抗、家族情仇"，农民群体本身对土地的作用被完全忽略，好像他们是毫无自主性、创造性，任人摆弄的提线木偶。

还有我们的所谓大地散文，更有"文学味"的不遗余力的体现——

忠实地描绘大地物事、乡村情感的散文，被批评界认为品格低下，是"匍匐于乡土、醉倒于村俗的"的原始体现，于是推动着作者远离乡土，走进书斋，用西方的哲学、主观的"主义"，在纸上规定中国大地上的生长。自然的山水、林木、花卉、谷物，在他们看来，太清冷、太杂沓、太寡淡，太缺少故事，太缺少传奇，因而就太缺少文学味，必须打碎、重组、嫁接、夸张、渲染、哲学、人文、辞藻、弄玄、魔幻，写观念上的乡土，"我心中的"乡土。于是，一路大散文开来，写出了一大批太像"大地散文"的大地散文，自己不断喝彩，也逼着别人跟着一起喝彩。

因为，这些大地散文中的乡土物事，与真实的生物形态、情感状态、伦理品相相去太远，是转基因，是伪民俗、是虚假的情感，是不经的哲学，如果按图索骥下去，吃了会中毒，看了会目盲，品了会乱性，信了会失序……因为有这样的认识，对这类散文，我本能地抵触。

换言之，对"文学味"太浓的作品，因为它背离了文学朴素而真实的自然品性，我们应该像托尔斯泰一样，保持最起码的警惕，并理直气壮地说：我不喜欢。

2016 年 7 月 26 日于北京石板宅

毛姆的一流

日前,女作家刘春在她的微信中写道,读毛姆的短篇小说,读得昏天黑地,不忍释卷。他的小说写得很平易,甚至可以说写得很轻松,也没有刻意的结构,不过是"口述实录"式的叙述,自自然然地开始,又自自然然地结束,却很抓人,让人看到"机心幽深冷酷"。

刘春是个刁钻的读者,对小说,轻易不会上眼,这一点,她与李静、舒晋瑜、周晓枫相仿佛。于是,她的感叹,让我心中喜,因为我一直是毛姆小说,特别是他的中短篇的爱者,私下里认为好。但一直不敢公开表达,因为从国外到国内,不少人都说毛姆的小说是二流的创作,不过是通俗小说偏上一点。看了刘春的议论,心中的感觉得到了一次验证,心中陡然升起一点自信,不再怕被人说低,索性说开去。

人说毛姆是二流作家,其实多少有些人云亦云,是媚雅或者从众心理的作用。如果你真正进入了他的文本,对他的中短篇进行潜心的阅读,你会发现,他绝对的一流!这个一流的判断,是缘自我对短篇小说的文体理念:短篇小说,没必要过于负重,云山雾罩、凌空蹈虚,从极平凡处挖掘出不凡、于无声处有声,才是本义。正如余华所说,"短篇小说从来不是为了猎奇……在于无声处听惊雷,才是真正的考验,才是真正的功夫。"

毛姆就是这样。他写普通人的生活,写在凡常、平庸生活中的那点非凡、那点不俗,他也不过多地写,非常节制,就像生活那样自然而然。但是,就是那么一点点,却让人眼前一亮,让人看到人性的幽微,立刻产生会意:对的,人心就是这样,生活就是这样。契诃夫说,所谓人,无论谁,都隐藏着点什么东西。毛姆就是呈现了平凡的人在平凡生活中"隐藏"的这点什么,这点"什么"平时被人的外在和人间万象遮蔽了,不被察觉,甚至当事人也从不自察,却是人立身于世,并抱着希望、有尊严地生活下去的最根本的支撑,因而在关键的时候如期来到。

《为了荣誉》,写一个西班牙绅士的日常生活。按部就班的时光,让他感到乏味,便带着妻子经常出入各种社交场面,给苍白以温润。给人的印象,这是一对模范夫妻,丈夫体贴,妻子驯顺,无可挑剔。但是,他总隐隐地感到,相敬如宾之下,妻子没有激情,心有点冷。一次舞会,他们遇到了一个外省青年,女人的眼神倏地亮了一下。这一亮,被丈夫捕捉到了,他便暗暗留心他们的往来。但他发现,妻子与那个青年,不仅没有私下的沟通,即便是一些能够相遇的场合,他们也刻意规避。这让他疑心大起,问妻子:"你们是不是爱过?"妻子坦然地回答:"要不是父母的阻拦,就结婚了。"知道真相之后,为了表示大度,他还带妻子赴有那个外省青年参加的宴会,但女人以身体不适委婉地推辞了。这让他心中不快,问道:"你是不是还爱他?"女人依旧坦然地答道:"还爱。"从这一刻起,问题就严重了,即便是妻子恪守妇德,对他忠心耿耿,他也不能忍受,他要从根本上解决。终于在一个看斗牛的场合,他故意挑起有关斗牛的争论,找到了冠冕堂皇进行决斗的理由。那个青年明明知道这是有意的设计,还是毅然赴约。毛姆写道:"这个年轻人死得很有骨气,一颗子弹打中了他的胸膛。"那个女人也表现得很平静,好像生活中什么也没有发生,还是体贴入微地侍候丈夫的饮食起居,唯一不同的是,她"面色苍白,额角有了一丝白发。"

这是个俗烂的情感故事,却在通俗中有了"厚暗"的东西,它让人看到了忠贞的逆反和"荣誉"的逆转,不可言说的诱因,不过是当事人那一点点坦诚、克制和平静而已。

《便当的婚姻》,写一个殖民地总督的婚姻生活。那个总督最初不过是一个极其普通的人,而且别无长物,还长得矮丑。他自己说道:"我承认,我长得很丑,但并不是那种使人害怕和恐怖的丑,仅仅是惹人发笑的丑,虽然如此,也是很糟糕的事了。"通过关系,他谋得了一个殖民地总督的差事,但任职的前提,是他必须结婚,因为那个殖民地有浪漫习风,单身汉到那里,会闹出风流韵事、甚至伤风败俗。于是他发出了征婚广告,于是他收到了雪片一样的求爱信。在拆阅过程中,他发现,这些信件,都有功利性的目的,而且大都不加以掩饰,疑似交易。他均加以拒绝，直至任职期限的最后一天。上司催促道，你再不定下一个女人，并即刻结婚，你的位置就让别人取代了。他只好与最后一个寄来求爱信的女人见面。待一见面，他吃了一惊：那个女人并不像猜想的那样，老而丑，反而高大而美。他不禁问道，你既然条件这样好，为什么推迟到最后？女人说，我出身低微，家里又穷，而且年龄也比你大很多，被选中的可能性极小。面对这个单纯的女人，他迫不及待地选下了。都以为这桩婚姻近乎儿戏，结局是不妙的，没想到，他们相互欣赏，夫唱妇随，生活得很甜蜜。多年后，究其内里，总督夫人坦率地说："事实上，我们这是一个便当的婚姻，面对这样的婚姻，我们期望不多，所以就较少失望。由于双方都不相互苛求，因而就没理由恼怒生气。由于不指望完美无缺，因而就能本能地包容。既然是这样，我们的结合就没理由不和谐、不幸福。"

这个故事很温暖，因为它能引起读者对自己婚姻生活的反思。主人公都是俗人，即便是男主人公有总督的身份，也不过是稻草人头上戴了一顶吓退麻雀的草帽。其美满生活的支撑也不是什么了不起的浪漫因素，而是得益于他们都有的一点"自知"，承认自己的"缺陷"，取矮下来的生活姿态。这就了不起了，因为人在低处，抬腿就是登高，凡常的日子，也变成了哲学。

《万事通先生》，画的是一幅市井画。那个主人公，既没高贵的出身，也没有可资倚重的社会背景，还没有自我立身的技艺特长，是个一事无成的无业游民。他的日常生活就是游荡、酗酒、吹牛、赌博，在人家的屋檐下讨生活，得过且过。但就是这样的一个人，却在各种人群中混得如鱼得水，人们不看重他，也不讨厌他,而且都乐意让他有一份过得去的生活。这样的状况的得来,缘自他身上的一点点"特别"的东西——

在一个社交场合,一群贵夫人攀比颈上的珍珠首饰,他趁机吹嘘道:"我是这方面的专家,任何一颗人工培养的珍珠都不会逃过我的眼睛,不信的话,咱们打赌。"他知道,这个群体的虚荣,给了他制胜的把握。于是他连连得手。到了最后的一个妇人,他说:"只有这个夫人的是真的。"那个妇人的丈夫哈哈大笑,"这你就看走眼了,我夫人一贯勤俭持家、不爱慕虚荣,他的这条珍珠项链是我花了十八块美元从地摊上买的。""不,是真的,价格不低于三万美元,不信的话,我用我的鉴定工具检验一下,我要是输了,甘愿付给你一百美元。"在鉴定过程中,情况发生了逆转,毛姆写到——

他从口袋里掏出一只放大镜,仔细地检查,脸上是得意的微笑。他正要说话,突然发现那个太太的脸色像张白纸,似要晕倒的样子。她张大恐怖的眼睛盯着他,包含着绝望的央求。它是那样的明显,以至于让他纳闷为什么她的丈夫竟看不出来。

他张大了嘴,脸涨得通红,让你感到他是在努力克制自己。"我错了。"他说,"仿制得太好了,简直可以以假乱真,若不是借助放大镜,我都被它欺骗了。"说完,自嘲地笑笑,给了那个和他打赌的先生一百美元……

这是不露声色的冷静叙述,却让人在于无声处,听到了震耳的惊雷——一个多余的人,成了可爱的人,甚至是可敬的人,其转折的支点，就那么一点点，即：未被社会这个大染缸最后涂抹到的一点亮色——悲悯。

通观毛姆的小说，篇篇都有这种"于无声处"的东西，几乎是常态，是恒定的品质，便不能不肃然起敬。

相较之下，我们的许多所谓的一流小说家却是地地道道的二流。因为他们的写作，笃信"虚构的真实"，让虚构覆盖实际生活的存在。而且，每一涉笔，都有意图伦理、地域文化的前提规定，都有小说家个人趣味的自我玩味。他们远离普通人的普通生活，以特定人群的独异反映为高为上，在无文处炫文，在无波浪处搅动波浪，是精心设置的文本传奇，即便是不留痕迹，疑似天成，但仍是他的主观呈现，典雅得流俗、温暖得寒冷，让读者不敢信任。

而毛姆所描绘的生活，我们每个人都能进入，都能找到自己的体验和感觉，因而它是广谱的；是人的小说，是"我们"的写照，让人情不自禁地沉浸，这样的作品，若不允称一流，不是狭隘，便是对眼高手低的本能掩饰。

2016 年 7 月 17 日于北京石板宅

遵从自己的法则

阿尔贝托·莫拉维亚在世界文坛上有"意大利的巴尔扎克"之誉,他被卡尔维诺和翁贝托·埃科看重,认为他的写作,虽然琐碎,却有难得的从容,那扎实的细节,无论如何推敲,都找不出丝毫的破绽。他就这么"琐碎"地写,全不顾别人的指指点点,以至于苏童不禁生出感慨:"在我的阅读经验中,很少遇见这么固执这么自信的作家。"

读过他的长篇小说《乔恰里亚女人》,我也有了类似的感受,觉得与他的相遇,真是有些晚,不然的话,自己的写作,尤其是长篇小说写作,会多一些"细密"的品质,不至于暗燃浮火,概念先行,仓促失节。

《乔恰里亚女人》被称为"抵抗小说",展示的是战争的悲剧。他不正面写战争,只是把它作为叙事的背景,刻画人性和人的命运。在他的笔下,战争的残酷性,不在于它带来了贫穷、伤害和死亡，而在于战争的突然而至，打乱了人们的生活秩序，而且任何人都无法逃脱。战争使任何规则都不复存在，既有的伦理也失去了作用，人的唯一选择，只是抵抗死亡，想办法活下去。

然而，阿尔贝托·莫拉维亚并不就此就陷入"消极抵抗"，而是把人的生存，建立在人的尊严之上，即避免"苟活"。既然战争摧毁规则，那么，人就要遵循自己的法则——活下去的前提，是人心的安妥。

小说的主人公切西拉是乔恰里亚地区的农民，年轻时嫁给了一个比他年长很多，在罗马经营着一家食品店的商人。切西拉结婚并非为了爱情，而是为了体面地生活。所以即便没有爱情，但她始终是一个忠诚而善良的妻子。丈夫去世之后，她珍惜已有的一切，独自经营商店，运筹帷幄，把买卖搞得风生水起。战争来临，城里的生活变得异常危险，于是她带着女儿随着逃难的人群逃离罗马，到她故乡所在的山里去。

城里的店铺，自然要托人看管，她首先想到的是她丈夫的朋友、煤炭商乔万尼。因为她知道，乔万尼始终对自己有情色之念，在丈夫活着的时候，就对自己动手动脚。内心的高贵，让她坚定地拒绝，她说："你不害臊吗，我可是你的朋友之妻！"眼下就不同了，丈夫已死，而且活命比什么都重要。同时她本能地觉得，乔万尼是唯一真正爱她的男人——"他爱我这个人，而不是爱我的东西，在困难的时刻，他是我唯一可以依赖的人。"

她去煤栈找到了他，说出了自己的想法。他好像也一直在等她来，所以笑一笑之后，就把门关上了，而且还用横杠把门闩好,他们一下子陷在一片漆黑之中。事后她自己回忆到:"他在黑暗中向我贴来,我浑身像散了架一样,柔弱、温顺。当他在黑暗中挨着我,拥抱我的时候,我的第一个冲动的反应,是紧紧地贴着他,用我呼吸急促的嘴唇寻找他的嘴唇。他柔情地把我放在煤袋上,我委身于他。奇怪地,那些煤袋尽管坚硬,尽管他身体沉重,我却尝到了柔情和快感。我觉得我年轻了。"

完事之后,他倚着门看着她,说:"我们之间的事,就这样定了。"她也满意地点点头。但是,接下来事情却发生了临海悬崖一般陡然的逆转——只是因为男人的一个动作——在她经过他身边的时候,他涎笑着在她的屁股上用力地拧了一把。就是这么一个貌似亲密的动作,轻微的肉痛之余,却唤醒了她最锐利的耻感——她暗自思忖,从今以后,我就再没有权利反抗了,因为在他眼里,我已不再是一纯洁的女人了,他可以随时享用和支配我了。而一个正派女人,怎么能忍受别人拧在屁股上,却不再能反抗?因为战争吗?

战争的理由并不能说服她高傲的内心,她对男人严肃地说道:"从此以后,你不要再想那么亲热地靠近我,你只需尽看管之责,我会按市价付工钱给你。"

这真是振聋发聩之笔,让人一下子看到,人性有其自我生成、生长、生存的土壤,是外力所不能任意左右的!即便是在战争的条件下,虽然人生逢乱世,但人性依然有着不乱的内在秩序,足可以抵抗枪炮和刀剑对生命的"轻贱",遂对人性的伟大,产生了不可动摇的信任!

从这一刻起,切西拉确立了自己的生存原则:活命,但不卖身；逃难，但不出让尊严。

她抓紧女儿的手，一刻也不分离，因为她觉得，生活虽然破碎了，但是只要母女能相依为命，家庭就依然完整。面对种种困境，她们咬牙坚持，在无奈中始终保持豁达和乐观的态度，她对女儿说，女人是最皮实的动物，在饿中也能分泌奶汁给婴儿哺乳，在被伤害中，也能生出爱心，关心和悲悯他人。因此，战争的意志与女人的意志相比，往往是后者取胜。

从乔万尼那里，使她相信商业法则，而不相信情感法则，因为前者使人与人的关系简单，相互不问来路，便不陷入纠缠，不付出多余的代价，随时随地好抽身。她们搭乘车辆、住店、寻找食物，都花钱购买，不让旁人质疑、追问。

由于战争，她们平生第一次发现，食物几乎是生存的全部，吃的哲学，是所有哲学中的哲学。所以，任何食物，哪怕麦麸，硬得要用锤子砸开的吃食，都是世间最美好的食物。以至于在种种危险的环境和遭遇面前，只要一坐下来谈吃，就淡忘了恐惧，就看到了生机。在不能通过正常手段获取食物的时候，偷也不再是违背道德的事情，切西拉说："我不否认，那偷来的面包，比平时我们吃到的面包更有滋味，因为那是偷来的，而且是偷偷地吃。"

因为吃的哲学，让她更懂得了战争中的人。一个被饿坏了德国士兵，偷偷地爬到她们的脚下乞食。因为他赤手而来，所以她们毫不犹豫地给。正巧身边有一架手风琴，正巧那个德国人在入伍之前是个手风琴手，他便给他们拉琴，以表谢意。她们听出，他拉的是一曲德国兵都会唱的《莉莉·玛莲》，拉得很忧伤，近乎抱怨。切西拉心生温柔，"他还是个孩子啊！"便情不自禁地摸了摸他的头发。他也拍了拍她的手，说："鼓起勇气来，战争很快就要结束了。"

战争终于结束了，但切西拉和女儿罗赛塔却承受了生命中最锐利的一击——女儿在毫无防范的情形下，被撤下来的土耳其士兵强奸了。看到倒在污血中的女儿，切西拉大脑里一片空白，也瘫倒在地。她看到天空是那么澄澈，澄澈得那么无耻；她看到地平线上的小花开得是那么灿烂，灿烂得那么无心，她感到普通人的生命，是那么的无足轻重。她绝望地大笑起来。但正是这种绝望，让她看到了生的希望——这是最后的陷落了，已陷落到尘埃之下，既然这样，爬的动作，也是站立，她命令女儿，"爬起来吧，不去死！"

女儿虽然爬起来了，但开始自暴自弃，她在回程的路上，勾引所有能遇到的男人。切西拉拼命地追赶，坚定地阻拦，她声嘶力竭地劝女儿——被强奸，血自然是污的，但还没有污到胸口之上，清洁还住在我们的心里，对战争最后的声讨，是我们不自甘堕落，生为女人，只有成为自己，才有未来和远方！

女儿好像懂了，她驯顺地依偎在母亲的怀里，静静地仰望星空。切西拉感到一丝欣慰，对自己说，我们两个人，已经死去了，带着别人的怜悯和自己的怜悯死去了。然而在最后的时刻，是痛苦拯救了我们。从某种意义上说，关于拉撒路的那段福音书，对我们来说，也是适合的。

小说读毕，掩卷沉思，不禁觉得，这两个女人，既是可怜的，又是高贵的，甚至也是伟大的。因为她们经历了战火的淬沥，看清了生活中到处充满了黑暗、荒诞和谬误的东西,获得了蔑视战争的精神力量——那就是,虽承受痛苦、污浊之侵,也不失女性妩媚,依旧往快乐和干净里活。

2017 年 5 月 1 日—3 日于北京石板宅

爱的气候

周末居家，想写一篇认真的文字，本来心中已有清晰的立意，一旦下笔，却文思滞涩，勉强写来，也无精彩字句，只好废笔而叹。

便在书房里乱翻书。居然翻到了一本中国文联出版公司1987年11月版的《爱的气候》，系安德烈·莫洛亚写情爱的长篇小说。叙述的套路，大俗，不过是"我爱的，她不爱我，我不爱的，她却爱我"。但是却被强烈吸引，不能释卷，索性当作大著，做终日的耽读。

书曾经读过，故事的结局早已了然于胸，没有悬念的诱因；情节也简单，不费目力，便也不会波澜弄心。为什么还是被吸引？盖因已到了不屑于谈爱情的年龄，对情色没有期许，有了超然物外的心境和视角，可以冷冷地审视。这一审视可不要紧，觉得莫洛亚真是写爱情的高手，他与人物结伴而行，在场及物，有迷乱的氛围,有仓皇的心跳,有人性的错失,有深切的痛感,一切都呈现得那么准确,直让人感到,别人的爱情经历也是自己的,其中的真情与假意、庄重与荒唐,都是合理的存在——只可以回味,不可以挑剔;只可以尊重,不可以轻蔑。所谓爱情的真相,是在爱中有不爱、不爱中有爱,换言之,是在忠贞中有背叛,在背叛中有忠贞——那种纯粹而热烈的爱情,其实是情境下的产物,时过境迁之后,就嬗变、就转向。所以,那种居高临下的正义指点和道德臧否,是纸上谈兵,是隔靴搔痒,是假道学,甚至是痴人谈阔,甚至是别有用心。

说莫洛亚"准确",是因为他用鲜活多汁的笔墨,原生态地描写了在"爱的气候"中,当事人不可掌控的在场感受,形象地揭示出,爱情的到来,不可设计,不可预测,只能"遇到"。在这个场域的事情,往往是:期冀的,迟迟不至,躲避的,却不请自来;须端庄处,居然不由分说地放纵,逢场作戏的时候,却有慑人魂魄的神圣之光……一切都是那么的不可捉摸,毫无道理,莫名其妙。

这种莫名其妙,被莫洛亚描绘得淋漓尽致、目不暇接,把读者带入一个不可自持的阅读氛围,来不及做理性判断,只想被他牵引着去体验、去感受、去快乐、去痛苦。只感到,纸面上的情爱也是血脉偾张、心魂迷乱的,也是真的,如果在"当境"的情况下,还追问道理,还区分对错,真是焚琴煮鹤、清泉濯足、花下晒裈,轻者是不合时宜、不懂风月,重者是阳痿不举、失去了爱的能力。

莫洛亚的描绘正是在这样的情境下展开的——

小说的主人公菲利普与几对年轻夫妇去聚餐，酒热之下，他们躺在草地上仰望星空。无意间他碰到了德妮丝夫人的脚踝，那只脚踝是那么的白皙秀美，他情不自禁地握。奇怪地，那个女人居然没有表示异议，他便放任地握紧了，且心旷神怡，觉夜色大好。事后他在日记中写道：我心地清洁，对女人本应淡然处之，然而盯着她时却目眩神迷，而且竟为那不屑一顾的打情骂俏而心摇意荡、沾沾自喜。难道我还不够好？于是他怅然若失，心里涂上了一层阴郁。

菲利普害怕自己的不洁，再次与德妮丝相遇时，就远避，以防自己的"身不由己"。然而他的自律，让德妮丝感到被冷落，遂心中生怨，对菲利普进行冷嘲热讽，有些话，近乎诋毁。他很痛苦，很想找一个倾诉的对象，以释块垒。一回眸间，竟发现年轻的马莱小姐正对他含笑凝视，送来同情的目光。这短暂的一瞥，却像一粒微小的花粉，凝聚着孕育的力量，飞进了他受惊的花蕊，让他产生了要认真地去爱一场的热望，于是他毅然走过去。于是，在完全没有预期的情况下，他们爱了。

从此，他便上道了，开始经历一系列复杂多变的情爱感受——

原来一个女人给自己造成的难以承受的心灵痛苦，反而会变成对另一个女人的情爱动力，所谓爱，往往是一种"情移"的产物。

新的感情对象一旦出现之后，在旧人面前，他一下子变得玩世不恭，有了夸夸其谈的意外才能。而且，喜欢频繁地出席沙龙活动。因为在沙龙中，有各种交锋，可以由此检验女友的应变能力和品格特征。更主要的是，他们此时是同一个"社交单元"，要想乱中取胜，得到认可，就必须步调一致，同气相求、同声相和：我鄙夷一切不属于她的事物，而她对一切不属于我的事物也不屑一顾。慢慢地，这种不得不的出于"配合"的动作，竟变成了习惯，就真的进入了"同一"的境界，就有了向过去诀别的的"欣然心情"和自觉意识，爱情关系就最终确立了。

在相爱之初，恋人吸引"我"的，常常是嫣然的笑容、醉人的声音和"裙子下那青春肉体散发出的温暖"。但后来她更吸引"我"却是善解人意的性情和赏心悦目的"生活情趣"。因为这种生活情趣，远离肉欲，一如"森林、鲜花和大地的芬芳"，不需要人为保鲜。

当然，经常变换美丽的时装也是必要的，因为，时装能挡住男人的视线，让他们不去估计身体的成色，同时，时装像"感情上的羞怯"，让智性的思想把情欲的冲动掩盖起来，让人不起邪心。

一旦进入婚配之后，神秘和浪漫被"祛魅"，便发现，真实的她（他）与所爱的她（他），往往不是一个人；想象出来的生活，与我们亲身所过的生活正好相反。于是失落登场，即便是双方都没有过错，也彼此冷。为了维系甜蜜，他们开始降格以求——"生活情趣"的真与假不重要，重要的是让别人看起来重要；家居时光里热情退化不可怕，可怕的是失去了从"名著"里汲取热情的能力。于是，他们可以时不时地不爱眼前这个人，但一定要始终爱着爱情。

爱情进入平淡时期之后，当事人总愿意"姑息"自己，总是愿意按照自己所希望或认为的那样评价自己、描绘自己——缺陷是他人的,完美是自己的。男人便做出孤独的样子,"我热爱我的烦恼,所以我忠贞。"女人也假意淡定,因为她觉得维系自己婚姻的安全阀是"不要让你的丈夫感到,你只爱他,一旦离开他你就无法活。"

正是这小小的心计,使婚姻真的出现了大的漏洞——男人开始公然向别的女人拨弄眼风,他心想,"到嘴的肉不吃,我也未免太窝囊了。"女人便惊悚了不安了,因为"她从别的女人那晚礼服裸露的后背上,看到了蓝色的电波。"

为了不物极必反,女人表现出应有的宽容,"如果真正爱一个男人,就要学会喜欢他喜欢的女人。"但男人却得寸进尺地想,"幸福永远不会是静止的,它是不安中的间歇,爱情也是的。"

男人远去了。女人肝肠寸断之后,竟奇迹般地自愈了,她不无豁达地想:"男人就是飞蛾,新的女人就是那招摇闪烁的火,如果他不扑上去,就不是男人了。"

多少年之后,他们居然能够像老朋友一样平静地坐在一起。心平气和地谈论到,你我其实是爱过的,只不过斗不过环境、气候和时光的离间,我们都身不由己。所以,只有死亡才能把爱情从难以逃脱的失败中拯救出来。

小说读毕,依旧亢奋不已。辗转反思,强烈地感到,所谓爱情,最核心的生命体征是:色授魂与。即:爱情的存在,根本地,是取决于男女之间,性、性趣、性格、性情的吸引。

《爱的气候》多少有些爱情启蒙的味道,更适宜青年男女。

但老来读之，却愈加觉得它是一阕深刻而生动的挽歌，它让人，尤其是过来者，要怜惜爱情、更加珍重已有的爱情，虽已看透风月，却更应当洁身自好。因此还让我们看到，以前嗤之以鼻的感情，其实是珍贵的，以前懵懂荒唐的举止，其实是可爱的。在爱情面前，没有老幼尊卑之别，都是永不能毕业的学生。

由《爱的气候》我不禁感慨道，那个时代，即市场原则尚未泛滥的年代，其男女之间的纠缠，才是真正的情色境界啊！他们不重世故，不讲功利，甚至不顾出身、不问来路，只服从色授魂与的吸引，虽有出轨与背叛，但都是爱情本身的"化学"作用。而当下的世界，世风不古，情色已不见纯粹之地，男欢女爱，多是被现实的利益所牵制，情感在权钱的推动之下，愈来愈趋于物化了。莫洛亚也就有了被重读的必要。

2017 年 5 月 13 日星期六于北京石板宅

「出逃」与「再生」

1786年9月3日凌晨三时,三十七岁的歌德化名"菲利普·缪勒,德国画家","偷偷地从卡尔斯巴德(魏玛公国)溜出来,提起背包行囊,独自一人钻进一辆邮车",向南方的意大利扬长而去。此次"出逃",历时一年零九个月,遂有了著名的、洋洋四十万言的《意大利游记》。

他的《意大利游记》,对他游历的全程作了极为周至的记述,尤以对威尼斯、佛罗伦萨、那不勒斯、米兰、庞贝和罗马的记录最为详尽。他描写自然风光,纤毫毕现;存录心灵感受,细致入微;对各类艺术的勘察笔记,面面俱到,不厌其烦。整部书稿,虽琐琐碎碎、絮絮叨叨,却活色生香,趣味盎然,卓见迭出,使人不忍释卷。

关于歌德"出逃"的原因,众说纷纭。集中有四:一、出于天性,二、官场失意,三、写作瓶颈,四、爱情危机。读过全书之后，我得出确切的结论，"出逃"本身绝非他追求的目的，真正的意图，是他要摆脱那种繁琐的、千篇一律的行政事务和日常生活，在新异的环境下，发现"新我"，求得自身的拓展和完善，用他自己的话说，要自觉地进行"自我教育"。早在斯特拉斯堡求学期间，他就说过："我还没具备（写出伟大作品）所需的知识，我还缺乏很多。巴黎应该是我的（初级）学校，罗马则是我的大学。"所以，歌德到意大利来，便绝非是简单的游山玩水，而是为了"学习"，是一次立足于成就伟大抱负的自觉的文学行走。他在罗马写道："我到这里来不是为了以我惯有的方式去享受，而是要努力接触伟大的文物遗存，在我届满四十岁之前学习和发展自己，积累心灵上的收获。"

事实上，他从意大利游历归来，人生观、世界观和艺术观都发生了根本性的转变，他不再醉心于反封建、反传统的狂飙突进运动，而是转向于古希腊罗马艺术的那种完美、宁静与和谐，把艺术视为天地境界和大自然精神的"最高表达"。也就是说，他从艺术的现实功利中"出走"，步入与大自然心灵感应与共振的"纯粹的创作"之途。正如他在罗马写给母亲时所说："我将变成一个新人回来……这是我的第二个生日，从我踏入罗马的那一天起，就意味着真正的再生。"

这种"再生"，具体的标志，是他在大自然的天启之下，脑洞大开，产生了许多新异的思想，这些心灵的火花，猝然而来，不仅让别人感到不可思议，也出乎作者本人的意料，他不禁惊呼："我居然还可以这样想！"

为了窥一斑而知全豹，也为了节俭笔墨，择其炫目者而摘录之（括号内是笔者依绪的衍发）——

　　天愈来愈暗，个体渐次杳去，群体则愈来愈大，愈来愈美丽。一切化为一团深邃和神秘，像一幅朦胧的巨画，兀自展现在眼前，让人久久回味。（原来黑暗并非只是破灭和绝望，它让人感到个体即便奇美，也是渺小的，最终也要归入群体。但是，个体并非就此消失，它存活于群体的大格局之中。）［布伦纳　1786年9月8日晚］

　　我（歌德）常常默默地苦思冥想，但思索却常常没有结果，于是情绪陷入懊恼。一个上尉突然告诉我，您想得太多了！一个人决不能老想，老想催人老。人不能老盯着一件事情，那会发疯的。脑海里必须装千种事情，杂乱无章才好。（那样才能有开阔的思绪，一些好的见解会不请自来）。我想一想，他说的很有道理，有时候，武夫反而比文人睿智。［佩鲁贾　1786年10月21日晚］

　　一开始就给人愉悦和享受的东西，只作用于人的大脑皮层，不久就淡化，转化成无聊，继而还会产生痛苦。人们不禁感到，没有对事物的深入了解，缺乏内在价值的有力支撑，就不会有真正的享受。［罗马1787年1月20日］

　　写作，虽然隶属于精神，但却是一种致远的行动。因为写作者，会把自己的思想传播到远处，言辞就像桥梁和渡船，把自己周围的人也带动到远方去。这真是太好了！（它会使人们从单调、枯燥、无聊，甚至是一成不变现实生活中解脱出来，获得了飞翔的感觉。）［罗马1787年2月15日］

大自然的伟大，就在于它始终用一律平等的态度照顾它自己的孩子，最渺小的人也不会因杰出人物的出现而被阻止其存在。"小人物也是人！"是它最严厉的律令，（它让大海和小溪、大象和蝼蚁都理直气壮地生活，且自适地发出属于自己的声音，共存在一起。）如果人的内心缺少快乐，即便是在狂欢节里放浪地狂欢，也不快乐；如果内心晦暗，即便是碧空如洗、日暖风和也没有光明和美的感觉。（大自然在人心中所呈现出来的情态是和人的心境相对应的。）[罗马1787年2月20日]

　　那些在都市的社交场上花枝招展的人，往往是空洞而无思想的人，大概有其形而无其神，不能用自然的声音和真诚的语言表达率真的感情，因为做作，即便是拼命地放歌，其歌声中，也往往充满了不合人意的味道。在田间，好像到处都有无所事事的人，但是他们充盈。大自然给了他们潜移默化的熏陶，他们安静、纯真、不贪婪，一切不是为了得到，而是毫无目的地欣赏。从他们身上，不难看出，不取报酬的工作，才能给人带来真正的快乐。他们会憨厚地告诉你，葡萄架虽矮，却能结出累累的果实，粪肥虽臭，却催促了生长，胜过大圣徒。他们还告诉你，大自然中的人之所以不斤斤计较于得到，是他们每个人都把自己只看做是对其他所有人的补充，而不一味地强调自己有多么的了不起。[那不勒斯1787年5月27日-29日]

　　可以看出，整个意大利之行，使歌德的身心得到了巨大的涵养，他不禁感叹道：我的身体强健了，眼界开阔了，精神纯洁了，我有能力写我的《克劳迪内》和《浮士德》了！

歌德还不无兴奋地告诉周围的人，旅行的确是一件非常愉快、并带来巨大收获的事，因为在大自然中，一切都是那么陌生，有无量数的出人意料的新奇与新异的发现。既赏心悦目，又焕发激情，观察力、联想力、思考力也得到空前的提升，内心有了强大的感觉，以至于以追求名利为羞、以夸夸其谈为耻——大自然中的万事万物都是沉默的、忘我的，他们都是在尽本分地生长和开放，并不寄望于外界的垂青和赞美。因此，我要进入沉潜和自在的写作，"左手给什么，右手不要问。"

　　总之，读歌德的《意大利游记》给我们最大的启示是："烂熟"的环境，几乎是导致目盲和麻木的制约性存在。长期浸淫在一成不变的环境中，即便是知者、智者，也会变得愚蠢和无知。那么，从原有的环境出走，自觉地疏离，就能腾空自己，就有了重新学习、从头探求，接受新知识、新事物的内存和能力。这样，就会在原有的知识体系上建立一个新的认知体系，在已有的思维体系上建立一个新的思考体系，使我们脱胎换骨，变成了新人，便可以摆脱固守、僵化，有了新的心灵底蕴、精神品格和言说内含，就比旧我更开放、更丰富、更广博、更深刻、更新鲜、更生动了。

　　这种有意识的"出逃"，的确是一种伟大的再生。

2017年6月12日于北京石板宅

为生民而歌

有一种作家或诗人,并没有彰显的声名,他们通常被人遗忘,只在文学史的某一页上,有他一个寂寞的名字。因为他不是特别重要的作家,但却别具特色,就像僻地的山阴背后孤独生长的一株野海棠,偶一品尝,就有独异的味道,使你不能忘怀。

譬如柯尔卓夫。

这是多么陌生的名字,即便我对苏俄文学有巨量的阅读,居然也从未与他相遇,他隐藏得很深,对我不存期待。

近来,现实之上,"以人民为中心"的创作成为导向,便让我对人民性、民族性和民间性的理念有大兴味,隐隐约约地感到,在俄罗斯三大批评家——别林斯基、车尔尼雪夫斯基和杜勃罗留波夫那里,这样的论述是有的。便在网上搜买,旬月之后,居然齐备。堆在几案上,黄黄暗暗、薄薄脆脆地一列,翻开书页,沉香扑鼻,纸屑散落,须加倍地小心。但也加重了贵重和神圣的心绪，让人想到周作人的一个读书意象：譬如蝶衣之美，不能禁（经）人手沾捉。

在别车杜的论著里，除了普希金、果戈理、冈察洛夫和莱蒙托夫之外，三个人都论述到的诗人就是柯尔卓夫。其中杜勃罗留波夫是长论，近一百个页码，从出身、生平、创作道路到作品特色、艺术价值，周到细致，不厌其烦，推崇备至。

为什么？

别林斯基说，柯尔卓夫拥有的才能不多，但却是真诚的，他的创作禀赋并不深厚，却是货真价实的、不娇柔造作的——他忠实地描绘了俄罗斯的乡村情况，真实地呈现了平民百姓的生存痛痒，其强烈的人民性和民间性，构成了历史性的书写和文学性的历史，是可以触摸的时代脉搏和现实情感，对深刻地理解社会趋势和民族性格有益。

由着别林斯基的指引，我从网上邮购了柯尔卓夫的诗歌选集《两度别离》（上海译文出版社 1991 年 1 月第一版），做数日的耽读，以穷究内里。

柯尔卓夫只活了三十三岁，一辈子没有离开过故乡的土地。因为贫穷，他只念了几年小学，便在家里蓄养牲畜，以贴补家用。贫穷容不得"多余的"感情，即便是爱上了农奴姑娘杜尼亚莎，也无奈地任父亲偷偷地把她卖给别人，以换得勉强度日的生活之资。贫穷剥夺爱情，他心灵受到巨大伤害，变得异常敏感，块垒郁结，本能地借助诗歌倾吐。

所以，柯尔卓夫的写作，与天分和才华无关，其直接的诱因是稀释痛，能够活下去。

这不免让我想到贫穷与写作的关系。

爱尔兰的彭斯,也是个农民,土地的重轭,压得他喘不过气来,每日的耕种,即便是疲惫了身心,得来的也只是作物的歉收,不敢放开胃口,撙节而饿。饿中无眠,顿感命运的捉弄。不甘之下,抻来纸笔,怨,感慨——"麦田上有好埂,好埂上有好姑娘",他憧憬爱情,温暖之下,生命的神经柔韧。

鄙人也是农民,山地广阔而贫瘠,逗弄庄稼须足够的劳力,家长便不鼓励儿女上学,携其为生存而战。儿童力薄,侍弄不动犁头和锄镐,便徒生绝望。绝望之下,我立于一处陡崖,对父亲说,你必须让我去上学,不然我就从这里跌下去。

暑期陪母亲到山地上去锄榜,起初还与母亲保持相同的节奏,愈到后来愈跟不上母亲的步调了,便被母亲远远地甩在身后。母亲回过头来,看着她力不可支的儿子,怜爱地微笑着。但在我眼里,她的笑疑似嘲弄,我便愤怒地追赶,不让她拉下。到中午了,我便感到了极度的疲乏,筋骨似被抽去。母亲将干粮摊在地头,我却无一点胃口。这时,我总想笑,神经有一种莫名的兴奋。我呵呵地笑起来:看到一只蚂蚁爬进地隙里,呵呵地笑;看到一尾蛲虫在树梢上蠕动,也呵呵地笑。

"你是累脱了神经了。"她说。

待我把下巴笑酸了,眼皮也重得再也睁不开了,我极想睡上一觉。

"你就在干草上仰一会儿吧,但千万别睡着了,四月的风还硬哩。"母亲说。

既然不让睡,我就仰面望天空。山顶上的天空,因为再没有山树的遮蔽，就显得特别空阔。空阔之上，也无一丝云，就蓝得无边无际。一只苍鹰在上边翱翔，虽然不断振翅，却看不出在飞，好像一直就停在那里。

再回看母亲——不老的山谷，一片空茫；荷镐而立的一介农妇，相映之下，渺小如蚁，几近虚无。

我觉得母亲和我一样，都可笑，索性就放开了大笑，直到笑出泪来。

晚上回到家里，情不自禁地在练习本上涂抹，居然把白天的感受很连贯地记述下来，收笔之前还冠上了一个题目：《母亲的岁月》。

现在稍一联想，觉得柯尔卓尔、彭斯和我的写作，最初的起点，不过是累脱了神经之后，下意识的、不受控制的傻笑。

这样的写作，注定了"为生活而歌"的创作本色，一切都是以现实为依托，以切身的感受为驱动，而不是在先天才华作用下的"为艺术而艺术"。但人间性的丰富内涵和人人心中皆有的"典型情感"，却在普通读者那里，引起强烈共鸣。因为平凡的人，即便是有万千的锥痛，他们也都隐忍地承受，但他们也希望有人代他们发声，感动在自己的感动中，在倔强中保持自尊，内心和谐，永远向上生长。

柯尔卓夫的一首《人》，最能突显他诗歌的品质——

大千世界的一切造物
是这样美，这样好！
可是大地上没什么东西

比人更美丽!

他一会儿憎恶自己
一会儿珍贵自身,
他一会儿爱,一会儿不爱,
为瞬间的生命战栗终生……

如果给希望以自由——
鲜血会灌溉土地;
如果让雄心随意施展——
大海会在他的脚下翻腾。

但是意向改变了,
智慧显露出光芒——
他以自己的美,
叫世上万物黯然无光……

别林斯基因而喜不自胜,充满感情地评述道——

柯尔卓夫是名副其实的人民之子。他受抚育和成长的环境,是农民的生活环境,他便不是为了优美的文句,不是为了华丽的辞藻,也不是在想象和幻觉中自我陶醉,而是通过心灵,通过血肉,爱俄罗斯的自然,爱一切像萌芽一样、像种子一样生存在俄罗斯农民身上朴素而纯净的美。他不是口头上,而是在实际上跻身于普通人的痛苦与欢乐。他了解他们的生活,懂得他们的感受——他不需要书本，不需要研究，他是在生活的本身中找到了诗。因而不粉饰、不夸张、不做作，虽然展示的是平民的日常生活，却自然而然地呈现出了生活的本质，让人信服地揭示出了人的价值、人的崇高。这样的作品是可贵的"人民性"的存在，是靠天生禀赋所无法成就的伟大的"艺术性民谣"，在文学史上，或许不显赫，也不被看重，但永不会磨灭。

换言之，才华终有耗尽的时候，但生活永恒，"外部情况"是常新常在的生存土壤，它生生不息，为写作者提供着永不枯竭的创作源泉，于是，生命的脉动、历史的脉络和时代的脉搏，就自然而然地融入了作品之中。这就是存在的价值，即便是默默无闻，但只要翻开书页，独有的气息就会扑面而来。它伟大在无名之中。

2017 年 12 月 12 日于北京石板宅

通透的阅读始于常识

1

家居的楼下,有一儿童滑梯,有几株杏树、桃树和枫树。早晨五时,太阳温和、红润,无声地照耀,我坐在树下的长条椅上,携一卷《悲惨世界》,谛听阳光和鸟鸣。

鸟是麻雀和喜鹊,都很家常,但能在城市的灰暗中蹬枝鸣叫,就很不家常了。它们啾啾、喳喳,是细碎的底色,但专心听去,也幽柔绵长。因为是天籁。邻家一童子溜出来,自己玩滑梯,上上下下一刻也不停歇,自己娱乐自己。他的母亲出来寻,看到旁观的我,说,这孩子忒淘,一不留神就自窜而出,管不住。我说,为什么要管?他亲和滑梯,是本性。

是阳光就要照耀,是雀鸟就要鸣叫,是儿童就要嬉戏,这是常识。在常识层面看人与事,很好,喜处自喜,没有多余的附着,疑似纯粹和澄澈。

遂内心就明亮起来,翻开《悲惨世界》。

昨晚,看到马吕斯与柯赛特即将在荒园相会的部分,就弃书掩卷。因为要上演爱情,怕神经兴奋,进而失眠。这么明净的早晨,是爱情的氛围,正可续读。一对青年,都暗恋着对方,这一天是表白之日。然而两个人都纯洁,都怯于张口。珂赛特饱满的呼吸让饱满的胸脯不断起伏,马吕斯拘涩的面色让拘涩的手脚不断躲闪,他们都为对方着急,希望对方首先倾诉。共同的心理作用,让他们在情急之下,省略了语言,相互之间轻轻地吻了一下。雨果写道:"一吻,就都在了,好像该来的应该来到一样。"

雨果善于驾驭大场面,喜欢铺排,法国大革命让他描写得波澜壮阔,冉阿让与警察沙威的周旋也写得惊心动魄,都毫不吝惜笔墨。但写一对恋人的情事,却写得这么简约、干净,不禁令人吃惊。这就是雨果的伟大之处:全局和细部,他是有把握的,一切都依据着人性的维度。纯洁的爱情,不过是本能的生理的吸引和心灵的感应,容不得复杂的东西,便也无需费词。如果情事真到了能够描绘得波澜壮阔、惊心动魄的时候,那时的所谓爱情,就很不纯粹了,融进了许多世俗、欲望、利害和变异,就很难说"可爱"了。

这也属于常识。之所以能够成为经典,就是不人为地制造复杂、营造深刻,而是始终保持真诚的态度,在常识层面下笔,简洁、纯净地道来。

2

以前喜读卢梭，因为在我最易感的年龄，就读到了他的《忏悔录》，觉得他温柔而真诚。同是启蒙营垒的伏尔泰、狄德罗后来都离他远去，并融入"迫害"的洪流，让卢梭痛苦不已。为什么会这样，卢梭给出答案，说他们"世俗"、功利、守旧，易于向王权妥协，是知识分子的立场出了问题。对卢梭的亲和，使我本能地就相信他的说法，觉得雨果曾经有过的论断是对的，战友的背叛，比敌人的迫害还要有害，因为他知出处，抓捕时，可以精准的带路，使你无处躲藏。所以，我甚至认为，《忏悔录》里忧伤、迷茫、绝望、甚至病态的情绪，都跟伏尔泰、狄德罗有关。

躲避疫情，宅读伏尔泰的《哲学书简》。他用书信体发表考察英国的政治制度、哲学和文艺之后的观察与思考，其底色是宣传英国革命后的成就，抨击法国的专制政体，认为人一生下来就应当是自由的，在法律面前也应当人人平等。整本书都散发着关于启蒙的乐观精神，颇具感染力，是照亮人类走出愚昧和奴役的心灵闪光，也是"不妥协"性的有力自证。那么，卢梭凭什么给他戴上"妥协"性的帽子？

带着这种质疑，我又读了安德烈·比利的《狄德罗传》，从中得到了答案。狄德罗终其一生从事《百科全书》的编纂，为了编安一个词条，总是和贵族院的御用学者和出版家的从众行为进行争执，有时激烈的程度近似叫骂，有着坚定的启蒙立场。"迈向哲学的第一步，就是怀疑。"这是他一以贯之的治学原则，以至于树敌无数，摧残了健康，刚过六十岁就故去了。即便是生命的最后，也跟身边人斗争，他想吃一枚杏子，遭到拒绝，他生气地说："您以为那会对我有什么害处吗？"遂执意吃下，不久就轻咳了一下，死了。

这让我大为感慨，不能不承认，伏尔泰、狄德罗都不是胶泥，任人揉捏，他们骨头很硬，胜于卢梭。从《狄德罗传》中，我理清了脉络，原来卢梭好名而脆弱，别人必须呵护、必须忍让。一不呵护，就说薄情；一不忍让，就说"迫害"——他极端自恋、极端自私，是才子负气，是性格弱点，与他标榜的"公德"无关。换言之，卢梭习惯于别人的同情与包容，而自己却绝不去同情和包容，也是被伏尔泰、狄德罗们过量的友情惯坏了。

事实上，伏尔泰、狄德罗后来沉默了，一任卢梭发泄、指责，也不辩驳。卢梭的痛苦，一半源自社会的不见容，一半源自主观的遐想——爱惜羽毛之下的自哀自怜。也许这就是一个脆弱的启蒙者的宿命——人在矮檐下，却做登高之呼；性在卑弱处，却做高洁之姿——那么，就是必然要付出的代价，他不应该再有什么抱怨。

这不是什么妄论，而是常识。我一边说给卢梭，也一边说给自己——既要想卓越，就要从俗处立身，这不丢人。相反，既跟别人过不去，又不能安妥自己，还不认命，倒真的要丢人了。

3

通读完《狄德罗传》之后，还有一个意外的收获，便是狄德罗面对死亡,他超脱,毫无惊惧之色,而且表情莞尔、开玩笑。他多年来,工作稍累,就咳血,经医生诊断,他得了肺炎。由于不能根治,他只能与病相伴。这反而让他把死亡看轻了,每一咳血,别人惊惧,他却笑着调侃:"就要完结了,我们该分别了,但我身体强壮,所以不会一下子就到来,也许是两天后的事,或两个星期、两个月,一年吧。"

为什么会这样?他自己解释说——

人生活得越充实,就越缺少额外的眷恋。因为忙碌的生活一般是清白的生活,除做好工作之外,没有多余的欲望和牵挂,所以就不太看重生死的事。

他之所说,我是理解的,在备受辛劳之后,我们本能地就希望有一张床、希望香甜的睡乡赶紧来临。对于依本分而生活的人,生命只是漫长而疲劳的日子,而死亡恰是抚慰劳顿的长眠,其中棺材是安息之床,大地是枕头,头放上去而不再抬起是甜蜜的。我们京西有句土语,人的一生其实是一件很简单的事,活着干死了算。那意思是说,人活着就要劳动,从土里刨食,由于都是辛苦所得,所以活得"清白",问心无愧。也因为是这样,死就死了,正可以休憩、歇神,心安理得,连鬼魂都不纠缠。

从这里,我们不难想象,特别关注生死的人,也就是活得焦虑、惊惧于死亡的人,一般是两种状况:一是有闲,二是心中有愧。有闲的人,好逸恶劳,也不去创作,便内心荒芜,无价值凭依,总有坐吃等死的感觉,所以他不耐烦;而心有愧怍的人,张皇加身,总怕半夜三更鬼叫门,即便是睡在床上,也总是惊醒，看到死神狰狞的模样，所以他不安心。

所以，即便是瘟疫来袭，如果我们一贯勤劳、一贯清白，也有泰然处之的底气。来就来，去就去，不摘走一片云朵。

4

疫情在全球爆发了，依然还要宅在家里。既然有巨量的时间，就系统地读一个作家，以观全豹。

当然要读"讲究"的作家，而福楼拜正是经典作家中的"文体家"，便读《福楼拜文集》。家里有一套上海译文出版社的四卷本，都是李健吾的译笔。但缺他的《文学书简》《庸见词典》和未完成的长篇《布瓦尔和佩库歇》。因为想读全，就上百度搜寻，发现人民文学出版社正有一五卷本，这些篇目均赫然有录。按李健吾《福楼拜评传》的索引，这几乎就是全集了，遂立刻网购。

夫人看见，讥而曰，我看你是有闲钱。

她说的不错，全集的阅读，不仅是个时间体系、思想体系，也是个物质体系。肚饿，当然饥不择食，有什么就吃什么；食不为饱，自然要奢侈，上满汉全席。

昏天黑地地读了月半，把福楼拜读全了。总体的感觉他写得真好，好像他每个段落、每个字句都写得恰到好处，几近完美。

但我并没有膜拜的感觉，倒觉得他理应如此。因为他一生什么也不干，既不立业、也不事功，更不侍奉日子，他只写作。用李健吾的话说，创作是他的生活，字句是他的悲欢离合，而艺术是他整个的生命。而终其一生才写了一百几十万字，不是一般的慢，而是在煎熬中雕琢。因为慢，丑恶都有了道德的密度，凡俗都有了精致的纹理，如海水结盐，岩石风化，时间赐予的都是精华。

福楼拜几乎是终生都宅在家里，很少把触角伸向现实与社会，所以他"实生活"的拥有很稀薄。他一切的痛苦，正如他给勒洛阿娜·德·尚特比小姐的信中所说："皆源于思想的过分悠闲，因为思想的胃口很大，没有外面的食料，就反求诸（自）身，直啃到自己的骨头。以至于重铸思想，加以充实，而不允许任其闲荡。所以，我对生活的认识虽然有限，从正常的意义上说，甚至是很少，但也充实——我少吃，而多反刍。"

这种夫子自道，诚实而深刻，很说明问题。对于创作，深入生活当然重要，但回归自身，向内心挖掘，也能写得卓越。我们常听人说，要细嚼慢咽，因为牙口再好，一贪多就嚼不烂，能被吸收的营养，也就未必多。而吃得少，却多反刍，就不一样了，留下了深刻的体味、保命的营养和思想的精华，也足可以让身体强壮，精神富有，进而源源不断地写。

5

通观福楼拜的创作，他的题材和描述对象，其实都很凡俗、凡常，甚至凡庸。

《包法利夫人》写闲妇的情乱，《情感教育》写少年的情迷，《萨朗波》写怨偶的情仇，都是老掉牙的主题。但却都让人痴迷，不仅能读得下,还有"不一样"的感觉。究其原因,还在于福楼拜不人为弄悬,而是舍得在常识层面下笨功夫,在恒常人性上准确地把握和挖掘。

以《包法利夫人》为例——

包法利夫人在修道院里读了过量的诗文,便有了浪漫情怀,有了"不安分"的精神基因。后来她嫁给了一个小镇的乡村医生,收入稳定,生活稳定,衣食无忧。放在一般女人那里,这就是好日子了,但是对于一个有着浪漫追求的女人来说,这就是不幸的苗裔。她不甘心于这种一成不变的生活,认为是俗日子。那么,从某种意义上说,她就是为"勾引"所设,一旦有人挥手,她就会毫不犹豫、甚至是有些激动地上路。偷情,自然要有粉色氛围,那么就住酒店,吃宵夜,不吝花销,由于太迫切,顾不上矜持,一切都由自己买单,就借贷。有心者就乘机送上银钱,让她陷入债务。色+铺张+债务,不可承受,为了不丢怪露丑,最终的选择,只能是自杀。这就告诉我们,在非分的感情中,人们、特别是男人,都是自私的,不会有什么真诚的付出,因为那是"多余的部分",不值钱。所以,再浪漫的感情也是世俗的,也要搞成本核算。那么,包法利夫人的毁灭就有意义了,既悲惨,也悲壮,因为她给真实的人性作证,警示人们,在感情中也要保持人格与尊严,别被感官奴役。或可以说,忍者自安,矜持者自重,自救是正途。

福楼拜在他作品中,总体地告诉我们,人性是一种"坚固的品德",你不要轻易怀疑,因为它能给你信赖和安慰,对人世间不悲观失望。

比如他的《淳朴的心》——

虽然是个短篇，却是一个卑微的人一生的故事。一个可怜的乡村女人——虔诚，但有点神秘；忠实，却显得平静——内心像面包一样温馨和柔软。她不断地爱别人，先是女主人的孩子，后来是她照顾的女主人的一位老人，最后是一只鹦鹉。鹦鹉死了，她让人制成标本，随身呵护，轮到她去世时，她竟混淆了鹦鹉和圣灵。为什么会这样？女主人雇佣她，每年才给一百法郎的工钱，但她很知足，因为她有了一个温暖的屋檐，也远离了冻饿和漂泊，所以她真心感恩。这就让人震撼了，因为她卑微和贫穷，人性里就有了忠厚的本色。或者说，温暖与爱心要从忠厚里摄取，然而忠厚，这个难得在高等人群中发现的品格，只有贫贱和它不时地相依为命。

在我们的常识里，这就是人性本来的样子。

所以，便可以说，福楼拜的凡常故事之所以依然能打动人，就是因为他固执地呈现了人性中这种"坚固的品德"，即：现在都市中已经失去或者正在失去的、因而愈来愈弥足珍贵起来的"淳朴的心"。

6

福楼拜的不朽，当然也有技术上的因素，也就是他作为文体家的独特书写。

他从来不平铺直叙，特别注重风格和结构。他不遗余力地营造氛围，让描述具有强烈的在场感觉。他贴着人物的身份写人物的心理感受，精微的程度到了纤毫毕现的地步。他让叙述有自己的腔调，让字词有自己的味道，而且有"草色遥看近却无"之妙——阅读时不觉，一旦放下，总能让人隐隐地感到。所以，看他的故事不能截章，必须连读，即便已早知结果；读他的句子不能跳读，因为象征与隐喻就埋藏在貌似平常的句子里，即便是他很谦抑，说"我写的很浅易"。

为了写包法利夫人服毒后的感受，他也亲自尝过砒霜的味道，进而在具体写时，用了很长的篇幅，把服毒者的面色、体征、动静、苦相都写尽了。好像不是包法利夫人在服毒，而是"我""我们"在服毒，把心理感受上升到生命感受的层面，让"我""我们"跟她一道感同身受，只觉得人生的绝境真是在劫难逃。于是感受就变了，与其是我们客观地悲悯这个女人，不如说是在场地悲悯我们自己。

在《情感教育》中，初出茅庐的大学生毛诺，甫一走上社会，青春的本能，自然是捕捉爱情。而受时尚影响，他走上了为满足情欲而不停地猎艳的路径。纯朴的少女、纯洁的感情，他嫌简单无味，为了刺激，就去跟熟女、贵妇周旋，便常在客厅、舞池等社交场合与她们调情。也屡屡得手，就以为懂得了爱情，好像"道德和美丽融于无痕，感性与异香杂于一身"，就是情爱的一切了。但他不知道，自己只是她们刻板生活的临时调剂，到了他动了真情的时候，人家都纷纷离他远去，他便尝尽了苦头，觉得爱情真是不可靠，让人幻灭。如果仅仅停留在此，就成了一般的情迷小说了，但福楼拜的笔触稍稍地往深里用了一下力，让他在幻灭的一瞬间，有"顿悟"。比如毛诺在与阿尔奴夫人分手的之时,他突然感到:"原来,在分手之际,我们所爱的人已经不和我们在一起了。"有了这样的感觉,他居然就平静了。这是很惊悚的一笔,让我们读爱情的人,也不禁顿然省悟:不果的爱情,离愁别恨其实早已提前来到,只不过当事者不察,以为这一刻才"来到"而已。所以,幻灭不可怕,它正让当事人看清了感情的真相,因而成熟起来,为拥抱真正的爱情铺平了道路。

  这就是福楼拜的过人之处——别人写长篇小说,是写故事,写命运,而他则写细节,写"顿悟"。虽然他标榜,他的写作,只记述客观,而不写"我",但他在给乔治·桑的信中却说,我们不能"只注意拐杖,而忘记了双腿"。看来他的"客观",是主观引领下的客观,一如他给路易斯·克莱的信中所说,没有美的形式就没有美的思想,美从形式渗出,但反之亦然。追求独特的风格是对的,但不能忽略思想、忽略情感、忽略到达的目标,因为没有腿的存在,拐杖就是抽象的无用之物,我们追求独特,不能离开常识。

  2020 年 4 月 17 日五十七岁生日之际写于京西良乡昊天塔下石板宅

散文卷·救赎

辑四·心史

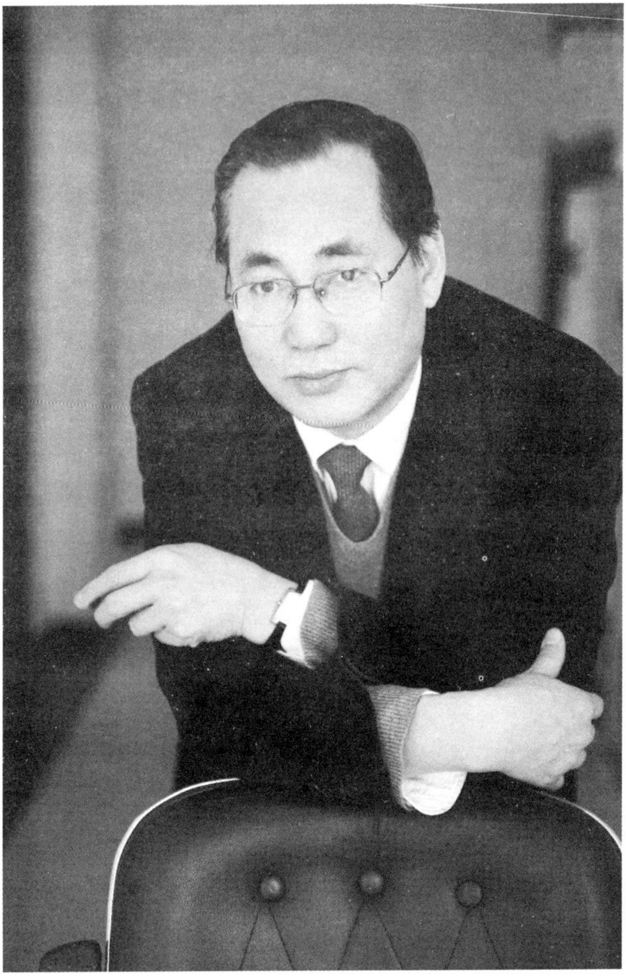

母校永在

一如丑人的自我感觉总是俊的,故乡在我的心中,也总是好。特别是有关故乡的文字,处处溢美,营造出诱人的神秘,惹他人向往。

一文坛达人,执意造访,兴冲冲地来,看过之后,却一路沉默。再三催问,他嗫嚅道,以为真的是一块美穴地,却是一块死地,不该产文字的地方,却产了那么多的文字,你欺人太甚。

我懂得他的心思,笑着说,是的,我的家乡不仅贫瘠,而且封闭,贫瘠得一年四季只产一种农家玉米,封闭得四山匝一爿豆角大的平地,从哪里进来,还要从哪里出去,就像住在瓶子里。

他说,是的,我满眼所见,荒山、石屋、沟坎、干河、矮树,一派穷气,生物与人,基本是自生自灭的状态,很难想象,你怎么会"活"到平原,且成为一棵大树。

我说，因为有津梁与舟楫，把我引渡。

我指的是我初中的母校，一所默默无闻、现在已完全消失了的山区学校——九道河中学。

这所学校，地处家乡的瓶口之处，离村落，有八里之遥的山路，又没有住宿条件，每天都要往返地走。村里的学童在村里上完小学，畏惧那每天十六里的跋涉，就基本辍学了，我之所以能坚持下来，是缘于对苦难生活的"仇恨"——

已过了播种季节，依然不见雨，铁镐刨招在地上，冒起一股热烟。做支书的父亲强令村民（那时叫"社员"）去播种。我不解地问，种子播在热土上，它哪里会发芽，只能是被干死。父亲说，下不下雨在天，播不播种在人，这是在尽人的本分。

自然有幸运的时候，播种之后，果然有淅沥小雨，种子就没皮没脸地发芽了。但小苗长得艰难，荒草却蓬勃，人们就要拼命锄耪。人手不够，就勒令学子告假，待荒草锄尽，学子的心却已长了草，失去了学习的耐性，觉得学与不学是一样的。

即便是这样顽强地侍弄庄稼，秋后也是很稀零的收成，只是一季的口粮，其余三季，就是瓜菜代之。瓜菜掠尽，绞尽脑汁各谋生路，父亲矫健，到高岩上掏寒号鸟的粪便——五灵脂，系一种名贵药材，卖得现钱买倭瓜土豆，以饱饥肠。但高岩上的作为，是高危动作，每次归来，肚腹和双膝都撕磨得鲜血淋漓。

故乡给我的感觉，无论人们多么不屈，多么勤谨，多么隐忍，多么乐观，也无法改变自己的命运。依照故乡伦理生活，我不会走上希望之途,因为一如海子给他城里的恋人的献诗中所说——

你的母亲是樱桃
我的母亲是血泪

所以,我的"樱桃"之境,只能靠苦读、升学,考到山外去。

这种自醒意识,使我有别于别的学生——收敛浮性,不用督促,埋头学业,便让老师们刮目相看,视我为学习的"种子",便对我倍加爱护。

班主任老师陈国如,教数学,他叮嘱我一定要用铅笔做作业。起初我不明白,后来方知,他有深刻的用意。作业本发回来,在做错了的习题上,他不打"×",只是轻轻地划一斜"\",待改正后,随下次的作业返回时,他都补成了"√"。待一个学期结束,他把我的作业本作为样本在全班传阅,对同学们说,你们看人家是怎么学习的,一丝不苟,从不马虎,始终是对的。这不仅让同学们惭愧,也让我自己惭愧,因为真相并不是那样。但是,这种"始终是对的"的赞美,变成了一种心理暗示,让我更加刻苦、更加认真,使自己名副其实地"不错"。我的数学就学得异常好,即便是以后没有从事理工行业,也深受裨益,它给了我必要的理性思维能力,能放手写论理色彩很浓的随笔、评论。

语文老师是一个从市里名牌大学下放来的南方女子,白、矮、丰腴、近视,名字叫安近。她说话娇滴滴的,就压不住课堂的秩序。我因为父亲是村里的支部书记，订阅着"两报一刊"，随手翻阅，就知道很多山外的事体，词汇量也多于别的同学，以至于觉得课本的内容过于轻浅。夏天上课时，把手掌放在腋窝里，挥动臂膀，打击出惊人锐音，就把同学们的目光吸引过去，搅了她的课局。她把我拽到讲台上罚站，可她转身写板书时，我冲着同学们做鬼脸，并重复在下边时的打击动作，弄出公然的声音。全班笑成一团。她被气得扔下教案，哭着跑出教室。我被校长狠狠地呵斥了一顿，并警告说，你再捣乱，就干脆滚蛋。我怕滚蛋，因为那会断送了我走出大山的愿望，便老老实实地听课。但从此我对安近老师冷脸相对，除了课堂上不得已的相处，课下一见到她，就远远地躲避。有一次是作文课，我在作文后边，画了一幅漫画，画面上立着一个酷似安近特征的女老师，近旁站着一个小孩，指着脚下的一只山羊，从小孩嘴里喷出一团云朵，云朵里写着：我恨你！那天中午，我躲在学校西边的水泥桥下，偷偷地吃我的中午饭。之所以偷偷地吃，是因为我中午的干粮，总是装在饭盒里用网兜提来的掺了榆叶的稀粥，而那时我已经有了很强的虚荣心了。突然就见安近老师走了过来，背着手，笑吟吟的。走到跟前，她把背着的手移到眼前，是两只雪白的馒头。我说，你少来羞辱我。她说，其实我早就知道，你吃得很差，学得很苦，是个好孩子，所以你一调皮，我就伤心。这两只馒头是我特意给你拿来的，你不许拒绝，不然，我也恨你。那两只馒头，我到底是吃了，因为馒头里蕴含的东西很复杂，是不能掺杂恨的。

第二年，安近老师调走了，我伤心了很大一阵子。接替她的，还是一个女老师。她叫陈瑞颖，大大的双眼皮，身姿婀娜，美得让人不敢凝视。我当时就想，以后找媳妇，就找她这样的。但美丽的女性，也不是一味地绵软，她很有脾气。有一次她带着我们上劳动课，清理马路边上泥石流遗留下来的堆积。我不喜欢劳动课，铁锨就往空里铲，以节省体力。被她发现，受到批评，就有了火气，故意把锨里的沙石往高处扬，让烟尘迷同学们的眼。陈老师蛾眉一皱，撅下一把荆条，直冲我而来。我赶紧逃跑，她一边追，一边喊道，你必须让我打到，不然我决不会轻饶。荆条打在背上，身体不疼，但心里疼，疼在失去了在同学们面前的傲气。她说，你学习好是不假，但正因为你学习好，才不能放任娇惯，因为热爱劳动的人，才热爱生活。后来，她是真打，我是真疼，但始终默默地承受，毫不反抗，因为那一刻，突然唤醒了我一种莫名其妙的意识，红颜薄怒，是一种美，不容、也不忍断然反抗。她的教诲，真的作用到了深处——恋爱时，那个女子对我说，你要想清楚，我是个农民，身后还有几亩责任田，须耪、须种。我毫不犹豫地说，无妨，我不怕劳动。

初三之初，班里上了一堂特别的德育课。来了一个叫赵玉森的学区教长，他要给我们演讲。他演讲的是徐迟的长篇报告文学《哥德巴赫猜想》。那篇文章很长，他足足演讲了两个小时。他眼前没有讲稿，那篇文章他全部记在了心里。他表情丰富，声情并茂，好像他本人就是主人公陈景润生活的目击者，所讲内容，一如真的从心底发出。他的情绪随着人物的脉搏起伏跌宕，一会儿让我们哭，一会儿让我们笑，我们不可自拔，深深陷入。他带着一副白框眼镜，一条眼镜腿上还缠着胶布，眼镜的反光常常和他眼睛中的泪光交织在一起，原来，他不仅感动着我们，他自己也感动着。因此，他本人也深深吸引了我，使我特别想了解他的历史。一了解，知道他果然是个特别重感情的人。他本人亲自担纲，响应毛泽东的号召，到一个叫岭西的高山之巅，办了一个抗大班，与学生们一起边劳动，边学习。他到县里开完会，本来可以住在县城的家里，却突然闹起了天气，下起了大雨。他毅然决然地骑车赶回山里，因为他惦记着山上的学生。他风雨兼程地骑了一百多里，把车存在山下老乡的家里，徒步往山上跋涉。到了山顶，已经是半夜时分，他看到学生的宿舍还亮着灯光，知道孩子们怕雷雨，不敢睡去。他敲门，学生不开，他说，孩子们开门，我是你们赵老师。一个声音怯怯地说，你不是赵老师，你是鬼，我们赵老师回县城了。他戳破窗纸把手伸进去，说，你们来摸摸，看看是不是赵老师。一个胆子大点的学生试着摸过，说，果然是赵老师，就把门开了。所有的孩子都从床上跳下来，都哭着和赵老师抱成一团。还有，他和孩子们一起养猪，偶尔杀掉一头给学生们改善伙食。他看到有几个学生因病因事回到家里，便把炖好了的肉，挨户送到学生家里。在他看来，这是大家共同劳动的果实，每个同学都不能落下，都要亲口品尝。因为他，我爱上了文学，不仅是因为他的演讲有撼人魂魄的文学魅力，也因为他这个人，更像文学中的人物，真情荡漾，品德高尚。

很快就到了初三大考，数学考试，监考的老师也是我们的级任，他叫栗凤安，人长得像豆芽菜似的，还有两颗好看的虎牙，脾气也温和，让我感到特别亲切。所以，他的监考，让我特别放松，不到四十分钟，考卷就答完了。看到我举手，他走过来，问我什么事，我说可不可以交卷了。他迅速看了看我的卷面，说，还有的是时间，你要仔细检查一下。我在检查时，他反复在我身边踅，我提前交卷的意图总是被他的眼神制止。我突然意识到了什么，浮躁的心安稳下来，真正开始认真的检查。果然检查出一道大考分的考题有错误，立刻就出了一身冷汗。改正之后，反而不自信了，又一遍遍地检查。踅来踅去的他笑着说，你可以交卷了。我的脸立刻就热得不成，羞愧之下，我感到，他特别像我的父亲。

那一年，我以全县中考第二的好成绩考上了县里的重点中学——良乡中学，"樱桃"之途开始启程。后来，九道河中学认为我给学校争得了荣誉，树为学习榜样，每到开学，都要给入学的新生讲我勤奋学习的"先进事迹"。还要请我回去做现身说法，我一直没有那个勇气，因为这个学校、这个学校的老师对我有大恩德，我没有颜面夸夸其谈。

九道河中学真是小，小到只有两排教室。那个叫隗有功的校长总是坐在校长室门外的破椅子上眯着眼晒太阳。上边来人，他也不冷不热，调他出山，他也不为之所动，对手下的教师也没有清规戒律，任其发挥。但是，却考出了很多学生。

它也没有校训。但是在我心里它是有的：它不仅教知识，也教感情、伦理、道德和如何做人。可惜在教改时它被撤了，弃之它用。这一点，让我感到惭愧，甚至觉得我自己的人生也无足轻重。因为我如果是一个大人物，它会在文物层面被保留下来，被树为某某级青少年教育基地也未可知。

但是，它却铭记在我心中，因为它是我的人生之基、人性之源，我或可以对早逝的海子说——

你的母校是血泪，
我的母校是樱桃。

2013年9月18日

邂逅

所居小区的西面,有一条城内河,当地叫刺猬河。有广玉兰树依河岸迤逦成列,静静地生长。春渐渐地深,玉兰花普遍地开了,因为开得安静,始终不觉得开。今日散步的时间有些久,便在岸边落座小憩,在凝神远处时,才豁然映入眼帘。惊异之下,细心观察,乃发现,玉兰花肥硕而大,花色白中着一抹浅粉,不似桃杏热烈得闹,也没有勾魂的香气,所以,它不惹人关注。但它的确是开着,开得纵情,心扉已完全袒露,便见到,它的花瓣重重叠叠、簇簇拥拥,有极深的涵纳,花蕊就内敛得似隐似现。

我不禁感慨,广玉兰是大花,气质高贵,因而不张扬,安静着自己,也安静着人。

由玉兰花,我突然想到一个人,即与季羡林的邂逅。

那是1995年的9月,号称"北京敦煌学"的云居寺石经研究启动,在房山宾馆召开石经研究会的成立大会。本地的宣传文化部门邀请了区内外、国内外的有关领导和专家数十人。由于我当时是区政协文史工作的负责人,不仅被视作是业内人士,而且也作为"领导",被恭请到主席台就座。

因为会议具有国际性质,要与外国人接触,主办方要求出席会议时要穿正装。我不仅遵从,而且还做了一番刻意的修饰——理发吹风,薄施油粉,还特意买了一双当时特别流行的三接头皮鞋。之所以这样做,系刚出版了一册散文,且报上有好评发表,心中有情不自禁的得意,觉得匹配以盛装,才对得起自己。

进到会场时,已人头攒动,气氛热烈,似要被淹没在熙攘之中。但主持人居然径直奔我而来,说一个叫三谷孝的日本学者点名要对我进行会前采访,以便让他的演讲稿更加确当。三古孝窄脸、细眼、长发、白面,汉语流利,礼数周全,对我说,因为您主持《房山文史选辑》的编务,对京西民俗素有研究,请多多指教。这让我很是受用,边摇头摆尾,边夸夸其谈。三谷孝认真地记录,始终保持着谦恭之相。对我的回答,他颇为满意,采访结束,隆情邀我合影留念。二人刚刚站定,他的秘书——一个美得让人不禁注目的年轻女子,也蹴上前来,与我们同照。而且,居然笑吟吟地挽着我的胳膊,弄小鸟依人风。镜头之前,我居中,一个日本学者,一个东洋美女,有月被星捧的感觉。

带着这种感觉,我被礼仪小姐引上主席台。

我的邻座,是个老叟,这时已端坐在那里。见我上来,赶紧起身，与我热情握手，还从工作人员那里接过茶盏，殷勤地递给我。

那时的会风，还不像现在这样讲究，既不摆台布、花朵，也不设置座签，台上的人就兀自陌生着。好像还有一个重要人物尚未到来，大家还要继续等待。由于内心有些膨胀，忍不得就这样枯坐，便仔细打量身边这个老叟。

老叟奇瘦，由于坐得端直，上身就显得特别长，有瘦上之瘦。满头银发，腮颊无肉，有大小不等的老年斑。他穿着中式扣襻夹袄，色黑无光泽，一条玄色裤子，好像有些肥大，就愈显骨质伶仃。脚上是白色线袜和黑色圆口布鞋，由于袜口没有弹性，露出一节焦黄踝骨。整体看去，酷似一个田间老农，被促狭地位移于此。

我替他难受，陡地生出一丝悲悯，便主动与他搭讪，小声地问："你贵姓？"

他一笑，好像耻于说出自己的姓氏，反问道："您贵姓？"

我不仅脱口道出姓氏，还补充道，"有个叫凸凹的作家，你知道不知道？本人就是那个凸凹。"

老叟略一沉吟，赶紧说道："知道知道，您就是大名鼎鼎的凸凹。"

我觉得老叟还是识趣的，对他便有了一些好感，虽然觉得他来错了地方，但依旧还是可以体谅的，便小声问："你平常也写东西的吗？"

"也写一点，写一点小散文，之余搞点小小的研究。"他谦卑地答道。

"请问，写散文最重要的要素是什么？"

"真情实感。"

"这是最老套的观点。"我继续点拨道，"散文写作，最重要的是要有复合品质，学识、思想和体验，不露声色、自然而然地融汇。我觉得，只有学识，流于卖弄；只有思想，失于枯槁；只有体验，败于单薄。三者有机地结合在一起，就丰厚了——前人的经验，主观的思辨，生命的阅历——知性、感性和理性均在，这样的境地才是妙的。其实，天地间的大美，就在于此'三性'的融合与消长，使不同的生命个体都能感受到所能感受到的部分。文章若此，就适应了自然的律动，生机就盎然了，对人心的作用也就大了。"

他好像被我震慑了，不停地点头，"高论，高论，我得记下来。"他果然在本子上写了起来。由于身直头低，他的脖颈显得很长、很细，有命悬一线的感觉。

他一边记，一边问："最近有什么大作出版，能不能惠赐一本，好让老叟开开天目、长长见识。"

"当然有，刚刚出版就引起轰动，书名叫《游丝无轨》。"

他表情立刻变得肃穆，"好书名，好书名，很大气，很哲学！"

他的连连称叹，让我心花怒放，感到这个老叟虽然其貌不扬，但还是很可爱的。边说道："地址写给我，明天就给你寄去。"

在他书写地址的时候，会场有些骚动，是那个被众人等待的人到场了。上眼看去，是本地主管文化的官员，一个刚刚发迹的新贵。我陡地升起一丝鄙夷，有什么了不起的，这么重要的一个学术会议，你一个心无点墨的市井俗物，居然让一片高人久等，岂有此理！

那个人径直朝着身边的老叟走来，不停地作揖，"季老，罪过，罪过，让您久等了。"

季老！

莫非？我有些懵懂。

这时麦克风响了，主持人开始介绍来宾。

"请允许我以十分崇敬的心情介绍一位大师级人物，即享誉中外的季羡林先生。"

话音未落，猝地就响起一片连天的掌声。

站起身来的，果然是身边这位老叟。他好像很惶恐，不停地作揖、鞠躬。

他越是矮化自己，会场的掌声越是向上生长，许多人还纷纷起立，起伏之状，如春潮涌动。

我木在座位上，已无勇气站起来向他致敬，觉得那样的表示，是对前戏的嘲讽，更有恬不知耻的味道。待惊魂甫定，我悄悄地从他身边溜走，到街上的凡尘中，去找回自己的位置。一如是神的归庙，是鬼的入坟，是人的进廊庑。

仰望天空，万里无云，一片宏阔；日轮硕大，却播洒温柔之光，不炙人皮肤；人影稀疏，不拥挤道路，反倒怡然自得；街树入定，小鸟在枝间攒动，虽叽喳声小，却也听得真切。在这殿堂之外的凡常而美的景色之中踯躅一番后，我才渐渐释怀。

三天之后，我居然收到了季羡林先生寄来的邮件，里边有一册《季羡林散文选》。封面素朴，只勾勒着几枚蓝色的枝柯，还有两只写意的无名鸟。扉页上恭恭敬敬地题着一行小字：凸凹先生教正。字写得有些稚拙，不让人与大师联系起来。我觉得季先生的做法，含着一种属于长辈的体贴，不让我有冒昧的余绪，而是赶紧"放下"，在平等中找回心安。

我并不急于读他的散文，而是找来他的论著和译著，以体会他的大和深。一如大树不摇，大水无波，格局的大小，才呈现品质和气度。我要自觉地用他的大和深涵养自己，让知耻之心，变成知识、学养和情怀的血脉，在浅地里长茂树，在凡枝上生菩提。

我首先耽读了他译的印度史诗《沙恭达罗》。他译得很美，让语句生香，让意象有禅意，让人物摇曳出自己的风韵。其中的一个句子，让我怦然心动，回味不已——

因为臀部肥重，她走得很慢，袅娜出万端风情。

沙恭达罗有大美，所以她无需急迫登场，更无需额外招摇，她只需从容自适地走自己的步子，身体自然就有节律，心灵自然就有圆满与充盈，生命也因此而风流有自。

这个意向，后来化作了我的写作态度——从容不迫地书写，而不管书写之外的声名。让跬步自然积千里之远，让无声自然回响在时光深处。人说，你已书写了七百多万的文字，却与大奖无缘，也与文坛高位无遇，换了别人，早就生出不公之愤、早就发出不平之怨，而你却依旧唇红齿白，笑容灿烂，几近于没心没肺。我反问道，你知道季羡林吗？你知道沙恭达罗吗？

人们不知道，与季羡林的邂逅，疑似天赐禅机，让我生命入定，有了一份难得自信与从容。让我知道，眼光太"实"，则忧于物、忧于名、忧于利；心灵守"虚"，乃乐于情、乐于智、乐于创造。"园小栽花俭，窗虚月到勤"，这样的境地多清洁，多美！

事实上，美好的情感都是乘"虚"而入的，就像梦一样，它让人超越现实，超越羁绊，让生命舒展，让灵魂飞翔，让精神登场。也因为此，使人远离物化，成为唯一能在非功利的场域中自足地存活的动物！

有了这份定力，出得门去，一片阳光普照；迈出步去，一派尧舜感觉——不仅爱众生，也爱自己。

2017 年 4 月 9 日于北京石板宅

爱犬物语

1

小儿初入世，社会上的许多物事，让他迷惘，便心生不安。为了平息躁动，弄了一条英国伊丽莎白种系的柯基犬。小犬无尾，腿短，便显臀肥，弹跳有女相，风情万种，颇惹人怜。狗虽雌性，却起了一个雄性的名字，曰钢特。后来他有了恋人，情不再系狗，便把其遗弃给我和家婆，从此便与宠物结缘，有了额外的牵挂。女孩初进屋时，小犬钢特吠叫不止，在她脚下嗅来嗅去。待她轻抚一番之后，竟驯顺地依伏于她的膝下，仰面露怜爱眼神，期盼喂食。一喂就咋舌，美。到女孩告辞时，它拼命尾随，远远不归。女孩只好再送回来，挡在门里，以脱身。它在门里啸叫，异于往日，透出忧伤。女孩对小儿说，它认我，已把我当作家里人。这让我和家婆感动，一致认为，这个女孩是选对了，连狗都验证。

2

爱犬钢特不欢,早餐不奔前,躲在卫生间里弄喘声。

钢特眼神丰富,欢喜、渴望、争宠,总能用眼神表达。家里人只要一用餐,它一定要趸到餐桌前,眼巴巴地看着主人的嘴唇翕动,如小儿看馋。就扔给它一块火腿,或一块排骨,或一角面饼。眼下,人类过年,餐桌丰富,扔给它的食物多膏腴,看来,它很可能得了胃疾,消化不良。

于是想到,人与宠物之间,爱心不能过剩,过剩的爱,是害。宠物饿着,反而胃肠通畅,有进食欲望,一如对爱人,不能过于用爱,大爱之下,不知感恩,遑论珍惜,以为理该如此。另外,大爱,有居高临下、不由分说的强迫性质,让被爱者,不知所措,失去自我,这对生活的自立,也是有害的。

家婆问计,我说,任其饿,饿到一定时候,它自然恢复。

3

今天停暖,虽然室外已到了摄氏 19 度,也感到冷。这就一如感情,感情一直热着,突然冷下来,心中感到的冷,比实际的冷还冷。

昨天晚上,我在刺猬河大堤上遛狗,看到岸柳的苞芽已肿而紫了,不禁眼前一亮。因为紫,就是要开,为人间吐绿。

脚下的土地沉实，踩到上面，能听到声音。如再有数日阳光普照，水汽蒸发，就会生出浮尘。花开，风起，扬尘，北京的春天就是这样——和煦与粗砺相伴而生。

狗能本能地分辨温顺与暴烈——与同类相遇，能交颈互呴的，一定是有温和的性情，相反，它一定是远远地躲避，躲避不过，就拱你足踝，求救于人。

这一点，已得到多次实际验证，所以，跟宠物一起，我也能识别狗。

但人就不同。人无先天机警，只有吃过亏之后，才有认识，才长记性。所以人的生命成本比动物高。

人类学者、美国的赫舍尔在《人是谁》里说过，人的智力并不天然地就优于动物——野鹿临悬崖，它会自然收脚，而儿童会一直走下去，跌死；看见赭红的炭火，狗会绕过，而蹒跚学步的人类，会伸过手去，烫伤。

所以，说人类是"经验之果"，是对的。

这就让人产生联想——年轻的，有学历的，就自然比年老的、无学位的高明么？把他们速速地提拔到高位，就一定会有期待中的作为么？相反，这里老而无用的暗示，会弱化、淡化这个社会尊老、敬老、爱老之风。而无老就无幼，这不仅是儒家学说，更是生命规律、人生哲学，它告诉人们，"老"承载着人类的"经验之果"，是人类前行的基础——没有这个基础，人类不知从哪里上路，也不知将走向哪里，将会重新沦入在黑暗中的探索、在蒙昧中的瑟缩，其"幼"，也就会成为生命难以承受之重。

人之于酒，大醉，尚好，昏然睡去，如入忘川，尚可忘忧。但更多的时候，是不昏不醒，纠结在中间状态，起卧均不适，就殊难受。人生状况也是如此，既顺遂又不顺遂，颇考验人的耐性。于是，只有坚韧的人，才能行远；没有耐心的人，仓皇而败。这里，老人们的耐心境界，是后来者的天然之师。

人与人相处也是的。并不是豁然的喜与厌、爱与恨，总是喜厌相伴、恩怨交结。有人说，要想让两个人分开，并不需要人为的离间，只需要放任他们朝夕相处，黏在一起。时日一久，他们会自己把对方的缺点放大，直至不能容忍。这一点，在我故乡的老人们那里得到验证。老人们对不认可的姻缘并不采取断然的棒打鸳鸯，而是含笑以对，让他们去幸。只是迟迟不给其名分，让他们心虚。到了后来，让他们虚的，不是外界的压力，而是虚的自身没有内在动力，就自然而然地散去。家族之间也不因此结怨，和好如初。这种"非暴力"维权行动，之所以有效，并不说明老人们有多么高明，它恰恰是一种人性的证明。我对毛姆的《人性的枷锁》之所以百读不厌，就是出自这方面的理由。

具体到亲人之间，为什么爱与不爱都不能使其分离，是因为有家庭、家族的人伦"枷锁"。这把枷锁的材质，不是金属，而是血缘。血缘是基因，决定着生命的样态，区别着与他人的不同，就有了物以类聚之象；血缘是原始股，无论升降，无论兴衰、无论荣枯，本钱都是不能出让的。还有，生命的一次性特征，也决定了亲缘关系的不可再生——无论爱与不爱，下辈子都不可能再见。这种无可奈何，让人产生畏惧，因而就产生了珍惜，在不爱中爱，在裂隙中求弥合，在怨恨中求恩德。为什么朱自清一篇庸常的《背影》，产生了那么大的感染力，是那个"背影"让人们看到了亲人的必然远去，在巨大的忧伤之中，对亲情产生了悲悯。为什么彭程的一篇新作《对坐》，也在读者心中激起联翩的波澜？是那个"对坐"的姿态（每天陪父母坐坐）让人们醒悟到，应对那个远去的必然结局，所谓珍惜，就是从身边的老人做起。

4

晚，偕家婆到刺猬河公园遛狗。

刺猬河公园，现已改名塞纳园，甬道旁有廊牌，布以人口与计划生育文化宣传内容。

院内有石桥，甬道，清流，岸柳，日光能照明灯，还有文化广场，游人繁盛。

近看，柳丝轻摇，缓水漾波，疑在梦中；远看，柳色绒绒，河水闪白，如入画境。微暗之中，足音杂沓，弄破清静，也好，免去寂寞，使人回归人间。小犬知时节，不耐热气，粉舌卷喘。正有预备，袋中有钵与水，便引至路边座椅，令其饮。以瓶倒钵中，不饮，只接饮倒时水流，可谓庄重地解渴，儿戏地喝。

行至无护栏处，小犬索性狂奔入河水，纵情而游。小犬鼻小，嘘气无力，只生零星浪花，小小之下，可爱。犬肥身重，不敢远游，游丈余，就回归，伏岸边巨石上歇息，但人一走近，复又入水，不让人逮。反反复复，似捉弄人，就更可爱。召来众人围观，有少女稀罕，以手机照相，好回家传播珍奇。

知疲上岸，寻繁密草皮，在上翻滚，且立身抖动，把自己弄干。家婆笑嗔道，本来干净，却又弄脏，即便伶俐，也不过是狗。我说，狗吐了，又吃进，它只感觉干净，而不顾人眼中的干净。这就叫，人干净的是肉身，狗干净的却是心灵。家婆说，文人无趣，总是把简单的弄复杂。

小犬惬意，在人前兀走。

我有多余心思看行人。

前有一少女，腰细臀肥，人一走动，两个臀瓣就左右上提，如柳摇曳，有锥心的风情。人稍走远，整个背影如一张剪纸，凸显腰窝，更惊心动魄。陪伴她走的，是一中年妇女，或许是她母亲。妇人壮阔，上下同规格地肥，臀形如一盘磨，走时足音响重，臀肉下坠，总像要砸到地上。两相对照，不禁生出感慨，人间不平总是要人恨的，但最该恨的，是时光。

回家之后，家婆给小犬淋浴，之后，施以电吹风。小犬系母性，风吹之下，现出两排粉红乳头，让人顿感温柔，忍不住在一颗上捏一捏。家婆说，难寻种犬，也不能生育，可惜了。我说，这有什么可惜，不被使用，才有永远的母性之美，一如女人，乳本来是用来哺育的，却用来玩儿，一玩儿就肿，肿后就瘪，就失去了女性特征。

家婆惊愕，狠狠地瞪了我一眼，说，你们男人都想些什么！

不想分辩，起身推窗，放眼远望。一片漆黑，也不见繁星，一切的美都被湮没了。

突然想到鲁迅《好的故事》中的一个句子——"鞭爆的繁响在四近，烟草的烟雾在身边：是昏沉的夜。"

鲁迅的句子总是那么有味道，能把外在情景拉入心田，让你感到，远处的一切，都跟你有关。

这是大化之美。

但鲁迅的文字，已被人遗忘了，因为今人觉得它费解而无用。

但是，它的无用，正是他的大用，提醒人们，虚无之下，尚存实有，一如这昏沉之夜，虽然夜色把万物之美都遮蔽了，却一个也没有消失。待阳光乍现，美会如期张目。

而且，晨露洗过，美得新异，堪可医治审美疲劳，让人往深刻里理解，并懂得什么是精神的永恒。

5

昨晚遛钢特（家犬）时，狗不耐热，总望着刺猬河的河面。近日连续有风，河面被吹来一层浮滓，颇不洁。怕它潜水游泳，弄脏净好茸毛。便生一计，故意逗弄它之外的狗。因常在岸上走，人狗均相熟，也能叫出别的狗的名字，比如眼前那只狗，主人叫它毛毛，我也就毛毛、毛毛地叫，表达对它的亲热。钢特初怔住，之后就啸叫，之后就驱逐。它怕失宠，本能地捍卫自己的地位，就把河水放弃了。

之后，就一直驯顺，乖巧地跟着我，不生别念。

我忍俊不禁，不停地笑，因为我觉得，在感情层面，人和狗是一样的，远则怨，近则不恭，一味娇宠，反恩德不察，日夜胶着在一起，反生离隙，要懂得适宜地冷。

日间，总有一个理念浮起，即：把身边的书读破，会把远处的祸避过。

读书的时候，心静，不被窗外事诱惑；废书之后，内心浮躁，出门闲逛，被市井颜色所吸引，禁不住趋近，陷在是非之中。

这一点，缘于昨晚睡前读郁达夫的散文。郁达夫读和写时，心性净洁，下笔典雅；一走到街上，就奔酒肆、勾栏，满眼醇酒、美妇。这就不难理解，为什么他的文字，凸分两格，既有《银灰色的死》那样的颓废与沉沦，又有《怀鲁迅》那样的昂扬与崛起——"没有伟大的人物出现的民族，是世界上最可怜的生物之群；有了伟大人物，而不知拥护，爱戴，崇仰的国家，是没有希望的奴隶之邦。"

周作人说他身上有两个鬼，一个绅士鬼，一个流氓鬼，或许与之同类。

可以说，人身上都有庄重和轻浮的两面。文人靠自我束修，靠书中伦理，节制自己不良的一面，即便是郁达夫这样的放浪形骸的人，陷入红尘，也有本能的回归，"曾经酒醉鞭名马，生怕情多累美人"，他书读得多，能自责、自省。到了女人那里，就不一样了，他们普遍地缺乏自我修正能力，常凭感觉任性而为，理性形成，要靠外力——娇宠，使其轻浮，"鞭打"，使其庄重。尼采曾在《查拉图斯特拉如是说》里说："到女人那里去，别忘了带上你的鞭子！"他不是轻视女人，而是深懂女人。

不妨举现实中的一例。女人爱风情，衣着喜薄短，用柏杨的话说，一坐故露大腿。这里的"故"，不是故意的意思，而是固然、所以的应用。她露出大腿，正确的做法是直视而不是回避——你直视的目光,一如鞭子,会唤醒她的羞耻意识,向下抻一抻裙角;而你的回避,却是放纵,近似同谋。

所以,要爱女人,就要先懂女人;爱宠物,就要先懂宠物——不然,都会毁在你手里。

我是指男人的自重和责任。

6

在刺猬河边遛狗时,两岸坐满了垂钓的人。

地面温度已到了三十六摄氏度,人们以这种方式避暑,因为垂钓需静心,"心静自然凉",他们可以把暑热暂时忘却。

然而狗也热,一心想到河里去游泳,几经阻拦未果,终于入河,搅起一圈圈涟漪。

垂钓者颇不悦,认为河里一出现狗,就再也钓不着鱼了。因为"是猫沾腥,是狗吃肉",鱼对狗有天然的恐惧,所以狗出现在河边,是钓者的凶兆。我说,你们的目的又不是鱼,而是享受钓,鱼非鱼岂不是一样?他们说,是钓者,眼里就有鱼,即便不仅仅是为了鱼。

既然谈不拢,也就不再客气,任爱犬畅游。因为鱼是公共的,而狗是自己的。

每次遛狗,我都穿着一件乡下屠夫常穿的白纱布褡裢,腋下开口,露浓密腋毛,仅靠布襻连接,且为了防止爱犬溺水,手里掌一长长竹竿,做派有蛮者之风。他们便有所顾忌,怯于争执,只是无奈地摇头。但我分明听到他们低声嘟囔道——狗也就算了，可恨的是人，手里晃悠着一支破竹竿，"竿"通"赶"，把鱼都赶走了，还钓什么钓？养狗的都霸道。

回程的路上，我想，钓尽管钓就是了，还讲什么似是而非的迷信？

我的祖父和父亲，都钓过鱼，做过猎人，在渔猎活动中，也都染上了迷信的习性。从他们身上我知道，迷信与渔猎者天然相伴，并且在此基础上，产生了无数预兆和巫术，所以，渔猎活动，并不像城里人所想象的那样洒脱，其中有太多的禁忌。

譬如——

他们认为与有眼疾者、顽劣者和妇女相遇，就是不祥之兆。所以，猎人每逢出猎，先要前后左右观望，一旦发现上述这些人，就要躲避，或转道而行。如果某妇人斜刺里出现，躲闪不及，只好打道回府。一些心地善良的人，知其忌讳，会主动回避，让猎人感激。

譬如——

路遇空车，或劈柴车，被认为是对狩猎不利；相反如果大车里装满了谷物、货品，乃至干草，则认为是好兆头。如遇拉棺材的车，则更是上上大吉，因为棺材是装尸的，尸通"实"，预示着满载而归。这个说法，甚至影响了其他的行为，比如娶亲、出行。遇到出殡人群，不仅不是晦气，而且因为"棺"通"官"，后代就有官运，走路就有官道，通畅而平安。相反，遇到娶亲的队列，就大不吉，因为"冲喜"。所以，别人家娶亲时，你不要出远门，要到他的场面上喝喜酒，这叫沾喜、沾仙气。自家迎娶时，如遇同样的阵势，要迅速往地面上扔事先预备好的顶针或瓷碗，以对抗妨碍。

又譬如——如果狩猎途中听到乌鸦、猫头鹰和蝙蝠的鸣叫，则认为是不祥之兆，就要处处小心。如果第一枪打偏了，第一条鱼没咬钩，就预示着这次渔猎活动不会有好结果，不如及早收场。如果一头猎物，屡打不中，或者即便捕到，也自行逃脱，就不要打了，因为它已修炼成仙，不可冒犯，如果执意穷追，会危及猎人的生命。我父亲曾紧盯过一只雪狐，枪总是打不准，就用地夹，狐狸被夹住之后，自己咬断了腿逃走，在即将被追上的时候，又放山恶屁，他就大为惊骇，认为遇到了狐仙，就主动放生。后来父亲患癌症过早离世，在最后的日子里，他反复叨念，说自己得罪了狐仙，它索命来了。

还譬如——

钓鱼的人身边的水桶往往是空的，因为他们承继了一个古训，装鱼的桶在未钓得第一条鱼之前，不要盛水，鱼一得水，就跑掉了。还有，狩猎的人，一般不亲自解剖猎物，因为猎物的灵魂会给猎人的眼睛里留下记号——凶光，以昭示给后来的同类。乡下人常说的，杀气太重的人不适合当猎人，或许就是从这里而来。

追寻迷信和禁忌的形成原因，是不难的。因为渔猎，是先民的一种生存活动，在那种原初的条件下，人类对大自然的认识能力和水平极为低下，每当遇到或听到用自己的知识难以解释的事物及现象，自然要托付给神怪、灵异等冥冥中的力量，从而编造出虽然荒谬却言之凿凿的解释，热心聆听者又结合自己的亲身经历予以补充和证实，神秘文化就越来越发达了。而渔猎者又与一般的先民不同，他们更直接、更深入地进入大自然的内部，更有现场的感受。譬如一个猎人只身在森林里过夜，漆黑又寂静的周围环境会让他恐怖异常，而当他听到那在森林峡谷中迂回不已的野兽啸叫，自然会把它当作是某种怪物发出的声音，并把附近野兔跳跃时弄出的窸窣，认为是怪物走近的脚步。特殊品种的叫声，如乌鸦、蝙蝠、猫头鹰，凄哀如哭，让猎人顿感战栗，以为是妖魔现身，大难降临。所以，种种神秘现象的描述和种种奇异感受的传播，都是来自渔猎者——首先将林妖形象传到人间者，就是猎人，首先发现"美人鱼"者，就是渔夫。

到书房搜寻有关的读物，找到俄罗斯专事渔猎题材写作的阿克萨科夫的《暴风雪》（辽宁教育出版社"新世纪万有文库"之一种，1997年3月第一版），兴味而读，发现，俄罗斯民间的迷信和禁忌，许多都跟我国的相同，不禁感到，在愚昧落后的前提下，不同民族的认识殊少差异，只是后来的知识修养、科学水平和文明程度的不同，拉大了距离，有了文野之分。而现在的城市化、全球一体化，又逐步在消泯这种差异，千篇一律之下，文化的魅力，可堪回味的、独特的生命感受渐渐稀少，那种记忆中的"迷信"风俗，反而让人倍感亲切，因为它可以离间现实的所谓真实，给想象营造空间，让人类还有梦幻。

不禁怀念儿时由祖父和父亲的渔猎活动而带来的乐趣——

鲇鱼只一根脊骨而无须刺，焖酥了之后，用筷子往鱼背上一戳，便分解出两半腴肥的酮肉，可放心地大口吞食，大快朵颐。

整只麻雀用泥密封（泥中放上盐屑），放到炭火上烧烤，到了相宜的时辰，重重地往地上一摔，泥壳分裂时，自动把羽毛撕去，裸呈粉红雀肉，鲜嫩无比。

松鼠去皮、掏去五脏，在案板上剁碎，爆炒，或汆丸子，有鸡肉味道。

斑鸠肉与鸡肉相比，更让人下酒，鸡肉柴，而斑鸠肉醇厚。

獾肉多脂，炖在锅里，能香飘四邻，能让粗糙食物，譬如窝头、玉米面饼，吃出细粮感觉。

即便是狐狸，剖后在冷水里浸泡三日，拔去臊气，也可以进食。只是要多预备大蒜，因为刚咽下去时是香，再一回味，就有一股似臊非臊的味道，得靠大蒜平息。

……

说来说去，这些乐趣都是建立在"饥饿"之上，那是旱涝频仍，家无余粮，虽撙节而食，也仅够一季的饱，其余三季，或瓜菜代之，或去渔猎。父亲患恶症，总是反思自己杀生，让家人唏嘘不已。其实他的渔猎，不是习性，而是为了"活"的被迫行为，他不应该自责太重。但是，有关渔猎的迷信对他的影响太深，他听不进别人的解释。到了我这一代，就远离渔猎了，虽对旧时传说有科学解释，但禁忌有暗示作用，不信中，也有余悸。索性罢手，图个心理清净。

细一思忖，对待迷信的态度，绝非简单的信与不信，他有文化作用，而文化作用就是精神作用（心理作用），往往让人在似是而非、似非而是间迟疑不决。

7

我最厌恶巧舌如簧的人。因为只有嘴不对心的人，才能巧舌如簧。

说心里话的人，缓慢，甚至笨拙。而且，朴实的人，往往羞于夸夸其谈。

以生活为本，心性高洁的人，往往一切从简。

母亲从小就对我说，要喜爱粗茶淡饭，要喜欢土鞋布衣，这样，不生贪念，知足常乐。

所以，我喜吃野菜，野菜润肠，不留宿便，口气清爽。也喜吃小米，小米化淤，不生臃肥，身姿灵巧。

所以，我不挑剔衣着，也不屑于揽镜自照，素面朝天，表里如一，让本性自由发言，因而不务虚荣，也鄙睨宵小，含笑来去，心广地宽。

有人问，你怎么总是那么意气风发，春意盈面？

我说，因为无我，不太看重自己。一如小草细小，却总是向上生长，自得于草根习性。

爱犬钢特，系小儿豢养，我却爱之如命，常领它招摇过市、得陇望蜀，常对它说，小孙子，你要听爷爷的话，远离脏物，不理生人。

它理会人意，紧随身后，不跑远。

我常失眠至深夜，枯坐在客厅里，听家婆弄鼾，爱犬陪坐，驱之不去，让我为"忠诚"感叹。人与狗都能听到生命的心跳，故愈加喜生，不生忧愁，且忘却不公，觉万物平等。

8

　　从是日起,晚饭后增加遛狗时间,与其是人遛狗,不如说是狗遛人。爱犬钢特,虽是母性,却善攻击,遇到不喜同类,猝然上前撕咬,让人措手不及。对方主人颇不悦,我只好赔以笑脸,且说,您尽可以打它,往远处驱赶。竟真的下手,用手中的缰绳抽。不期打到小犬眼部,尖叫一声跑远。对方走离,我揽狗察看,见右眼红肿,久久不能睁开。我心疼不已,骂道,狗日的!

　　这就是纠结,一如处世,都是在愿与不愿之间。

　　回家给狗滴以眼药,它就伏在我的腿上,听凭救治,楚楚可怜。我内心温柔,有泪。我对它叮嘱,以后要驯顺,因为现在的人都有戾气,不能轻易招惹,以免给主人引来纠纷和诉讼。狗无言,只是睁开了伤眼,满眼迷惘。

　　便联想到,现在的世道,已缺失厚朴,打狗不再看主人,只看一己之私。

9

　　今年是大年初六。早晨,自然睡醒,通体舒坦,满心温柔。便大呼爱犬钢特。

　　小犬应声而至,上床来,与我共枕而卧,一如婴儿驯顺。

　　小犬全身洁净,嗅其绒毛,有淡香。这是人爱惜的结果,常给它洗澡,使其远离动物属性。

爱，真是有力量，使铁树开花，使顽石有灵，使狗通人性。

起床，看"非常6+1"，高博的主持比李咏为上，因为他懂得节制，有冷幽默，层次深些。

那些儿童，通灵鬼精，人小，却有大才艺，唱、舞、念、做，都有板眼，让人惊叹于人的智能。不禁想到，成人真可以以儿童为师，除去浮尘，保持热情和好奇心。好奇心是阳光品质，一如小草，即便巨石压身，也钻隙而出，生长在阳光之下。

也就是说，童心是一种能量，一如水，可随物赋形。

成人已接受了社会对他的规定，行为总是在身份观念中徘徊，他放不开心性，就殊少生动。因为臣服于清规戒律，生命力就弱化了，表面的稳重，其实是惰性。

此时，我怀念儿时时光，因为那时我尚不知道自己是谁，就无知无畏，像一头乡间的驴子，遍食百草，不怕腹泻，满地打滚，不怕身脏，呜哇乱叫，不怕人笑，活在天地自然造化之中，能感受到生命本身的存在。小犬钢特也是这样的，所以，我很羡慕它，因为它比我活得率性、幸福。

10

今天是清明节。

阳光明媚，有微风。带家婆与狗去小清河踏青。

小清河畔，黄花遍地，春虫嘤嗡，爱犬被吸引，竞跑追蝶。家婆剜野菜，边动作，边回忆儿时趣味。不到两个时辰，所带行囊，就被野菜充满，而野菜依旧遍地，家婆惋惜地一叹，就这样吧。

儿时挖野菜,是为了充饥;现在挖来,是为了调剂胃口。目的不同,态度也就不同:充饥者,要把野菜挖尽;调剂者,适可而止。

午时,携野菜去探母。母大悦,因她喜食野菜,正可大饱口福。

清水洗净,泼以辣椒油,好吃得出乎意料,口感爽脆,咀嚼时竟有隐隐回甘。在儿时的记忆中,野菜总是有苦味,或许是因为没有肉香垫底,遮不住清寒之气。

母亲饕餮而食,我不禁劝道,尝一下鲜即可,因为您有高血压、冠心病,过度而食,会让血管负重,会诱发晕眩或浮肿。

母亲笑笑,说,这人一老了,忌讳就多,就不自由,并不是想吃什么就吃什么,要注意养生。

从母亲的感慨中,我突然悟到:其实原始的生机是无需养的,他自己就在那里盎然着;一到了有意养生的地步,生气已远离人身,已了无回天之力。

11

这两天柳絮纷飞。

对柳絮过敏者,得皮肤病,故避之;在清洁工人眼里,它脏污环境,故扫之;文人嫌其轻浮,撩人心性,故厌之。

殊不知它是柳树的种子,是物种繁衍之本。

人之看事物,常只攻其一点,而不其余,得出的结论总是似是而非。

这两天爱犬发情。

在河畔上行走，公狗尾随，故赶之；在客厅里盘卧，经血污地，故揩之；家婆嫌其累赘，多有烦言，欲弃之。

殊不知这是动物的生命本能，是顺应天理之举。

人看待动物，只从人本位出发，宠爱的背后，是天性的扼杀，近乎残酷。

这一切，都需要我们认真反思。

12

天大热，球迷沏一壶茶，看世界杯，进入清凉境界。而球迷外的人就不同——

晚上，家婆遛狗回，大喊热死，开空调，凉风劲吹。我不能承受机器的凉，骨缝中有针扎感觉，建议她关，静静地享受自然风。她不允，我气愤，吵。狗看看她，看看我，莫名其妙。因为狗趴在水泥地上，自寻凉意，便不知人在凉热中的进退，它感到人好笑。家婆奇瘦，腿骨上无多余的肉，反而怕热，吹凉风。便可知，狗的皮毛，我身上的赘肉，有消暑功能。

把自己关进书房，裸身翻闲书，暂时把暑气和闲气忘了。

我越来越不满意自己的生活，感到希望无多。我的生活总是"错位"，乐趣就殊少——

能远足的时候，没有放达之心，觉得宅在书斋里读读写写才是正事；待文思枯竭想游历，却已无多余的体力，殚于迈步。

有可挥斥方遒的平台与机会时，讲究守成与低调，一味谦恭；待世事看透，想铺张扬厉，表达个性，却已失去应有的激情，一如尾巴夹得久了，粘连在一起，反而翘不起来了。

坐想美色，也血脉偾张，觉得自己雄风驰荡，可以有大浪漫；待美色真的玉立于前，却瞻前顾后、禁忌重重，以至于器官都沉睡不起，一如阉。

遇到可借助之势，正可顺势延伸人脉，以少付出而获大收益，却酸性上升，以攀附为耻；待急难险事当前，需要打通关系，破解难题之时，又找不到门径，顿感临时抱佛脚才是最大的人生尴尬。

官员与文士杂合于一身——在官场谈文学，书生气重；到了文场，又讲官话，官气十足；两个场面上的人便都视你为异类——均不倚重，均不与你畅所欲言，或防备，或轻蔑，或嘲讽，或贬损，身姿顿矮。

即便仅仅是在文场行走，由于身居城乡结合的部位，学院派认为你黄土加身，胸无点墨，文化轻浅，一派俗俚；而乡土文人，又认为你登堂入室，狐假虎威，故作高深，不可与之为伍。二者皆排斥，便雅俗无据。

即便是写作本身，因为既写散文又写小说，就招来多余的议论：虽然都写得用心，都写得精致，且多"经典"篇目；但小说界说我的小说不如散文，散文界说我的散文不如小说，多能，反而自讨其辱。

如此种种，颇烦心乱神。素日不管不顾，坦然面对，而且还自我调侃，我是我的主宰，他人奈我何如？但暑热之下，心绪不宁，就表现出虚弱，就强化了不堪之感，真以为事事不如意，不可活。

我躺在床上陷入冥想,感到人生虚无,执着于意义却根本无意义,不过是兀自劳顿而已。

看来暑热绝不仅仅是气候问题,而是精神问题。

烦闷之下,翻身下床,穿衣到街上去。从冷饮店买茉莉凉茶一箱,在楼前的石桌前独自啜饮。

狗在屋里叫,它要出来;我在外边痛享孤独,不想进去。

家婆隔窗而望,嗫嚅不止。

天渐渐地黑了,不可阻止。

13

晚上到刺猬河边遛狗时,见到那个书摊的品种多了起来,便心中一喜。

急切地趋向前去,竟发现有一部自己的中短篇小说集《神医》(作家出版社,2010年3月第一版),赫然放在那里。书的品相很新,疑似从书店流出。问摊贩价格,他说5元。这本书销路不好,尚有积压,出版社正以三五折贱卖,原价32元,仅卖11.2元。即便如此,与5元作比,还是贵的。

我问摊贩,2元卖不卖?

他说,你要是喜欢就拿去。

正此时,身边的家婆惊呼,这不是你写的书吗,干吗还买?

摊贩一愣,从我手中抢过书去,看那扉页。扉页上正有一张作者像,正对应着眼前这个人。他说,2元不卖了,5元。

家婆说,不卖就不卖,咱们走。

然而我不走。因为扉页上有我的签字：敬请张××大兄指正。

遂花5元钱，存下一个有趣的故事。

家婆愤愤，说，你以后出书，不要什么人都送，省得让人家当废纸处理。

我说，要不是你多嘴，也就省下了3元。

她不明白，每有新书出，这个张××大兄是必送的，因为他是本地稀有的文化人中最有文化的一个。他是名牌大学中文系的高材生，在区党校当过讲师，在区委宣传部当过副部长，现在也是一个文献部门的一把手。平日里，我们频繁接触，对谈热烈，互称知己，交情甚笃。这样的人如果不送，他会怨你小视，见面时不好说话。这一如给领导送烟酒，他可以不用，送到门前小商亭去贱卖换钱，但是你不能就此不送。送不送在你，用不用在他，图的是自安。

把这番意思讲给家婆，她说，你明天上班时，开个玩笑，还把签字本给他送回去，看他怎么说。

使不得，我说，赠书沦落，原因很多，未必就是他不重视、不读。或许是放在机关，被卫生员清理；或许搁在家中，遗忘在书报堆里；或许是书贩行窃，随手牵羊——绝非他主观故意。如果你再把书送回去，那就是认定他了不珍重的态度，虽能收获一番解释，但也会成就一团尴尬，以后的交往就不自在了。况且，文人相交，未必非诗书酬唱才算雅，能嘘寒问暖、亲切相待也颇不俗。譬如你吧，一辈子也不懂我、看重我，不还是生活在一个屋檐下、不离不弃？作为现实中的人，要看重书之外、家婆理解困难,说,你们文人太复杂,活得太累。不像女人和狗,高兴就是高兴,不喜欢就是不喜欢,直来直去,不会遮掩。正因为我们简单,所以我们快乐,对人对己,都没有怨言。

14

晚上还是到刺猬河公园遛狗。

虽黄昏已至,但夕阳仍灼灼如烧,让人看到时光不忍逝去的样子。

家婆患有糖尿病,移步一久,就累,请求在路边歇。正有一靠背长凳预备在那里,就顺势坐下。借机拿出水具,欲饮狗。

狗却专注地看着一侧,眼神有惊异之光。

那一侧,草繁茂而杂,就有蛮荒样相。一灰羽小鸟,体型、大小都如雀,长着细长的喙。奇异处,是两头都有喙,似从头部中间穿过,状如开山所用的十字镐。它悠闲地在草上散步,不时啄食地上虫蚁、草籽和蒺藜果。我叫不上名字,姑且管它叫交喙鸟,取喙贯通的意象。家婆说这种鸟她幼时常见,但当下却好久不见了,所以她备感亲切,眼里也有光。

那鸟如入无人之境,也不忌惮人声,就那么自在地觅食,好像行走在自己的领地。我不免想到,由于蛮荒,没人工痕迹,就使鸟的本性登场,所以,公园的构建,最理想的办法,就是少置备人工设施,让它有山林气息、原始面貌,杂花生树、莺飞草长,野而和谐。只有这样,才有百虫,才有百鸟,才有亲近自然的感觉。

我们久久地凝视着那只小鸟，不忍动弹，这里当然包括狗。

搁在已往，虫鸟一仓皇乱动、乱飞，狗就啸叫、就扑捉，但这只鸟平静而从容，就让狗感到敬畏，它审视、它思考、它追问究竟，所以它始终凝眸，不解时，还不停地伸展舌头，面部的表情像咋舌而笑，它有人意。

以为狗干渴，便把水倒在钵里，强令它喝。它飞舌汲水，喝得很快，似乎它放不下对鸟的惦念。

饮水罢，再回望那小鸟，鸟飞走了，只看到它小小的余影。

望着远去的小鸟，狗突然放声啸叫，它不是冲着小鸟，而是冲着人。

我醒悟到，它是在抗议人强令饮水的动作，因为对人的服从，它把小鸟错过了。

15

一早，儿子儿媳邀我和家婆偕爱犬游韩村河镇天开村"天开花海"。此地原址是天开水库库底，近年旱，干涸，村人遍植菊花，成璀璨花海。门票每人25元，绿草甬路，菊花有数十种。刚到时，天阴，草上浥着露水，脚踩其上，且润且渲，颇享受。

草茂花深，小犬一进入，就杳了身影，须人时时寻觅。这倒增添了情趣，让人的爱心有所附着。美景能召唤童心，家婆频频拍照，一对年轻夫妇则纵情嬉闹，为保持父尊的庄重，我只好催促小犬径直朝前走，远离他们。

接近午时，豁然晴朗，花朵立刻鲜艳起来。这反而让人觉得不适，觉得过于刺眼。才体会到，赏花时光最好有薄阴，柔和的氛围，让人不分神，能看到美的脉络。

小犬的舌头吐得很长，它是渴了，饮过水之后，依然吐得长，看来它累了。我便把它抱在怀里，替它走。毛茸茸的身子，清晰的心跳，让我感到生命是那样的美好。

16

爱犬钢特越来越仁义了。

譬如晚上散步，我和家婆必须同时相陪，它才移步。我有旧思想，床上夫妻，地上君子，两人出行，从不勾肩搭背，总是一前一后。这就给钢特出了难题：我跟家婆相距得远了，它就无所适从，既怕跟不上前边疾行的我，又怕丢下后面缓行的她，就在之间来回跑，顾及着两个主人，行程就双倍于人。我们二人就都怜，怜于它的累。

譬如在居室相处，公婆必须和煦，一有争执，它就颤抖，躲进厕间。所以，有它的存在，融洽了我们夫妻二人的关系。

譬如每到晚间饭口，它都依偎在主人身边，看主人咀嚼，就像小儿看馋，期待喂。怕它食淤，我和家婆约定，只有我在场时可以喂，不然就置之不理。所以，为了怜惜爱犬，晚上我一般不赴约，只陪家婆与狗。

譬如夜里眠床，它必须与人相依而眠，常居于我和家婆之间。而眠床狭小，怕挤了它的小身子，我和家婆只好分床。但人分狗不分，上半夜它依偎家婆，后半夜它依偎我，来回穿梭。

狗到了这等地步，就不是狗了，而是家庭的一个成员。

这就给我带来额外的忧伤，常情不自禁地想：如果家婆不在了，我可拿它怎么办；如果我们都不在了，它可怎么活。

所以养宠物不是一件有趣的事，是感情的拖累，因为不可割舍，就无端地忧伤。这与无果的爱情相仿佛，既不能弃，又不能终，悬在半空，觉得有债务。

我常抚摸着爱犬的毛发，悲从心生，表现得十分脆弱。家婆出远门，也是心魂不定，常打过电话来，劈头就问，钢特还好？

狗是第一，人退居其二，它占满了人的感情空间。所以，宠物不能轻易养，它让人感到"牵挂"之重。

17

画家王书樵常到我家来，既煮酒谈阔，又论道议禅。爱犬也喜听，乖巧地伏在我们左右。书樵大为惊异，对钢特发生浓厚兴趣，息心观察数日，率然做长卷《钢特图》，将爱犬的十数个动作，有机地呈现在画面之上，趣味横生，意蕴悠长。他嘱我写一阕《钢特赋》钤于画的一侧，合作完成一种诗意的表达。遂绞尽脑汁，写下如下文字——

小犬乃英国伊丽莎白皇家种裔，虽为女性，却遇威猛者不惧，见专横者不谄，双耳乍起，敢于迎敌，且仰天长啸，傲骨铮铮，故命名钢特，以状性情。但钢特对主人颇缠绵，昼形影不离，夜同榻而眠。主人之喜怒哀乐它均能体会，主人之好恶取舍它也能处处呼应,乖巧与聪慧不逊于童子,令人既爱且敬。遂叹曰:人性狗性共通天地灵性,人情狗情同化日月真情。

书樵读罢,脱口称赞:太好了。遂豪兴大发,放笔书丹,字与画浑然一体,俨然是大作品,令人荡气回肠。我求其好生装裱,庄重地悬于我家客厅,时时回味,以寄情,以明志,以砥砺人性。

18

逗弄着爱犬钢特,我突然生出一组碎思——

狗太乖巧了你渴望它说话,人太絮叨了你希望他闭嘴。
思念过于绵长你选择遗忘,冷漠过于长久你呈现热情。

器小易盈,如各地的文学小刊物。
量大常虚,如文坛之外的民间思想家。

盐存大海,终究是水;引入浅滩,才可蒸发出盐。
蛹化成蝶,终究是虫;飞入深闺,才可触动春愁。
所谓时尚,就是一群人都说着相同的话。
所谓过气,就是个别人说与众不同的话。

浑水摸鱼如有所得,那是运气。

清水求鱼终有所获,那是苦修。

敬请斧正,是要您扔掉斧子,切勿指正。
博您一哂,是请您闭上尊口,不置微词。

19

与爱犬厮守,让我看到了自己的另一面,也懂得了不少做人的道理。

天寒时节,为了遮风保暖,每晚出门遛狗,我都要戴上一顶俄式高身圆筒毡帽,再配上深色棉质风衣和长腰皮靴,有哥萨克英武之风。走在大街上,吸引众多目光,感到自己颇脱俗。由于感觉大好,每出门前都要在穿衣镜前久久打量,如妇人般自我欣赏,好像在顷刻间,自己从委琐中破土生长,渐渐挺拔高大起来。

在日间,到公共场合,扮演社会角色,着装要周正得体,那顶俄式毡帽,是断然不可戴在头上。发型规矩,谈吐拘礼,一招一式,都是身份的要求。但一旦与狗为伍,与社会疏离,一切禁忌,就顿显多余,率然忘机之下,自由登场。而且是理直气壮的解放,熟人见面,也自然而然地认同,不显突兀。

在室内,爱犬温顺好静,不喜大声喧哗。我每与家婆争执,只要声高,它就浑身颤抖,手足无措,钻进厕间,躲起来。此番情景,让我和家婆面面相觑,均感惭愧,便偃旗息鼓,和气相处。然后到厕间对它细声相告,说,我们已不再争吵,你尽管走出。走出之后,它看看我,看看家婆,满眼忧伤,疑是惊魂未定。狗的表现，类似教化，让人自觉。

爱犬是小型犬，身如婴儿，它喜与人同床而卧，娇惯自己。我喜仰卧，四肢伸展，以缓解读写压力。家婆喜侧卧，身形蜷曲以守妇德。平时，它多与家婆同居一室，眠时也侧卧，相向的情态，如婴儿在怀。好像它怕我寂寞，隔三岔五也光临我的床榻。见我仰卧而读，它也无声地仰卧在我的枕畔。它两耳摊开，四蹄举天，模样乖巧，让我心生漫天温柔。更可人处，我叹息，它也叹息，我痰咳，它也痰咳，我弄鼾，它也弄鼾，一切都依照人的形态。狗依人样而行止的存在，不禁让我生出警觉：人一定要举止端庄，从善而为；否则，狗也会龇牙放纵，无良行恶。

世人云：从狗看主人。

这是对的。

那么，在宠物面前，人切不可得意忘形、一味任性，要懂得自珍、自爱、自警、自省。

20

冰雪融化，草木发芽，人衣渐薄，小鸟咿呀。爱犬被招惹得直吐舌头，在草地上撒花儿打滚，我被感染，思绪大开，陷入冥想——

厚重则压抑，轻薄则浮躁，水流则欢快，宁静则安详。

一切症候，都不是孤立的存在，人与自然也是互动的关系，连锁的反应，共生共荣。

但花发思春，其前提是正值妙龄，若已人生垂暮，便需克制欲望，矜持守成，再蠢蠢欲动，必会丢怪露丑。欢喜跳跃，其前提是有青春的膂力，若筋骨渐老，便须缓行，再一意卖萌，必有筋断骨折之虞。

大千世界，自然有风云变幻，草木自然会有转基因，人也自然会有变异之象——

歌德愈老，愈大发缱绻春情，承领二八女子绕膝之欢，但他是天才，可以把其中的感受，换为一卷卷的诗。而诗美醉心，可让人们顿生宽容，不以为俗恶。若凡夫俗子也东施效颦，不过是形而下的欲望动作，就会陷入市井恩怨、道德纠纷，遭世人鄙弃。

萨特玩二人、甚至三人游戏，但他是哲人，能做理性的掌控。同时，其游戏的对象，也有相应的心境，无性别自卑，也不以为女性为"第二性"，她们有"上位"的能力，可以互玩。这一如大树发芽，要有适宜的水分和一定的温度积累。而一般人都生活在"感性"的土壤之中，都是随性顺势的萌发，都是现实生活的斤斤计较，没有"逆动"的承受能力，一旁逸斜出就乱了阵脚，甚至自毁。

有道是，特殊的树木开特殊的花，而凡常的花朵，就要本分地开。

有道是，庙堂之高，是佛的座位；草庐之低，是人的家居。自适的态度是"只羡鸳鸯不羡仙"，因为鸳鸯一如男女，都是凡间的物事。

我则认为，"羡"是自卑的表现，干脆就什么都不羡，只安于做自己。就像人间草木，是草结穗，是木结果，反倒自立，反倒有了自我价值。

21

昨晚在刺猬河边遛狗时,有大惊喜。整天忙碌,河边已半月不至,刚进入甬道,就满眼鹅黄,顿生暖意。再往前走,更是一片葱茏——柳芽已绽满丝绦,岸槐已发新枝,广玉兰已开得厚白,小草已争竞着拱身,河面无波,水雾似有似无,一如梦幻不可捕捉。行人也见多,且衣着渐薄,还有裙裾摇曳。

我情不自禁地大口呼吸,更想喊叫。概念中的春天,终于被真切地感受到,豁然释怀。但已过了率性的年龄,宜矜持,便放快了脚步,以表达喜悦。小犬腿短,它跑着跟进,因体毛金黄,在葱茏之间,它格外醒目,像欢跳的音符。

我强烈地感到,温暖是看不见的大力,不仅可穿透季节的冰封,也能穿透世故心的遮蔽,化凝固为流动,化压抑为轻松,也抖落禁忌而向往自由。

我便和小犬一起跑,让嫩黄迅速闪过,让清气钻进胸肺,把精神的枷锁一路卸去。

回到家里,兴奋难平,便喝高山雪菊,品心跳的节律。我感到青春依在,神清气爽。

一早起来,有小雨淅沥。雨滴虽飘零,但也足够浇息路尘,走在小城的街面上,一片水声。水声悦心,让人想到田垄上的麦苗,人和万物,在斯时返青。小麦的启示,让我在早餐时,喝豆浆,吃春饼。这朴素的口味,与自然征候相和谐,让肌体发力,心神静好。之后是精力充沛地工作,且满面微笑,喜见人。

午后推窗,天蓝而雨清,为城市气象所稀有,身体的困乏一下子烟消云散。我怀着庄重的心情干一件事,即为东南西北的友才寄书——寄素日不好意思送人的拙著。

22

早饭后,家婆和爱犬都凝视着我,那是巴望的眼神。我领悟到,那是想让我带她们去踏青。

家婆和狗是自然生活的状态,对大自然敏感,不似我,整日读写,不敏于四季,对冷热迟暮。我心中一热,说,走。

小犬居然能听明白,它箭一样窜到门槛,向上跳跃,它喜悦。

我和家婆每人持一只布袋、一把小铲,自然还有爱犬饮水的用具。因为每年清明前后,我和家人都要去挖一次野菜,今天正好。

驱车向东,到了著名的永定河。那里有河畔公园,公园里依自然的形态,有起伏的丘陵,还有密林、花丛和遍地野菜。

停车远眺,虽然有风,但河水清凌平静,杳无波澜。因为风小而暖,不起风寒。

公园里的花木,因为都是人工养植,所以都是名贵品种,所以根部都围以土埂,都有浇过的痕迹,所以树恣肆地发芽、花饱满地绽放,有丰饶气概。人工推动了季节,这里更有春天的模样。

起伏的丘陵上,百草风发,野菜丰肥。能入口的野菜,不用寻觅，只需挖。

我和家婆有分工，她挖苦荬，我挖刺苣，并且约定，袋满为止。

我和家婆在具体的挖法上有分歧，她只挖茎叶而去根，我是连根挖起。她说，根老难咬。我说，如果是纯粹的野地，你说的有道理，但这是有水浇灌的土地，菜根白嫩。我连根挖出一棵刺苣，在裤腿上擦去泥土，放在嘴里嚼，以证明我的判断。她说，小心，这里打过农药。我说，农药沉积于茎叶，不殃及根。我把嚼剩下的菜根让她品尝，她尝过，笑而曰，果然如你所说，又嫩又甜。

但她还是坚持她的挖法，她说，挖的苦荬与你的不同，它的根有苦性，即便是反复淘洗，也难以入口。她虽然说得很对，但儿时挖苦荬，吃的就是它的苦味，既可疗饥又可败火。想到今夕毕竟不同，又想到这是在大自然里踏青，是享受自然之趣，便由着她的心性。

考虑到有小犬跟随，不能分离，就一左一右，互相照拂。小犬不停地在两人之间跑来跑去，不知疲倦。在大自然里狗也撒欢儿，眼神明亮。跑累了，就在中间的坡草上打滚，一会儿是背黄，一会儿是肚白，出奇的可爱。我和家婆不时地停下来欣赏，觉得这里有美意，便相视而笑，会心又赏心。

这里的刺苣真多，尤其是在树埯之上，一片接一片联袂地长，且一棵接一棵地鲜嫩。那里的土也松软，铲子一下去，整棵野菜自己就蹦出来。这让我兴奋不已。即便是兴奋，也有一份清醒：树埯是用来存水的，一旦挖豁了，浇水时水就会跑，所以，野菜挖下，就自觉地把土按原样再培起来，不造成破坏。在挖野菜时，一个看林女工就在左右巡视，她见状，笑着说，一看你们就是文明人，既赏春，也惜春。

由于不需要她刻意地监督，她就逗弄小犬。她说，你们家的狗真好看，背上的毛金黄，肚下的毛雪白，光闪闪地干净。别家的狗会啃树，它从地下捡小石头，扔出去又捡回来，自己跟自己玩儿。腿也短，又没尾巴，走起路来屁股扭扭的，像个大姑娘，它是什么品种？我说，它是英国伊丽莎白柯基犬，出奇地温顺。她说，呃，原来它出生于皇家，我说它这么懂事乖巧。女工从兜里拿出两块曲奇饼干掰给它吃，小犬不仅吃，还舔人家的手，人家走远，它还尾在身后送，依依不舍。小犬也知人意，在善者面前，生者也熟。

狗的行止，让人感到它与大自然是那么的融合，阳光之下，一切就应该这样亲切、和好。

本来挖野菜是踏青的一个方式，应该属于悠闲和随意，但刺苣遍地，是不竭的吸引，让我难以释怀，便拼命地挖。以至于刺苣之外的风景也被完全淡忘，眼里只有刺苣。布袋已经挖满，还不忍停歇。向家婆张望，见她仅挖了半袋，刚漾起的一丝忧伤顷刻烟消云散，又忘情地挖下去。直弄得自己呼吸急促、大喘不止，不得不歇。

我索性把自己摊在草地上，深情地叫了一声：啊，我的刺苣！

奇怪地，足不出户，埋头于书写，就想不起大地上的物事，好像大自然里的花草树木都不存在，都跟自己无关。而此时，生长的意识猝然满溢于胸,自然万物不仅存在,而且都跟自己有关,它们是我的!

挖不完的刺苜啊,你让我对你没有办法,我心有不甘!于是,我强烈地感到,书斋里的生活,让我心钝目盲,失去了对大自然的感受能力,身体也有了衰退之相。这类似暗疾,不可不医。我必须时时走出室外,亲近我的刺苜。刺苜不仅可以健身,而且可以医心——它让我敏感,知生命趣味,不再僵硬地活。

为什么蒙田总是追问自己:"我知道什么?"

这时候我找到了答案,远离了自然万物,人总是生活在教条和成见中,并且,自以为是,抱残守缺。

怀着对家婆和爱犬的感激,且盈盈地爱着她们,我满载而归。

23

早,陪家婆到谢记烧饼店吃早点。每人一碗羊杂,她佐以一烧饼夹羊肚,我则一烧饼夹肠、烧饼夹菜。

她跟我说,今天是端午节,你不必再写,也休息一天,去孩子奶奶家,与她共度。难得她主动关心母亲,我心中一热,把碗中的羊杂拨给她一些。我说,那好,那你就下厨房,把你最拿手的两道菜——红烧肉和糖醋鲤鱼做给老人吃。

夸她拿手,她甚喜,率然允曰:那自然。

早点毕,共赴城南菜市场,割前臀尖一块,八斤六两,称活鲤鱼一条,三斤三两,另购香葱、香菜、荠菜和黄瓜若干,火腿两只,一斤六两,西瓜一枚是三斤八两。

进了家门，爱犬钢特见购物众多，喜而跳。家婆对它说，我们要出门，也带你。它听懂了，坐在房门的位置等待。家婆梳妆，耗时久，小犬急切，不停地向她啸叫，意思是说，你怎么还不走。

到了老母家，那个特大号的搪瓷缸子已沏好酽茶，并放着几只小茶碗。母亲说，知道你们要来，我们已在等。

所谓"我们"，母亲之外，还包括大弟一家和三弟的两个女儿。

家婆说，今天我烧菜，你们谁也别插手。当然，两个侄女可以给我打下手。

两个侄女今年大学毕业，对未来有期待，大妈、大伯的到来，让她们很欢快，很乐意表现她们的勤快，所以大妈的话音刚落，她们就已经簇在她的身边，等候吩咐。

两个人的交谈让我忍俊不禁，因为她们说，今天即便是节日，也不宜发祝福节日的短信，因为是屈原投江的日子，既然悲壮，所以要庄重。

虽然离中午时间尚早，但家婆按耐不住操刀的兴奋，转身进了厨房。母亲不愿让儿孙们感到自己无用，开始淘米、蒸饭。电饭锅蒸上以后，她往餐桌旁摆凳子，一刻也不闲。我说，妈，您就歇着，这些活儿有人干。她笑着说，我高兴，就不歇。

我说，既然你们都喜欢忙，我也别闲着，我到村西大堤上去遛狗。

爱犬钢特这次又听懂了，不用我示意，它就跟我一起抬腿。

我们到了大堤，左右环视，麦子已收割完毕，新鲜麦茬像平静的波浪，朝四下荡漾开去。隐隐有香味，既来自麦茬，也来自被阳光曝晒的土地。我大口呼吸，喜不自胜。钢特也望远，眼神明亮。是新奇又无辜的明亮，猜测着主人的心情。

看着土地茂盛之后的秃，我心中有沧桑，不禁哼起了李宗盛的《远行》——

> 亲亲我爱多么希望你会明白
> 我需要安静下来
> 想像未来怎么安排
> 时间飞快 时间飞快
> 来不及抹去昨日尘埃
> 时间它不让我等待
> 就这样迎面而来
> 不舍你那黑白分明亮亮的眼睛
> 只是你年纪还小
> 无从明了我的心情
> 时间不停 时间不停
> 原谅我依然决定远行
> 当所有等待都变成曾经
> 我会说好多精彩的故事给你听
> 就要离开
> 虽然我心中有无限伤怀
> 就要离开
> 虽然我心中有难言悲哀
> 明知寂寞叫人难以忍耐

也许一切就此从头再来

虽然不知何时回来

我只盼望你会明白 你会明白

喔 你会明白

回想过去曾经黯淡几许光采

有时候我不知道

这样决定应不应该

时间飞快该来的会来

我从来不曾这样坦白

啊往日绚烂的梦已不再

我已经累了

我需要离开这舞台

就要离开

虽然我心中有无限伤怀

就要离开

虽然我心中有难言悲哀

明知寂寞叫人难以忍耐

也许一切就此从头再来

虽然不知何时回来

我只盼望你会明白

你会明白 喔 你会明白

你会明白 喔 你会明白 喔

你会明白

这是李宗盛唱给他女儿的，我身边没有女儿，所以我唱给小犬。也因为我不去远行，所以就唱远行的歌。哼唱之后，我突然意识到，对千篇一律的生活，我有隐隐的不甘，内心的深处，有思变的愿望。

而小犬被唱得表情懵懂，以为自己有过错，不敢走远，一步不离地跟在我身边。

24

早六时许，爱犬钢特在我床边叫了一声，类似叫早。在似醒非醒之间，突有灵光乍现，冒出一段疑似格言的东西，赶紧抻纸而记，云：

无论生我养我之人，还是我生我养之人，终要离我而去，便心生忧伤，感人生虚无，不必迂执；

无论恨我爱我之人，还是我恨我爱之人，终要化为枯骨，便心生宽慰，觉怨亲平等，无须亲疏。

记下细忖，感到它像一副天赐的长联，对偶、对称、对应，其中蕴含着很深刻的含义，即便是平日里苦思冥想，也未必能得。所以，所谓"偶得"，其实就是"灵感"的一种证明。

钢特很迷惘，它哪里知道，它的一声叫，居然能天赐格言。

2017年12月8日

救赎

一

2015年的夏天不期而至。

天渐渐地热起来,思绪也渐渐地活跃。年轻人愈加伤春,我则伤身世——一些旧时生活的画面总是在眼前萦绕,有不吐不快的感觉。

父亲是土生土长的山地人,除了大山与草木,他见过的世面不多。因而在生活中,他立身的支点、对外的触角也是少得可怜。所以,他很早就对我们哥仨说过一句话:你们今后的生活,甭指望你们的父母,横竖靠你们自己。

这就是动力,使我能够苦学,以至于以中考全县第二的成绩考到了平原的良乡中学。因为山人手中无余钱,即便他当时任着村里的支部书记也因内心的周正而"变"不来余钱,所以,为了能供养我上学,他毅然决然弃官不做,到山后的煤矿挖煤。等我完成了应试教育的所有学业,终于当上了国家干部,他也身染重病,垮了下来。

但是,他以自我牺牲的精神给了这个家庭最初的支撑,不啻是完成了一个农民父亲所能完成的伟大使命,其中的悲壮底色给了我很大触动,让我自觉地接替他去履行他对这个家庭未尽的责任。

我一边给他筹钱治病,一边在山外给两个弟弟安置工作,寻觅生路。

我最初被分配在当时的良乡公社,做蔬菜技术员。机关里有个当电话员的李姓女子,活泼貌美,又钟情于我,便动了成家的想念。公社的主任给我善意的提醒,说她只是个社调干部,实际的身份还是个农民,你既然是从低地爬到高处,就不能再回归低。

见我没被说动,就把我请到他家里。他的家是坐落在机关后院的两间平房,居室狭窄而暗,由于地势低洼便有很重的霉味。他对我说,你看我是公社的一把手,却住在这么寒酸的地方,为什么?因为我是一工一农的家庭,按规定不给福利分房。他的夫人也接茬说道,就因为我的农民户口,也不给商品粮,要想温饱,还要自己去种地。所以,你选择了这样的婚姻,就等于选择了一种艰苦的生活。我感到很奇怪,她既然是艰难生活的成因,却能把话说得这样坦然,好像是别人的叙事,与自己无关。后来我明白了,艰难的生活使她具有了承担的理性,她已释然,而她觉得我是一时冲动,事后或许要后悔,所以她要给我善意的提醒。后来，他们又加重了对我说服的力度——麦收时让我去他们的口粮田里帮助割麦。凌晨四点下地，借晨凉用力，以减暑热。奇怪地，麦浪滚滚，秸秆泛香，银镰在手，一起一伏之间，我竟不感疲累，反倒尝到一种在大地上挥洒的浪漫。麦子割过，我们坐在田埂上，喘着粗气，喝豆浆吃烧饼油条。主任问，感觉如何？我说，挺好。他摇摇头，说，既然如此，我就什么也不说了。

机关的东侧，是新华书店。店面虽小，架上居然赫然地摆着一套精装本的《鲁迅全集》。心跳加剧，感到那是先生对我的邀约。那是人民文学出版社1981年版1982年第2次印刷本，简体，页白，疏朗，大方，价52元整。而我每月的工资只有32元，即便是倾囊而出，离请先生之资也尚差不小的距离，不禁嗒然，整日絮叨，仓皇不安。李姓女子，闻之嫣然，慨然送上银两，遂成就愿望。她的举止令我五内俱热，更坚定了我的婚姻选择。

那时结婚领证是在本公社的民政科，为不惊动同事，就跟办事员约定，在一个下班后的时辰前去办理。那是个苏姓老同志，盖章前他问我，你喜欢小李什么？我说，喜欢她漂亮。他一愣，就这么简单？就这么简单，我说，在我们山里，因为婚姻无法选择，好男人娶的大多数都是丑妻，所以能娶到漂亮媳妇，是天大的造化，街坊邻居都会羡慕。领证出来，天色已暗，我们钻胡同回她的母家。正有一条野狗迎面而来，她不禁躲进我的怀里。这意外的依靠，让我顿感沉重，我下意识地问了自己一句，你会后悔吗。她适时地问道，你娶了我，就还要种地，你怕累吗？我说，我当然怕累，所以我不打算种地，但是，没口粮之后，我会去要饭,要回一个馒头是你的,要回两个馒头还是你的,我绝不会让你挨饿。

因为被感动,她非常体恤我的家境,婚事也不要求大办,只是请了单位的同事,在一个晚上,在机关会议室举行了一个简单的婚礼。机关支部书记主持仪式,弄得像个茶话会。因为只置备了一些瓜子、花生和糖果,总计才有五十元的开销。礼毕,由机关的两个大姐护送她入婚房——一间租来的只有八平方米的农家房。房里的摆设,只有一床、一案、一书柜而已。第二天一早,她就同我一道乘长途公共汽车回老家省亲,向公婆宣告,她已是家庭中的一员。

省亲归来,后边还尾随着一员,那是我初中刚毕业的大弟,要我给他在平原找一份工作,以便能自食其力。我的连襟正是一个搞建筑的包工头,就把大弟硬塞给他。为了解决大弟的住宿,就跟连襟商定,他白天当小工,晚上就做值夜的,也好住在工地的门房。工地离公社很近,大弟的一日三餐就由我和她料理。早餐和午餐,让他和我们一道下机关食堂。因为他发憷跟机关干部打交道,我们便把饭菜打回来,让他在我的办公室里吃得自在一些。而我总是下乡,打饭的事,就基本上由她承担。晚饭则放在家里,考虑到大弟做的是苦活,总要让他喝一点酒。我们都年轻,经常把酒喝大,就招惹出她的责备。她说,也没有好菜,就一点凉拌辣白菜,喝什么喝。我怀疑她是嫌我们喝酒而增加了家庭开销,便大声呵斥,惹得她暗自垂泪。

有时酒后我会送大弟回工地,就看到了他过夜的门房的状况。那是临时搭建的简易房,铁皮盖顶,门窗摇曳,四面透风,一如柴棚。此时正是夏天，屋热如蒸，飞满蚊蝇。大弟说，他大半个夜晚都是与暑热和蚊子争斗，只有天色渐亮、渐凉，才能打上一个盹。我不禁心中颤抖，为他的悲苦而痛。但我嘴上却说，我们出来就是为了能挣一点钱，为钱而战，必须隐忍。

但是月底开支，不过是给的日工的工钱，他值夜的工钱不被计算。我找到连襟询问，连襟说，我的工地不缺人手，考虑到他是连带的亲戚，才给他硬插了一个岗位。至于他的夜值，不过是给他找了个住宿的地方，不收他的住宿费就不错了。他的话给了我意外的刺激，再联想到大弟在暑热和蚊蝇叮咬中苦熬苦守的情境，我有不可抑制的愤怒，我说，你这是混蛋逻辑！如果他不住在这里，你是不是要安排一个守夜的，你是不是要给人家开一分工钱？他说，那当然。我说，既然如此，老弟的值夜钱就应该照常计算。他说，我只是个体户，一切都要精打细算，既然是亲戚，就应该替我着想。我说，正因为是亲戚，才到你这里谋份工作，一是求得照顾，二是能多挣几个钱，可你却忍心克扣，真是岂有此理！我啪地把拳头砸在桌面，吓得他跳了起来。他嗫嚅道，难道，难道你跟我小姨子结婚，就是、就是为了能安排你弟弟到我这里挣钱？我顺口说道，没错，如果你这里没有这么一点点便利，我凭什么如此低就，娶了她这么一个农民！

话一出口，我自己也惊呆了，这是我的本意吗？

话传到她的耳朵里，她含泪问我，你真的那么想？我说，都是你姐夫给气的，顺势撒气，把没有的说成了有。

不过，事后思忖，却着实让我看到了不曾想到的另一面：

我之所以这么草草地结婚，的确有替父担当的意味。我的婚姻，不仅仅是为自己组建一个家庭，以便按部就班地生活，下意识地，还把这个家庭当作了家族进身、向兴旺里发展的跳板和根据地。

想到了这一点，我不禁陷入了很深的忧伤，既为自己，也为那个无辜的女人。

二

因为怜惜大弟在工棚里的苦境，我决定盖房。

连襟毕竟是连襟，那次交锋之后，他反而对我有了一重敬意。他说，通过这件事，让我看到，你是个有血性的人，也是很有责任心的人，孩子他姨跟了你，我们放心。

说到盖房，他很支持，他说，椽檩柁秸、砖瓦灰沙都由你自己置备，工程建筑就交给我。

这之后的所有业余时间，我都跑建筑材料，可谓风尘仆仆。这期间，为了节约开支，购置低价材料，我动用了所有能动用的关系。虽然颇耗精力，但也增强了我的变通能力，自信与自豪也油然而生。

但也饱尝了人生况味，让我看到了真实的生活模样——

一个星期天，我借了一辆木板车去八里之外的一个村庄拉覆盖屋顶的花秸（麦秸）。花秸轻飘，装在车上膨胀如山，需用麻绳扎牢。即便是在捆扎之下，从远处看去，移动的车子也像一座移动的山。草垛把车辕杆遮了，我就躬身钻进去，盯着脚底的路面，凭感觉往前拉动。因为在覆盖下也不迷失方向，所以我惊异于自己的判断能力，居然还生出一股莫名其妙的浪漫。初始，天气响晴，草山移动得轻松，我还有心情吟唱着歌谣。突然就有阵雨倾注，山被水浸，就渐渐低沉，最终沉到肩头疼痛，移步艰难。不禁苦笑，谁他妈的婚姻似我，不仅低，还要低过地皮。雨真是好雨，那是著名的太阳雨，已经被诗人写进粉红色的诗篇里。而且暑期的庄稼也急迫地需要，好在滋润中响脆地拔节。但是，我是陷在生活中的小人物，最忌惮的是，生命难以承受之重。艰难行走之中，我想，人生最不可堪的悲摧，也不过如此。

花秸终于拉到宅院，我愤恨地把木板车掀倒在一边，然而沉重的草山居然砸不出一声亮音，它抹杀我的功绩。但心中的不平，还是被她感受到了，她赶紧躲闪我幽怨的目光。我很想痛快地发作一下，但看到她挺着已明显隆起的小腹，还在不停地往宅基里搬砖，便陡地升起一股羞惭。其实她更应该发作，即便是有了身孕，也不得闲。羞惭竟唤出一丝柔情，我对她说，你就歇一歇吧，别动了胎气。她凄然一笑，说，我妈说过，重身子就得经常活动活动，生的时候能够顺产。

于是我无言，嘱咐自己，面对生活的重负，你最适宜的态度，就是隐忍地承担。

终于住进了新房，大弟也远离了蚊虫的叮咬。我觉得自己对得起在病中的父亲了。

但更艰难的生活从此开始。因为盖房负债，日子更要特别的算计。我们把一个人的工资存下来，只用另一个人的工资支付日常开销。即便是仅仅维持最低的生活标准，有限的那点收入，也常常不能支付到月底。

这时，我已经在报刊上发表文章，但写作不过是玩票的性质。因为现实需要，我不得不开始苦写，强迫自己三两日就写一篇文章，漫天地投稿。奇怪地，文章竟大多都能发出来，稿费单子也时时能出现在机关的收发室里。每月的下旬，一旦囊中钱尽，她就到收发室去，看有没有一张单子。即便是三二十的面额，在那时也是大钱了。她一旦拿到钱，就兴冲冲地去副食店割下一块肉，给我们弄一道红烧肉，隆重地改善一下伙食。天长日久，她做红烧肉的手艺大为精进，以至于比正经的厨师还要好，直到现在，也是她的一个骄傲。

大弟也很懂事，总是要从他的工资中拿出一些来贴补日子。我们坚拒，要他好生存起来，以备他日后娶妻成家。父亲已病，无余钱资助，一切只能靠他自己。而且我们知道，母亲在老家，一边伺候着父亲，一边上山砍椽、下山采石，以便给大弟造出两件石屋，供他成亲所用。

一如人算不如天算，生活的轨迹总不会依据你认为的设计，刚把大弟安置妥帖，老弟又兴冲冲地投奔而来。他刚学完初二的学业，就自主辍学。那时山里正弥漫着读书无用的空气，因为大多数的学子，即便是初高中毕业，也很少能考上大学，还得回归山林，过面朝黄土背朝天的日子。所以，与其浪费精力和钱财，不如早一点某个生路。这时，我已在公社站住脚跟，工作勤奋，还能发表文章，大家都觉得我前途无量，自然而然就有了很好的人脉。公社里有一阎姓副主任，分管公社的副食品业务，念我的家累太重，就主动帮我为老弟在副食店里谋了一个砍肉剔骨的差事。

两个弟弟都聚首于我的家庭,不仅生活秩序大乱,家境也日益捉襟见肘。她即便是善解人意,磕磕碰碰之间,也不免生出怨言。她说,我这哪里是嫁给了你,分明是嫁给了你们整个家庭。烦难之下,我乱了阵脚,情不自禁地对她谩骂,甚至还大打出手,就败坏了正常的感情关系。我高中的一个刘姓同学,在北京肿瘤医院动物实验室当主任,因感情甚笃,在校时就结拜成契。在春节期间,这位契哥前来拜年,察觉了我的家庭矛盾,他说,你整天的这样委屈弟妹,也总不是个办法,就让大弟跟我走,到我的实验室里干后勤。

大弟走后不久,老弟竟也不辞而别。他给我留了一张纸条,上写:整天剔骨头砍肉,腻得我连猪肉都不敢吃,正好北京的军事博物馆招保安,我想去见见世面。大哥你别生气,路是我选的,即便是今后无路可走,我也不会给你再添麻烦。

他的举动让我大为痛惜,因为副食店的临时工很快就要转正了,一旦转正,就意味着端上了铁饭碗,这近乎是一劳永逸,也意味着他今后的出路不再用我操心。然而他偏偏去当朝不保夕的保安,一旦年龄渐大,虽然他言之凿凿地说不再给我添麻烦,但我知道,在混不下去的时候,他还得回来找我。

弟弟们的纷纷出走,既偶然也自然,我却迁怒于她,认为是她的不能见容所导致,便陷入冷战。人稀屋阔,好不容易有了安静的日子,反而日日凄惶。小儿诞下,我也不喜,洗尿布、做家炊、庭除打扫,种种家务,都推给她。她也不反抗,一切都在默默承受中收拾停当。从此就留下了遗患:她的双手至今也红肿粗糙,全不似一个美丽女性所有;她的性情也失去了温柔,作为电话员本应轻声细语,但却时不时地会对客户恶声恶语。

由于时时在报刊上发表文章,无意间在本地弄出一点小小的声名,被县政协的主席看重,要调我到他身边当秘书。不期公社的主任竟出来阻拦,他说,我也是笔杆子,我也能写,你不如调我。我问他其中缘故,他对我说,你们夫妻间已渐生不合,再远远调走,地理上的距离会离间你们的婚姻,我必须尽一点责任。起初他反对我们结合,眼下他又粘合,让我看到了人心的厚重。

正犹豫间,公社的书记找我做工作,说政协是大机关,有广阔的发展空间,你应该抓住机遇,切不可陷入儿女情长。原来他是政协主席的同乡兼学生,他要确保实现领导意图。

政协离我的住家有三四十里的路程,那时公交又没有现在这么发达,所以我要时常住在县上。后来索性就成了规律:逢单日住宿,逢双日回家。这就给她造成了困难,因为她是电话员,必然要有夜值,若夜值时赶上我不归,她要把幼儿带上。幼儿哭扰,惹她心烦,接线时就常有不佳的态度。公社就要把她分流,下到街心的商店当售货员。作为社调干部,如果在公社机关,尚有转正的机会,一旦到了基层,就永无出头之日。

她几日茶饭不思,表情哀怜。情动之下,我找到公社的书记,一番慷慨陈词:我调到县里,是你的主张,造成家庭困难,你却放任不管,还要分流,你这样的领导,缺乏境界。再说,正如你所说,政协是个大机关,前途广阔,就我的天分,肯定有发达的那一天,如果你现在帮我一把,日后我会加倍回报,你应该有这份远见。

他被我说乐了,说道,你求人办事,还这么咄咄逼人,看来你还真的是个文人。

我说,鲁迅说过,文人的骨头最硬,也最有机锋。

他说,那好,你不能只给主席当秘书,也给我当一回秘书——现在县里正要提拔干部,我急需要一篇政绩文章,你能不能帮我写一篇,在报上亮一亮相?

我说,这好办,生活不归我支配,但手中这支笔还是服从我的意志的。

我便为生活而战,认真采访,苦思苦写。稿子写完,他极其满意,说,你真是有才华。找到一张著名报纸的副刊编辑,诉说了各种苦衷,求他成全。他听罢,唏嘘不止,稿子还没看,就率然应允。我顿然感到,文场人物不同于政界官员,心中有大悲悯。稿子看过,他拍案而起,激动地说道,稿子不仅要发,还要发在副刊头条,因为它是近年来我看到的最好的报告文学作品!所以,你不要感谢我,要感谢就感谢你自己。果然如他所料,年终作品评奖,居然以全票获了头奖。

生活得救——她被安置在公社财务科当了审计干部;承诺兑现——书记被列入县级后备干部。

文学给我的峰回路转,让我对它有了全新的感情。为了对得起妻儿所承受的困苦,每住在县上,我都要拼命写作。为了写得流畅,我确定了"垭里风景"的创作主题,试图把故乡的物事系统开掘,直到素材罄尽。

真是高产啊!

用一位报纸副刊作品年度评选的评委的话说,上个世纪的八九十年代,几乎所有带"中"字头的报纸,一不留神就能见到凸凹的名字。

激愤地写下去之后,渐渐地却有了内心的愉悦。我有福了。

但她与幼儿却依然承受着生活的惊悚与不安。

盖房的欠债要还,幼儿的哺育需钱,所以三间民房孤零零地立在那里,始终不能垒一堵团圆的院墙。在农村,没有院墙的房舍疑似危房:盗贼遥望,野狗奔窜,鸡虫纷扰,有不虞之虞。我不归之日,每到夜晚,她都要早早地插上门拴,拥着小儿听屋外寒风弄声,且一有异响,就瑟缩发抖,不停地盯着床前那把防身的利剪。

那天,她从广播里听到一曲《社员都是向阳花》,便愁容顿开,不知从哪里弄来几十颗向日葵的幼苗,以镢开土,以手做穴,很庄重地栽下了。秧棵疯长,渐成阵势,她的愁容也渐渐地有了明朗之色。秋天一到,葵盘烁金,整个院落一片辉煌。在我眼里,那是一片浪漫之火,烧得人心一片空明。心动之下,写了一篇题为《燃烧的向日葵》的文章,臆想了一个煽情故事,发在《北京日报》上。

我叹曰,没想到,你一个农民居然有艺术家的情怀,真是小瞧你了。

我是联想到了大艺术家梵高。

她说,什么艺术家情怀,我不过是给自己建了一堵特别的院墙,白天看着喜兴,晚上一有响动就知道那是向日葵在叹息,心里就有平安的感觉。

三

然而她的平安感觉，还是遭到了现实的惊扰。

文学的意外兴隆，给我带了意外的声名，就自然有了所谓的崇拜者的不请自来。

家居东侧，不过三四里的地方，坐落着著名的中央企业——北京电力设备总厂。厂里有个文学社，文学社里有个文学女青年秀女士。一个傍晚，在毫无前兆的情景下，她居然"摸"到我的家里来。那时，我刚在庭院里支上餐桌，女眷也止喜乐地往餐桌上端餐盘，她贸然闯入，且无声无息，我们都愣了。

她秀发披肩，长裙曳地，身姿就格外绰约。我便愣后欣喜，热情地让座，女眷则依旧愣，餐盘凝固在手里。秀也不坐，只是从手包里拿出一个丰满的信封，放在桌上，嫣然一笑，说，凸凹老师，这是我的一篇习作，希望您给看一看。她看了一眼愣在那里的女眷，说，我今天就不打扰了，改日再来。

送走了那个美丽的身影，我心里居然有一丝淡淡的忧伤。想看一眼那习作，以确定今后的交往，但信封已托在女眷的手上。"嘿嘿，还写上了电话号码"，她莫名其妙地说。这意外的插曲，居然改变了餐桌上的气氛，无论我怎么笑脸相对，垂询日间见闻，她都沉默不语。但饭菜均合我的口味，我便埋头痛享，以表对她的感激。她竟说，你是没心没肺，还是暗自得意？

晚上躺在床上，我翻看那篇习作。作品不仅写得流畅顺达，有很独特的生活感悟，而且也讲究技法，让所思所想蕴含在意象之中，便让人感到惊喜。更让人微微触动的是，稿子的字迹异常端庄，能让人看出一笔一划的痕迹，稿面也净洁，还散发着隐隐的淡香。我感到她是个有心人，有从里到外的用心。我发现，女眷在从侧畔观察我，就顺势把稿子递给她，你也看看。她不仅看，还急切地看，看后说道，写得不怎么地，但我横竖是写不出的。她蒙面而睡，再也没有声息，好像她真的累了。

过了几天，那个女工又贸然造访——她似乎知道我的作息习惯，能在我回家的夜晚适时出现。这一次，她穿一身工装，头发也梳成乡下女孩般的两条发辫，身形隐忍在朴素之中。女眷微笑着把她引进我的书房，轻声说道，你们谈。因为稿子的基础好，自然就谈得很投机，她就释放出本性的喜悦，弄出脆亮的笑声。她的笑声很有磁性，被感染之下，我夸夸其谈，尽心尽意。女眷闻声而进，给客人倒水。我也借势把水杯往书桌的边沿推一推，给她一个明确的暗示。但是她却把热水瓶放在地下，转身走了。看到那个女工并没有察觉，我陡然而起的不快渐渐地平复下去。我依旧慷慨激昂，很想把已有的创作经验在一个晚上的时间之内，悉数传授给这个可爱的女工。不久，女眷又推门而进，这一次，她手里端着个小机凳，说，我也喜欢文学，我也听听。竟坐下不走了。

在这种情境下，我的语锋变钝了。因为当着一个整天说家长里短的人云山雾罩地谈文学，总觉得有些可笑，甚至尴尬。那个女工也羞于提问，也羞于摆出倾听之状，空气就凝滞了。这种气氛让屋里的三个人都觉得难以承受。女眷借口去照看婴儿，先行退出。就像凝聚的云团一旦被撕裂了一个缺口，会迅速散去，那个女工也知趣地站起身来，说出一个很体面的理由，走了。由于走得仓促，她把自己的作品遗忘在我的书桌之上。

婴儿就熟睡在床上，女眷则坐在床头愣神。见我探进头来，她朝我暧昧地一笑，说，怎么，这么快就走了？

我嗒然地说道，搁着你，也会走。

她撇一撇嘴，补充道，依我看，她心不在文学。

为了让女眷看到文学，我把女工的作品推荐给一个相熟的报纸，不久就登出来了。按照信封上的号码打通了电话，惊喜让她在电话那端大呼小叫，急迫地说，凸凹老师，我必须见你。

她把见面的地点放在她所在工厂的东侧，那里有个慢坡，坡顶有一座著名的古塔——昊天塔。它是宋辽交战时的瞭望塔，在民间传说中，昊天塔承载着有关杨家将的一段凄迷悱恻的传奇故事，即"孟良盗骨"传说。北宋初年，宋军勇将杨业孤军深入辽地，兵败身亡。辽人念其忠勇，将他的尸体安放在昊天塔下的洞穴内。"澶渊之盟"后，辽、宋罢战，宋派边关大将孟良去昊天洞盗取杨业尸骨。孟良到达良乡城后，因置买棺椁延误了时间，而追随孟良去盗骨的另一员大将焦赞却先一步进入昊天洞中。孟良后入洞中，见有人盗窃尸骨，立即手起斧落，将人杀死。待他将此人尸体拖出洞外，方知误杀了焦赞。孟良深悔莫及，派人将杨业尸骨运回宋营后自刎而亡。孟良随身佩挂的宝葫芦摔碎在昊天洞外的燎石岗上，引起大火燃烧，将土石烧成了红色。至今，昊天塔下燎石岗上的土石依然是红色。而且，昊天公园内，还有孟良墓和焦赞墓赫然而立。

红的颜色，特别能触动人的心弦，再加上昊天塔是附近唯一的凸起物，在今世，那些被生活逼上绝路的人，特别是那些感情被阻塞的痴男怨女，便多是选择了在塔顶上引身一跃的告别仪式。昊天塔就很文学，它对应着这样的词汇：重情、忠贞、浪漫与悲壮、决绝。

一进到昊天塔的氛围，我就有了一种莫名其妙的感觉。等到她本人走近，我的这种感觉就更加强烈。她穿了一袭白色的超短裙，整个身形就有了被夸大了、似乎要喷薄而出的性感。我的心就有些慌乱，眼神游移，不敢凝视。我不禁暗自悲叹：此女有才，又这么惊艳，我这颗小小的心灵啊！

她朝我大大方方地一笑，很自然地挽起我的手臂，咱们走走吧。

她的态度，似乎我们已相知多年，走在一起是必然的动作，理由的编排，已纯属多余。她的身上，散发着隐约、但又强烈的香水味道，鼻翼一翕动，就迷乱，就感到，什么是暧昧，什么是不名誉。我内心有个声音：既然是谈文学，怎么跟谈情说爱似的？

我本能地从她的臂弯里抽出自己的手臂，把那张样报递给她，说，祝贺你的作品发表。

她说，不谈它，咱们先谈谈昊天塔。

我说，我要对你说的是，你的作品写得很成熟，已不需要我的所谓的指点，你就一路自信地走下去，一定会修成正果。

她说，难道你没看出，我的作品有许多模仿你的痕迹（她居然不称"您"，而称"你"），没有你这块模板，我怎么会写得好。

她告诉我，我的作品，她几乎全有收藏，篇篇都用心研读，她既懂我的文学，又懂我的心，我对她有强烈的吸引，便情不自禁地想走进我。

前边有一片茂密的桑树林，厚暗的绿色，让我想到不可掌控的变数，而我又这么年轻，尚不具备完全掌控自己的能力，我便说，咱们就走到这儿吧。

她知道这是分手的预告，便急切地说，你不要想得那么多，我真的只是想一心一意地跟您学写作啊！

写作不是跟别人学出来的，而是靠自己悟出来的。我说。

请允许我经常能到贵府去拜访您！。她说。

不是什么贵府，只是几间茅屋，欢迎你去，但你要担当我夫人搬过来的那只杌凳。

怎么会这样。

我们的交往就终止于此，因为那只杌凳，虽家常，虽矮小，但却足以伤害女孩子的自尊。从此再也没见到秀女士那充满诱惑的身影，好像也再未见到她在报刊上发表作品，也许她已回归她女工的生活，安心扮演相夫教子的角色。

但是，却给我留下了深刻的影响，或者说是阴影。因为那个年代，人们普遍尊崇文学，由尊崇文学而尊崇制造文学的人，是时代的潮流。而一个身处低处的女工，想借助文学的翅膀获得一种被提升的生活，也是出自青春的律动，她没有错；工厂里那种非文学化的环境，使她进而想寻求一个贴心的陪伴，也是没错的。错就错在生活它有自己的秩序，一想到生活的秩序中链接着为了建造几间茅屋女眷挺着身孕搬砖的身影、一个书生驴一样在雨中拉花秸的沉重，就哀怜，就痛惜，就在突如其来浪漫面前，惊惶地逃避。这种逃避，既是一种自保，也是一种伤害，因为那个女工后来从文学中消失了，不能说跟我无关，所以我有拂之不去的愧疚。更不可救药的是，日后我再与女作者、女作家相遇，总是报以远离和冷漠的态度，败坏了我在文坛的人际关系。

那年到高邮领取汪曾祺文学奖，认识了一个美艳的女作家。开汪曾祺追思会时，她一语惊人，说，汪老生前特别喜欢美丽的女孩子，如果早一点相见，我跟他之间一定会编织出一段动人的佳话。见我皱眉，她说，凸凹你别不相信，一定是的。接下来的两天她总是不停地换着装，上午一身，下午一身，晚上又一身，抖落着她自以为是的韵味。且我越是躲闪她，她越是黏在我身边，逼着你欣赏她。她说，凸凹，别看你得了金奖，我只是个三等奖，但是我一点也不觉得你的文章好，倒是你这个人还有点儿品位，有北方男人的挺拔傲岸，而且唇红齿白，疑似俊美。半年后她到鲁院学习，几次给我打电话，说这里的生活很无聊，我很想到你那里去透透气，因为听说你们那里山清水秀、人文深厚，可以得一番快哉。她的快哉让我害怕，便绞尽脑汁编出婉拒的理由，使她不得成行。又是半年之后，在全国作代会的晚餐上，我们不期而遇。她那时正和一帮当红男作家拼啤酒，我们的眼光意外地碰在一起，她愣了一下，然后冷冷地盯着我。一个在场的男作家是我的熟人，他马上站起身来，对她说，怎么你不认识他，他是凸凹啊。她说，这么怪的名字，没听说过。

她后来很是走红，散文集还获了大奖。她居然把获奖作品寄给我，扉页上只有她美丽的肖像，而没有只言片语的题字。我知道她给我寄来的是一把钝刀子，便转身送与身边的女眷，对她说，你看看，这个女作家，不仅人美，文章更美。

女眷翻了翻，凄然一笑，说，俗话说得好，跟着师傅睡，什么都能会，你也教教我，不信我就弄不出个人美文更美来。

我说，甭跟我瞎扯淡，还是把儿子给我喂养好吧。

她说，你真粗俗。

我转身走远，留给她一阵放浪的大笑。但我心里却说，因为我对你忠诚，所以我有理由粗俗。

四

生活究竟不是文学，它有不管不顾的沉重。

虽然大弟去了肿瘤医院的动物实验室，但是每次相见，他都是一脸愁容。问他原因，他总是支吾不语。我便去了一趟肿瘤医院，既是要探个究竟，也是要对我那位刘姓契哥表达谢意。

去过之后，我才知道，我的那位契哥跟我一样，也背负着长兄的责任。他的一个弟弟、一个妹妹，一个中专毕业，一个中学毕业，毕业后也都无就业门路，就都投奔于他，让他接济生活。他本来是个药理医生，是搞科研的，但为了安顿弟弟妹妹，他承包了动物实验室，搞起动物养殖，虽然也穿着白大褂，实际上已沦落为技术工人。由于是自负盈亏，大弟和他的弟弟妹妹的收入所得，其实都是他的经营收益。他重友情，就无声地承受友谊对他的盘剥，这让大弟不忍，也让我大为不安。

人间竟有这样大仁大义的人！我便不安与惭愧交并。

我想把大弟带走，可契哥立刻就阴起了脸，说，你这是见外，或者是不信任我。

我说，因为你也艰难，让我于心不忍。

穷不帮穷谁照应？他说，再说，这有什么，咱自己的人不用，也要聘用外人，还不如肥水不流外人田。

话虽是这么说，但家人与外人所承担的道义重量不同。所以我还是执意要带大弟走。

他说，要不这样，我的动物实验室需要大量活体动物，自己养殖缓慢，成本也高，而捕捉则来得快，你正好在乡下，经常打狗灭鼠，你不妨把狗鼠"转化"到我这儿来，这可是无本的买卖。

我回来以后，我就不露声色地给他捉狗捕鼠，连带着野兔、蛇、蝎，只要凑手，就都收入笼中。我经常趁着夜色，给他往城里运送猎取物。动物都放在麻袋里，车一动它们也蠕动，我感到很怪异，总觉得这举动与身份不符。

就这样，我有大半年的工夫不再执笔，夜色一降临，我就潜入田间地头、村街小巷。到了后来，狗鼠一见到我，即便是有远遥的距离，它们也转身而逃，好像我已带上了捕捉的面相和捕捉的气味。捕捉就困难了，收获也就渐渐变少。更让人却步的是，周围有了反映，有了议论，政协主席找我谈话，你为什么不安心工作，也不关照家庭，总是莫名其妙地往乡下跑？

我对契哥说，狗鼠不好捉了，我想罢手了。他说，我理解你，不捉就不捉吧，反正这大半年的收益能顶上两三年的饲养，够咱们周转一阵子的。关键是,这已满足了你的自尊心,大弟弟可以安心地待在我这里。

他好像钻进我心里去了,因为过于相知,我有些讨厌他。

在山里,母亲凭着一副柔弱的肩膀,给大弟弟背出了三间石板房。在上梁的时候,缺三根檩条,父亲就去找他的连襟舍脸求助。姨父这个人喜欢开玩笑,说,檩条可以给你,但须付钱。多少钱一根?三十。市面上才十五块钱一根,你黑不黑?板正的人不懂得开玩笑,父亲气哼哼地走了。姨父差人扛着檩条尾随而来,对父亲说,檩条我给你送来了。多少钱?不要钱。父亲大怒,不要钱我也不要,我使不起。这是山里人的本性,容不得羞辱,他要捍卫自己的自尊。母亲懂父亲,让姨父把檩条扛回去了,然后她抄起一把大斧子,上山了。选了三棵笔直的树木,挥手就砍,扛回家里就上梁,减去了以往干燥的过程。支部书记闻声赶来,说母亲擅自砍伐,要法办。母亲说,先让我把房盖完,你再抓人。一切停当,母亲自己走到支部书记家里,你是捆绑,还是押送?支部书记愣了,你一个犯法的人还这么理直气壮?母亲说,我自然理直气壮——我家男人当支书的时候(这个人是我父亲的继任),连个针头线脑都没往家里拿过,不像有些人……,支部书记赶紧挥挥手,你别说了,回去等候处理吧。

等候处理就是不再处理,这一点,母亲是懂的,她含笑而回。但父亲却张皇地迎出来,急切地问,他怎么处理?母亲说,砍几根木头,是讨回你以往对村里的恩德,他敢处理!

虽然紧悬着的心平复了,但父亲胸中的郁闷无法化解,他干咳了两声,连续吐出两口血。病从此就加重了。

他对我说,房子既然盖起来了,就要住,你大弟弟整天在城里算怎么回事。

他的心思我明白,我已在外安家,将来三弟也会落户在外,他身边必须有个儿子。

要想回家住,首先要在附近给大弟找一份工作,这对我来说,是一件难事。因为我少小离家,几乎断了山里的人脉。母亲见我面有难色,悄悄地抻了抻我的衣角,示意我赶紧答应父亲。因为病者为大,不能败坏了他的心情。

正在思忖门路,母亲叫我陪她到公社去一趟。她说公社有一个姓傅的副书记,在我父亲当支书时,常在我家吃派饭,即便是家里缺盐少油,母亲也总是想方设法给他调弄可口的饭菜,他对母亲很感激,夸她能干。如果这时去找他,兴许他能给面子。

到了公社,他果然在,母亲单刀直入,让他帮二儿子找一份工作。傅副书记很魁梧,有英武之风,他当过兵。他笑了笑,说,我知道你无事不登三宝殿,可是,这事有点难办。不难办就不找你了?母亲说,就你这人高马大的,上眼一看就是能办事的人,你就别说厌话,难办也得给办,不然我就不走了,让你管吃管喝。

老嫂子,你还是那么伶牙俐齿不饶人。他说。

为了缓解气氛,我插话道,傅叔叔,我爸妈整天念叨您,说您为人正直、善察民情,尽为老百姓办实事,我心中一直敬重。

他瞟了母亲一眼,意思这位是谁。母亲赶紧说,这是我们家老大,在县上工作。

哦,你就是那个全县中考第二,还特别能写文章的侄儿小子,你可给咱山里人争大光了！就冲你,我也得替你妈想想办法。

很快他就想出了办法。老家的山那边,是国营大安山煤矿,他给大弟找了一个当窑工的指标。整个过程,他没吃过我家一顿饭,也没收过我家一份礼,

这件事在我心里抹上了一层亮色,一是因为母亲的胆识和魄力,她虽然是个普通的家庭妇女,却敢于直面生活的困难;二是因为傅书记的淳朴敦厚,他虽居官场,却以感情为重,且体恤小民,毫不功利。他们这代人身上,有宝贵的东西,给了我做人的动力。

但是,大弟却不知珍惜。他一听说去做窑工,就联想到了父亲,父亲要不是因为在地下过暗无天日的日子,也不会病。考虑到家庭的现实处境,他还是硬着头皮从城里归来,带着忧伤的眷恋。矿工生活让他心情郁闷,就染上酗酒、赌博的恶习,直至在一次酒后操作失误,让提升机的绞索绞掉了食指。

父母就商议,赶紧给他张罗一房媳妇,好让他收心。父亲当窑工时,有一个要好的工友,他膝下有两个女儿,大女儿已嫁,小女儿在身边伺候他的起居。父亲一提亲,他就满口答应,说就冲父亲的人品,嫁进家去那是天大的福气。他的大女儿反对,因为她悔于自己嫁了一个不起眼的人家,生活艰难,她要妹妹吸取她的教训,嫁得好一些。这期间,她的父亲突然中风,抢救过来之后,已失语,但他拖着口涎指指天指指地对她呜呜哝哝,那意思是说,如果不嫁给这户人家,他就不活了。大女儿对我父母说,嫁也可以,必须满足两个条件:一是她父亲要随过去,由我大弟养老送终;二是因我是县上的干部,有门路、有实力,

将来她妹妹一家人生活有什么困难,我必须管。

父母和我,都毫不犹豫地答应了。

接下来就正式相亲。

叫人捎信给大弟,告诉他父母给他说了一房媳妇,赶紧回来一趟见见面。大弟出现在家里的时候,居然剃了一个锃光瓦亮的秃瓢,他是要告知父母和未来的媳妇,他要痛改前非、洗心革面、重新做人。

母亲叫苦不迭,以为他这个做派,必遭女孩嫌弃,婚事非黄了不可。没想到女孩扑哧一笑,觉得他很真实。

很快就举办婚宴。在喜庆的场面上,父亲却突然消失了。我悄悄地寻找他,找到他时,他居然躺在山顶的一块巨石之上。他心思太重,把自己喝多了。我对他说,爸,你身子病着,经不得凉,咱回家吧。他一把抱住我,儿子,家庭这把大锁已把你拴牢了,爸对不住你了。说完,他痛哭失声。

五

停当了大弟,我把父母接出来,住在我家里,专心地给父亲治病。

但父亲得的是绝症——直肠癌。为了有效地治疗,我便送他到北京的友谊医院。全面检查,结果不妙,癌细胞已扩散到肝肺。医生说,建议你把病人转回你们地区医院做保守治疗,没必要再浪费金钱。母亲说,既然这样,咱还是回吧,咱一个农民,没有医保,你的两个弟弟又不能指望,只有靠你,但你又盖房欠债，钱真是咬手。

我坚决不从，因为父亲在我心中种下了太多金贵的东西，不仅如山，更是我做人的标杆，我必须在绝望中希望，给心灵一个安妥的理由。

从记事起，就感到父亲的性情和他的身量是不统一的。他身材高大，面相俊峻，有天然之威。但他始终寡言，语调也和缓，给人以厚道，而不是怕。白日里在田堰里劳作，已然是累了，但一回到家中，就不言不语地去担水。村人吃村西古井里的泉水，相通的道路窄而崎岖，父亲担水的步态却又疾又稳，如履大道与平地。总是把一口大缸担得满溢，才止步歇息。那时的日子很清苦，但见到家中缸满，便陡然增添了在苦日子里隐忍的底气。

有一个时节，山村旱涝频仍，收益几稀，粮食只够一季。粮断之后，瓜菜代之，继之以野菜树皮。到了最后，满眼秃树，地面上也少有可充饥之物。三岁的三弟本可以直立，饥饿又使他复归于爬。困厄之中，母亲只有唠叨与怨尤，空气凝重，更添了几分愁。父亲凄然一笑，说，命运不理会废话，沟坎不理会腿瘸，只理会不服软的人——咬一咬自己的后槽牙，总会有活路可走。撂下这番话，他背起两挂羊毛大绳，走了。

悬崖峭壁之上，居停着一种怪异的复齿鼯鼠，村里人称之为"寒号鸟"。它体似松鼠，前后肢间生有宽大多毛的飞膜，孤傲地在山间滑翔，且常在夜深风高时发出凄哀的锐叫，一如啼饥号寒。名贵的是它的粪便，是上好的中药，医生的方笺上写着：五灵脂。都知道五灵脂可以换钱，但它窝藏在陡处，采取之时，有生命之虞。在记忆里，已有人跌下山谷，落得无完整尸骨,所以,即便是村里的精壮,也大都望而却步。父亲的去处,就是这样的陡处,家人的生路,让他别无选择,付以向死而生的决绝。父亲走后,母亲脸白而泣,因为这背后的预想,她心知肚明。哭暗了天地,升起了星斗,父亲居然盈满而归,只是两只膝盖都磨破了,露出森然白骨。母亲的心力只够喊出一声"我的天啊",就晕倒于地。事后她说,肚饿可忍,不可忍的是设想中的惊怕,一如不死也死。

五灵脂换来了几口袋土豆和红薯,疗救了饥饿,膨大了父亲的形象,我们心中敬重。那时的敬重不过是在苦寒面前不喊,在艰难面前忍受,不再给他增添忧烦。便很早就懂事、知趣,且以苦为乐,不怨天尤人。譬如到山外去读书,中午的干粮总是粥,并且稀得可以照见自己的面影,喝进肚里,非但不能饱,而且还会招引饥饿。因此,村里的孩子大多都辍学了,我却依旧坚持。心里想,粥再稀,究竟是干粮,究竟是贫贱父母的肥厚心肠,唯一的回报,就是埋头苦读。

父亲后来当了支书,有了到县城开会的机会。那天回来,他在我就读的学校落了一下脚,从布袋里掏出两个馒头,塞给我。我知道那是他撙下的会议用餐,关爱之下,是他自己的辘辘饥肠。心里自然是热,眼角也自然是酸涩,但还是笑着收下来。父亲也不说话,转身就走。望着他的背影,我顿生感慨:父亲的身材就是好,肩膀宽阔,腰身挺拔,即便是一个山里的农民,一点也不委琐。

我把那两个馒头,收在书包的最底处,拿回家里,放到家人的餐桌之上。父亲看到,眼圈立刻就红了,忍了几忍,还是掉下泪来。他说，你这样做，更让我感到做父亲的无用。我说，你的馒头，大家分享，情意自然就衍生开来，一如母猪下崽，让大家爱在爱中，都感到温暖，怎么能说无用？我的话，让他很感动，以至于偌大的一条汉子，居然很羞涩地低下头去，嗫嚅道，你真是长大了。

后来我以全县第二名的成绩考入了县里的重点高中。报到那天，他说，我口袋里也没有稀罕之物，唯一的贵重，是我本人的送。他背着我的铺盖，挟着我的胳膊，上了公共汽车。下车之后，还需走四里多的路程，背囊就显得重。我几次要求跟他替换一下，他都说，不用不用，既然是我送你，你就安心受用。一路上他也不说话，只是当头上有飞机低低地飞过，他嘿嘿一笑，说，儿子，它飞得这么低，咋就不担心掉下来？到了学校，我对他说，爸，你赶紧回吧，不然就赶不上末班车了。他说不急不急，我必须把铺盖给你送到宿舍，待彻底安顿了，我才松心如意。他执意送到了宿舍，亲自把被褥在床板上铺舒展、弄妥帖，一举一动，精心、细致，一如母亲。到底是错过了坐车的时辰，想到那几十里的山路，我说，你就跟我挤上一晚吧。他说，不成不成，我又不是学生，不能沾学校的便宜，再说，那几十里山路对我来说是小意思，有星星月亮作伴，岂不更惬意。

然而惬意的事情是不属于他的。在重点高中里就读，学费、饭费、住宿费，加起来是贵的，而山村的家庭殊少财路，只有到了年底结算才能分到少许的现钱，平常用度，只能靠借。山村地瘦，生民无多余膏腴，朝人张口，颇费踌躇。急难之下，母亲说，亏你还当着支书，就不能想一想"变"钱的路数。一个变字，让父亲的脸黑得凝重，他说，我父亲是三八年的老党员，一辈子以清正为荣，墙上总挂着伟人的手书：发扬革命传统，争取更大光荣。这一如镇鬼的符咒，压着心中的邪气，便不敢歪。再说，我上有老下有小，都要认真对待——对老要敬，俗称孝；对小要爱，俗称护。护小不能欺老，才是男人的周正。他考虑的是一个长远的问题，就是忠实地延续被祖父造就并极端看重的家风。就是在这种情形下，他做了一个悲壮的抉择，到隔岭的煤窑，当了一个窑工。

当窑工后的一个春节，父子对酌，脸红耳热，都感到光景好。喜乐在喜乐中，父亲突然说，我给你看一样东西。他从房柁上取下来一个包袱，打开已褪了颜色的包袱皮，呈现在眼前的，竟是一摞小学生用的练习本。每个本子的封面，都一笔一划地写着他的大号，虽经岁月，字体的颜色，还是重的。打开本子，密密麻麻的字体也是那么工整，简直是笔笔不苟。那是他当支书时的会议记录、生产计划和工作日志，记得事无巨细，不分详略，一如生活的每一天都是应该好生过的日子，都值得爱惜。他嘿嘿一笑，说，我当支书的时候，上边的每一次会议我都认真传达，生产的每一个季节我都没有错过，堰田的每一处地块我都没有荒疏，空口无凭，有字为证。

我突然明白了，在父亲心中，家庭的事再大，也是小，村里的事再小，也是大，他真正的期许，还是要活得有社会作为。然而，他只是一个普通的农民，没有纵横捭阖、伸展自如的能力，终究是陷于小中，便在知足中有不甘，在周正中有遗憾。这一切，他都埋在心底，兀自承受，对他人，只送关爱，不说所以。

就这么周正的一个人，居然天不救赎，让他得了癌症，我不禁生出愧疚之上更上的愧疚，不给他最终的救治，我何以心安？！医生理解并感动，说，那好，你们就在医院治疗，回家里休养，减少一些不必要的费用。

那时我已经当上了县政协办公室的副主任，有了调动车辆的权力，也有了可以动用的人脉，便不顾一切地在父亲身上施以回报。看病的路上，父亲说，你能不能不用公车拉我，我一个普通农民，在这样的车上坐着，屁股底下会着火。在病房里，看着你进我出的探视者，父亲说，你能不能不让他们来，我只是你一个人的父亲，对旁人无恩。我说，不要计较这些，你只需安心养病。他说，就连阎老西（阎锡山）都知道，不慎于初，必悔于终，你这样做，不但减轻不了我的病，还是在给你自己找病。

不敢拂逆他的意志，一切就轻减了。一个人陪他上医院，来来去去都坐公共汽车。那一次到医院抽血、穿刺、下胃管，一系列检查下来，他整个人都散了身架，躺在医院走廊的木椅上，无声地缩成一团。我悲从心起，给司机打电话，要把车调过来。刚接通电话，他猛地坐起来，吼道，你敢！

坐在公共汽车的硬座上，由于久病的消瘦，他的臀部只剩下了两块骨头，便总也坐不稳，左挪右转，不停地替换，且发出细小的呻吟。我蹲在他身边，给他换过来的一边按摩。那曾经是壮大的一个腰身，现在看来，却一如八岁儿童一般弱小。为了缓解他的痛苦，我调侃道，爸，你竟返老还童了。他强睁开疲沓的眼皮，无奈地笑道，你真是饱汉子不知饿汉子饥，我都这样了，你还拿我开心。之后，他依旧摇晃，依旧呻吟。我感到了命运的力量——即便是这样一个耿直自尊的人，毕竟也是一个肉身，也怕病苦，也怕疼。我哭了。

临去世的那个晚上，他拉着我的手说，你一定要听我的话，我走之后，一把火烧掉。我说，咱山里允许土葬。他说，你想想，你是谁，我又是谁，即便不是支部书记了，还依旧是在组织的党员。然而在他转过脸去的时候，还是轻轻地叹一声："可惜啊，到底是身死异乡了。"这一声叹，像一副重锤锤得我身心俱痛，我哽咽得说不出话来。他虽然情系组织，但毕竟还是一介普通山民啊，山里人的传统观念，还是在他的心里，留下了最后的一丝不安。

父亲去世，我心中有大痛。但是我没哭，而且竟连一滴眼泪都没有落下。我平静地把他推进太平间，并仔细地给他系好领扣，然后蒙头大睡。天一透亮，我就动身上路，到十里八乡，给亲朋好友磕头报丧，之后是联系火葬场进行火化，再之后是抱着他的骨灰盒把他送回祖坟安葬。在这期间，我还要接待前来凭吊的族人，陪着笑脸，说着感激的话，一切都处理得井井有条，没表现出一点丧父之痛。母亲大感不解，对人说，这孩子心真硬，死了老子居然还能平静如常。待父亲入土，看到眼前堆起了一座新鲜的坟茔，我才突然醒悟到，父亲真的没了！于是，被压抑的痛苦瞬间被激活，我一下子扑倒在地，放声号啕。那哭声异常怪异，不似人声，却似野驴哀号。事后回想，不是我意志坚强，能够承受失父之痛，而是因为我是长子，父亲的后事都需要我悉数担当，让他体面地入土，是第一等的要事。

在责任面前，痛苦失去了它本身的锋芒。

回顾父亲的治病过程，我不禁感慨：貌似我在尽孝道，其实是在承领父教——父亲无言地告诉我，人可以身病，但不可心病，在纷乱中不失据、在困苦中不失重，安可活。

所以，父亲虽然已离去二十个年头了，但他的音容笑貌依然清晰如昨，常出现在我的梦境。特别是一到年关，一到清明，一到送寒衣的时节，他肯定会与我在梦中相遇——嗫嚅的语态，谦卑的表情，全如生前模样。所以，明明知道是梦，也不愿醒来，与他促膝对话，缠绵在一起。

醒来就忧郁，恨长夜苦短，不照拂人的心情，使父子重归永隔。便赶紧到路边的荒处，依故乡老例，画一枚信封，写上老家的地址和他的名姓，在信封的中央，烧几串纸钱，给他"寄"去。明明是风势暗猛，且风向不定，但火焰一旦生起，风竟和煦了，且径直吹向故乡的方向，令人惊奇不已。都说这是迷信，其实是生者对逝者牵挂得重，神情趋于恍惚，感应在感应里，直至不能自已。

六

父亲走了以后，作为长子，自然要把母亲接出来同住。母亲耿直，不愿让儿媳看作是闲人，不仅接送孙子上学，还操持家务，包括庭扫、洗衣、买菜、下厨。还有一层令人动容的原因，是因为她觉得，我为了父亲的病花了不少钱，降低了小家庭的生活水平，她无力以偿，就甘愿当儿子的长工。

不知为何，勤勉的人总会被人挑剔，儿媳不时嫌她衣服洗得不干净，饭菜做得咸，她毫不辩驳，悄悄改正，努力往好里做。老人家姿态放得很低，低眉顺目像个家仆。

我不能忍受，暗地里训斥家眷。家眷说，我之所以挑剔，是不想让她做，免得让外人说我不孝、不体贴。其情可悯，我无话可说，便对母亲说，您是长辈，在家里尽管甩手，逛街、会友、赏景，至于家务，就放给儿媳，不然她就找不着自己的位置了。

母亲苦笑一下，说，理是那个理，但你反过来想一想，你媳妇找到了位置，你妈就找不到自己的位置了，没有位置的日子，让人凄惶，感到自己是多余的人。我知道，母亲是传统的劳动妇女，已劳动成癖，强迫她休闲，依她自立的性格，她会抑郁而病，便只好任她去做。我说，既然是这样，为了不伤婆媳间的和气，您得能忍受挑剔。她说，你放心，我明白，婆媳之间，婆婆就是预备着被挑剔的。

一天晚上，我回到家里，见到母亲的床铺上，三弟蒙头睡着。饭菜停当之后，我去叫他，他只是哼了一声，依旧蒙头躺着，并没有用餐的意思。我问母亲，他这是怎么了？母亲说，他被军博裁了，失业了，心里憋屈。我从床上把三弟扯了下来，"咱哥俩好久不见了，痛痛快快地喝两杯。"

三弟瞥了一眼酒杯，说："我没脸跟你喝。"

我知道，他还念着他只留下一张纸条的不辞而别，还记着纸条上"大哥你别生气，路是我选的，即便是今后无路可走，我也不会给你再添麻烦"的不知深浅的大话，他眼下还抹不开面子。

我说:"你只管喝酒,至于工作,哥明天就给你去找。"

话一出口,就连我自己都感到吃惊。哪来的这份豪迈?因为我下意识地想到了母亲有关"位置"的那番话——父亲不在了,作为长兄,顺理成章地就应该顶上他留下的位置,负起对这个大家庭的责任。

酒喝了两杯之后,三弟抹开了面子,他说:"我这次不仅自己回来了,还给你带来一房未来的弟媳。"

我说:"有出息,老爸如在地下有知,他一定会很开心。"

我知道三弟的潜台词,能不能给他找到工作,关系到他婚姻的成败,他们捆绑在一起对我有期待。

给他找工作,我又走了一条作为文人所能走通的老路——

北京轮胎厂就坐落在本地,它的厂长是个改革派人物,有关单位要把他推举成全国劳模,亟需一篇过得硬的典型事迹材料。我便主动请缨,倾心投入。两个月之后,任务完成,且不仅上交了一篇生动的事迹材料,还变换角度,写了一篇声情并茂的报告文学。报告文学在一家大报的副刊上以半个版的篇幅隆重发表,题目十分响亮,叫《太阳每天都是新的》。那时的报告文学作品一旦在党报上发表,就有十分强烈的影响,那个厂长几乎是在一夜之间就名冠京城,不仅当选劳模毫无悬念,而且还成了炙手可热的社会人物。这种远远超出预期的效果,让那个厂长很感动,他对我说,凸凹先生,你在我心中有神圣的位置,今后无论你有何需要,我都会毫不犹豫地效犬马之劳。于是,三弟和三弟媳的工作,在毫不丧失尊严的前提下顺利解决。

母亲满脸笑容,对我说:"你爸虽然走了,但咱家头上这片天并没有塌下来,因为有你这根顶梁柱,比他撑得还好。"母亲的喜悦,给了我一种类似成就感的安慰,暗自忖到,有母亲殷殷的注视,在家庭的使命面前,我是断不能有丝毫懈怠的。

一如胖人不能说胖,一说胖他就真的喘,这种使命意识,就真的招引来持续的担当——

一年后,三弟对我说,大哥,我要结婚了,您要帮我筹办婚礼。

我说,好。

三弟又说,您不仅要帮我筹办婚礼,还要帮我买房。

我说,现在买房也不难,你可以去贷款。

三弟说,即便是贷款,也还是有首付的,这笔钱我拿不出来。

我说,你可以去借,比如你去找大姨夫,他是窑主,是暴发户。

三弟说,借了,可大姨夫说,钱是有,但都存了死期,手头没有现钱,实在不成,可以拉两车煤走,要我自己卖出钱来。

我哭笑不得,这个大姨夫,真是顽劣成性,父亲朝他找木料,遭他要弄,眼前三弟找他借钱,他又这样变相地拒绝。说来说去,是嫌这家人穷,没有偿还的能力。

我只好把家眷叫来,当着三弟的面问她:"咱家折子上有多少存款?三弟要买房,咱支持他一点儿。"

家眷毫不犹豫地说:"咱家哪里有存款,如果有的话,也不至于一直垒不起院墙,只能靠种大片的向日葵遮挡。"

三弟无言,转身走了。他进了路边的小店,自己独饮二锅头。

一口就喝下半瓶,以此稀释绝望。我被吓坏了,也闪身进去,"别想不开,哥陪你喝。"

当三弟喝得有些醉意的时候,他嘟囔了一句:"咱爸他就是死得早,不然他肯定会帮我想想办法。"

他的话,类似责难,因为俗谚云,长兄如父,而我这个长兄,却没有父亲般的任劳任怨。我被刺痛,霍地就站起身来,"我现在就去给你借。"

三弟完婚,且住进楼房,一年后生了一对双胞胎女儿,日子过得有滋有味。

他好像把借钱的事给忘了,埋头经营自己小家庭,从不提还钱的字眼。细细想想,他也的确也没有偿还的余裕——刚成家,就生双胞胎,而且工资挣得也少,其家庭状况,不过是维持一个温饱的基本水平而已。

但债主却不做这样的"细想",刚过一年就催促,好像这个世界信任的缺失,让他有了巨大的不安。我是个脸热的人,承受不起别人的不安,就把一部书稿的稿酬提前预支,以还人情饱满的境况。待著作出版,家眷久也不见稿酬,就试着问我。一如身矮反而声高,心虚反而气壮,我厉声说道,你以为是人就能出书?你不知道现在出版得有多难,得自己花钱印,好在我多少有点小名气,人家友情资助。所以,咱不往外掏钱就不错了,还想着盈利,你懂事不懂事?

家眷大觉理亏,羞愧地说道,我不过是问一问,你还真生气。

接下来的事情又有些不妙,一天中午,我在办公室里刚吃完最后一口午饭,大弟弟就突然"猫"进来。之所以说"猫",

是因为他也不敲门,而是把门推开一条缝,把头探进来。看到果然是我,就闪身而进。也不用让,自己就找到了座位。他把一只布袋放在膝盖上,不停地抖腿。

我问他吃饭了没有,他一笑,打开手中的布袋,拿出一只馒头,"自己带着呢。"他一边啃着馒头,一边说:"大哥,我也不绕弯子,之所以冒猛子(冒昧)来你这儿,是要你办件事。"

"什么事?"

"把我的家搬到平原,离你们近一点儿。"

"好好的搬什么家?"

他说,大哥你看,父母为什么在山里老家给我盖了房子?是要把我留在他们身边,给他们养老送终。眼下情势变了,一个去世了,一个投奔你了,我就没用了。没用还是小事,问题是母亲、三弟和你都在平原,而独独把我留在大山里,没着没落的,心里凄惶。心里凄惶还是小事,问题是山里太荒蛮,既没有收入来源,生活上又有种种不便,比如家人就医,孩子上学,都是难事,如果没有你们的照应,我会越混越惨。

我说,道理是这个道理,但举家搬迁,不是一件简单的事——得有接收你的村子,还要重新盖房。更主要的是,你人搬出来了,未必就能活。在山里,即便是没钱买煤,但是有漫山的柴草,只要你不懒,照样能烧饭取暖;即便是没钱买粮,但是山场广阔,只要你肯开垦,照样是粮食丰收瓜菜满园。到了平原,一切就不同了,水电气暖都靠买,柴米油盐都须钱,也就是说,生活成本要成倍成倍地增长,而你当矿工的那点收入,是远远不能应付的。而且,煤矿开在山里,你当矿工基本是属于门前就业，每天都能和家人团圆在一起，幸福在亲情里。

他说，道理是这个道里，但我必须迁出来——俗话说，人挪活，树挪死，一辈子生活在巴掌大的一个小地界，山还是那座山，梁还是那道梁，是永远不变的树木和牲畜，总是老旧的事物，即便是活着，也跟死了一样。

见他主意已定，我不禁叹道："这可是一件难事，恐怕我办不来。"

他嘻嘻一笑，"办不来也得办，谁让你是我大哥呢。"

这种理直气壮的口气让我有些反感，我说："是大哥怎么了，哥们之间能给的是力所能及的帮助，没有'必须'的义务，不像父与子之间，养儿是债，爹对儿女有天经地义的垂顾与担当。"

大弟眼前一亮，狠狠地啃了一口馒头，"俗话说，长兄如父，也甭俗话说了，谁让咱爹死得早，在我眼里，你就是爹了，爹……"。

他居然能叫出口来，而且一边叫着，一边就要给我跪下。这始料不及的动作，让我震惊，我在他屈下来的膝盖上狠狠地踢了一脚，"给我站直了！"

他身子是站直了，但馒头却卡在嗓子眼上，他满脸通红，憋出了大颗大颗的眼泪。我送给了他一杯水。他响亮地咽下去之后，长出了一口气，然后就傻笑不止。

这时候，我又想到了他妻姐"开"出的嫁妹条件：因你是县上的干部，有门路、有实力，将来我妹妹一家人生活有什么困难，你必须管。我当时是毫不犹豫地应承了的，如果不能兑现，不仅会被大弟妹和她的娘家人小看，还会怀疑我的人品，所以，他的要求，我必须满足。"试试看吧。"我说。

"大哥究竟是大哥。"大弟眼里放出光芒。

我知道，我又一次被亲情绑架了，所以面对眼前的大弟，我感到他很陌生，而且有一种隐隐的憎恶，觉得他的赞美有假惺惺的味道。

接下来就去运作。我找到了县山区办的主任。

主任也是山里出身，捯家谱还算是一个远方的亲戚，所以他听了我的来意之后，并没有打官腔，很坦率地对我说——你们那个村子，属泥石流多发地区，还是具备搬迁条件的，但是两年前县里动员整个村子集体搬迁，却被全体村民拒绝了。其中的原因，表面上是他们索要的附带条件太多、太苛刻，超出了有关的政策规定，实际上是他们故土难离，从感情上就根本不愿意搬。搬迁工作的前提，是自愿，既然不情愿，就搁置了。你弟弟现在想搬迁，属于散户，原则上是不办理的，你既然亲自来了，横竖我也要卖给你个面子，但搬迁补助就免了，因为搬迁补助对集体不对个人，非要享受的话，手续很麻烦，乡、县、市，层层审批，很费周章。

我说，在平原安家，建造新房，需要很大的一笔费用，像我弟弟这样的小门小户、穷家破业的，如果不享受国家的补助，他还真的搬不起。所以，即便是费周章，您也要担待。

他说，你不知道我们的工作性质——我们因为做的是民生工作，在人们的眼里好像理所应当地就应该任劳任怨，干好了，也没人表扬，稍有迟误，就被人们放大，认为我们不作为。所以，我们这个群体，长期被漠视，评劳模、评先进，从来没我们的份。

急需要有人能为我们正名、张目，给我们应有的荣誉。

我知道他的意思，他知道我是写文章的，而且在县里有不小的名气，他对我手中的笔有期待，而我又是县政协的中层干部，属上级领导，他不好意思公然役使。我便说，您放心，我愿意做一点这方面的工作。不过，我老弟搬出来了，在老家落户的，就还剩下一个老母亲，索性就一同都办了。

他眼前一亮，那好，你写你的文章，我办我的手续，咱俩齐头并进，希望早日开出合作之花。

我也知道，这是一次不对等的合作，因为他是在终点原地等待，而我是从起点拼命奔跑，赶去与他会合。当我一篇充满深情的报告文学《奇葩开自大地》在市级报刊发表之后，他打电话给我，说您来一趟，您老弟和老母亲的手续办好了。见了面，他对我说，手续是办了，但有个前提条件，老家的房子都要拆掉。

为什么？

因为搬迁的理由是泥石流，如果老房子里再住人，出了问题谁负责？

我说，在保证不再住人，更不会出租的前提下，你能不能把我母亲的老屋给我留下？

为什么？

母亲的老屋是我的出生地，而我大小也是个文化名人，而名人故居对一个地区来说，多少还是有些文化意义的。

享受政策搬迁，就必须拆掉老屋，这是铁律，没得商量，他露出一丝嘲笑，说，你们文人就是好名，在生存的硬道理面前，虚名无用。

于是，为了获取几文拆迁补助，凸凹故居顷刻间灰飞烟灭。当灰尘散去，看着那丑陋的残垣断壁，我哭了，因为我成了一个没有来路和出生记忆的人。那时我就下意识地想，凸凹的文运或许会因此而大打折扣，因为哪一个巨匠和大师，没有祖屋、没有故居？

后来，当大弟和母亲搬进平原的新居的时候，一个女人也放声大哭。

是家眷。

那个山区办主任作为监督人，见证了我在祖屋前的一哭，他当时脸上抽搐了一下。不久他破天荒地被评上了出席北京市的山区工作先进个人，便对我在感激之余也生出悲悯，对我说，您老弟和老母在平原建房时，我会亲自监工。依规定，搬迁户的新居由接收村落的村委会义务施工，所以，有他的到场，工程质量就有了根本的保障；不仅有了屋宇，就连院墙也一并垒上了。

家眷是在看到那规整的院墙之后，触景生情而哭。她嘟囔道，我那可怜的向日葵啊！

七

我在一篇题为《幽光独照》中曾经感慨道：

京西有山，名百花山者；北翼有刘恒，南翼是我。凭依旧俗，可谓乡党。然名号不同：刘恒显达，小说获奖，影视辉煌，声振华夏，慕者云涌；而我之凸凹者，虽小说、散文、批评样样勠力而为，勤勉至呕心沥血，文章篇篇都能发表，却像篇篇都没发表，似有似无，不温不火，乃至心绪不平，时感凄凉。

对我的不平，刘恒曾安抚道：作为乡党，说句实话，身外的虚名，你是不需要的——你的文章，有自我品位，静观价值是在的，时间深处，自有你的位置，耐心地写就是了。他又说，作为一个纯粹的写作者，没必要借助外力以增其雄，也没必要攀星附月以增其辉，你自身就是一个光源，如灯盏，如红烛，只要燃烧，就有光亮，足可以照亮自己的内心和一己天地。他还说，其实你写作之初，亦非身外的声名，亦非对他人的影响，而是服从于内心的冲动，是自我的需要；如果不是这样，你也不会写。

尽管他说得掏心掏肺一派赤诚，但是还是难以平复我心中的不平。俗话说，帝王好色，文人好名，我也不可能免俗，对自己在文坛上的影响，我还是有期待的，所以，我心情阴郁，须发早白。

好心人也真诚为我号脉——

譬如祝勇对我说，你的散文，为世界大地道德的书写贡献了独特的中国经验，其品质是远远超越于苇岸之上的，但为什么不被文坛关注？因为你长期生活在大山深处，而大山是个封闭之地，你的声音一发出就被山体遮蔽了。譬如宁肯也说，你的小说，特别是中短篇小说，是地道的文化小说，中国传统文化、民间文化的诸种元素都氤氲其间，是大雅之文，但为什么还被读书界忽略？因为你一直生活在乡土之上，而乡土是俗俚之地，你的光芒一闪现就被烟尘覆盖了。因而，他们总是建议我，你一定要走出大山、走出乡土,到城市的核心地带说话,到文坛的制高点上发言。许多文学界人士也对我说,刘恒之所说"作为一个纯粹的写作者,没必要借助外力以增其雄,也没必要攀星附月以增其辉,你自身就是一个光源,如灯盏,如红烛,只要燃烧,就有光亮",那是志得意满之言,属站着说话不腰疼的超逸——他如果没有《北京文学》这块核心平台,如果没有中国作协副主席、北京作协主席这样的话语地位,他能有现在这样的辉煌?

实际上,这样的认识,我从来就是有的;事实上,走出大山,走进京城,这样的机会,从来也是有的。但是都被我放弃了。因为我是家里的主心骨,家族的顶梁柱,而顶梁柱有它固有的位置,是不能"位移"的,一旦移动,就会房倒屋塌。

有人会说,你这是危言耸听,即便是你进了城,远离了热土,对家庭、家族的关照也是能够实现的,还是你本身昏蒙,有固守的惰性。殊不知,中国的社会,本身就是个人情社会,人在人情在,有人情在才能有运程,才能做成事,一如有大树的地方才有根脉,人脉也是以人的站位为前提的。只有大人物才能运筹帷幄,决胜千里,我等小民只能发鞭长莫及的感慨,不始于脚下,兀然增大的生活成本,会让你难以承受。

我不得不接受生活的束缚和羁留。

有人说,文场也如官场、商场,要想发达,也要经营,也要诗外的功夫。要经营,仅靠才力是不够的,须财力、须精力。而我的财力和精力都投入给生计了,实在没有额外的余裕去经营文学。

举家搬到平原之后,大弟、三弟两家基本上是在生存底线上苦苦挣扎,自顾不暇之下,母亲的医疗、赡养基本靠我。弟弟们被安顿了,事情还没有完,因为他们的后人也渐渐长大,其升学、就业、甚至择偶,也需要我安顿;侄辈们被安顿了,事情依旧没有完,因为他(她)们要娶妻、嫁人,不断增加新的家庭成员,而这些新成员的就业、发展和种种生活困难也同样依靠我的安顿——我整天疲于为他们奔命,这背后,自然是财力、精力的不断投入。

可怕的是,这种自我牺牲式帮助,被帮助者反而不知道珍惜,他(她)会认为你的帮助是应尽的义务,且易如反掌,在被帮助中便会不断膨胀欲望,稍一不满足,就怨。而且你的无条件帮助,会促使他(她)生出依赖意识,弱化了他(她)自己的主观追求和进取精神,使"伸手"成为下意识动作。比如安顿大弟儿媳的就业,就让我百感交集。她原在一家私人商场做营销员,但累而薪薄,便乞我寻一相宜岗位。正好一个乡镇的党委书记是我的老乡,就把她安排进乡机关做后勤工作。工资尚可,且福利、公休与正式职员无异,并签有劳动合同,也上有"三险"。初喜,但半年后就不满足,觉年纪轻轻就整日择菜、洗碗、端盘子,很不体面,欲进科室。然她仅有中技学历,机关又无编制,可谓额外要求。见久无下文,居然自己就辞职了。辞职之后,居然还理直气壮地让我给其再谋新职,好像劳务市场我是主宰,真是可笑可叹。不睬,便哭,让你恨怜交织,心绪不安。因为弱者之哭,让你有负债感啊。而我又是一个无权无势的文官,只好遍寻门路,四处求人。所谓求人,就是做能力之外的事，要想成就，自然是加倍的付出。

我曾在一次酒后对张锐锋大发感慨，多年来我在亲情上的投入，在写作上，耽误了我好几部长篇，在金钱上，累积起来至少能买一套豪宅、一部华车了。所以，我不是不想做文学的圣徒，而是迫于家族的生计，不得不做亲情的长工。

以为他会赞美我对家人的担当情怀，他却说："你如果死了，他们还甭活了？"他愤怒于我的妇人之仁和我在文学上的荒芜。

他的一击让我心生块垒，不吐不快之下，写了一篇题为《以生活为本》的长文，为自己在生活上的"陷落"辩白，并作为宣言，发表在一家著名的文学刊物上。其中，我就周晓枫当时陷在《十月》的编务里而不能尽情读写的"困顿"大放厥词——

你的一点困顿，真是"小"。虽然，你被《十月》的编务缠身，但那毕竟是文学的部位，在阅读别人的作品时，你会获得间接的生活经验和生命体验，它会给予你涵养；同时，他人的作品简直就是一种不付费的参照，你创作的标高会因此设置得更高更准。

你痛苦得华丽而奢侈，所以你活该！

拿周晓枫"出气"之后，我的心态平和了许多。

对文学的不事经营，还有一个内在的、也是最重要的因素，即父亲的早逝，使我失去了生命依托和精神支柱，有了虚无的况味，已无心经营。

因为父亲在我的心中，是个巨大的存在，他的人生态度、做人品德和价值取向对我有着深刻的影响，他的认同与欣赏，是我做人与做事的根本动力。

徐迅在他的散文《半堵墙》中说：

"在这之前父亲尽管沉默寡言，但我总是走在父亲那饱含深深期待与温暖的目光里，可如今竟连这样的目光也不会再有了——人生虽然不是表演，但实在需要一种真情的注视；现在陡然缺少了这种情感，我觉得我所干的一切都失去了意义！我本能地朝前走着，在心里不停地给自己鼓气：即便是一棵孤立无援的树，也要继续生长啊！"

徐迅和我是同龄人，他所说的话，道出了我们这代人固有的生命感受。

我的父亲也是个沉默寡言的人，作为山地人，他别无长物，是自虐一般耗损了自己的身体和心智，才把我成就为一个平地人。我因此就不敢懈怠，暗暗发誓，要用不凡的作为回报他。但是，他没有等到那一天，仅仅52岁的年龄就逝去了，辞世的时候，他的面相年轻得跟我不分上下。所以，当我有了官职和文名之后，我高兴不起来，每出一本新书，就在他的坟茔上，一页一页撕下来烧。火光中，总是出现他那张年轻的脸。这种阴影，是一直也抹不去的，现实中的我，便一边追逐着，一边心灰意懒。

原以为我和徐迅都是从乡土走来，此种感觉是农民的劣根性使然，然而，出身于名门世家的巴金却也有这种感情，让我不禁重新审视，往深里思考，并获得了一种心理平衡。

巴金的小说，包括他晚年的随笔，细细品味，都有很重的感伤和虚无色彩。长期以来,许多论者都认为那是缘于他早年所受的巴枯宁、克鲁泡特金等无政府主义的影响,甚至还包括赫尔岑伤世情怀的熏染。读了《巴金的两个哥哥》,我方觉得,这些认识都是靠不住的。在这本书里,巴金说——

我的两个哥哥都是因为没钱而死去的,而现在我有了钱还有什么意思?我也不想过好生活。

这虽然是一句平易的话,却有催人泪下的血泪滋味。稍一沉思,不难发现,人的一生可以经历种种改变,有些因素是从来也改变不了的。其中,血缘、亲情关系,是最不易改变的,因为它是社会关系和人性的基础。一个人,无论如何漂泊、如何奔竞,他最后的回归之处,无非是故里和家庭。家庭是人心中的圣殿,血缘、亲情关系是人性最根本的牵制。一个再冥顽不灵的人,也知道要衣锦还乡,而不是锦衣夜行;一个再不慕虚荣的人,也会把荣誉的光环放大于家人之间。家人、特别是祖上、长辈,对一个人的价值认知,往往比社会对他的认可和欣赏,还令他满足。所以,"光宗耀祖"不是什么见不得人的狭隘伦理,而是根本的、积极的人性驱动。

后来的巴金,虽然金钱、地位、名分等等,统统都有了,而且还都是大有;但是最能够欣赏,并与之分享的家人——他的两个敬爱的哥哥却都不在了,他的生命失去了价值认知坐标和根本性动力,所以他说:我也不想过好生活。

将心比心,我觉得巴金的感伤和虚无,不是什么主义的产物,而是生命本身的生成。晚年的巴金为什么是那个样子?因为他不再看重自己的所得,心无羁系,便敢于自嘲,自审,自剖,随心所欲地说话——说真话。如此看来,伟大的人道主义者的巴金,不过是一个更重亲情的人!

所以,没有父亲温情的"注视",我有再大的声名和成功,都是"锦衣夜行"的状态,显与隐,均沦于无谓,还谈什么"经营"?与文学最适宜的关系,是无欲无求的结伴而行,且从容栖止,顺其自然。于是,对于文学的经营,因为财力、精力和心力的不殆,我干脆放弃了。

八

一如承重者身矮,疾行者腰弓,我因负载着家庭全部的担当而不能"位移",长期生活在一处,自然就造成了眼界和境界上的局限,弱化了我的想象能力和创造能力。这对一个写作者来说,是十分可怕的,这意味着自己的写作将行之不远。

我还发现,乡土是个温情厚地,生活在那里的人,容易产生本能的眷念,甚至陶醉其中,处处以为好。这种"催眠"作用,严重地遮蔽了"准确性"表达所应必备的眼光。纵观当代的乡土文学创作,为什么品格上整体趋于低,就是因为写作者"匍匐于乡土,醉倒于村俗",感性泛滥,理性缺失。而鲁迅乡土文学,为什么有那么丰沛的理性和那么宏富的内涵,是因为他着眼于"立人",从民族历史和国民性的层面上"审视"乡土,获取乡土之外的意义。因而我认识到,处理乡村体验,绝不能一味缅怀，写乡土物事，也绝不能一味沉醉，要有现代意识、城市经验和世界眼光的关怀和关照。一如蚂蚁爬行得再努力、掘进得再深入，总是向下的，头顶上的风光它是看不见的。它不如蚊子，因为蚊子给自己插上了一双小小的翅膀，飞上一个小小的高度，就是因为这一小小的高度，它看世界的维度就会发生根本性的变化，它不仅能看到地下，还能看到周围，也能看到天上。如此一来，蚊子就有了更广阔的在场经验，它的发声，就有了更丰富的内涵。虽然屠格涅夫很动人地说，"我只有在俄罗斯的大地上才能写得好"，但那是他在欧法羁居得太久因而获取了一种"反观"的文化眼光，给自己插上了一双"俯瞰"的翅膀。至于我们个人，如果只盘踞在京西这块小小的乡土，而不跳出"三界"之外，至少是站在北京城的制高点上回望京西，那肯定是写不好。因为批判、审视和反观眼光的缺失，只会让自己写出起点过低的乡村挽歌。

总之一句话，要想突破自身的局限，就要有"飞翔"的姿态，也就是要有"别处生活"的经验。

如何获得？唯有读书一途。

古人云，秀才不出门，便知天下事。如何知道？读来的。

从蒙田那里也得到了一个会心的意象，即：坐行者。读书人，也是行者。以"坐"的姿态，神游八级——纵览历史，游历天下，阅尽万物，饱识人生况味，肉身虽羁，但却胸有风云，拥有了大生活。

于是我"在乡土上嫁接文化"，启动了自己的"名著新读"的阅读工程，怀着身世的忧伤和对自己现实处境的悲愤，我遍读能够读到的古今中外的世界名著。整个过程，头悬梁锥刺股，既自我强迫，又昏天黑地。一如做小本生意的农民，为了盘算收益会随身带着账本，我为了储蓄阅读经验，备下纸笔，随时记下阅读心得。韧性坚持，渐成常态，且边读边记边整理边发表，居然风生水起，著名的读书报刊上，也常出现凸凹的大名，便意外地有了"新书话"散文写作代表人物的文化"符号"。孙郁和解玺璋叹而称奇：乡下俗子，疑是学人；山地蛮民，疑似通儒。

两个"疑似"，透着被人看低，但是，因为有了大量的"别处生活"的经验，我心中的格局就阔大了——气运丹田，胸装万象，接引中外，便不再以农民的出身为鄙，也不再以被生活捆绑为苦，且心中有了一种盈满的自信与豪迈——峰巅如何，不过是大地的皱褶而已；身矮又如何，雄踞之处，未必是巅。

这种巨量阅读的最直接的效用，使我有了与世界文学接轨的能力，再处理乡村经验时，就有了"超越"的坐标，笔下有了开放和通透的气象。我的长篇小说《玄武》虽然描绘的是新中国成立以来六十年的农村发展图景，但却以近百年的世界乡土文学成果作参照，把本土经验和世界经验有机融合，把乡土经验和城市经验理性衔接，因而就突破了中国乡土文学的固有模式，有了新的贡献。白烨、陈福民、解玺璋等评论界人士认为，凸凹的《玄武》进入了土地内部，对乡土世界进行了本真的、全息式的描绘，揭示出了乡土世界的丰富性和复杂性。是一次按照土地的"逻辑"进行的写作，它摒弃了自以为是的主观评判，把自己的理由强加给生活，而是努力挖掘、探求和呈现土地自身的种种"理由"，因而开创了农村题材长篇小说新的写作范式，具有划时代意义。

得意之下,我把登着对我评价的报刊拿回家去,想让女眷一同分享。在把报刊交到她手里之前,情动之下,我紧紧地拥抱了她,并送上一个深深的吻。她困惑不解,吃惊地说道:"你这是怎么了,是不是在外边做了什么对不起我的事?"

也是由于这种大量的"别处生活"经验的濡染和涵养,使我看到了"大地道德"的光亮。所谓大地道德,其本质精神就是,每束阳光都有照耀的理由,每个生命都有存在的权利,大自然是人类之师,是人性之母。也就是说,山峦之上,到处都生长着道理,江河之中到处都闪耀着哲学。因而我自觉地开始了以大地道德为写作命题的系列散文写作,为大地伦理、大地情感构筑了一座纸上博物馆。徐坤女士在读了我发表在《十月》上的一篇长篇散文《大地清明,故乡永在》之后,在夜半发来短信:凸凹兄,大作恢弘、深刻、优雅,你写成了!

一句"你写成了",让我酸涩难耐,我忍不住失声抽泣。

一如是树就要生长,既然不能向上长得高,只好向下长得深,发育根须——由于不能"位移",只好甘于"边缘";由于无力经营,只好安于"沉潜"——一切都是无奈和被迫的动作。所以,一旦有所成,都是苦与泪、血与汗的结晶,这与蚌病成珠相仿佛。这里有心灵的失据,人格的陷落,生命的悲壮,一句"你写成了",就像利刃戳到人心最柔软的部分,让人百感交集,自然会哭。

然而,无奈的悲壮,绝不是心死的绝望,因为长久的坚持之下,会看到伤口复原的嫩色、会听到骨骼发育的窣响,会迎来别样的新生。这就是,边缘、沉潜和无所求的非功利状态,反而让我从生命层面进入了文学——

常常是这样,只要键下了一个字词,其他字词,就会依次涌来,一如田间灌溉,沟渠一开,水自己就会钻隙而至,不须农人另外的照拂。只要电脑前一坐,人就被字词推动,不停地键入,不知夜色已深。与其说是人写字词,不如说是字词书写人,写作,有本身的惯性律动。

不知不觉间,字词已有了撒豆成兵的阵势,漫漫汤汤,乌黑一片。本没有预定的意义,但字词的方阵,已自己呈现出意义,这出乎写作者的意料,令其惊愕不已。

不断涌来的字词,把人锁定在座位上,倏忽间,已过半日。时光速进,大有生命被缩减意味,叹人生苦短。但也被延长、延续,因为字词承载的意义,像插上飞翔的翅膀,飞出个人生命的狭小空间,进入公众视野。被众人品味,被众人传递,他们替你活。众,不仅意味着空间的扩大,也意味着时间的延续,所以,"活"在众中,比自己活,要深广、长远。

而且,字词在传播过程中,会融入每个阅读者的个人经验,到了后来,意义附着在意义上,就有了额外的意义。所以,写作者,既是意义的创造者,也是意义的旁观者,增值其中,远远地超越了自我。

还而且,字词键入的初始,是基于写作者的感性体验。当字词集合到自己能呈现意义的时候,就形而上了。形而上是抽象状态,它突破肉体局限,进入精神境界。写作者被字词提升,有了脱俗的生命自足,因而沉着自信,意气风发,唇红齿白。

这一点，我的个人感觉是很强烈的——

离开书写状态时，我的身体状态感觉很糟：精神恍惚，哈欠连天，五脏六腑都好像安错了位置，此起彼伏地发出异响，处处发出病变信号。特别是，确有病理存在的部位，痛感放大，似乎已病入膏肓，来日无多。但一进入键写状态，忙于字词的安排，迷于意义的光亮，肉体就被遗忘了。被遗忘之下，所有脏器反而安分守己，静静地恪守职能，无碰撞的杂音，无错位的疼痛。奇怪的是，待书写完毕，舒适感觉依然延续，不禁感叹：生活本无事，肉身本无病，人闲不定，自扰之。

一如袁枚所说美色可医病，书写亦可医病。如果说，人是一部机器，五脏六腑就是身体的齿轮，书写过程，让人凝神静气，无心他顾，进入入定状态，而这一状态，就是秩序的恢复，让齿轮依固有轨迹转动，就相安无事了。而且，闲下来的齿轮会生锈，动起来的齿轮才光滑，不会有梗阻，便不会有疼。

所以，依靠字词的滋润，我相信，我不会有什么大病，一定会活得很长。让喜我者，额手相庆；让厌我者，痛不欲生。

我还要说的是——

以道家话语作譬，入定乃写作者的护身符。道家的符咒可以驱魔，写作者的符咒可以驱病。所谓驱病，其实最根本的，是驱杂念。

浮躁世界、功利社会的种种元素，不可能不作用于写作者。但一进入字词世界，被字词推动，被意义召唤，被字兵军团簇拥，颇有内圣外王的自足胸怀。在这样豪迈的气度之下，金钱多寡、官位高低、功名显隐，与我何干，又奈我何。一如无欲则刚，无私则行大道，驱除杂念之后，心无挂碍，便天地宽阔，不以己悲，不以物喜，气华身伟，出世入世两坦然也！

卡夫卡说，毫不讳言，因为写作，我感觉我有一个"深广的心灵世界"。

我也有相同的感受，在字词里沉浸久了，好像有了"通"的能力，只要你给我一个命题，我都会给你有声有色、入情入理地写出。

所以，我不仅会长寿，还会……，至少，会赢得足够的生命色彩与光荣。从这一点上说，刘恒之所说，"作为一个纯粹的写作者，没必要借助外力以增其雄，也没必要攀星附月以增其辉，你自身就是一个光源，如灯盏，如红烛，只要燃烧，就有光亮，足可以照亮自己的内心和一己天地"，是对的，是大道理，总之一句话，文学对我这样的写作者是有恩的，我们的生命因字词而被提升。

抛开小我，瞭望整个中国文坛，广大基层作者、民间写家，跟我一样，都有着相同的起点、相同的身姿、相同的困境、相同的纠结和相同的命运，因而中国文学，整体地处于负重前行，为生存而战的生命状态。我不是个例，而是"众"的折射和映现，所以我的身世之伤，从某种意义上说，是整个中国文学之"伤"，不由分说地呈现出普遍的典型意义。公平地说，我的立足点虽低，但毕竟还有着一个地区文联主席的现实身份，而更多的业余作者，他们低在低处，脚下没有任何可资凭依的身外资源，有的只是永不放弃的文学坚守和为生活而歌的精神信念。海子说，"你的母亲是樱桃，我的母亲是血泪"。雷平阳也说，"多年来，我极尽谦卑之能事委身尘土，与草木称兄道弟但谁都知道，我的内心装着千山万水；一个骄傲的人，并没有真正地压弯自己的骨头，向下献出所有的慈悲，更没有抽出自己的骨头"。正是这种在"血泪"中的"骄傲"，让广大的底层文人，对文学始终不离不弃，拼到最后，有了"赤子"之象，培肥了中国文学的生长土壤，也为中国文学注入了引身向上的发展动力。

同时，从费孝通对"乡土中国"的论述中，我们知道，乡土社会的稳定和发展，乡村文明的善化和提升，主要的推动力量，在于它的"乡绅"阶级的存在。而广大的乡土文人、民间写家，正是"文化在乡"的种子、"文明在乡"的支撑，是历史断代之后，靠自身涵养而形成的新的"乡绅"群体，他们即便不能晋身中国文学的高峰，摘取什么鲁奖、茅奖和诺奖，在文学本身上产生令人瞩目的成就；但客观上，他们极大地裨益着乡土上的世道人心——引领着摆脱物化崇尚精神的价值追求、营造着淡化私利相互关怀的道德风尚，培育着远离粗鄙亲近文明的生活方式——使"蛮荒"之地，成为生民"乐土"。从文学的社会功能来看，他们对中国文学的贡献是巨大的，也为中国文学赢得了荣誉和尊严，足可以让高高在上的文坛人士"叉手示敬"（古礼）。

所以，我等低微，但不卑贱。

行文至此，我不禁想到博尔赫斯的一段话："世界，很不幸，是真实的；我，很不幸，是博尔赫斯。"清明之下，我要说："生活，很不幸，是真实的；我，很幸运，是凸凹。"

因为取凸凹的笔名，外人以为是喻人生的坎坷、道路的不平，其实我的本意，是一种励志情怀：我为天地、我为乾坤、我为男女,人生在世,不借外力,一切都靠自我实现、自我满足、自我圆全。是文学,使我渐渐地实现了我隐喻的意图,它不仅给了我为生活而战的资本,也让我完成了灵魂的救赎,而且也提升了我的生命品质——不复为蝼蚁,像蚊子一样,插上了一双小小的翅膀,有了"飞翔"的姿态——世界从此就大不同,不仅能看到脚下,也能有空中的"俯瞰",个体活着之外,还在人世间有了小小的一点精神价值。

所谓伤身世,其实是对文学的深切感恩。一如快感来临必然要大声呻吟,大爱之下必然是轻声抽泣。

2015年7月8日—9月8日于北京房山昊天塔下
石板宅慨然而书